까마귀의
섬

까마귀의 섬

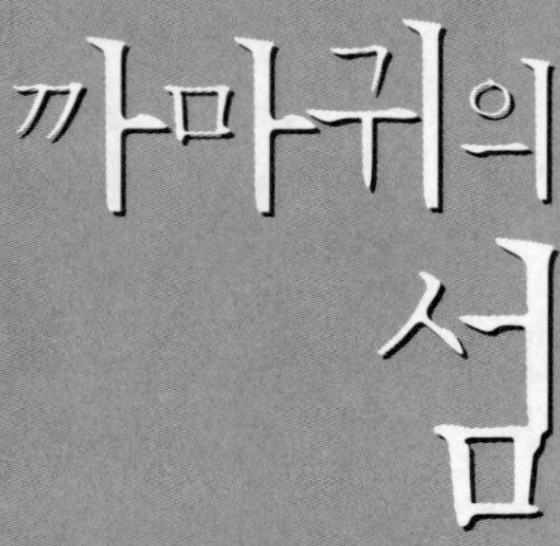

김양호 장편소설

작가

진정성의 목소리

현기영(소설가)

1990년대 이후 우리의 소설문학은 급격한 변화를 겪으면서 무엇이 진정한 문학인지 알 수 없을 정도로 크게 그 의미가 오염되고 손상되어 있다. 상품소비 문화의 창궐은 문학마저 경박한 상품으로 만들어 버리고 있다. 상업주의에 휘둘리지 않는 문예지, 문학 관계 출판사는 더 이상 존재하지 않고, 그에 따라 작가 정신도 점점 피폐해지고, 이러한 현상을 질타하고 비판해야 할 평론가들마저 그와 똑같은 타락의 양상을 보이고 있다. 비록 일상의 미시 서사이지만, 한때 진지한 탐구로써 일정한 문학적 성과를 일궈냈던 몇몇 촉망받던 젊은 작가들이 상업주의에 굴복하고 있는 오늘의 모습을 보면 너무도 안타까운 생각이 든다.

물론 일상의 미시 서사도 거시 서사에 못지 않게 중요한 분야이다. 늘 억압적인 환경 속에 갇혀 고달픈 일상을 지내야 하는 현대인에게는 그들의 감수성에 맞고 그들의 심리적 갈등을 위안해 줄 문학이 필요하다. 그러한 소설 문학이 지난 90년대를 풍미했고 그것을 주도한 몇몇 여성 작가들을 우리는 알고 있다. 1980년대가 남성 작가들이 주도한 거시 서사의 시대였다면, 1990년대는 거기에 대한 반동의 성격이 뚜렷했다. 그래서 90년대 소설문학은 지나친 연성화·여성화가 그 특징이라고 해도 과언이 아니다.

　이제는 다시 거시 서사를 불러 일으킬 때이다. 미시 서사가 지닌 미덕까지 포함한 거시 서사를 생각해야 하겠다. 문학에서도, 영화에서도 제대로 된 거시 서사의 작품은 생산하지 못하는 우리의 척박한 예술 토양을 이제 새롭게 일구어야 하겠다. 물론 그것은 쉬운 일이 아니다. 인간사의 본격적인 문제를 정면으로 다루는 일은 품도 많이 들뿐더러 예사로운 지적·미학적 역량으로는 도달할 수 없는 영역이다. 미시 서사의 안일한 정신을 떨쳐 버린, 완강한 도전 정신과 세련된 미학이 필요하다. 여기서 말하는 본격적 문제에는 우선 인간의 존재론적 문제인 삶과 죽음의 문제도 있을 수 있겠고 인간의 가치론적인 문제로 사회적이면서 역사적인 문제가 있을 수 있겠다. 그런 문제가 가장 잘 아우러지는 예로서 우리는 저 1950년대의 6·25전쟁을 생각할 수 있을 것이다. 이 전쟁은 수없이 많은 작가들이 다루어 왔으며 좋은 작품으로 형상화시키는 데 일정한 성과를 거두기도 했다. 그렇지만 그렇게 다루었다고 해서 6·25의 문제가 종결된 것은 아니다. 그것은 아직도 우리의 현실이 살아있는 현재적 과거인 것이다. 전쟁은 삶의 도처에서 늘 새로운 모습으로 거듭하여 출현하면서 우리의 삶의 모든 부분을 질곡으로 몰아넣고 있다고 해도 과언이 아니다. 우리의 정치현실은 물론 우리의 일상적인 삶의 구석구석에서 때론 드러난 형태로 때론 은폐된 형태로 촘촘히 박혀 있으면서, 깊은 원한과 돌이킬 수 없는 상처로 거듭하여 출현하는, 퇴치할수 없는 괴물과도 같은 그 무엇이 이 전쟁이라 할 것이다.

김양호 교수가 이번에 상재하는 소설 『까마귀의 섬』은 바로 이런 문제에 착목한 소설이다. 1978년에 데뷔하여 벌써 25년이 돼가는 소설가로서의 역정을 통해 그다지 많은 작품을 선뵌 작가는 아니다. 그러나 연전에 그 동안 틈틈이 써온 작품을 『북극성으로 가는 문』이란 작품집으로 펴냈을 때에 보여준, 오늘의 삶과 역사의 문제를 단단하면서도 치밀하게 엮어 낸 솜씨를 기억하고 있는 나로서는 이 작품을 읽으면서 새로운 감동을 받게 되었다.

작가의 말에 따르면 이 작품은 1985년에 한 방송사에서 주관한 현상공모에 입선했던 작품이다. 이후 이 작품을 수 차례 거듭 손을 보고 미흡한 부분은 새로이 원고를 추가하여 완성하였다고 한다. 말하자면 환골탈태의 재탄생인 셈인데, 그래서 그런지 이 작품을 읽고 난 뒤에 이 작품이야말로 교수 김양호를 작가 김양호로 새로이 탄생시킬 수 있는 역작이라는 느낌을 갖게 되었다.

문장은 더욱 공교로워졌고 흡사 추리소설을 보는 것과 같은 긴장미가 있는가 하면 마침내 우리의 현대사를 관통한 6·25의 비극이 어떻게 우리의 삶에 뿌리깊게 작동하는가를 예민하면서 풍부한 감수성으로 형상화해 놓고 있기 때문이다. 죽고 죽이는 관계 속에서 탄생한 두 주인공이, 세월이 흐른 뒤에 자신들의 삶과 의식 속에 똬리를 튼 그 비극의 진상에 눈을 뜨고 괴로워 몸부림을 치다가 마침내 새로운 차원에서 그 전쟁의 비극을 초탈해가는 과정으로 짜여진이 소설은 전쟁이 끝난 지 50년이 되어 가는 시점에서 반드시 일독할 만한 문제적 소설이 아닌가 한다.

작가들은 많다. 그러나 우리의 삶을 지배하는 근본적 문제에 한번쯤 혼신의 힘으로 도전해 본 일이 없는 작가를 나는 별로 신용하지 않는다. 상업주의 소설이 난무하고 경박하기 짝이 없는 소설이 대접을 받는 요즈음에 『까마귀의 섬』을 읽는 것은 매우 각별한 즐거움이었다. 부디 이 작품이 많은 독자들의 사랑을 받았으면 좋겠다. 작품 앞에, 그리고 작가 김양호에게 깊은 축하의 말을 적는다.

까마귀의
섬

차 례

추천사 · 4

프롤로그 · 10

제1장 재회 · 20

제2장 까마귀의 섬 · 79

제3장 날개없는 나비떼 · 157

제4장 신의 길, 인간의 길 · 214

제5장 명암(明暗) · 286

에필로그 · 310

작가후기 · 321

작품해설 · 326

프 롤 로 그

망망한 대양은 넓고도 깊다. 사위(四圍)를 둘러보아도 보이는 것은 하늘과 바다, 그리고 눈부시게 밀어터지는 햇살. 다만 등뒤 떠나온 뭍 쪽으로 섬 몇 조각이 아스라이 흩어져 있을 뿐이다.

자그마한 범선 한 척이 북서쪽으로 선수를 돌린 채 미끄러져 나가고 있다.

날씨는 쾌청했고 알맞은 강쇠바람이 불어오는지라 돛은 핑핑히 부풀어 있다. 키를 잡던 사공도 잠시 일손을 놓는다.

"허 낭패로고!"

그러나 언제부턴지 떠나온 뭍 쪽으로 시선을 던진 채 가벼운 탄(歎)을 발하는 사람이 있었다.

풀어헤쳐진 머리는 어깨를 덮었으되 잡빛 하나 섞이지 않은 순은색이요, 깡마른 얼굴에 하관(下觀)이 빨았으되 번득이는 눈만은 호호탕탕 거침이 없었다. 그러나 발목에는 족가(足枷)가 채워져 있었다.

"무엇이 낭패오니까?"

때는 대명제국이 멸하고 누르하치가 세운 청(淸)이 천하를 호령하던 이조 현종(顯宗)조, 청나라로 향하는 호송선의 고물에 앉은 백

발의 노인은 자꾸만 떠나온 뭍을 향하여 고개를 흔들었다. 무심히 들어 넘기던 무반이 환도를 철컹이며 다시 물었다.

"낭패라면 무엇이 낭패오니까?"

"저기 저 섬을 보시오."

노인이 가리키는 손끝을 따라 호송군관은 이마 위에 손을 펴 얹었다. 멀리 아슴푸레한 수평선 쪽으로 자그만 섬이 우쭐거리며 물러나고 있었다. 산봉우리가 둘 나란히 솟아오른 섬이었다. 봉우리 중 하나는 민둥했으나 나머지는 아래로 흘러내리다가 칼로 베어진 듯 깎아지른 낭떠러지였다. 그뿐 그 섬은 여느 섬과 다를 바 없었다. 군관은 손을 내리고 돌아섰다.

노인은 여전히 그 편으로 시선을 못박은 채였다. 은빛 머리칼이 바람에 표표히 휘날렸다. 배는 선복(船腹)을 좌측으로 기울여 미끄러지듯 파도를 갈랐다.

노인은 지관(地官)이었다. 그는 명조(明朝) 때의 유명한 지관으로 참위술(讖緯術)의 대종(大宗)이었고, 역학(力學)과 풍수(風水)로는 타인이 범접치 못할 일가를 이룬 표랑객이었다.

명(明)이 멸망하자 그는 단신 누의망혜(陋依芒鞋)로 조선 땅을 밟았다. 말로는 요공(了空) 도선(道詵)의 행적을 자신과 가늠해 보기 위함이라 했지만 실상은 동북만(東北蠻) 만주족이 중원을 휩쓸고 다닐 것을 내다보았기 때문이었다.

후금(後金)이 청(淸)으로 개칭하고 명실공히 중원사해(中原四海)를 호령하자 청의 관리들은 능력 있는 인재들이 다시 조정에 들어와 봉공(奉公)의 천은(天恩)을 입을 것을 권유했다. 그러나 이 지관은 찾아온 사람마다, "동식서숙(東食西宿) 일출월몰(日出月沒) 천지금

침(天地衾枕)", 오연(傲然)한 강(講)으로 물리치곤 했다. 그리하여 진노한 관원들이 직접 강직한 무반을 보내 압송해 가는 도중이었다.

조선 땅에서는 목에 칼을 씌웠으나 뱃길에 접어들자 대신 족가(足枷)를 채웠다. 투신(投身)을 저어한 행위였다. 청나라에 도착하는 즉시 노인은 참수될 것이었다.

호송관은 풍수나 참위술 따위는 믿지 않았다. 그가 믿는 것은 시위를 당기는 그의 팔이었고 격구(擊毬)를 쳐내는 다리였다.

무관은 이내 섬에서 시선을 돌렸다. 그러다가 상기도 그 편에 시선을 붙박고 있는 노인의 표연한 모습에 마지못한 듯 한 마디 더 물었다.

"무엇이 낭패오니까?"

"저기 저 섬은 살(煞)이 가득 차 있소. 저것은 날개를 활짝 편 맹금(猛禽)이 인육(人肉)을 포식하는 상(相)이라, 장차 저곳은 피가 강을 이루고 시신(屍身)이 산을 이룰 것이니 그 무게에 휩싸여 섬은 바다 속으로 가라앉고 말 것이외다."

무관의 시선은 그 말을 좇고 있지 않았다. 그는 족가에 채운 열쇠 꾸러미를 철컹이며 환도를 쩔그럭거렸다. 그리고 물길을 살펴보기 위해 이물 쪽으로 향했다.

그 날 밤 지관이 하늘을 올려다보고 있는데 슬그머니 옆으로 다가와 앉는 사공이 있었다. 그는 돛에 매어진 아딧줄을 매만져 보다가 지관에게 물었다.

"대인, 그 말이 무슨 뜻이옵니까?"

그러나 한참 하늘에 붙박인 별빛을 올려다보다 시선을 돌린 지관은 까무룩히 잊었다는 표정이었다.

"그 섬 말입니다, 대인."

사공이 다시 물어 왔다. 역시 노인은 묵묵부답이었다. 조바심이
난 사공이 끈질기게 물고 늘어졌으나 닫힌 노인의 입은 열릴 줄을
몰랐다. 다만 귀찮다는 듯 한 마디를 내뱉었을 뿐이었다.

"풍수화암운성(風水火岩雲星)이 이룬 일, 속인(俗人)이 알려 함
은 반(反)이오."

"그러하지만 맺은 자만이 풀 수 있다 함도 하늘의 뜻 아니리까?"

깐에는 짚고 넘어가는 사공이었으나 노인의 표정은 쓰다 달다 말
이 없었다. 그렇게 삼사 일이 지나갔다. 항해는 순조로웠으나 요동
반도(遼東半島)에 가까워지자 파도가 거칠어졌다. 북풍이 몰아치자
뱃길은 나가는 듯 끄덕이다, 돌아서며 맴도는 듯 좀처럼 줄어들지
않았다.

그 동안 궁금증에 달뜬 사공은 기회가 있을 때마다 음식물을 건네
며 그 지관의 눈치를 살폈지만 여전히 노인의 시선은 먼바다 끝이었
다.

호송관은 환도를 닦아보다가 활시위를 당겨보다가 잊을 만하면
건성으로 노인의 발목에 채워진 족쇄를 살펴보았다. 그리고 해가 지
기 바쁘게 낚아 올린 고기를 토막내 불콰한 반주로 잠자리에 들었
다.

하늘의 별빛이 유난히 붉은 밤이었다.

키를 잡은 사공이 한 사람 고물 쪽에서 졸고 있을 뿐 배 안에 깨
어 있는 사람은 없었다. 초저녁부터 반주를 듬뿍 먹고 떨어진 호송
관의 코고는 소리가 돛폭을 울렸다. 오후부터 바다는 잔잔해져 있었

고 알맞은 바람이 불어 왔다. 이틀 후면 호송선은 청국에 도착할 것이었다.

"동안 사공께 폐가 많았소이다. 이제 이틀 뱃길이면 청국 아란야(阿蘭若)에 도착할 터이니 수별(袖別)의 날이 지척이오. 하여, 선인(船人)이 궁금해하던 일을 내 일러 주리다. 허나, 한 가지 약조가 있으니……."

잠깐 하늘을 올려다보고 난 노인은 말을 이었다. 바다는 잔잔했고 배는 미끄러지듯 떠가고 있었다.

"만약 천변(天變)이 일어나서 이 송선(送船)이 피침(被沈)을 당할 형편이면 이 노구(老軀)는 수중 고혼이 될 터, 하여 행여 그럴 시면 이 발목의 족가라도 풀어 주겠다는 약조를 해달라는 거외다."

사공은 바다를 보았다. 그리고 하늘을 보았다. 별빛이 조금 붉어 보이긴 했지만 하늘은 구름 한 점 없었다. 파도는 잔잔했고 남은 뱃길은 이제 이틀 거리였다. 코를 골고 있는 호송관 쪽을 힐긋 살펴보고 난 사공은 고개를 끄덕였다.

"그러하리다."

"그러면……."

입맛을 쩍 다시고 난 노인은 다시 하늘을 쳐다보더니 낮은 목소리로 말을 이었다.

"이 말은 그저 말하는 사람은 바람, 듣는 사람은 구름이 되어야 하는 말이거니 눈을 감고 꿈꾸듯 들을 일이외다. 그것도 모두 선인(船人)의 정(精)이 내 혈(血)을 스며옴이니 이 또한 연분이라. 그 섬의 봉우리는 날개요, 낭떠러지는 부리, 황차(況且) 그 밑의 골이 먹이로 누웠으니 아무리 보아도 흑오(黑烏)가 식시(食屍)하는 상이라, 장차 그곳은 피가 강을 이루고 시신이 언덕을 이루어 피비린내가 바다를 덮을 것이니, 얼굴 맞대고 살던 사람이 서로 자상(刺傷)할 것이요, 한 우물 먹던 사람이 침을 뱉고, 부(父)가 자(子)를 난도(亂刀)하며 지어미가 자식을 액살(縊殺)하고 한솥밥 먹던 사람이 서로 팽육(烹肉)할 것인즉, 더불어 흑오(黑烏)가 하늘을 덮고 곡성(哭聲)이 땅을 덮을 날이 기천(機千)이라 스스로 섬은 자멸(自滅)하여 상식(相食), 상치(相痴), 상간(相姦), 상살(相殺), 상팽(相烹)의 악연이 되풀이되어 대륜(大倫) 위에 소아(小我)가 앉으니 곧 첨극(尖極)을 끝으로 섬은 가라앉을 것이외다."

등골이 오싹해진 사공이 마른침을 꿀꺽 삼켰다. 주위를 흠칫 살피고 난 그는 황급히 물었다.

"하오면 그 섬은 사람이 살지 못한다는 말이오니까?"

"허허."

노인은 고개를 저었다.

"조물(造物)과 오성신(五星神)이 독물(毒物)과 미투리를 만들어 놓은 것도 모두 쓸모가 있어서였거늘 어찌 폐도(廢島)로 화할 수 있으리요. 다만 기연(奇緣)이 닿지 않을 뿐, 골이 깊을수록 물 또한 맑은 법이니, 악연(惡緣)이 그치면 또한 낙연(樂緣)도 있을 것이외다. 다만 그것이……."

"그것이 무엇이오니까, 대인?"

"방도가 딱히 하나 있으되 뒷막음이 난(難)하외다. 허나 날은 저물고 길은 외길인즉 거행하되, 다른 여분이 없으니……."

"하교해 주시지요, 대인. 명심해서 듣겠습니다."

노인은 다시 하늘을 올려다보았다. 수평선 쪽에서 손바닥만한 구름장이 솟아오르고 있었다. 노인은 고개를 끄덕였다.

"까마귀는 상서롭기도 한 짐승이라 제 어미에게 먹이를 물어 나르는 효조(孝鳥)외다."

"하오면?"

"그 시체가 누운 형상인 골짜기의 눈(眼) 밑, 바로 골 어림에 대(竹)를 심는 게 그 묘책이니, 오금(烏禽)이란 원래 멀리 보는 장안(長眼)이라 시신을 볼 수 없음이요, 그 둘은 그렇게 함으로써 혹시 눈뜨더라도 그곳에 달린 대나무 잎이 깃털 달린 어미의 형상을 닮음이요, 그 셋은 대죽의 청기(靑氣)가 응당 까마귀의 흑기(黑氣)를 누름이라. 허나 딱히 그 뒤가 문제되는 것이니……."

"그 뒤에 무슨 변고가 있사옵니까?"

"만물은 그에게 주어진 생기(生氣)가 있는 법, 산도 깎이어 바다가 되고 바다도 메워져 산이 되느니, 또한 죽(竹)도 매한가지라. 두 갑자가 지나면 꽃 피우고 죽는 죽림(竹林)을 어찌 인력으로 막으리오. 그때 가서 막상 엉켰던 흑금(黑禽)의 날갯짓이 한번 펼쳐질 양이면 시산(屍山)이 될 것이요 발톱질 한 번에 혈해(血海)라, 한풍(寒風)은 하늘을 덮고 한혈(恨血)은 천년 동안 땅 속에서 푸를 것이니, 내 그 뒤가 딱히 두렵다 함은 바로 그것이외다."

"그렇다면 대나무가 죽지 않도록 잘 가꾸면 되지 않사오리까?"

노인은 무겁게 고개를 끄덕였다.

"그러하외다. 그러나 사람의 마음이란 세월이 흐르면 칠이 벗겨지는 반상기(飯床器)와 같은즉 대(代)를 두고 죽림을 관장할 것이요, 만약 이를 실(失)하여 까마귀의 눈을 뜨게 하면 만겁장탄(萬劫長歎)의 지변이 일어날 것이니 이를 후에 길이 전하도록 하시오."

"명심하오리다."

동이 트기 전에 광풍우가 몰아쳤다. 자그만 목선으로는 견뎌내기 힘든 바람이었고 파도였다. 돛폭이 찢어지고 돛대가 부러졌다. 호송 군관은 부러진 돛대를 맞고 쓰러졌다. 그리고 호송선은 침몰했다. 침몰 직전 사공은 지관의 족쇄를 풀어 주고 바다로 뛰어 들었다.

사공은 판자를 붙잡고 표류하다가 익사 직전 지나가던 어선의 구조를 받아 다시 조선 땅으로 돌아오게 되었다.

사공은 성이 김씨로서 바로 지관이 가리켜 탄식을 금치 못하던 섬에서 대대로 살아왔던 사람이었다. 천행으로 살아 돌아온 사공은 곧 대나무를 구해 까마귀의 부리 밑에 심고 그 이야기를 섬사람에게 전해 주었다.

그로부터 사람들은 그 섬이 까마귀가 시체를 뜯어먹고 있는 형상과 닮았다고 해서 오식도(烏食島)라 불렀다. 대나무 숲에 대한 이야기는 김씨의 후손들에 의하여 널리 전해졌고 그 숲을 베어서는 안 된다는 불문율이 생겨났다. 세월이 흐르면서 사람들의 가슴속에는 그 이야기가 차츰 신비스럽게 자리잡았다.

젊은이들은 그 이야기를 믿지 않았다. 오히려 비웃었다. 그러나 그 젊은이들도 노인이 되면 그 이야기를 믿었고 대나무를 더 소중히 여겼다.

명나라의 지관이 석두기(石頭記)를 지은 조설근(曹雪芹)이라는 이야기도 흘러 다녔으나 그 진위는 확인할 바 없었다.

대숲은 섬사람들의 보호 아래 해마다 푸른빛을 더해 갔다.

오식도는 살기 좋은 곳이었고 평화스런 섬이었다.

이 섬에 흘린 피가 모두

저 바다로 갔다면

저 바다가

이리 푸르랴.

제1장 재회

1

소리 없이 열리는 국제선의 자동문 안으로 들어서던 나신애(羅信愛)는 시카고발 에어라인이 잠시 후 도착 예정이라는 안내방송을 들었다.

"역시 미인은 시간도 잘 맞추는걸."

옆에서 걷던 정해명이 신애의 어깨를 툭 치면서 말했다. 기분전환을 위한 배려였지만 신애로서는 오히려 몸이 굳는 기분이었다.

공항 로비는 상당히 붐볐다. 출국 수속을 밟고 있는 사람들과 환송객들이 무리 지어 서성이고 있었고, 게이트 앞에서는 앞가슴 어림에 여행사나 마중객의 이름을 쓴 종이를 들어올린 사람들이 제지선을 허리께에 건 채 목을 빼고 출구 쪽을 바라보고 있었다. 깃발을 앞세워 입국하는 관광객과 출국하는 해외 배낭족들이 함께 뒤섞여진 로비는 그런대로 국제화 시대에 부응하는 공항으로서의 면모가 엿보였다. 비음 섞인 안내 방송이 영어와 일본어, 중국어로 반복되어 들려오고 있었다.

"선생님, 잠깐만요."

전광판의 시계를 확인하고 난 신애는 핸드백을 들어 보였다. 정해명 교수는 알았다는 고갯짓을 했다.

세면장에 들어선 신애는 잠시 머뭇거렸다. 여자 화장실에서는 몇 사람이 매무새를 다듬고 있었다. 손을 씻고 나서 거울 속의 얼굴을 들여다보는 그들 표정에는 나름대로 겪어야 할 이별과 만남이 자신이 지니고 갈 인생의 무게만큼 문신되어 있었다.

신애는 콤팩트를 열었다. 동그란 눈을 치뜬 삼십 대의 여인이 그 안에 나타났다. 아직 탄력을 잃지 않고 있는 얼굴이었다. 그러나 가깝게 들여다보는 얼굴은 약간 거칠어 보였다. 화장도 잘 받지 않은 듯싶었다. 지난 며칠 동안 창가를 서성거리며 몸살을 앓았던 불면의 밤들이 거울 속에서 충혈된 눈을 깜박이고 있었다. 김석진(金錫珍)의 귀국 소식을 듣고 나서부터 심한 불면증에 시달렸던 그녀였다.

'그가 온다.'

콤팩트를 닫으며 신애는 세면장 한쪽에 붙어있는 거울 앞으로 걸어갔다. 상큼한 눈을 지닌 얼굴이 그 곳에 있었다. 미세한 눈가의 잔주름은 보이지 않았다. 시원스럽고 아름다운 얼굴이었다. 자신의 얼굴에 아름다움이 남아 있다는 것을 확인해 보는 순간 신애는 묘한 안도감을 느꼈다. 동시에 쑥스러움도 솟아올랐다.

'그가 온다. 석진이 온다.'

다짐이라도 하듯 다시 한번 되뇌어 보고는 그녀는 아이라인을 고쳤다.

오 년 만의 만남이었다. 아니었다. 오 년 간의 세월뿐이라고 말하

기는 힘들었다. 그와의 만남은 그들의 부모 세대부터 준비된 만남이
었다. 주어도 아프고 받아도 아픈, 가해자건 피해자건 아플 수밖에
없는 모질고 끈질긴 인연으로 얽어진 상처투성이의 만남인지도 몰
랐다. 처음부터 상처투성이의 만남이 될 수밖에 없는 관계, 그리고
그 사실을 알고 난 후에도 서로의 만남을 피할 수 없었다는 사실, 그
것은 두 사람이 짊어져야 할 업보였다.

그러나 석진은 그런 사실을 모르고 있다. 아는 건 신애 혼자뿐이
다. 그 비밀을 자기 혼자만 알고 있다는 사실 자체가 그녀를 더욱 힘
들게 만들고 있었다.

이제 와서 그를 만난다는 것이 과연 어떤 의미가 있을 것인가. 차
라리 만나지 않는 것이 서로를 위해서 더 나을지도 몰랐다. 아니다.
전생의 업보라면 지금 풀어야 한다. 지금 풀지 못하면 내생에 다시
똑같은 고통이 찾아올 것이다. 그렇다면 힘들더라도 지금 만나서 풀
것은 풀어버리는 게 더 나을지도 몰랐다.

석진의 귀국 소식을 전해 준 사람은 바로 정해명 교수였다. 시카
고에서 공부하던 시절 석진에게 여러 가지 도움을 받았던 정교수는
어렴풋하게나마 석진과 그녀 사이에 싹텄던 시간들에 대해 나름대로
눈치채고 있는 듯싶었다. 하지만 그것은 어디까지나 국외자의 입장
이었다. 한때 서로 애틋한 마음을 가졌지만 그것이 더 이상 발전되지
못한 채 그쳐버린 만남, 그렇지만 아직도 삶을 바라보는 시선이 서로
를 벗어나지 못한 관계가 아닐까 하는, 그런 정도의 눈치였다.

따라서 석진의 귀국 소식을 알려 준 정해명의 마음속에는 한때 같
이 공부했던 동반자로서의 반가움이 더 큰 비중으로 묻어 있을 수밖
에 없었다.

  그는 응당 석진이 귀국하는 날 신애도 공항으로 같이 마중 나갈 거란 점을 의심조차 하지 않았을 것이다. 공항에 나갈 것인가 나가지 않을 것인가를 결정하기 위해 신애의 마음속에 스쳐갔던 골깊은 상념에 대해서는 짐작조차 하지 못할 터였다.

  그곳에는 깊고 짙은 어둠이 깔려 있었다. 누가 그것을 알 수 있단 말인가, 누가 짐작이라도 할 수 있을 것인가. 그 어둠의 자락을 걷고 보여 줄 사람도 없었고 그것을 보려 할 사람도 없었다.

  강해져야 한다.

  며칠간의 불면 끝에 얻어 낸 결론처럼 신애는 핸드백을 소리나게 닫았다.

  통관 절차를 마치고 출구로 나서던 석진은 활짝 손을 흔드는 사람을 보았다.

  "아, 정형!"

  하얀 치아를 잇몸까지 드러내며 웃고 있는 사람은 바로 정해명이었다. 악수를 나누고 난 석진의 입가에도 잠깐 미소가 떠올랐다. 어쩌면 조금은 예견하고 있었는지도 모를 일이었다. 마중은 사양하겠노라고 연락은 했지만, 열일 제쳐놓고라도 공항에 나타나 환대를 해야만 직성이 풀리는 정해명의 성격이었다. 그걸 누구보다도 더 잘 아는 석진이었다. 그런 정교수의 고집이 힘들다는 학위 논문을 한 학기 단축했던 집념으로 나타났던 것이고 보면 황소고집 또한 그의 몸에 맞는 의상일 터였다.

  그런 생각과 함께 숄더백을 고쳐 메고 공항 밖으로 나서려던 석진은 문득 발걸음을 멈췄다. 눈앞에 한 여인의 얼굴이 화살처럼 쏘아져 들어왔다.

신애다.

그녀는 홀연히 사람들의 틈바구니에서 나타난 듯싶었다. 땅 속에서 솟아난 것도 같았다.

"안녕하셨어요."

먼저 손을 내민 것은 신애였다. 눈앞에서 조명탄이 터지는 것 같은 충격을 억누르며 석진은 그 손을 마주잡았다.

"오랜만이오."

감정을 극도로 억제한 목소리였다. 어찌 들으면 무뚝뚝하기조차 했다. 안색은 원래대로 되돌아가 있었다.

그러나 신애는 보았다. 시선이 마주친 순간 그의 얼굴에 순간적인 경련이 스치는 것을. 눈 속으로 강렬한 섬광이 스쳐갔다. 마주 쥔 손끝이 미세하게 떨렸다.

그러나 석진을 본 순간부터 신애는 차라리 마음이 홀가분해지는 기분이었다. 머리 속이 맑아지고 감정도 평온하게 가라앉았다. 수십 번, 수백 번 생각하고 또 그려보았던 만남의 풍경 속에선 전혀 예측하지 못했던 평온함이었다.

"오랜만이에요."

"어떻게 알고 나온 거요."

석진이 물었다. 평온한 척 애를 쓰고 있는 말투였지만 말꼬리가 조금 떨리고 있었다. 대답은 정해명의 입에서 나왔다.

"나선생이 우리 대학 연구소에서 연구원으로 근무한다는 걸 몰랐나? 내가 얘기를 안 했던 모양이로군."

너털웃음을 웃으며 정교수는 한 마디 농담을 보탰다.

"자네처럼 멋진 신사가 온다는 얘길 듣고 마중 나오지 않을 여자가 있겠나?"

어깨를 나란히 하고 앞서 가는 두 사람의 뒤를 따라 신애는 공항 로비를 나섰다. 주차장으로 걸어가며 정해명이 한 마디 꺼냈다.

"자네 도움을 많이 받았다고 하더군."

석진은 대답하지 않았다. 석진은 등뒤에서 또각거리는 신애의 발걸음 소리를 듣고 있었다. 규칙적으로 울려오는 단정한 발걸음이었다. 고개를 돌려 신애 얼굴을 바라보고 싶은 충동을 억누르고 앞만 보고 걷는 석진의 가슴속으로 지난 세월들이 한뜸 한뜸의 불침으로 꽂혀 왔다.

그 불뜸은 전쟁고아가 되어 양아버지인 스턴을 따라 미국으로 떠났던 삼십여 년 전의 기억을 깨워냈다. 뼈 속 깊이 스며들어 있던 기억은 깨어나면서 석진의 가슴을 시리게 할퀴기 시작했다. 그녀가 없던 빈 공간 속에서 활개치다 제풀에 지쳐 침잠해 있던 기억들은 한번 일깨워지자마자 목에 건 열쇠로 낡은 아파트 문을 열고 들어오면 눈앞으로 달려들어 가슴 한 부분을 무너지게 만들곤 하던 쇳냄새나는 어둠으로 무자비하게 눈앞을 가로막았다.

독신주의자였던 스턴이 직장에서 돌아올 때까지 석진은 어두운 거실 의자에 앉아 창 밖으로 펼쳐 보이는 시카고의 야경을 바라보곤 했었다. 프라이머리 스쿨에 다닐 때였다. 거실 하나, 룸이 세 개 있었던 낡은 아파트 십이 층, 그곳이 스턴이 살고 있는 렌트 하우스였다. 한국전쟁에서 전투기를 조종하던 스턴은 시카고 에어라인 정비 부서에 근무하고 있었다. 전투비행 경력으로 비행기 조종석에 앉을 수도 있었지만 스턴은 굳이 지상근무를 자원했다. 주변에서 묻는 사람이 있으면 '더 이상 추락은 노' 하고 어깨를 으쓱이는 제스처를 해보였지만 그게 실은 석진을 위한 배려라는 걸 모르는 사람이 없었다.

그만큼 스턴은 석진을 위해서 마음씀을 아끼지 않았다. 외국인이 적응하기 쉬운 랭귀지 코스를 찾아냈고, 이어 프라이머리 스쿨을 수소문했다. 한국말을 잊어선 안 된다고 한인교회에 나가 성서를 읽게 했다. 세탁은 중국인이 운영하는 랜더리숍을 택해서 해결했고 청소와 기본식사는 출퇴근하는 하우스 키퍼에게 부탁했다.

스턴은 아침마다 집앞 버스 스테이션에 도착하는 스쿨버스에 석진이 타는 걸 본 다음 출근을 하고 싶어했다. 하지만 비행기는 낮에만 뜨고 내리는 건 아니었다. 새벽이든 밤이든 출발하고 도착했다. 출발 전과, 도착 직후의 비행기 정비는 무엇보다 중요했다. 그래서 정비업무는 하루 종일 삼 교대로 이루어졌다. 여덟 시간 간격으로 출근시간이 달라졌다. 여덟 시 출근일 때면 석진을 통학버스 타는 장소까지 데려다 주었지만 오후 네 시 출근일 때면 자정이 넘어서 집에 돌아오곤 했다. 그런 날이면 학교에서 돌아온 석진은 식은 햄버거를 코크에 적셔 먹으며 스턴이 돌아올 때까지 불을 켜지 않은 거실에 앉아 차갑게 반짝이는 창 밖 시카고의 야경을 바라보곤 했다.

미시건 호수 옆 넓은 평지에 세워졌다는 시카고는 계획도시답게 시가지 한 블럭 한 블럭이 모두 네모처럼 구획지워져 있었다. 올려다보면 목을 아프게 만드는, 까막봉이나 박달봉보다 훨씬 높은 빌딩들이 줄지어 솟아 있는 도시는 그러나 항상 추웠다. 바다처럼 넓은 호수 주변으로 방풍림이 조성되어 있긴 했지만 드넓은 호수를 빙판 타듯 할퀴며 미끄러져 불어오는 바람을 막기엔 턱없이 부족했다. 가슴을 잔뜩 부풀린 채 불어온 거친 바람이 높게 솟은 건물들 사이로 빠져나갈 때면 톱날을 긁는 듯한 파공성이 길게 가슴을 찢곤 했다. 시카고 사람들이 거칠어질 수밖에 없는 건 가슴을 찢는 바람소리를 들으며 빌딩 아래의 응달쪽에서 외투자락에 몸을 싼 채 종종걸음을 쳐본 사람이라면 이해할 수 있었다. 창 밖으로 바라보는 시카고의 야경은 항상 반짝이지만 선뜻 다가서지 못하게 만드는 빙등(氷燈)처럼 느껴졌다.

그런 얼어붙은 야경을 바라보면서 석진은 입술을 깨물곤 했다. 랭귀지 코스를 마치고 학교에 들어가 또래의 애들과 어울리다 보니 더듬거리며 일상적인 대화 정도는 나누게 되고, 그러다 보니 친구를 사귀고 싶은 마음이 들기도 했다. 하지만 그건 클래스에서 함께 장난을 치던 아이들이 자신을 동일한 사람으로 받아들이지 않는다는 사실을 알기 전까지였다. 그곳은 평등한 곳이었지만 그 평등은 백인은 백인끼리, 흑인은 흑인끼리, 황인종은 황인종끼리 평등하다는 의미였다. 그걸 깨닫자 석진도 그들에게서 일정한 거리를 둘 수밖에 없었다. 자신은 호박처럼 누렇고 더러운 황인종이었고 그들은 백합처럼 깨끗하고 흰 백인이었다.

농구를 좋아하는 애들이 게임준비를 하고 있을 때였다. 벤치에 앉아 구경하고 있는 석진을 같은 클래스 애가 손가락으로 불렀다. 세 명씩 편을 짜려는데 한 명이 부족하다는 거였다. 손바닥을 하늘로 향한 채 손가락만 까닥거리며 부르는 모습이 언짢았지만 고개를 저었다간 앞으로 끼워주지 않을 게 뻔했다. 까짓 거 하는 걸 보니까 어려워 보이지도 않았다. 어렸을 때 앞장서 휘적휘적 걸어가는 아버지 뒤를 따라 선착장으로 내리뻗은 돌밭길을 쌩쌩거리고 달려가던 기억도 났다. 까막봉까지 올라갔던 기억도 났다. 연습게임에 낀 석진은 남들이 하는 대로 뛰어다니며 공을 받았다간 멈춰서서 공을 넘겨주고 다시 뛰었다.

다시 자신에게 공이 넘어왔다. 공을 받은 석진은 골대를 향해 슛을 했다. 공은 바스켓 언저리에 맞더니 위로 퉁겨났다. 떨어지는 공을 점프해서 받아낸 건 석진이었다. 공을 잡자마자 패스하기 위해 옆으로 뛰던 석진은 그 자리에 넘어졌다. 옆에서 공을 빼앗겼던 애가 자신의 발을 걸어버린 거였다. 그때라도 쥐고 있던 공을 놓아버렸으면 다치지 않았을지도 몰랐다. 놓치지 않으려고 공을 붙잡고 넘어지다 무릎을 비스듬히 찧었다. 금방 피가 흘러나왔다. 심하게 다친 것 같지 않았지만 피는 제법 묻어났다. 별생각 없이 일어서려 할 때였다.

"레드 블러드!"

옆에 서 있던 백인 애 한 명이 신기한 듯 석진의 무릎을 가리키며 외쳤다. 피가 붉다는 거였다. 둘러선 애들이 키들거리며 웃었다.

"화이 낫 옐로우?"

왜 피가 노랗지 않느냐고 고개를 갸웃거리던 애는 장난으로 그런 말을 꺼냈는지 몰랐다. 아니면 단순히 황인종의 피는 노랗다고 생각하던 어리보기였는지도 알 수 없었다. 그 뒤편에 숨어있던 놈이 킬킬대며 한 마디를 보탰다.

"더티 옐로우."

그 말을 들은 애들은 재미있다고 웃어댔지만 핏자국을 쓱 소매로 문지르고 일어서는 석진의 눈자위는 붉었다. 난 늙은 호박처럼 누렇고 더러운 황인종이다. 첫인상은 날카로운 얼음조각이 되어 뼈속깊이 박혔다.

　그날 밤, 스턴이 돌아오지 않은 거실 창가에 앉아 석진은 얼음꽃처럼 빛나는 창밖의 야경을 말없이 바라보았다.

　이곳은 미국이다.

　그리고 난 고아다, 돌아갈 곳도 없다. 아무도 반겨주는 사람도 없다.

　금자둥이 은자둥이 하면서 노상 업어주던 청골할매도, 멋진 장수님 하며 껴안아주던 아버지 주가미도 없다. 어머니도 없다. 낯선 얼굴, 낯선 말로 돌봐주는 스턴이 있었지만 그것도 독립할 때까지만이란 조건이다. 주위를 둘러봐도 자신에게는 부모도 친척도 집도 친구도 없다. 나 혼자다. 하지만 앞으로 난 이 곳에서 살아가야 한다. 저 바깥에 무수히 명멸하는 불빛 아래엔 누군가의 따뜻한 가정이 있을 것이다. 하지만 아무도 날 불러주지 않는다. 저 수많은 어느 불빛 하나도 내 것이 아니다. 내 것은 없다. 석진은 울기 시작했다. 그 울음은 점차 격렬하게 변했다. 석진은 시트를 뒤집어쓰고 침대에 엎어져 통곡을 했다.

　울고 난 다음 석진은 퉁퉁 부은 눈으로 창문을 열고 밖을 쳐다보았다. 시카고 대화재 때도 타지 않았다는 워터 타워의 모습이 눈에 들어왔다. 그편으로 네모진 블록으로 구분지워진 건물들이 서 있었고 직선도로가 뚫려 있었다. 도로 양옆으로 세워진 가로등 불빛이 노랗게 빛났다. 그 도로 위로 자동차의 물결이 인두에 담겨진 참숯마냥 벌건 불을 꽁무니에 매단 채 꼬리에 꼬리를 물고 미시건 호수 쪽으로 반듯하게 흘러가고 있었다. 도시는 마치 황금줄로 꼬아만든 거대한 그물 같았다. 호수에 던지면 황금고기가 잡힐지도 몰랐다.

석진은 혼자 중얼거렸다.

저런 그물이 있어도 난 고기를 잡지 않을 거야.

그리고 덧붙였다.

난 아버지처럼 빨간 새를 잡을 거야.

눈물 묻은 뺨을 닦으며 바둑판처럼 이어져 나간 차가운 불빛 도시를 한참 내려다보다 석진은 창문을 닫았다. 자신에게 창밖으로 뛰어내릴 용기는 없었다.

세 사람을 태운 차는 시원하게 뻗은 편도 사 차선 도로를 달렸다. 푸른 봄기운이 가로수 가지마다 싱싱한 생명감으로 피어오르고 있었다. 석진은 정해명 옆자리에 앉고 신애는 뒷좌석에 앉은 채였다. 신애와 석진은 둘 다 말이 없었다. 운전을 하던 정해명 교수가 말문을 열었다.

"김형, 기분이 어떤가?"

"무슨 기분 말입니까."

차창 밖의 풍경을 바라보던 석진은 시선을 돌렸다.

"한 삼십 년 되나, 조국에 돌아온 지가? 어떤가. 남다른 감회가 있을 법도 한데."

"글쎄요. 아직은."

"조국이란 기분이 드나?"

석진은 고개를 저었다.

"글쎄요. 한국도 많이 발전해서 미국과 별 차이가 없군요. 게다가 공항이나 저 바깥 풍경은 내가 알고 있는 고향과는 너무 달라서요. 고향이라면 바다와 섬, 청골 기와집, 뭐 그런 거밖에 기억이 없어요."

한강을 건넌 차는 강변북로로 접어들었다. 차츰 속력이 떨어졌다.

석진이 다시 뒷말을 이었다.

"내가 기억하는 고향이란 내가 태어났던 조그만 섬 하나뿐입니다. 섬, 바다, 그밖에 어린 시절 내 뇌리를 스쳐갔던 몇 개의 편린들……. 그 외에 조국이란 의미는 절실하게 다가오지 않는군요."

"그건 석진씨가 이 땅에 관심이 없어서가 아닐까요?"

불쑥 그렇게 말을 꺼내고 난 신애는 순간 후회했다. 자신이 나설 계제가 아니었다. 그러나 미국에 있던 동안 내내 설전을 벌이던 문제가 대두되자 자신도 모르게 끼여든 거였다. 하지만 석진은 대수롭지 않게 고개를 끄덕였다.

"그럴지도 몰라."

그럴지도 몰라. 비수처럼 날아온 짧은 대답은 신애의 가슴 한구석을 베어내 아릿한 아픔을 만들어냈다. 열어젖힌 항아리 뚜껑 속에서 풍겨 나온 아픔의 향기였다. 자신의 가슴속 깊숙이 묻어 두었던 항아리 속에는 지난날의 아픔들이 색 바랜 빚문서처럼 차곡차곡 채워져 있었다. 눈앞에 백지 한 장을 놓고 자신이 홀로 가야할 길을 그려야 했던 시절의 막막함, 가야 할 길을 혼자서 결정하고 혼자서 걸어야 했던 아득함, 걸어간 길을 아무도 책임져 주지 않았던 절망과 외로움, 그리고 그 수많은 불면의 밤들. 젊음이란 튜브 하나 지닌 채 험한 파도 속으로 내던져진 듯한 막막함과 두려움과 자괴감의 순간들. 그런 순간들은 타국에서 접해야 했던 낯선 학문의 무게로 더욱 절망스러웠다. 이제는 아무도 내 편을 들어주는 사람이 없으리란 절박한 한계상황. 그 어두운 미로를 그래도 헤쳐나갈 수 있게 만들어 준 것은 무엇이었을까.

사랑.

그런 단어가 신애의 가슴속에서 삐죽이 고개를 내밀었다. 내민 단어는 삽시간에 폭풍우처럼 그녀 가슴을 후려쳤다.

사랑?

그런 상념은 석진의 뇌리로도 스쳐가고 있었다. 평생을 만나던 사람이라도 안 보면 잊어버리게 되는 사람이 있는가 하면, 단 한 번을 만났을 뿐인데도 마치 언젠가는 반드시 만날 사람을 만난 듯한 그런 사람도 있다. 석진은 신애를 처음 만나던 날을 선명히 기억하고 있었다. 마치 평생에 한 번은 만날 사람을 만난 기분이었다.

해외 선교 장학생으로 선발된 한국 유학생 한 사람이 시카고에 도착할 거란 연락을 받은 건 출석하던 한인교회의 목사를 통해서였다. 자신이 공항에 나가야 하지만 급한 일이 있다고 석진에게 픽업을 부탁해 온 거였다. 그때 석진은 스턴의 집에서 독립해 전액 장학금에 독신기숙사를 받는 조건으로 시카고 유니버시티 박사과정에 다니던 참이었다. 마침 까다로운 페이퍼도 마무리해서 제출한 뒤였다. 공항으로 차를 몰았다.

한국에서 온 유학생은 쉽게 찾을 수 있었다. 그도 그럴 것이 호놀룰루를 경유해서 온 탑승객 중에서 어리벙벙한 동양인은 그녀 한 사람뿐이었다. 하지만 석진은 당황했다. 여학생이란 얘긴 듣지 못했던 터였다.

공항 출구로 나서는 여자는 단발머리였다. 푸른색 나일론 양장을 하긴 했는데 검고 굽 낮은 단화에 무릎 아래까지 올라오는 흰 양말이며 차림새가 이상하기 짝이 없었다. 낯설고 어색해 보이는 표정도 마찬가지였다. 힘겹게 들고 있는 바둑무늬 트렁크는 양쪽 배가 불룩 솟아올라 있었다. 석진이 신분을 밝히자 얼굴의 땀을 찍어내던 흰

가제수건을 밑으로 내리며 여자애가 꾸벅 인사를 했다.

"안녕하세요?"

또랑또랑한 목소리였다. 인사를 하고 얼굴을 드는 그녀를 석진은 정면으로 바라보았다. 순간 가슴이 덜컹 내려앉았다. 단발머리 여자애는 큰 눈에 먹구슬같이 까만 눈동자를 지니고 있었다. 깜박이는 눈동자는 젖어 있는 듯 물기가 어려 있었고 흰자위는 옅은 비취색으로 물들어 있었다. 비취색 바탕에 찍힌 까만 눈동자가 더 맑고 선명하고 신선했다.

석진의 뇌리로 머루가 떠올랐다. 어렸을 때 만돌이를 졸라 까막봉에 올라가 따먹었던 머루였다. 검고 작은 포도 알맹이처럼 생긴 시큼달콤한 머루를 따먹다가 입술이며 손에 묻은 자벽색 즙물을 씻어 내려고 낑낑대던 기억도 떠올랐다. 그 기억이 강렬하게 남은 건 그때 옻이 올라서 고생했던 덕분이었다. 옻이 오르자 온몸에 두드러기가 났고, 얼굴도 벌겋게 부어 올랐다. 뺨은 회초리로 맞은 듯 벌건 줄기가 서고 작은 종기가 솟아났다. 마치 꼭지에만 피를 묻힌 깨알처럼 생긴 종기였다. 놀러왔던 과수원집 딸 은실이가 자기를 보고 비명지르며 도망가던 생각도 났다.

할머니 청골댁이 찹쌀과 부추를 빻아서 침으로 환부에 붙이는 극성을 부리기도 한 덕분에 종기는 며칠 뒤 없어졌다. 하지만 그때 따먹었던 머루 맛을 생각하면 지금도 입안에 침이 고였다.

그런 머루 같은 여학생의 눈이 당돌하게 자신을 쳐다보고 있다가 석진과 눈이 마주치자 살짝 아래로 시선을 내리깔았다. 잠시 흰 양말 아래 단화 코를 내려다보던 얼굴이 다시 석진을 향했다. 석진을 보며 두어 번 눈이 깜박였다. 소리 없이 눈이 깜박이자 검고 긴 눈썹

이 눈꺼풀 위로 드러났다 사라졌다. 깜박이는 눈이 노루 같기도 했
다. 수줍은 듯, 부끄러우면서도 겁먹은 듯한 눈빛이었지만 대답은
여전히 또랑또랑했다. 이름은 나신애이며 장학금을 받고 온 만큼 배
려해준 분들께 누가 되지 않게 열심히 해보겠다는 말이었다. 우선
랭귀지 코스를 밟은 다음 정규 커리큘럼을 공부할 계획이란 말도 덧
붙였다.

"오빠라고 불러도 되요?"

시카고 하이웨이를 미끄러지듯 달려가고 있을 때 주변을 두리번
거리던 신애가 그렇게 말했다. 가지런한 치아가 드러났다. 매끄럽고
윤기가 도는 치아였다. 석진은 그 치아를 향해 고개를 끄덕였다.

"오케이."

"아버님이 인사 잘 드리라고 했어요. 오빠 말도 잘 듣고."

신애가 묵기로 한 기숙사는 이 인용이었다. 같이 쓰는 여자는 파
멜라라고 하는 흑인이었다. 석진이 잘 지냈으면 좋겠다는 인사를 파
멜라에게 건네자 신애도 더듬거리며 인사를 건넸다. 한국에서 회화
연습을 했던 모양이었다.

인사가 끝나자 신애는 배가 불룩한 트렁크를 열더니 나목사 편지
를 건네주었다. 시카고 한인교회에서 배려해준 유학생을 보내니 잘
부탁드린다는 내용이 씌어진 딱딱한 편지였다. 어렸을 때 보았던 나
목사의 모습이 아슴푸레하게 떠올랐다. 찬송가를 부르고 얻어먹었
던 알사탕과 요깡 기억이 뒤따라 올라왔을 뿐 체구가 작고 여자처럼
사뿐사뿐 걷던 나목사의 얼굴 윤곽은 그려지지 않았다.

다음 주말에 먼저 신애를 찾아간 건 석진이었다. 오빠라고 반기는
신애를 데리고 나와 차를 몰고 스테이트가에 있는 마셜필드 마트로

갔다. 의류 도매상에서 청바지 한 벌과 운동화를 골라주었다. 얼굴이 벌개져서 싫다고 도리질하던 신애가 항복한 건 미국에선 자신의 말을 잘 따르라고 하지 않았느냔 나목사 얘기를 꺼낸 뒤였다. 청바지를 입고 운동화를 신은 다음 랭귀지 스쿨에서 나눠준 티셔츠를 걸치고 나자 신애는 벌써 정규과정에 들어간 학생처럼 보였다.

신애는 총명한 여자였다. 반 년이 지나자 일상회화는 전혀 막히는 게 없었다. 하나를 가르치면 열 개를 안다는 말이 실감나게 느껴졌다. 단발머리를 뒤로 질끈 묶고 공부를 하는 모습을 바라보던 석진은 어느새 자신의 마음속에서 신애가 아름답고, 영특하고, 총명하고, 사랑스러운 여인으로 자리잡아 가고 있다는 걸 깨달았다. 미친 듯 공부에만 몰두했던 지난 시간 동안 한 번도 느껴보지 못했던 감정이었다. 하지만 석진은 자신이 사랑에 빠졌다는 걸 모르고 있었다. 신애에 대한 감정은 나목사에 대한 작은 배려일 뿐이라고 자신에게 납득시켰다. 하지만 그것이 틀렸다는 걸 깨닫기까지는 그리 오랜 시간이 걸리지 않았다.

기말시험 준비로 사흘 밤을 새운 적이 있었다. 시험은 메인 컴퓨터 프로그래밍의 소프트웨어 개발이었다. 주전공 과목이었기 때문에 한치의 오차라도 일어나면 큰일이었다. 마지막 페이퍼를 제출하고 돌아온 석진은 으슬으슬 몸이 쑤시는 걸 느꼈다. 침대에 눕자마자 담요를 뒤집어쓰고 죽음보다 깊은 잠에 빠졌다. 꿈속에서 그는 하늘을 온통 뒤덮으며 날고 있는 까마귀 떼를 보았다. 까막봉 쪽에서 검은 구름장처럼 솟구쳐 오른 까마귀들은 이편으로 날아오더니 자신의 몸을 쪼기 시작했다. 아프다. 석진은 잠에서 깨어났다. 누군가 물수건을 이마에 올려놓고 있었다. 눈을 뜬 석진은 머리를 갸웃

숙인 채 자신을 내려다보고 있는 신애의 얼굴과 마주쳤다.

"머리가 불덩이예요. 전화도 안 받고 그래서 와 본 거예요. 큰일 날 뻔했어요."

석류알처럼 싱그럽고 윤기 있는 치아가 그렇게 말하고 있었다. 내려다보는 흑머루 같은 눈이 촉촉이 젖어 있었다. 순간 석진은 자신도 모르게 한손을 뻗어 신애의 팔을 잡아당겼다. 신애의 어깨가 가슴께로 굽혀졌다. 다른 손을 내밀어 신애의 어깨를 끌어당겼다. 얼굴에서 상큼한 냄새가 풍겨났다. 어깨를 끌어안고 석진은 신애의 입술에 키스를 했다. 부드럽고 찰지고 미끈거리는 조갯살 같은 신애의 입술이 열리고 꿈틀거리는 낙지발 같은 혀가 입속으로 미끄러져 들어왔다. 혀를 물고 힘껏 빨아들였다. 신애의 손이 석진의 어깨를 콩콩 때렸다. 석진의 손이 신애의 가슴께로 기어갔다. 봉긋하게 솟은 유방이 손바닥에 닿았다. 따뜻하고 탄력 있고 부드러운 가슴의 융기가 손바닥 가득 잡혔다. 그곳에 얼굴을 파묻으면 금방이라도 달콤한 잠이 쏟아질 것 같았다. 새근거리는 신애의 숨소리가 귓전에 부서졌다. 석진의 손가락이 다가가 첫 번째 블라우스 단추를 풀었다. 신애의 손이 가만히 그 손을 밀쳐냈다.

"가봐야 해요. 해열제 두고 가니까 꼭 드세요."

옷매무새를 고친 신애가 그런 말을 남기고 방문을 열었다. 또각이는 신애의 발자국소리가 기숙사 복도를 따라 멀어져 가는 걸 들으며 석진은 자신이 사랑에 빠졌다는 걸 깨달았다.

두 사람 사이에 불어온 바람은 미칠 것 같은 첫사랑의 바람이었다. 미치면 미칠수록 좋은, 미쳤으면서도 미친 걸 모르는, 미쳐도 안 미쳐도 좋은 바람이었다. 신애의 숨결 하나, 피부에 돋아난 솜털 하

나, 귀밑으로 내려온 몇 오리의 머리칼, 드러난 흰 목덜미를 보기만
해도 옴병 옮은 사람처럼 심장이 가려워지는 사랑이었다. 마시면 마
실수록 갈증나는 바닷물처럼, 받아도 받아도 아쉽고 안타깝기만 한
사랑에 대한 욕망으로 석진의 몸은 불타 올랐다. 탐욕도 정당화되는
사랑의 순간들이 주고받는 눈길을 태우고 두 남녀의 가슴을 태우고
입술을 태웠다. 타들어가는 입술로 두 사람은 사랑을 주고받았다.
하지만 두 사람 사이에 사랑한다는 말은 한 마디도 오가지 않았다.

그들 사이에 오가는 사랑의 메시지는 오히려 논쟁을 통해 이루어
졌다. 한국에 대한 관점의 차이에서 오는 논쟁이었다. 신애는 학위
만 마치면 한국으로 돌아가겠다고 말했지만 석진에겐 전혀 그럴 계
획이 없었다. 신애는 이해할 수 없다는 표정을 짓곤 했다.

"오빠 한국에 너무 무심해요. 그래도 태어난 조국 아녜요?"

"관심이란 그걸 표시했을 때 변화가 일어날 수 있어야 해. 그런데
내가 관심을 갖는다고 달라질 게 있나? 난 없다고 생각해."

"자신이 한국사람이란 걸 한 번이라도 진지하게 생각해 본 적 있
어요?"

"글쎄."

석진은 고개를 갸웃거렸다. 물론 생각을 안 해본 건 아니었다. 그
렇다고 절박한 심정으로 생각해 보았던 것도 아니었다.

"생각이야 물론 해봤지. 하지만 의미가 없어. 그리고 그걸 생각하
기엔 너무 바빴다고나 할까. 그럴 틈이 없었지."

이곳에서 살아남으려면 말야. 그럴 여유가 없다구. 석진은 고개를
저었다.

"내 삶에 있어서 가장 큰 변수는 결국 내가 오리엔탈이란 사실이

었어. 그리고 그게 이 나라에서 의미하는 게 과연 뭔가였고.”

“그러니까 동양인으로서의 아이덴티티에 대해 더 생각해 봐야 하는 거 아닐까요?”

“아냐.”

석진은 완강하게 고개를 저었다. 피가 노랗지 않다는 놀림을 받고 돌아와 창 밖을 바라보며 울었던 기억이 스쳐갔다. 창문을 열고 뛰어내리고 싶었던 그 아픈 기억이 떠오르자 또다시 가슴이 시려왔다.

“우선 이 땅에서 내가 뿌리를 드리우는 것, 그게 바로 내 아이덴티티야. 이곳에서 인정받고 살아남는 것. 그게 내가 해야할 급선무였지.”

초롱초롱한 신애의 눈을 쳐다보며 다시 석진은 또박또박 말을 이었다.

“지금까지 내가 살아남은 이유는 미국을 받아들였기 때문이야. 내 노란 피부를 아무리 문질러도 백인이 될 수 없다는 걸 깨닫는 순간, 난 피부색깔에 대한 미련에서 벗어날 수 있었어. 열등감도 마찬가지고. 그건 내가 태어난 순간 떠있었던 내 운명의 별이 날 그렇게 만든 것이지, 내가 선택한 게 아냐. 내 생각이 반영되지 않은 결과에 대해서 고민할 필요는 없단 생각이 들더군. 인정하자. 내가 동양인이란 걸 인정한 순간 비로소 남보다 더 노력해야만 할 당위성이 생겨나더군.”

완강하게 자리잡은 눈두덩 아래의 눈을 깜박이며 석진은 뒷말을 이었다.

“앞으로 내 운명의 별은 내가 만들어 나갈 거야.”

신애가 고개를 끄덕였다.

"자신의 결정에 책임을 진다는 건 당연한 거죠. 제가 하고 싶은 말은……."

안타깝게 석진을 바라보았다.

"한국사람의 입장에서 자신의 미래를 결정할 수도 있지 않느냔 거예요."

"글쎄, 그게 그렇게 중요할까?"

"그럼요. 그런 관점이 오빠가 가장 중요하다고 생각하는 삶의 변수가 될 수 있거든요."

"어떻게?"

"조국에 돌아가고 싶은 생각이 들 수도 있고, 나아가서는 조국을 위해서 일하고 싶은 소명의식이 생길 수도 있잖아요."

"그럴지도 모르지, 하지만 신애."

"……."

"난 지금의 내 삶에 만족하고 있어. 게다가 지금 난 코스를 위해 투자해야 할 시간도 부족한 형편이야. 더구나 난 지금 여기에서 충분히 적응하고 있고 또 인정도 받고 있어. 미국인의 삶에 편입해서 미래를 설계하고 있거든. 그런데 구태여 과거의 의미를 찾으려고 시간 낭비할 필요가 있을까? "

"물론 이곳에서 오빠의 미래를 설계하는 게 더 나을 거예요. 하지만 조국으로 돌아가 뭔가 조국을 위해 일해본다는 것도 의미 있는 삶 아닐까요. 이 나라는 강대국이에요. 오빠 한 사람 있어도 없어도 그다지 차이가 나지 않아요. 하지만 한국은 지금 오빠 같은 사람이 절대로 필요해요. 지금 한국은 가난을 벗기 위한 발전의 문턱에 있어요. 그런 조국을 돕는 것도 보람 있는 일 아닐까요?"

"……"

"가난하고 힘든 자의 편에 서는 걸 두려워하지 말아야 한다고 주님께선 늘 말씀하시잖아요. 가난한 곳, 힘든 곳에 가야 한다구요. 지금 한국이 그런 곳이란 생각은 안 드세요? 오빠 같은 엘리트들의 힘이 절대적으로 필요한."

그러나 석진은 고개를 저었다. 그리곤 한 마디를 내뱉었다.

"난 그 나라에 빚진 게 없어."

기막힌 표정으로 신애는 고개를 절레절레 흔들었다.

"오빤 너무 실용적이군요."

아연해하는 신애를 오히려 의아스럽게 쳐다보는 석진이었다.

"실용적이란 게 나쁜가? 난 좋다고 생각해. 삶을 충실히 살아가는 방법이기도 하고. 퓨리터니즘도 결국 신을 충실히 믿고자 하는 사람들의 소망이 만들어낸 거 아닐까? 미합중국이란 대국을 세운 밑바탕에는 그런 청교도 정신도 한몫을 했다고 생각해."

"아니에요."

신애는 고개를 저었다.

"오빠, 실용적인 게 좋은 거라지만, 풍요한 미국의 특권에 빠져있는 거예요. 이곳 국적을 가진 오빠는 세계 어느 곳에서나 인정받고 있는 미국의 힘에 편입하고 싶은 거예요. 게다가 조국은 가난하고 못난 나라죠. 만약 한국이 미국보다 더 강한 나라라면 어떻게 하시겠어요. 그래도 조국에 대해 무관심했을까요?"

"글쎄."

"적어도 그처럼 무관심하진 않았을 거예요. 아니 무관심이 아네요. 의식적으로 부정하고 지워버리고 싶은 거예요. 태어난 곳이 한국이라는 걸 말예요."

신애는 한 마디를 덧붙였다.

"오빠가 태어난 오식도까지도요."

오식도.

자신이 태어났던 섬이름을 듣는 순간 석진의 명치어림이 답답해졌다. 어쩌면 자신의 무의식 속에 한국을 잊고자 하는 마음이 숨어 있는지 모른다는 생각이 스쳐간 건 그때였다.

어머니가 문둥이라 하더라도 클레오파트라와 바꾸지 않겠다는 말을 어떻게 생각하세요. 그렇게 물었던 신애의 당돌한 얼굴이 떠올랐다. 그러나 뭐라고 대답했는지는 기억나지 않았다.

앞좌석에 앉아 한 마디 말도 없이 침묵에 잠겨 있는 석진을 신애는 가만히 지켜보고 있었다. 무슨 생각을 하고 있는지 스치는 거리의 풍경에 시선을 던지고 있는 얼굴은 딱딱하게 굳어 있었다.

침묵을 깨뜨린 사람은 정해명 교수였다.

"김형, 쉬는 것과 저녁 식사, 어느 쪽인가."

"무슨 말이죠?"

"쉬고 싶다면 숙소로 가는 게고 식사라면 우리 집으로 가는 거지."

"정형 집으로요?"

"지금쯤 솜씨 없는 음식 만드느라고 마누라 정신 반쯤 나갔을 게야. 김형이 온대니까 며칠 전부터 잔뜩 부풀어서는. 그게 다 내가 굉장한 미남에다가 진짜 신사라고 자랑해 둔 덕분인 줄이나 알게."

"농담은 여전하십니다."

굳어 있던 석진의 표정이 다소 부드러워졌다.

"신경을 쓰게 하는 것 같아 죄송하군요. 그냥 호텔에서 쉬지요."

"어어, 아니라구. 누구 마누라에게 쫓겨나는 꼴 보고 싶어서 그러는 겐가? 말은 하지 않지만 집사람 은근히 신사를 만난다는 기분에 들떠 있는 것 같았어. 여자란 나이를 먹어도 철없는 건 마찬가지란 말이야."

"정 선생님까지 그런 말씀 하시기예요?"

신애가 애써 명랑한 기색으로 정해명의 입을 막았다.

"참, 나 선생이 있었구먼. 나 선생은 물론 빼야지."

예약해 둔 호텔에 짐을 넣어두고 정교수의 집에 도착한 것은 이미 어두워진 다음이었다. 봄이 성큼 다가온 계절이라곤 하지만 밤 공기는 찼다.

정해명의 부인은 아름다운 여자였다. 갸름한 얼굴에 시원하고 상큼한 눈을 가진 그녀는 오똑 솟은 콧날의 윤곽이 알맞게 균형을 이루어, 전체적으로 시원하면서도 부드러운 분위기를 지니고 있었다.

소파는 푹신했고 거실은 안온했다. 대충 인사를 나누고 커피를 마시면서 신애는 마치 추운 밤길을 헤매다 따뜻한 자신의 방안 아랫목에 발을 뻗어 보는 느낌을 가졌다. 아기자기하게 꾸며 놓은 거실의 분위기를 살펴보지 않더라도 정교수의 부인이 지닌 부피는 가정이란 성채에 없어서는 안 될 여주인의 모습 그대로였다.

정선생님이 페미니스트로 자처하는 것은 아마도 사모님의 저 완벽한 조화의 미와 무관하지 않을 것이다. 커피잔을 내려놓으며 신애는 그렇게 생각했다.

"조국에 오신 소감이 어떠세요?"

식사를 마치고 커피를 마시면서 부인은 석진에게 말을 건넸다.

"글쎄요, 뭐랄까."

"생각이 잘 나시지 않는 모양이죠?"

"오늘 두 번째 받는 질문이긴 합니다만."

기다렸다는 듯 정해명이 나섰다.

"김형, 아마도 앞으로 수십 번은 더 그런 질문을 받아야 할거요. 만나는 사람마다 첫인사가 그것일 테니까."

"아무래도 정답을 준비해 두어야겠습니다."

"정답을 준비하시려면 아주 감격적인 걸로 준비하셔야 할 거예요."

정교수의 부인이 장난스럽게 되받았다.

"어때요, 지금부터 연습해 보셔야죠. 우선 제 물음에 대답해 보세요."

"감격적이라고 하셨으니까 그 대답까지 사모님께서 만들어 주셔야 겠습니다. 어떻게 대답해야 할까요?"

"그거야 간단하지."

정교수가 목청을 가다듬었다.

"꿈에도 그리던 조국을 삼십여 년 만에 다시 밟게 되니 가슴이 벅차 말문이 막힙니다."

"저인 지금도 저렇게 웃긴다니까요."

정교수 부인이 싱겁다는 표정을 지었다.

2

봄바람이 어둠 저편에서부터 불어오고 있었다. 뺨에 닿는 감촉이 시원했다. 반드시 술기운만은 아니었다. 호텔까지 태워다 주겠다고 정교수가 말했지만 석진이 사양을 한 데다 안내 역할을 신애가 떠맡고 나서자,

"오랜만에 두 분께서 미진한 이야기가 남았구먼."
하곤 물러났다.

정교수의 아파트에서 나온 그들은 잠시 말없이 걸었다. 넓은 아파트 단지 주변에는 신기할 정도로 인적이 없었다. 창문에 켜진 불빛조차도 어딘지 빈집을 지키는 외등처럼 활기가 없어 보였다.

오렌지색 가로등이 늘어선 도로를 함께 걸으며 그들 사이에 처음으로 단둘이 함께 하는 시간이라는 생각이 떠올랐다. 두려워하는 건 아니었다. 이미 그들은 공항에서 서로의 얼굴을 확인한 순간부터, 단둘이 마주치는 시간을 두려워하면서도 애타도록 기다려 왔었다는 사실을 피차간 느끼고 있었다.

두 사람은 침묵 속에서 나란히 걸었다. 가로등을 지날 때마다 발밑의 그림자가 따라서 흔들렸다. 신애의 구두굽 소리가 유난히 또박또박 울리고 있었다.

"내일은……."
보도블럭만 내려다보고 걷던 신애가 먼저 입을 열었다.

"무슨 일을 할 생각예요?"

"오후에 업체 견학하기로 돼 있어."

"그곳에서 근무하실 건가요?"

"그건 나중에 결정할 문제니까."

세계 유수의 과학자들이 모여 있는 벨(Bell) 연구소에서도 몇 손가락에 꼽히는 공학 박사 김석진, 국내의 컴퓨터 업계에서 그를 노리는 이유는 충분히 있었다. 컴퓨터 분야에서도 소프트웨어 분야에 이미 독자적 영역을 구축하고 있는 석진에 대한 스카우트 제의는 미국내의 여러 곳에서도 있었다.

고등학교 재학 중 전국적인 평가인 아메리칸 칼리지 테스트(ACT)에서 1위를 했던 수재, 그리고 3년 만에 대학을 졸업하고 다시 최종 학위를 취득한 공학 박사.

그러나 신애가 알고 있는 건 거기까지였다. 무슨 까닭에 석진이 벨 연구소의 연구주임이란 직책과 유수한 미국내 기업체의 권유를 뿌리치고 국내 컴퓨터 업계의 초청을 받아들였는지 모를 일이었다. 비록 단기간 국내업계를 돌아보고 근무할 조건을 살펴본 후 최종 확답을 한다는 것이었지만, 이전의 석진에게서 볼 수 있었던 조국에 대한 무관심, 혹은 생각을 잘 알고 있던 신애로서는 얼핏 추측의 실마리가 잡히지 않았다.

"김박사가 연구소를 그만둘지도 모른다는 이야기가 있자 실리콘 밸리에서 파격적인 조건을 제안했다더군요. 그걸 뿌리치고 귀국하겠다는 걸 보면 이제 와서야 조국이 소중한 거라는 생각이 든 모양이야."

정해명 교수는 그렇게 생각하는 모양이었지만 신애는 수긍하기 어려웠다.

"석진씨."

조심스럽게 입을 여는 신애의 마음이 조금 떨렸다.

"여기에 다녀갈 생각을 하게 된 동기라도 있었나요?"

"있었지."

석진의 대답은 빨랐다. 몇 걸음을 걷고 난 석진이 불쑥 뒷말을 이었다.

"글쎄, 신애를 만나려고……?"

두 사람은 순간 멈칫했다. 눈이 마주쳤다. 잠깐, 그리고 다시 누가 먼저랄 것도 없이 그들은 시선을 피했다.

"제가 어리석은 질문을 했군요."

"아냐."

짧은 대답이 날아왔다. 잠시 침묵이 흘렀다. 어디선가 피아노 소리가 들려왔다. 라흐마니노프였다. 두 사람은 잠시 그 음악에 귀를 기울이며 걸음을 옮겼다. 음악은 조금씩 두 사람 사이로 흘러들어 발목부터 채워 오르기 시작했다. 그 음악이 목까지 차올랐을 때였다. 석진의 목소리가 이어졌다.

"어쩌면 정말 신애를 만나기 위해서 왔는지도 몰라."

"……."

"자주 신애 생각을 했었지. 다시는 만날 수 없다고, 단념했던 적도 있었고. 하지만 그러기에는 미진한 게 있었어. 그래서 만나야 한다고 생각했지. 만나고 나야만 무슨 결정이든 할 거 같았어. 그거야. 내가 한국에 온 이유는."

완강한 말투였다. 그러한 말투 속에서 신애는 문득 그녀 자신의 가슴속에 묻어 두었던 아픔의 씨앗이 다시 세차게 움터 오르는 걸 깨달았다. 자신 또한 마찬가지였다. 자신도 감당하지 못할 고통으로 얼마나 힘들었던가. 감당할 수 없는 아픔을 이겨내기 위해 지난 오

년 간 얼마만큼 몸부림쳐왔던가.

아파트 정문 앞을 벗어나자 상가의 휘황한 불빛이 쏟아졌다. 그 사이를 달려가는 차량들의 헤드라이트가 어지러웠다.

"신애 집은?"

택시 정류소 앞에 서자 문득 석진은 물었다. 갑자기 신애가 결혼했을지도 모른다는 생각이 스쳐 지나갔다.

오 년 간의 공백이 휘황한 상가의 불빛 너머에서 흰 이빨을 드러내고 웃고 있었다.

"제가 바래다 드릴게요."

"택시 타면 호텔이야 데려다 주겠지."

"석진씬 어디가 어딘지 모르잖아요. 정 선생님도 내가 바래다 드릴 걸로 알구요."

신애는 정수리에 불을 켜고 달려오는 차를 향해 손을 들었다.

빈 택시가 그들 앞에 섰다. 정수리의 불이 꺼졌다.

3

커튼을 젖혀놓은 창 밖으로 도도하게 흘러가고 있는 한강물이 보였다. 강물 위로는 봄날인데도 옅은 안개가 끼어 있었다. 머릿속을 스쳐갔던 두서 없는 상념 때문인지 시차 때문인지 밤늦도록 뒤척이다 잠깐 눈을 붙인 석진은 침대 위에서 눈을 뜨고 나서도 멍하게 창밖을 흘러가는 강물에 시선을 던지고 있었다. 도도하게 흐르는 강물 한복판으로는 깊은 수심을 따라 짙은 색깔을 띤 물고랑이 패어 있었다. 물고랑은 지렁이가 기어간 흔적 마냥 구불거리며 하류 쪽으로 이어져 나갔다.

저 강물은 십 년 전에도, 백 년 전에도 저렇게 흘러갔을 거였다. 낮은 곳은 낮은 대로 깊은 곳은 깊은 곳대로 그저 흘러가는 대로 몸을 맡기고 굽이치면 굽이치는 대로 휘어지면 휘어지는 대로 흘러가고 또 흘러갔을 거였다. 수백, 수천 번 이곳을 지나갔을 강물은 그때마다 서로 뒤엉켜 혼란을 거듭하는 사람들의 삶을 바라보면서 지나갔을 거였다.

저 강물은 흐르고 흘러 태평양으로 흘러갈 거였다. 그러다가 대서양과 만나게 될 거였다. 그렇게 생각하면 어쩌면 저 흘러가는 물줄기가 옛날 자신들이 바라보았던 미시건 호수의 물 한 움큼과 만나게 될지도 몰랐다.

미시간 호수에서 흘러내린 물도 대서양으로 빠져나가 어딘가에서 다시 태평양과 만나게 될 것이다. 저 강물을 따라 흘러가서 대서양에 이르고, 그 대서양을 거슬러 올라가다보면 언젠가 신애와 함께 데이트를 했던 드넓은 미시건 호수의 물비늘 냄새를 맡을 수 있을지도 몰랐다.

강물을 바라보면서 석진은 신애와 함께 올라탔던 유람선을 기억해냈다. 바다처럼 넓은 미시간 호수에 안긴 시카고의 야경을 한 눈에 볼 수 있는 관광코스였다. 미시간 항구에서 출발하는 선플라워호 이층 선상에서 바라보는 야경은 현란했다. 가까운 곳은 검은 실크에 작은 진주와 큐빅을 박아놓은 것 같은 불빛들이 눈동자를 반짝이며 만세를 부르고 있었고, 멀리 떨어진 곳에는 금박 은박을 입힌 모래들을 흩뿌려놓은 것 같은 불빛들이 아우성을 치며 박수를 치고 있었다. 하이웨이 따라 정확한 간격으로 세워진 수은등 불빛이 토파즈나 시츄린처럼 노랗게 익어가고 있었다. 노란 불빛 아래로 유태인 별처럼 두 겹으로 번져보이는 헤드라이트를 부릅뜬 자동차의 행렬들이 꼬리에 꼬리를 물고 달려왔고, 꽁무니에 쥐불깡통 매단 차량들이 꼬리에 꼬리를 물고 달려갔다. 유람선에 이층 갑판 난간 앞에 나란히 선 두 사람은 끝없이 이어지는 도심의 야경을 한참 바라보았다. 먼저 입을 연 사람은 신애였다.

"얘기 들었어요. 칼리지 테스트에서 1등을 했다는 거 말예요. 미국 전체 학생 실력을 평가하는 시험이었다면서요."

"전체 분야는 아냐. 매스매틱스 분야였어."

"수학분야요?"

"그렇지. 수학 학력경시대회라고나 할까. 그게 내가 컴퓨터 프로그래밍을 전공한 계기가 된 거고."

그러면서 석진은 컴퓨터 전공을 선택한 계기를 설명했다. 결국 남보다 뛰어난 수학실력이 이공계로 진출하는 발판이 되었다는 거였다.

"신애는 내가 수학을 잘하게 된 동기가 뭔지 맞출 수 있을까?"

"……?"

"그건 구구단이었어."

"구구단이라구요?"

"그래, 구구단."

고개를 끄덕이며 석진은 설명을 했다. 초등학교에 들어가 매스매틱스 시간이 되어 곱셈을 하는데 자신의 멀티플라이 능력이 남보다 탁월하다는 걸 깨달았다고 했다. 칠판에 가득 씌어진 두 자리 곱셈 문제를 석진은 남보다 서너 배 빨리 해치우는 능력이 있었다. 일사천리로 문제를 풀고 답을 써놓고 주위를 살펴보면 다른 애들은 그때서야 겨우 반 정도 풀면서 땀을 뻘뻘 흘리고 있곤 했다.

"그 이유가 뭐냐면 말야. 내가 구구단을 외울 줄 안다는 거였어. 미국엔 구구단이란 게 없거든. 그냥 문제를 풀면서 곱셈을 배우는 거야. 그런데 난 어릴 때 구구단을 외우는 걸 옆에서 듣고 자연히 외웠던 거지."

매스매틱스 시간에 도맡아 칭찬을 듣던 석진은 공부에 몰두했다. 수학의 천재라는 닉네임을 얻은 건 전미 고등학생 수학 경시대회에서 일등을 하고 나서였다. 구구단이 만들어 낸 수학의 천재는 결국 컴퓨터 프로그래밍 전공을 선택했다.

"이 호수가 바다라는 착각을 가끔 하곤 해."

난간을 잡고 갑판 위에 나란히 서서 반짝이는 야경을 바라보던 석진이 신애의 어깨를 가만히 감싸안으며 말문을 열었다.

"여길 오면 냄새를 맡아보곤 해. 바다였으면 싶은 거지. 물비린내를 맡고 나면 아쉬워. 짠 갯냄새가 그리운 거지."

석진의 어깨에 기댄 신애는 갑판 위 벤치에 앉아 키스를 하고 있는 남녀를 힐긋 바라보았다. 십 분 전쯤 시작된 키스는 아직 끝날 기미가 없었다. 갑판 의자 위에 앉아 입술을 십자로 맞대고 있는 데이트 족은 서로에게 찰싹 안겨 쉴새없이 혀를 교환하고 있었다. 그 옆 벤치에는 금발머리 여자애가 등을 돌린 채 남자 무릎 위에 올라앉아 있었고 뒤에 앉은 상고머리는 두 손으로 여자의 가슴을 만지고 있었다. 퍼런 힘줄이 드러난 사내의 굵은 팔뚝에 문신된 건 꼬리를 치켜든 전갈이었다.

환경에 적응하는 사람의 힘이란 본능과 같은 거라는 생각이 스쳐
갔다. 시카고에 온 지 육 개월이 지나자 보기 민망한 그런 모습도 그
런대로 넘길 수 있게 된 신애였다. 물론 아직도 노골적인 성표현을
보면 민망한 생각도 들었지만 처음처럼 가슴이 덜컥 내려앉고 얼굴
이 빨갛게 달아오를 정도는 아니었다. 개미핥기를 구경하기 위해 찾
아간 링컨 파크공원 숲 속에서 대낮인데도 섹스를 하는 연인들과 마
주치고 어쩔 줄 몰라 허둥댔던 기억도 있었다. 포옹과 키스와 섹스
가 일상화 되어버린 곳에서 느껴지는 건 자신이 이방인이라는 생각
이었다.

"갑자기 짠 소금냄새가 그리울 때가 있었어. 미칠 정도로. 당장
바다를 보지 않으면 못 견딜 거 같더군. 그래서 차를 몰고 밤새워 버
지니아 비치까지 달려간 거야. 천 마일이 넘는 거리를 달려가 그곳
에서 해가 떠오르는 대서양을 바라보았지. 헌데 갈증이 가시지 않
아. 동트는 대서양을 눈앞에 바라보면서도 말야. 그 허기가 가신 건
근방 수산물 마트를 구경하러 갔을 때였어. 그때야 난 알았어. 내가
맡고 싶어했던 게 실은 비린내였다는 걸."

뜻밖에 감상적인 말을 꺼내는 석진을 보며 신애는 그 비린내가 바
로 고향의 냄새라는 얘길 꺼내려다 입을 다물었다. 자칫 얘길 잘못
꺼냈다가 조금씩 열리기 시작하는 석진의 마음이 다시 닫혀버릴지
모른다는 생각에서였다.

"왜 비린내가 갑자기 그렇게 맡고 싶었는지 몰라. 어릴 때 생각하
는 바다냄새는 비린내였던 거 같아. 그리고 비린내라면 또 생각나는
게 있어."

"그게 뭔데요."

“빨간 새.”

“빨간 새라구요?”

“할머니 약에 쓴다고 아버지가 사온 새였는데 내가 잃어버렸어. 그 새에게서도 비린내가 엄청 풍겼지.”

“빨간 새라면 잉꼬 같은 건가요?”

“아냐, 전혀 달라. 눈이 작고 부리가 까마귀처럼 긴 새였어. 그런데 온몸이 빨갰지. 눈까지 빨간 그 새는 뱀을 잡아먹고 산다는데 내가 문을 여는 바람에 도망쳐 버렸지.”

“뱀을 먹는 새도 있어요?”

“오브 코스.”

놀래는 신애를 바라보며 석진은 눈을 가느다랗게 떴다. 까막봉을 향해 날아오르던 새빨간 새의 날갯짓이 기억의 그물망에 선연히 떠올랐다.

“가끔 그런 생각이 들 때가 있어. 그 새를 내가 잃어버려서 할머니나 부모님이 돌아가신 게 아닌가 하는 생각.”

그렇게 말하는 석진의 음성은 조금 쓸쓸해 보였다. 신애는 석진의 팔에 팔짱을 끼었다.

눈앞에는 여전히 현란한 시카고의 야경이 흘러가고 있었다. 스크류 돌아가는 소리가 잔잔히 밤물결을 헤치고 들려왔다.

“도시의 네온사인을 바라보면 생각나는 게 있어.”

뚜벅 석진이 그렇게 말꼬리를 바꾼 건 한참 흘러가는 도시의 야경을 바라보고 난 뒤였다. 잔잔한 이야기가 뒤이어졌다.

노랑둥이라고 놀림을 받았을 때. 집에 돌아와 창 밖 야경을 보며 앉아 있었던 기억에 대한 거였다. 그때 비로소 자신이 혼자라는 걸 깨달았다는 얘기, 혼자서 살아야 한다는 각오, 창문을 열고 뛰어내리고 싶은 생각도 들었지만 아래를 내려다보니 도저히 용기가 나지 않더라는 이야기 등이 이어졌다.

"흰둥이들에게 절대 지지 않겠다는 각오를 한 건 그 무렵이었을 거야."

"오빠."

신애는 잡고 있는 석진의 팔에 매달리며 슬쩍 물었다.

"울었던 적 없어요?"

"울었던 기억?"

석진의 뇌리로 담요를 뒤집어 쓴 채 침대에 엎드려 통곡했던 기억이 떠올랐다. 그 기억을 지그시 누르고 난 석진은 슬쩍 말머리를 돌렸다.

"많지."

그리고 난 석진은 프라이머리 스쿨에 다닐 때 연극을 보다가 운적이 있다고 털어놓았다. 성냥 파는 아이가 추운 겨울밤 창문 밖에서 성탄축하 파티를 열고 있는 집안을 들여다보다가 얼어죽는 동극이었다.

"그걸 보다가 나도 모르게 눈물이 핑 돌더군. 남들이 볼까봐 얼른 밖으로 나와버렸어. 얼어죽은 애가 나 같다는 생각이 들었거든."

친척이라곤 한 사람도 남지 않고 모두 죽어버렸다는 석진의 처지가 신애의 가슴을 찔렀다. 생존경쟁을 뚫고 독하게 살아남아야 했던 필연성이 그런 고아의식 안에 깔려 있었다. 사방을 둘러봐도 자신밖에 믿을 사람이 없을 때 강해질 수밖에 없는, 약해지면 도태되어 버리는 정글의 생존법칙이 그곳에 있었다. 그럴수록 석진에게서 야수의 냄새가 쓸쓸히 풍겨났다. 신애는 석진의 손을 가만히 잡았다.

"오빠, 자신의 능력을 빨리 찾았군요."

신은 똑같은 분량의 흙으로 인간을 만들었다는 아버지 나목사의 이야기가 스쳐갔다. 석진에게 수학의 천재성이 있다면 그곳에 흙이 많이 들어간 거였다. 따라서 다른 부분에 들어간 흙의 분량은 적을 수밖에 없었다. 그렇다면 한국에 대한 무관심을 보이는 부분이 흙이 적게 들어간 곳일 터였다. 갑자기 석진에 대한 연민이 솟구쳐 올랐다. 안고 안기고 싶은 욕망이 순간적으로 모습을 바꿔 나타난 연민이었다. 그 연민은 사랑의 또다른 표현이었다.

유람선 투어가 끝나고 석진은 신애를 기숙사까지 배웅해 주었다. 현관 앞에서 어깨를 끌어안고 두 사람은 짙은 키스를 나눴다. 손을 흔들며 석진이 돌아서려 했을 때였다.

"커피 한 잔 하고 가세요."

신애가 석진의 팔을 잡았다.

"번거롭잖을까. 룸메이트가 있을 텐데."

"괜찮아요. 파렐라, 남자친구랑 여행간 걸요. 로키산맥으로 사냥 갔는데 일주일 뒤에나 돌아올 예정이래요."

잠깐 머뭇거리며 무언가 생각하던 표정을 짓던 석진은 신애의 어깨에 팔을 둘렀다. 그리고 신애를 감싸 안고 현관문을 들어섰다. 기숙사 복도는 텅 비어 있었다. 앞장선 신애는 키를 꺼내 룸 자물쇠를 열었다. 달칵, 하는 소리와 함께 문이 열렸다. 룸에 들어선 신애가 전기 스위치 쪽으로 손을 뻗었을 때였다.

"그냥 두지."

석진이 뚜벅 그렇게 말했다. 신애는 뒤를 돌아보았다. 석진의 두

팔이 다가와 신애의 허리를 감싸안았다.

"신애."

이름을 부르며 석진의 고개가 아래로 숙여졌다. 그리고 입술이 다가와 선홍빛 신애의 입술에 부드럽게 부딪쳐왔다. 입술이 마주치는 순간 신애는 눈을 감았다. 달콤하고 격렬한 키스가 이어졌다. 신애의 입 속으로 밀고 들어온 혀가 입안 구석구석을 헤집고 다녔다. 그리고 신애의 혀를 빨아들였다. 수줍게 망설이며 들어온 신애의 혀를 석진이 뿌리째 뽑아버릴 힘으로 빨아들였다. 신애의 종주먹이 석진의 등을 콩콩 쳤다. 석진이 신애를 불끈 들어올리더니 침대까지 뒷걸음질을 쳤다. 두 사람은 침대에 포개지듯 함께 쓰러졌다.

"아이 니드 유."

"저두요."

숨가쁜 대화가 오가고 으스러지게 신애를 껴안은 손이 앞가슴을 풀기 시작했다. 브래지어를 위로 밀어 올리자 단단하고 부드러운 젖가슴이 뭉클 솟아올랐다. 어둠 속에서도 그 젖가슴은 뽀얀 유백색으로 빛나고 있었다. 석진은 미친 듯 그 가슴을 빨기 시작했다. 블라우스가 벗겨지고 브래지어가 벗겨졌다. 치마가 벗겨지고 둘둘 말린 스타킹과 함께 흰 팬티가 부끄러운 듯 얼굴을 감추며 뒤집어 벗겨졌다.

처음으로 신애와 함께 지낸 밤이 마치 어제 있었던 일처럼 생생하게 눈앞을 스쳐갔다.

정교수의 전화가 걸려온 건 망연히 그런 생각에 잠겨 있을 때였다. 권도영이란 기자와 저녁 자리를 마련해 두었다는 얘기였다.

"인터뷰라니요, 사양하겠습니다."

"아닐세. 다른 곳에서 선수치기 전에 이왕이면 그 사람으로 했으면 싶네. 내가 아끼는 후배야."

"특별히 할 말도 없습니다."

"이 사람, 우리 집에서 연습한 게 있잖나."

농담 반 진담 반으로 약속을 정하고 나서야 정교수는 전화를 끊었다.

차가운 물로 샤워를 하고 난 석진은 머리를 말리며 다시 말없이 흘러가고 있는 강물 쪽으로 시선을 던졌다. 숙면을 취하지 못한 눈이 거칠거렸다. 문득 한 여인의 얼굴이 떠올랐다.

실비아, 한때는 사랑한다고 믿었던 여인. 그녀는 자신의 결혼이 잘못되었다는 사실을 결혼식 사진이 채 마르기도 전에 깨닫게 만들어 주었던 금발머리 동급생이었다. 허영심과 백인우월주의에 가득 차 있었던 실비아는 자신 같은 금발머리 백인여성이 동양인과 결혼해 준다는 사실 자체가 특혜임을 내세우던 여자였다. 흰 피부에 오똑한 콧날, 그리고 어깨를 덮는 치렁한 금발머리는 대학 내 남학생들의 시선을 떼지 못하게 만드는 매력이 있었다. 비누거품처럼 매끄럽게 보이는 하얀 피부가 생각보다 거칠다는 걸 빼놓고는 미인이라고 할 수 있는 팔등신이었다.

실비아의 얼굴 위로 다시 신애의 얼굴이 겹쳐졌다.

동시에 신애와 나눴던 얘기들이 귓전에 들려왔다.

"난 학업만 마치면 돌아갈 거예요. 난 내 조국에서 일하고 싶어요. 내 스스로 내게 한 약속이죠. 아버님께서는 항상 제게 일러 주셨어요. 이 땅을 위해서 땀 한 방울이라도 보탤 수 있는 사람이 돼야 한다고요. 오빠도 같이 돌아가지 않겠어요?"

"난 그렇게 생각진 않아. 난 그 땅에 빚진 게 없어. 오늘의 나를 만들어 준 건 이 땅이야. 신애 아버님은 목사님이시기 때문에 목자의 입장만 고려하신 거야. 오히려 신애가 여기에서 일을 하면 어떨까."

"그렇지만, 날 정말 필요로 하는 곳이 어딘가 먼저 생각해야 되지 않겠어요?"

평소 그토록 조국행을 권유하던 신애의 태도가 돌변한 것은 그녀가 박사 과정에 들어가기 전, 부친인 나목사가 위독하다는 연락을 받고 한국에 다녀온 뒤였다.

나목사가 위독하다는 전화가 온 건 두 사람 사이에 오가는 불길이 서너 달 미친 듯 타오르고 있을 무렵이었다. 전화를 받은 신애는 발을 동동 구르며 노스웨스트 에어라인에 올라탔다. 허둥지둥 작은 가방 하나만 꾸려들고 공항 출구를 빠져나가는 신애의 뒷모습을 석진은 눈이 아리게 바라보았다.

한국으로 떠난 신애가 돌아온 건 한달 쯤 지난 뒤였다. 얼굴이 몰라보게 수척해져 있었다. 떠날 때 가져간 그 작은 가방 하나만 달랑 든 채였다. 위독한 지경까지 갔던 나목사 병세가 조금 호전되는 걸 보고 왔다는 신애의 몸은 바람이라도 불면 넘어갈 정도로 위태해 보였다. 석진이 자신의 기숙사로 가서 쉬기를 권했지만 신애는 고개를 저었다. 병간호에다 긴 여행 때문에 지친 모양이라고 생각한 석진은 기숙사까지 신애를 가이드해 주었다.

하지만 이상했다. 다음 날에도 또 다음 날에도 연락은 오지 않았다. 전화도 받지 않았다. 이상한 마음이 든 석진이 기숙사에 찾아가 보았더니 파멜라 이야기로는 여행을 떠난 것 같다고 했다. 그랜드케

년 아니면 로키산맥으로 간 것 같은데 자기로서도 알 수 없는 일이라면서 되려 두 사람 사이에 무슨 트러블이 없었느냐고 물어왔다. 고개를 갸웃거리던 석진은 풀 수 없는 수수께끼를 만난 기분으로 돌아올 수밖에 없었다.

그렇게 십여 일이 지났다. 신애의 소식은 꿩 구워먹은 자리처럼 흔적이 없었다. 도대체 알 수 없는 일이었다. 머리를 쥐어짜며 생각해봐도 도대체 이유를 찾을 수 없었다.

신애가 나타난 건 차라리 이유라도 알고 맞는 매가 낫다 싶을 무렵, 그러니까 행방을 감춘 뒤 보름 정도 지나서였다.

"미안해요, 오빠. 그럴 일이 좀 있었어요."

그랜드케넌에 다녀왔다는 신애 얼굴은 귀국했을 때보다 좀 나아 보였다. 그 날 저녁 신애는 식사를 하자고 제안해 왔다. 그런데 식사를 하자는 장소가 뜻밖이었다. 시어스 타워의 꼭대기층에 있는 레스토랑에서 만나자는 거였다. 아유트루? 리얼리? 두 사람 사이에 쓰지 않던 영어까지 사용하면서 확인했지만 대답은 마찬가지였다. 석진의 눈에 떠오른 의아스러운 표정을 본 신애는 항상 오빠에게 신세만 져서 한 번 갚고 싶었다고 애써 웃어 보였지만 평소 스타킹 하나라도 아껴 신는 걸 아는 석진으로선 이해하기 어려웠다.

몇 년 전 시카고 도심에 지어진 시어스 타워는 세계에서 가장 높은 빌딩이었다. 지상 400여 미터 위로 솟은 110층 짜리 건물은 지을 때부터 빌딩으로 통하는 보도가 얼지 않도록 열선을 깔았다는 등 소문이 자자했다. 1분 만에 전망대가 있는 103층까지 올라가는 고속 엘리베이터가 설치되어 있다고도 했다.

두 사람은 정장을 입은 백인 웨이터가 서빙하고 재즈악단이 잔잔한 팝을 연주하는 최고급 레스토랑에서 풀코스 식사를 주문했다. 테이블 위에는 연푸른 아이리스가 꽂힌 작은 꽃병과 금도금된 스푼, 포크, 나이프가 놓여져 있었다.

창 밖으로는 무르익어가는 시카고의 야경이 현란하게 수놓아져 있었다. 유람선에서 보았던 야경과는 다른 모습이었다. 눈에 띠는 건 물결처럼 끊이지 않고 흐르는 네온사인이었다. 그 모습을 내려다보며 두 사람은 말없이 식사를 했다. 한두 번 두 사람의 입이 열리긴 했지만 무슨 생각을 하는지 신애도 별말이 없었고, 그런 신애를 바라보는 석진의 입도 쉽게 열리지 않았다.

식사를 마친 두 사람은 접시 아래 깔려있는 드라이 아이스에서 승화되는 수증기가 안개처럼 피어오르고 있는 푸딩을 먹었다.

식사를 마치고 난 두 사람은 엘리베이터를 타고 지하 주차장으로 내려갔다. 파킹해둔 자동차 문을 열고 올라탄 석진은 신애의 기숙사 방향으로 핸들을 꺾었다. 한 블록쯤 운전을 했을 때였다. 신애의 손이 다가와 석진의 손등을 덮었다. 고개를 옆으로 돌린 석진의 시선을 붙잡은 신애는 손가락을 들어 하얗게 빛나는 건물을 가리켰다. 그 흰 건물은 리츠 칼튼 호텔이었다.

프론트에서 예약된 룸을 확인하고 난 신애는 앞장서서 호텔 방으로 들어섰다. 묵묵히 뒤를 따라가는 석진의 머릿속은 온통 혼란스러웠다. 하지만 더 이상 묻지 않았다. 평소와 다른 신애의 행동에는 필연적으로 그만한 이유가 있을 터였고 그것은 묻는다고 해결될 문제가 아니라는 생각이 들어서였다.

룸에 들어간 석진은 다시 한 번 당황했다. 앞장서 들어선 룸에서 돌아선 신애가 옷을 하나씩 벗기 시작했기 때문이었다.

벗어지는 옷은 윗도리부터 차곡차곡 카페트 위에 떨어졌다. 신애가 완전히 알몸이 된 건 잠시 후였다. 환한 룸라이트가 켜진 룸 안에서, 커튼도 치지 않고 알몸을 보여준 건 처음이었다. 그동안 섹스를 나누면서도 가능하면 불을 끄기를 원했던, 부끄러움 많은 신애였다. 무엇이 그녀를 그처럼 행동하게 만들었는지 생각해볼 겨를도 없이 신애는 태어난 몸 그대로 석진의 품으로 달려들었다.

두 사람이 온통 땀으로 뒤범벅이 되어 전쟁처럼 치른 섹스는 세 번으로 끝이 났다. 흘러내린 땀으로 젖은 시트는 쥐어짜면 물기가 배어나올 듯했다. 몸 안에 들어있는 모든 힘을 다 쏟아 놓고 탈진한 석진은 샤워실에서 들려오는 물소리에 귀를 기울였다. 얼음물 한 글라스를 건네주고 욕실로 들어선 신애는 꼼꼼하게 몸을 씻어내는 모양이었다. 쏟아지는 물줄기 소리가 세차게 들려왔다.

젖은 머리를 수건으로 감은 신애가 욕실을 나선 건 삼십 분 정도 흐른 다음이었다. 눈이 조금 부어 있었다. 베이지색 가운을 입고 나선 신애는 머리를 말리고 나더니 갑자기 입을 열었다. 청천벽력 같은 소리였다.

"난 귀국해야 해요."

느닷없는 소리에 놀란 석진은 눈을 크게 떴다. 잘못 들은 게 아닌가 하는 생각이 쏜살같이 스쳐갔다.

"티켓팅도 해두었어요. 모레 아침 비행기예요."

"무슨 문제가 생겼나?"

"아버님 병환이 위중해요. 지금은 잠깐 좋아졌지만 언제 어떻게 될지 몰라요. 저밖에 옆에서 간호할 사람이 없어요."

그렇게 말하는 신애의 흑머루 같은 눈이 깜박이더니 눈물이 고였다. 석진의 시선을 애써 피하는 모양이었다. 하지만 그것도 잠시 검은 눈에서 눈물이 주르르 흘러내렸다. 신애는 어깨를 들썩이며 울기 시작했다. 석진이 울고 있는 신애의 몸을 당겨 안았다. 석진의 가슴에 얼굴을 묻은 신애의 어깨가 격렬하게 떨고 있었다.

"울지 말아. 누구든 언제나 한 번은 치러야 하는 일 아냐? 그럴 때일수록 강해져야지, 그렇게 흔들리면 되나? 신애답잖게."

그래서 한국에 다녀온 신애가 마음을 못 잡고 방황했던가? 울음이 그치길 기다려 석진이 물었다.

"언제 돌아올 건데?"

"그건 알 수 없어요. 아버님 건강이 말해주겠죠."

다음날 신애는 주변의 모든 걸 정리하기 시작했다. 대학에 휴학원을 제출하고 기숙사 퇴실절차를 밟았다. 그런데 이상했다. 한국에 다녀올 생각으로 하는 준비가 아니었다. 완전귀국하는 사람의 행동이었다. 공부는 물론이고 모든 걸 포기하고 완전히 귀국할 태도였다. 그리고 그 포기 속에는 자신도 포함되어 있었다. 갈피를 잡을 수도 없었다. 어떠한 의논이나 설명도 없었다. 아버지의 장례식을 치르고 나면 다시 돌아와서 공부를 계속하는 게 정상적인 사고가 아닌가 싶었지만 그걸 석진이 먼저 요청할 순 없었다. 그건 타인의 결정에 간섭하는 월권행위였다.

떠나는 날 공항에서 신애는 불쑥,

"실비아가 오빨 무척 좋아하더군요. 알고 계세요?"

그런 말을 꺼냈다.

"갑자기 무슨 소리야?"

"석진오빠가 인크레러블 하다고 감탄이 대단하던 걸요. 학교에서 오빠 지나가는 모습을 보면 눈이 빠져라 쳐다보는 거 모르죠?"

의아해서 바라보는 석진에게 손을 흔들어 보이고 난 신애는 티켓을 체크하고 출구로 사라졌다. 어깨가 약간 떨리는 듯 보이기도 했지만 뒤는 돌아보지 않았다. 석진의 가슴에 회오리를 불러 일으켰던 여인은 그렇게 완강히 뒤돌아보지 않고 석진의 시야를 떠났다.

애초부터 사랑은 아니었는지 모른다는 생각이 든 건 신애가 떠나고 난 뒤 한 달쯤 지났을 때였다. 두 사람의 만남은 한국사람이란 점에서 급속도로 가까워졌던 것일 뿐, 애틋한 사랑은 아니라는 생각이 들었다.

휘청거리던 그에게 클래스 메이트인 실비아가 다가왔다. 아름답고 활달하고 사랑에 적극적인 실비아는 한때 석진의 감정을 격렬하게 뒤흔들어 놓았다.

그녀는 정말로 나를 사랑했을까.

그녀는 왜 내 곁을 떠났을까.

넥타이를 매면서 석진은 그런 생각까지 잠시 접어두기로 했다. 밤새껏 헝클어진 머리로 생각해봐도 혼란스러움은 사라지지 않았다. 점점 더 눈덩이처럼 불어날 뿐이었다.

그러나 그 동안 수없이 자신에게 묻고 또 물어서 얻어낸 결론은, 그가 정말로 사랑했던 사람은 실비아가 아닌 신애였다는 점이었다. 그리고 그 사실은 더욱 석진의 마음을 무겁게 만들고 있었다.

그토록 원했던 여인, 다시는 만날 수 없으리라 생각했던 여인.

희망의 가능성이라곤 보이지 않는 상태에서 만나게 된 그 여인으로 해서 석진의 머리 속은 폭풍우가 휘몰아치는 바다처럼 혼란스럽게 뒤엉키고 있었다. 그렇게 포효하는 바다는 오후 내내 M그룹 첨단 컴퓨터 시스템을 둘러보면서도 가라앉지 않았다.

저녁이 되어 권기자를 만나기 위해 호텔로 돌아올 즈음, 그는 누군가 이야기할 상대를 만날 수 있다는 걸 오히려 다행스럽게 생각하고 있었다.

권도영 기자는 벌써 도착해 있었다. 커피숍의 종업원이 이름 적은 안내판을 들고나서기 바쁘게 손이 올라왔다. 간단히 수인사를 나누고 두 사람은 마주앉았다.

권기자는 보통 몸집에 도수 높은 안경을 쓰고 있는 삼십대 초반의 사내였다. 펑퍼짐하고 큰 코가 인상적인 얼굴이었고 아무렇게나 걸쳐 입은 점퍼 차림이나 구겨진 바지가 털털하고 수더분한 인상을 풍겼다. 다만 콧등으로 내려오는 안경을 밀어 올리며 이편을 건너보는 시선에 가끔 날카로운 빛이 스쳐갔다.

경력에 대한 질문이 대충 끝나자 권기자는 본격적인 질문을 꺼냈다.

"그러니까 입양돼 가신 게 전쟁이 끝난 직후였군요."

"네."

"우리말이 꽤 능숙하십니다."

"사용할 기회가 있었으니까요."

석진의 눈앞으로 신애의 모습이 떠올랐다.

"고향에는 아직 못 가보셨겠죠?"

"어제 귀국했으니까요."

"기대가 크시겠습니다. 삼십 년 만이니까."

"글쎄요."

그걸로 그만이었다.

　　권도영은 다시 한 번 자세히 맞은편에 앉은 사내를 살펴보았다. 대답을 자꾸 피하는 친구다. 티끌 한 점이라도 놓쳐선 직성이 차지 않는 기자근성이 슬머시 솟아오르기 시작했다.

　　고향은 군산 앞 바다의 조그만 섬 오식도. 한국에 연고자 무. 전쟁 직후 미군 대위의 양자로 입양 도미, 박사 학위 취득. 벨연구소 수석 연구주임, 컴퓨터 소프트웨어 분야의 권위자, 국내 업체의 초청으로 귀국.

　　삶의 굴곡이 심한 만큼 그곳에서 풍기는 삶의 음영 또한 짙었다. 권기자는 수첩을 덮었다.

　　"우리나라에 대한 느낌이 어떻습니까?"

　　"……?"

　　"인상이라든가, 그런 거 말입니다."

　　"모호한 말이군요. 글쎄요."

　　"부담 가지실 필욘 없구요. 이건 오프더레코드, 기사거리가 아닙니다. 어디까지나 개인적인 질문이니까요."

　　석진은 잠깐 옆자리로 시선을 던졌다. 젊은 여성 네 명이 앉아 있는 좌석이었다. 동창들인 듯 하나같이 자신에게 어울리는 의상과 그에 맞는 액세서리를 갖추고 앉아 있었다. 이십대인지 삼십대인지 분간하기 힘들었다. 모두들 젊고, 나름대로 어울리는 치장을 하고 있었다.

　　"좀 어지럽군요."

　　"어지럽다뇨?"

　　"낯선 곳에 처음 가보면 대개 인상에 남는 색채가 느껴지는데 여긴 통일된 색채가 느껴지지 않아요."

"통일된 색채라."

"여긴 엘에이 한인타운과 비슷하군요. 똑같다고 해도 과언이 아
닐 만큼."

"지금 세계화가 빠르게 진행되는 즈음이라 그럴 겁니다. 왜 그런
말이 있잖습니까. 요즘 전 세계 청소년들의 방 구조는 모두 똑같다.
테이블, 컴퓨터 하나, 벽에는 좋아하는 운동선수, 혹은 연예인의 사
진이나 브로마이드가 걸리고 먹다 남은 패스트푸드가 놓여있는 정
도라고 말예요. 한데 김박사님은 감각이 특이하군요. 그림에 관심
있으십니까?"

"아닙니다."

권도영은 생각을 바꿨다. 그리곤 자리를 옮기자는 제안을 했다.

"낙지 아시죠?"

"네."

"잘하는 집이 있습니다. 어떻습니까, 이곳 문화도 접하실겸."

맵기로 유명하다는 낙지집을 찾아 나서면서 권기자는 나름대로의
계산이 있었다. 기름과 치즈에 젖은 위장에 자극을 주어 볼 필요가
있다는 심술궂은 생각이었다. 서울이 통일된 색깔 없이 어지러운 도
시라면 우선 콧물이 쏟아지는 낙지볶음에다 소주잔을 먹여놓고 얘
기를 풀어나갔으면 싶었다.

석진도 고개를 끄덕였다. 신애를 만난 이후부터 헝클어지기 시작
하는 마음을 정리해 보자면 그런 일탈도 필요할지 몰랐다.

"굉장히 맵지요."

"먹을 수 있습니다."

은근히 겁주는 권기자의 말을 일축한 석진이었지만, 그러나 막상

주문되어 온 음식을 젓가락으로 두어 번 뒤적일 뿐 거의 입을 대지 못했다.

대신 두 사람이 비우는 소주잔은 점차 속도가 빨라졌다.

빈속에 마신 술기운은 곧 두 사람 얼굴을 적당한 취기로 달구어 놓았다. 권기자는 얼굴이 벌겋게 달아올랐다. 그러나 석진의 얼굴은 이마에 땀이 약간 솟아 있을 뿐 창백했다.

"고향이 섬이라면 추억도 많겠습니다."

"아뇨."

석진은 고개를 저었다.

"단편적인 것일 뿐 특별히 말씀드릴 것이 없습니다."

"고향이라. 그거 참 좋은 거지요."

"그렇겠지요."

역시 무덤덤한 석진의 말투였다. 그 무덤덤한 과녁으로 권기자의 목소리가 날아가 꽂혔다.

"제 고향은 서울입니다. 서울을 떠나선 살아본 적이 없죠. 뭐 그래서 고향의 정취 어쩌고 꺼내기도 쑥스러운 처집니다."

"그렇습니까."

석진은 고개를 끄덕였다. 권기자는 캬, 하는 소리와 함께 비운 소주잔을 탁자 위에 내려놓았다.

"난 가끔 시골에 고향이 있었으면 하는 생각을 합니다. 세상살이가 피곤할 때면 훌쩍 다녀올 수 있는 고향이 있다, 든든할 거 같아요."

"여행을 가면 되잖습니까."

"그것관 틀리지요. 아름다운 장소가 있으면 마음은 두고 몸만 돌

아오는 게 여행이지만, 고향은 마음도 몸도 항상 머물러 있는 거니
까요."

감상적인 분이로군요. 그 말을 석진은 입 밖으로 꺼내지 않았다.
대신 술잔을 들었다.

잔을 채우고 난 권도영은 안경을 밀어 올리며 입가에 미소를 띠었
다.

"친구 중에 묘한 놈이 있습니다."

"⋯⋯?"

"술만 어지간히 들어가면 고향 애기로 열을 올리는 친구죠. 서울
이라는 곳은 사람 살 곳이 못 된다. 여긴 사람을 파괴시키는 곳이라
서 부서지기 싫은 사람은 정기적으로 시골에 다녀오는 것으로 자신
을 정화시키지 않으면 안 된다. 그런 친구죠. 그게 인간이 인간다움
을 잃지 않는 길이라나요?"

"독단적인 성격이군요."

"놈은 실은 동정을 받고 싶었던 겁니다. 서울에서 살고 있는 사람
은 인간다움을 포기해야 하는 운명을 타고났다는 둥 되지도 않는 말
을 꺼내면서 상대편이 자신을 동정해주길 바라는 거죠. 매주 그 친
구는 이번 주말엔 하늘이 무너져도 꼭 고향에 다녀오겠다고 큰소리
치거든요. 그러나 다음에 물어보면 거참⋯⋯."

"다녀오지 못한 모양이군요."

"뿐만 아니라⋯⋯."

권기자는 고개를 흔들었다.

"꼭 이유를 대는 겁니다. 갑자기 초상이 났다던가, 누구 병문안을
갔다던가, 아팠다던가. 그러면서 다음 주말에는 특별 휴가를 내서라

도 다녀올 거라고 호언장담을 하는 겁니다. 이젠 그 말을 믿는 사람은 아무도 없죠. 오히려 허풍쟁이란 말만 들었죠."

"타인에게 피해를 주지 않는 거짓말쟁이로군요."

"그런 셈이죠. 월요일 날 출근하면 아직 놈을 잘 모르는 햇병아리들이 고향에 잘 다녀왔느냐고 물어보거든요? 그러면 그 친구는 술에 찌든 얼굴로 힐끗 쳐다보고는 홱 지나쳐 버린답니다. 당황한 상대편은 아랑곳없이 말예요. 묘한 놈이긴 합니다만 일면 공감이 가는 면이 없는 것은 아니죠. 특히 고향이라고 할 만한 곳이 없는 저 같은 경우엔 말이죠."

"고향이란 의미가 권형에겐 그렇게 중요한가요?"

"글쎄요. 중요하다는 것보다……."

권도영은 석진의 표정을 힐끗 살폈다. 무표정한, 그러면서도 깊이 있는 눈이 동요 없이 그를 바라보고 있었다. 강건하고 단단해 보이는 두툼한 눈두덩 밑의 눈은, 상어의 눈빛처럼 자신을 응시하고 있었다.

"신을 찾는 인간의 마음과 비슷할지도 모르죠. 알고 보니 그 친구 고향이 서울이지 뭡니까. 허풍으로 채워지지 못할 소망적 사고를 카타르시스 한 거죠."

"난 관념이 만들어 낸 일종의 환상과 같은 게 고향이 아닐까 생각합니다."

"환상이라구요?"

"삶이란 수레바퀴는 앞으로 굴러가는 겁니다. 뒤를 돌이켜보면 방향을 잃어버리죠. 뒤돌아볼 여유가 없어요. 그래서 되돌아볼 필요없는 관념상의 환상을 만들어 낸 거죠. 그렇지만 환상은 실생활에 꼭 필요한 건 아닙니다. 미래를 향해 달려나가는 사람에게 그 환상은 불필요한 감정의 사치, 낭비를 위한 낭만 같은 것에 지나지 않죠. 신기루를 쫓는 것처럼.”

“고향이 환상이라구요?”

눈을 치뜨려다 말고 권도영은 입을 다물었다. 석진이 처음으로 많은 말을 쏟아놓은 점에 놀라기도 했지만, 말을 털어놓는 표정이 예사롭지 않아서였다. 그렇게 말하는 석진의 표정은 마치 자신의 말을 부정하면 즉각 전투태세로 돌입할 정도로 완강해 보였다.

그 뒤로 두서 없는 얘기를 나누며 술잔을 부딪히던 그들은 어지간히 취한 다음에야 술집을 나섰다.

4

택시에서 내린 신애는 〈소망의 집〉으로 오르는 언덕길을 향해 걷기 시작했다. 세 시간 남짓 버스길에 시달리기는 했지만 그녀는 여행보다 뇌리 속을 스쳐 가는 혼란스러운 상념으로 더 피곤했다.

휘청거리는 다리를 지탱해 주는 것은 그녀의 정신력이었다. 발길은 흔들렸고 마음 또한 흔들렸다. 안색도 창백했다.

석진을 만나더라도 담담할 수 있으리라 믿었던, 아니 어쩌면 극복할 수 있으리라 믿었던 자신의 생각은 얼마나 어리석었던가.

그러한 어리석음을 짊어지고 간다는 것 자체가 어깨를 짓눌렀다. 병석에 계시는 분께 얘기를 꺼내야만 하는 부담감도 아울러 발길을 흔들리게 했다. 그런 이야기를 꺼내야 할지 가늠도 서지 않은 상태였다.

"그렇지만."

신애는 아랫입술을 지그시 깨물었다. 그녀를 보살펴오면서 그녀 혼자 이겨내야 했던 숱한 고뇌의 밤들을 말없이, 그러나 따뜻한 눈길로 지켜봐 주셨던 분이라면 지금 자신의 가슴에 일어나는 혼란까지도 함께 고뇌해 주리란 믿음이 솟아났다.

위독한 상태라는 연락을 받고 귀국했던 오 년 전, 파리한 얼굴을 단정히 세우고 장작개비처럼 마른손으로 신애의 손을 움켜쥐며,

"이게 주님의 뜻이라면."

청천벽력 같은 자신의 출생 내력을 알려 주면서도 오히려 신애가 감당해내야 할 고통의 부피로 먼저 가슴 아파하던 나목사였다. 그리고 그것이야말로 나목사를 친아버지로 알고 자라왔던 신애가 자신에게 닥친 무서운 충격을 이겨낼 수 있었던 원동력이었다.

십 년 전 목회 일에서 손을 뗀 나목사는 이후 군산에서 고아원을 운영하고 있었다. 그것이 자신에게 부여된 마지막 소명이라고 믿는 당신이었다. 온화한 성품과 강인한 정신을 생각할 때마다 신애는 가슴 한 귀퉁이가 찌잉 울리는 것을 느꼈다. 어쩌면 맹목적이라고 해도 좋을 신뢰감이 따뜻하게 가슴을 채워 올랐다.

그 무서운 전쟁의 와중 속에서도 자신의 소신을 위해 시련을 기꺼이 받아들였던 분, 자신을 향해 총을 겨누었던 사람의 자식을 인내와 사랑으로써 길러온 분, 그리고 그런 비밀을 안고 신애를 키워 오면서도 행여 부족함이 있을세라 먼저 조바심을 앞세우던 자상한 분.

그 분에게도 당신 혼자만의 욕망이나 정열 같은 게 있었을까. 아니 그 분도 한 여자 때문에 고민한 적이 있었을까, 그런 경험이 당신

에게 찾아온 적이 없었던 것은 아닐까.

〈소망의 집〉 정문을 들어서며 신애는 애써 표정을 고쳤다. 행여라도 불편한 나목사의 마음에 부담이 가는 분위기를 느끼게 하고 싶지 않았다.

"이모 오셨다아!"

얼굴 익은 꼬마들이 공놀이를 하다 말고 우르르 신애 앞으로 달려들었다. 환성을 지르며 매달리는 애들을 토닥여 주고 난 그녀는 별채로 발길을 향했다. 그녀보다 앞서 조무래기 애들 두셋이 앞을 다투며 뛰어갔다.

"왔구나."

말보다 앞서, 현관까지 휠체어를 밀고 나온 나목사의 얼굴에 온화한 미소가 떠올랐다. 언제 봐도 포근하고 따스한 눈빛이었다. 나목사를 본 순간 신애의 마음 속도 환하게 밝아 왔다. 그 순간만큼은 그동안 그녀의 온몸을 할퀴고 지나갔던 괴로움은 눈 녹듯 사라지고 없었다.

뛰어간 신애는 우선 휠체어에 앉은 나목사의 손을 꼬옥 움켜잡았다.

"왜 나오셨어요, 불편하실 텐데."

손을 맞잡고 신애를 올려다본 나목사의 얼굴에 놀란 기색이 스쳐갔다.

"난 괜찮다. 그런데 안색이 좋지 않구나. 어디 아픈 것 아니냐?"

신애는 멀미를 했던 모양이라고 애써 표정을 바꿨다. 그러나 나목사는 고개를 갸우뚱거렸다. 멀미라곤 하지 않는 신애의 체질을 누구보다도 잘 아는 그였다.

"정말 별일 없는 게냐?"

저녁 식사를 마치고 나자 창 밖으로 빗방울이 흩뿌리기 시작했다. 온화한 표정으로 저간의 사정을 묻고 난 틈틈이 고개를 갸웃거리던 나목사는 끝내 다시 그런 물음을 던졌다. 어딘지 이상했다. 평소 같지 않게 허둥대는 듯한 손길이 그랬고 무언가 말을 꺼낼 듯 그의 시선을 붙잡았다가 마주치면 미끄러뜨리는 눈길이 그랬다.

"별일이 있었던 것처럼 보이세요?"

"없다면 그만이지만……."

말꼬리를 흐린 나목사는 잠깐 낮은 기침을 했다.

빗방울이 창문을 두드리고 방안이 서늘해졌다. 전기 스토브에 스위치를 넣고 난 신애는 커튼을 닫았다. 공기가 더워졌다. 유리창이 덜컹거리는 소리를 냈다.

"피곤할 텐데 가서 쉬거라."

"아버지도 많이 늙으셨어요."

생각지도 않게 나온 말이었다. 나목사의 얼굴에 따뜻한 미소가 피어올랐다. 그 눈길은 달아오르기 시작한 스토브의 열기와 함께 당혹해하는 신애의 마음을 부드럽게 어루만져 주었다.

"늙었고 말고. 몸도 마음도 이젠 늙었지."

고개를 끄덕이는 눈 주위가 깊어 보였다. 오 년 전 심부전(心不全) 증세로 사경을 헤매다 간신히 몸을 추스른 연후로 흰 머리칼이 부쩍 많아진 아버지였다.

"오래오래 사셔야죠, 아버지."

뜻하지 않게 입 밖으로 나와 버린 말만큼 들떠 오르려는 감정을 추스르며 신애는 나목사의 시선을 피해 입술을 깨물었다. 이제는 더 이상 머뭇거릴 계제가 아니란 생각이 들었다. 아무리 숨기려 해도 감춰지지 않는 그녀 자신의 동요를 이미 나목사는 알고 있는 거였다. 더 이상 머뭇거리는 것이 오히려 당신의 마음을 번거롭게 해드릴 거였다.

"아빠."

자신을 부르는 신애의 눈길과 마주친 순간 나목사는 긴장했다. 신애의 얼굴은 형광등 불빛 아래 푸른빛이 돌 정도로 창백해 보였다.

"……?"

"아빠."

신애의 눈이 나목사의 시선을 붙잡은 채 잠시 머뭇거렸다. 그러다 눈길을 아래로 미끄러뜨리며 입을 열었다.

"그 사람이 왔어요."

들릴 듯 말 듯 낮은 목소리였다.

"……?"

"석진씨 말예요."

"주가미의 아들 말이냐?"

"네."

일단 말을 꺼내자 신애는 오히려 마음이 평온해지는 걸 느꼈다.

"김죽암(金竹岩)이라는 분이라고 하셨죠?"

마음의 평정을 잃은 쪽은 오히려 나목사였다. 신애의 표정으로 미루어 심상치 않은 말이란 짐작은 있었지만 그런 이야기일 줄은 미처 생각하지 못한 그였다. 이야기를 꺼내는 신애의 분위기도 무거웠다. 빚잔치를 앞둔 비장함이 그곳에 있었다.

동시에 그런 신애의 표정과 행동을 보고 나목사는 이제까지 풀리지 않던 숙제의 해답을 깨달은 기분이었다.

나목사가 이해할 수 없었던 것은 갑자기 공부를 중단하고 귀국한 신애의 행동이었다. 오 년 전 자신이 위독하다는 전갈을 받고 귀국했던 신애에게 출생에 관한 비밀을 알려 준 사람은 자신이었다.

청천벽력 같은 이야기를 듣고 난 신애는 처음에는 훌륭히 이겨나가는 듯싶었다. 그러나 병세가 호전되는 걸 보고 미국으로 다시 건너간 신애는 공부를 계속하지 않고 그냥 귀국해 버렸다.

그것은 자신이 바라는 바가 아니었다. 출생의 비밀을 알려주고 나서 고통을 이겨내는 방법은 도망치는 것이 아니라 정면으로 싸우는 거란 얘길 얼마나 했던가. 이겨내야 한다고, 넌 이겨낼 거라고 얼마나 얘기했던가.

물론 귀국한 신애는 고통과 싸우고 고통을 훌륭히 이겨내고 있는 것처럼 보였다. 그렇지만 나목사는 신애가 이곳에 와서 싸워 이기기를 바란 게 아니었다. 출생의 얘기를 듣고, 다시 미국으로 건너가 그곳에서 싸우고, 그리고 이겨낼 수 있기를 바란 거였다. 석진을 만날 수 있도록 배려했던 것도 그런 이유였다.

나목사는 충격에서 깨어나 고개를 끄덕였다. 그랬었구나. 바로 그거로구나. 저간의 사정이, 그랬던가 싶은 깨달음과 함께 알관주처럼 한 줄로 매끈하게 꿰어졌다.

"완전히 귀국했니?"

잠시 후 나목사가 물었다.

"아니에요."

고개를 젓고 난 신애는 나목사의 얼굴을 쳐다보았다.

"아버진 늘 궁금해하셨죠? 제가 왜 공부를 중단하고 그냥 돌아와

버렸는지 말예요."

나목사는 다시 한 번 고개를 끄덕였다.

"그 사람 때문이었구나."

"네."

나목사의 입에서 신음소리 비슷한 것이 터져 나왔다.

"그 사람은 그때 저를 매우 사랑하고 있었어요."

"너도 그랬었니?"

대답 없는 신애의 얼굴에서 시선을 돌린 나목사는 눈을 지그시 감았다. 침묵이 흘렀다. 바늘 하나 떨어지는 소리도 들릴 듯한 침묵이었다. 그 침묵 속에는 흘러간 삼십여 년이란 세월이 소리 없는 아우성으로 함께 일어서고 있었다.

오 년 전 급작스런 병으로 사경을 헤매던 나목사는,

"이게 주님의 뜻이길 소망한다."

긴 기도를 마친 다음 이야기를 해주었다. 격렬한 코뮤니스트로 살다 죽어간 한 사내의 이야기를. 행동가로서 이론가로서 오식도라는 조그만 섬 하나를 송두리째 뒤엎고 사라져 버린 한 사내의 비극적인 생을.

신애로서는 처음 듣는 이야기였다. 그와 함께 자신이 그 사내의 딸이라는 사실까지 공포에 가까운 두려움으로 알게 되었다.

그렇지만 그 이후로 두 사람 사이에 그것에 관한 말이 다시 오고간 적은 없었다. 생부(生父)와 생모에 대한 이야기만으로도 신애가 받았던 충격은 그만큼 깊었는지도 몰랐다. 그러나 신애는 이겨냈다. 송진을 내뿜는 소나무처럼 아니면 모래알을 삼킨 조개처럼 자신에게 주어진 삶을 인정하고 그 아픔을 이겨냈다.

'그러나 신애는 사랑을 포기했었구나.'

눈을 감은 채 나목사는 생각하고 있었다. 이해할 수 없었던 신애의 귀국 이유를 깨달았기 때문이었다. 당시의 신애 또한 석진을 사랑하고 있었지만, 그녀는 자신이 알게 된 그 사실 때문에 사랑을 포기할 수밖에 없었던 것이다.

석진의 부친인 김죽암과 신애의 친부 강환, 한 고장에서 같이 자란 친구들이 어느 날 서로 편이 갈라지더니 끝내는 서로 죽고 죽이게 되는 상황이 되었다는 사실, 그 끔찍한 사실이 아직도 살아서 눈을 부릅뜨고 있었다.

"으음."

나직한 신음소리를 내며 나목사는 눈을 떴다. 신애의 눈이 그를 응시하고 있었다. 시선이 마주치자 신애는 잠깐 미소를 띠었다. 그 미소에는 이런 질문이 묻어 있었다.

"아빠, 난 이제 어떻게 해야 할까요?"

그곳에는 철부지로만 알고 사랑했던 딸의 모습보다도, 자신에게 주어진 삶의 짐을 안고 걸어 나가는 인간의 모습이 있었다. 자신의 어깨에 걸머진 삶의 무게에 괴로워하면서도 그러나 혼자서 걸어 나가는 여인의 얼굴이 있었다.

나목사는 다시 눈을 감았다. 이제 와서 자신이 그녀에게 어떤 도움을 줄 수 있을 것인가. 아무 것도 없었다. 자신이 해줄 수 있는 일이 더 이상 남아 있지 않다는 사실이 더 가슴아팠다.

그러나 다시 한 번 그때의 이야기를 해줄 필요는 있었다. 신애의 아버지, 강환이 가해자로만 남아 있어야 하는 사내가 아니라, 그 역시 당시의 불행했던 상황에 휩쓸려 버린 제물이었다는 점을 납득시킬 필요가 있었다.

　나목사는 천천히 입을 열었다.

　"전쟁은 이 땅에 불어닥친 폭풍이었지. 오식도도 그 폭풍 앞에서는 예외가 아니었다. 아니 오식도는 특히 전쟁이 보여줄 수 있는 모든 비극이 집약된 곳이라고 할 수 있을 게야. 마치 그 섬에 흘러오던 전설을 깨워내 사실로 증명해 버리듯이 말이다. 사실 네 아버지 강환은 그런 전설을 증명해 버린 장본인이었는지도 모른다."

　한 마디라도 놓칠세라 신애는 귀를 기울였다. 온몸의 신경이 곤두서고 있었다. 나목사는 자신이 알고 있었던 한 사나이의 진면목을 한 마디 한 마디 곱씹어 가며 말을 이었다.

　"그러나 난 네 아버지를 미워할 수만은 없었다. 그는 나름대로 냉철한 이론가였다. 그의 사고는 감성을 배제한, 이성에만 뿌리내린, 잎 없는 나무랄까, 하지만 결코 맹목적인 코뮤니스트는 아니었다. 그는 종교에 대해서도 조금은 이해하고 있었지. 나는 가끔씩 이런 생각을 하곤 한다. 만약 그가 신앙 쪽에서 인간을 위한 더 큰 가능성을 찾아냈다면, 분명히 그는 누구보다 훌륭한 목자가 되었으리라고. 그러나 그가 몰랐던 사실은 신앙이 이성을 통해서 얻어지는 건 아니라는 점이었지. 마치 논리적인 설득만으로 사랑을 얻을 수는 없는 것과 같은 의미랄까? 그는 이상적인 공산주의 이론에 빠져 있었고, 그것이야말로 이웃의 약한 사람들을 위한 보다 큰 가능성을 줄 수 있는 것이라고 믿었지. 일단 그렇게 받아들여지자 그에겐 그것이 나름대로 진실이 되었던 거야. 강환과 나, 우리는 서로를 조금은 이해할 수 있었는지는 모르지만 서로를 설득시킬 수는 없었다. 나는 논리로는 부서지지 않는 신앙인이었고 그는 신앙으로는 설득 당하지 않는 이론가였으니까. 그러나 그가 믿고 받아들인 것에 진실하려고 몸부림쳤었다는 점에서는, 나름대로 정직하게 살고자 노력했던 것이 분명했지. 만약 그가 죽지 않고 살아남아서 그의 행위에 대한 결과를 되새겨 본다면, 분명히 자신이 저질렀던 과오를 발견할 수 있으리라고 생각한다. 그에게는 다만 어느 순간에 받아들였던 그 이상이라는 것을 회의하고 반성해 볼 시간이 주어지지 않았을 뿐이야."

한 번 그렇게 이야기가 시작되자 나목사는 자신이 알고 있는 마지막 사실 하나까지 다 털어 내놓고 있었다. 하나라도 빼놓지 않는 것이 신애가 치러야 했던 아픔에 대한 보상이라도 되는 듯 진지했다.

걱정이 된 신애가 몇 번 이야기를 가로막았지만 소용이 없었다. 휴식을 취하라고 해도 막무가내로 이어져 나간 이야기는 자정이 넘어서야 끝이 났다. 이야기를 마친 후 자리에 누운 나목사의 얼굴에는 피로한 기색이 역력했다. 그는 지친 듯 눈을 감았다.

신애는 나목사가 잠이 들었다고 생각될 때까지 손을 붙잡은 채 옆에 앉아 있었다. 자리에서 일어선 신애가 문 밖으로 나서려 할 때였다.

"기회가 된다면."

나목사의 음성이 들려왔다.

"그 사람을 한 번 만나고 싶구나."

제2장 까마귀의 섬

1

여객선이 긴 뱃고동 소리를 울리며 연도(蓮島)를 돌아서자 눈앞으로 성큼 쌍봉우리 산을 싸안고 있는 섬이 나타났다. 아랫뿌리가 안개에 적셔져 있는 섬은 조금 아래로 가라앉아 있는 듯싶기도 했다.

선착장 어림께에서부터 깨방죽 언저리까지 집들이 세워져 있었다.

예전처럼 초가로 이엉을 얹은 집은 몇 채 되어 보이지 않았다. 대개 루핑이나 스레트로 지붕을 올린 가옥들은 은연중에 지나간 세월의 무게를 가르쳐 주는 것 같았다.

그러나 오석(烏石)이나 묵석(墨石)처럼 검은 바윗돌을 날카롭게 세우고 있는 까막봉과, 그 옆 치솟아 오르다 낭떠러지로 이어져 화천골로 내리 깔리는 박달봉은 예전 그대로 험한 얼굴이었다.

바다는 여전히 푸르렀다. 남쪽에서 불어오는 마파람이나 북의 높새바람에 껄끄러워졌던 대양(大洋)의 파도는 일단 이웃 연도(蓮島)

의 암벽에 부딪쳐 그 예기를 꺾이고 나서 이어 뭍을 향해 치마를 벌린 오식도(烏食島)의 앞섶에 이를 때쯤이면 태반은 졸랑 파도로 부서져 버렸다.

가끔 성깔 있는 파도가 청(淸)빛을 품고 포구 앞 방파제에 부딪쳐 왔지만 그것은 차라리 바다의 잔잔함을 돋보이게 하는 청량제였다.

여객선 금영호(金榮號)는 요란한 후진음과 함께 선체를 한번 부르르 떨고는 멈췄다. 승객들이 선복(船腹)께로 몰리자 배가 그편으로 기울어졌다.

섬 앞머리에는 선착장이 만들어져 있기는 했으나 날카로운 바위가 이빨을 내밀고 있는 그곳까지 배가 들어설 순 없었다. 따라서 섬에 가는 사람들은 모두 조그만 거룻배에 옮겨 타야 했다.

나룻배가 채 선수를 방파제 쪽으로 향하기 전에 손님들을 토해낸 여객선은 옆구리에 빗장을 지르고 꽁무니를 흔들며 선수를 돌렸다.

오식도에서 내린 사람들은 거의 다 면식이 있는 처지였다. 거룻배를 밀어낸 명술이 고물 쪽에서 노를 집어 들며 건성으로 인사를 나누었다.

"섬에 별일 없능가?"

군산에 다녀오는 듯 중절모를 다리미 앞처럼 접어 쓴 노인이 물었고,

"무슨 일이 있었겠슈?"

침을 퉤 발라 노를 가슴 언저리로 끌어당기며 명술은 힐긋 창막이 위에 앉아 있는 사내를 곁눈질했다.

사내는 한눈에 봐도 섬사람은 아니었다. 도공질 이십여 년으로 뼈마디마다 갯냄새에 젖어든 명술의 눈이었다. 어디 한 군데 구김살도

없을 듯싶게 멀끔한 양복 차림에 가죽 가방을 든 사내가 예사로 보이진 않았다.

사내는 앉은 자세 그대로 기우뚱거리며 다가오는 섬에 시선을 던지고 있었다. 어림하긴 힘들지만 사십 가까운 나이였다. 두툼한 눈두덩 밑의 눈은 작았지만 여간해선 흔들리지 않을 것 같았고 무언가 깊은 생각에 빠져 있는 듯싶었다.

코는 깎아서 붙인 듯 번듯했으며 산근(山根)어림이 깊었다. 두툼한 입술은 굳게 다물어져 있었다. 좌우로 떡 벌어진 어깨나 네모진 턱은 그렇지 않아도 퍼런 수염자국이 돋아난 인중 주변의 인상과 함께 완강한 느낌을 풍겼다. 귀 옆머리 몇 올이 희끗해 보였다.

"손님은 워디 가시우?"

깊은 상념에 젖어 있던 석진은 문득 고개를 돌렸다.

까만 얼굴에, 귀 아래부터 턱 밑까지 덥수룩한 구레나룻이 돋아난 사공이 그의 시선을 붙잡았다. 거룻배에 탄 사람들의 시선으로 미루어 사공이 건넨 말이 분명했다. 그러나 그는 못들은 척 선착장 쪽으로 시선을 던졌다. 창고인 듯싶은 시멘트벽에 씌어진 글씨가 눈에 들어왔다.

만고 역적 김일성을 때려죽이자.

붉은 페인트로 씌어진 원색적인 글귀는 내용만큼 선명했고 삐뚤게 씌어져 있었다. 그러나 그 글씨는 석진의 뇌리 속에 결국 이곳에 오고야 말았다는 생각을 실감나게 만들어 주는 것 같았다. 그것은 마치 석진의 가슴에 삼십 년 만의 귀향이라는 혈인(血印)을 찍어 주는 듯싶었다.

석진은 까닭 모르게 욱죄어 오는 가슴을 풀어 헤쳐 보려는 듯 심호흡을 했다. 선착장 저편으로 통발을 가득 실은 채취선이 스쳐 지나가고 그 뒤로 기름이 엷게 깔렸다.

까막봉 근처에서 까마귀 몇 마리가 날아오르더니 깨방죽 언저리로 내려앉았다. 깨방죽 아래편으로 자라난 대나무 숲이 보였다. 잘 자라나 시퍼런 기운을 품고 있는 숲이었다. 그 숲은 청골까지 뻗어 있을 것이었다.

"멋진 대나무 숲이군요."

누구에게라고 할 것도 없이 석진의 입에서 나온 말이었다.

"대 사러 오셨능게비유?"

배가 선착장에 닿자 밧줄이 던져졌고, 물오리 같은 애들이 우 달려들어 밧줄을 계선환에 집어넣고 능숙하게 팔자로 묶었다.

"아닙니다."

석진은 고개를 젓고 가방을 집어 들었다. 노를 건져 놓으며 명술은 그쯤이야 훤하다는 시늉으로 다시 힐긋 석진의 표정을 살폈다.

"허기야 아무리 탐내도 저것은 안 되는구먼유, 팔지를 않으니께."

구레나룻이 덥수룩한 사공의 얼굴에서 등을 돌리고 석진은 방파제 위로 올라섰다. 문득 그 사공의 얼굴 위로 박도천(朴棹天)영감의 모습이 겹쳐졌다. 그 영감님의 얼굴에도 온통 밤송이처럼 수염이 돋아 있었다.

항상 허허 웃으며 석진을 보기만 하면 붙잡아 싹싹 볼을 비벼대던 도천 영감이었다. 그 때문에 청골 할미에게 된통 당한 적도 있었다.

"뉘 씨붙이를 울려, 이 영감테기야!"

악다구니라면 오식도 섬 뿌리까지 뽑아내고도 부족할 청골 할미에게 이겨낼 장사는 없었다. 그것은, 남정네처럼 폭넓은 목청과 절구같이 굵은 허리에 맨손으로 논밭 오십 두락을 파헤친 억척스러움에도 이유가 있었겠지만 어쩌면 보릿고개나 흉어 때면 턱없이 빚 갚듯 채워 둔 보릿말을 덥석 내놓는 호연(浩然)함에 더 비중이 있었다.

그래도 구레나룻을 쓱 쓰다듬고 옆구리에 매단 구럭을 추키며 허허 웃던 도천 영감이었다. 반주 술에 얼큰해지면 도가(棹歌)를 구성지게 부르다간, 모여든 동네 꼬마들에게 잡아온 해물들을 탁 털어 나누어주고는 팔자걸음으로 집에 돌아가곤 했다. 여편네가 뭍으로 도망간 다음부터라고 섬사람들은 쑤군거렸다.

얼핏 도천 영감의 얼굴을 그 뱃사공의 구레나룻과 병치시켜 보려던 석진은 씁쓰레 웃었다.

거룻배 뒷손을 보고 올라오던 명술의 눈이 반짝 떠졌다.

"저기……. 부대에서 나오셨능게유?"

"부대라뇨?"

"군인 양반 아닌감유?"

"아닙니다."

"그래유? 그럼 워디 가신당가유?"

그 대답은 하지 않고 석진은 시계를 들여다보았다.

"다음 배는 몇 시에 있습니까."

"저물 녘에 하나 있지유. 그게 오늘 막배구먼유."

"이곳에서 나가는 배 말입니다."

명술은 담뱃불을 붙이다가 눈을 찡그렸다.

"나가는 배는 없구먼유. 내일 아침에사 올 텐디."

석진은 가슴을 젖히고 갯바람을 들이마셨다.

오늘은 나가는 배가 없다. 자신도 군산에서 배를 타고 올 때부터 알고 있던 사실이었다. 까막봉 근처에서 다시 까마귀 떼가 먹물처럼 솟아오르더니 박달봉 언저리로 날아갔다. 그것은 마치 검은 구름장처럼 보였다.

"까마귀가 지금도 많습니까?"

선착장 위를 걸어가며 석진이 물었다.

"그러지유. 뭍이구 바다구 흉작인디 풍년은 저놈의 까마구뿐이구먼요. 저것들 땜시 농사에 지장이 많구만이라우. 저놈의 까마구 씨종자 말리는 약은 워디 없는지, 당최 이거 원."

"지붕이 많이 바뀌었군요."

"모두 개량했지유. 몽땅 씨언하게 밀어부럿당게요. 얻어 묵어도 입성이 차야 건데기 묵는 뱁인디……. 그란디 초행은 아닌 듯싶소만 뉘 댁에 가신당가요?"

"그냥 볼일이 좀 있어서죠."

말꼬리를 돌린 석진은 소매에 묻은 먼지를 털어 냈다.

"숙박업소가 있다고 들었는데 안내해 주시겠습니까."

"잠 잘디유? 뭐 가르쳐 주고 자시고 헐긋도 없지요. 바로 쪼긴께."

담뱃불을 비벼 끄며 명술이 손가락을 들었다. 그편으로 여관 간판이 오후의 햇살을 받아넘기고 있었다. 몇 발짝 옮기던 석진은 되돌아섰다.

"혹시……."

"……?"

"청골 무화과집 아십니까?"

돌아서려던 명술의 눈이 둥그렇게 치떠졌다.

“그건 왜 물으시능감유?”

석진은 별거 아니란 시늉으로 어깨를 으쓱했다.

“그런 얘길 들은 기억이 나서죠. 이 섬에서는 제일 큰집이라든가?”

“그런 소리 마시유. 그긴 벌써 폐간디유.”

“폐가라니요?”

“그러지라우. 지금이사 폐가나 다름없지유. 흉가도 상질이라 허물어지지나 않았는지 모르긋구면요.”

“그러면 살고 있는 사람도 없겠군요.”

“그러쥬. 그란디 그 터가 좋다고 싹 밀어내고 다시 짓겠단 사람은 있는 갑데유. 하기사 입때껏 그 사람이 손 봐왔으니께 그래도 누구 나설 사람 없겠지만서두.”

“누구 말입니까?”

“황영감이라고 청골 할미 쪽으로 먼 일가 되나 보데유.”

석진의 가슴속으로 찌잉 얼음 갈라지는 것처럼 미세한 전율이 스쳐갔다. 청골 할미의 이야기를 그곳에서 들을 줄 미처 생각지 못했기 때문이었다.

이층 방을 얻어든 석진은 대충 먼지를 씻어낸 뒤 다시 여관을 나섰다.

기어코 오고야 말았다.

그토록 잊고 싶어했던 기억 저편으로 송곳 끝처럼 찔러 오는 아픔을 억누르며 석진은 천천히 발길을 청골 쪽으로 옮겼다. 지나치던 섬사람들이 호기심에 가득 찬 눈으로 석진의 옷매무새며 얼굴을 힐끔대고 있었지만 누구를 붙잡고 이야기를 나누고 싶은 마음은 애당초 들지 않았다.

정해명의 아파트에서 나온 이후 신애에게서 연락은 없었다.

석진 역시 그녀에게 무슨 연락을 취할 엄두를 내지 못하고 있었다. 예기치 못한 해후로 인해 뒤엉킨 감정을 정리할 겨를도 없이 오식도를 찾아온 석진이었다. 그러나 섬을 찾아가리라 결심했을 때부터 그는 가슴속에서 피어오르는 불안감을 느꼈다. 모호한 불안감이었다. 이유를 딱히 끄집어 낼 수는 없었다. 어째서 자신이 불안해하고 있는지 모를 일이었다.

화천골로 흘러내리는 까막봉의 줄기가 잠깐 완만한 능선을 이룬 다음 깨방죽에 닿고, 다시 그곳에서부터 장노인의 과수원에 이르는 길목이 바로 청골이었다. 그런 이름이 붙은 것은 바로 그곳에 심어진 대나무 때문이었다. 언제부터 자라난 것인지 알 수 없었지만 대나무는 청골 안쪽부터 깨방죽 어림으로 자라나 있었다.

대나무 숲은 예전과 마찬가지인 듯싶었다. 숲을 끼고 뻗어 나간 소로를 따라 걸어 올라간 석진은 이내 청골 기와집 앞에 다다랐다.

대나무 숲을 뒤로 둔 집터는 몸 전체를 쭈구리고 앉아 있었다. 한눈에도 이미 폐가였다. 용마루는 군데군데 무너져 있었고 떨어져 나간 서까래 주변으로 암키와며 수키와가 벌건 황토와 잡초 사이에 배를 까뒤집고 누워 있었다. 일주대문이 서 있던 입구는 흔적도 없었다.

사람의 손길이 닿은 지 오래 지난 모양으로 격자창(格子窓)이나 살창(薩窓)이 달렸던 문들은 모두 부서져 있었고, 거미줄이 쳐져 있었다. 장마루로 오르는 토방에는 안방을 지탱하는 상기둥이 남아 있긴 했으나 곧 무너질 듯 위태해 보였고 꺼져 나간 툇마루의 앙상한 골격이 눈에 시렸다.

대충 앞쪽을 살펴본 석진은 기억을 더듬어 집 뒤편으로 돌아갔다. 우물 생각이 났기 때문이었다. 근동에서 차고 물맛 좋기로 이름난 우물이었다. 그러나 어느 곳에도 우물은 없었다. 다만 대나무 잎이 수북히 덮여 있는 뒤울에서 우물 자리인 듯싶은 우묵한 장소가 시선에 잡혔을 뿐이었다.

어차피 아무런 의미가 없는 곳이다.

인적 없는 청골을 빠져나오며 석진은 오히려 발길이 가벼워지는 느낌이었다.

장노인의 과수원 터도 흔적이 없기론 마찬가지였다. 그나마 아슴푸레한 기억을 더듬어 청골에서부터 되짚어 나오지 않았더라면 그냥 지나쳤을 정도로 그곳은 뒤바뀌어 있었다. 오천 평이 넘던 사과, 배나무는 모두 없어지고 그 자리는 몽땅 밭이었다.

밭에 심어진 채소잎을 둘러보다가 석진이 문득 지나던 촌로(村老)에게

"이곳이 전에 과수원 자리였다고 하던데요."

묻자, 노인은 눈 사이를 우묵하게 잡고 의아한 눈길로 고개를 끄덕였다.

"그랬지유. 헌디 그것은 워찌 아시우?"

이상스러운 눈빛을 외면하고 석진은 다시 시선을 밭으로 돌렸다.

섬 치고 오천 평의 과수원이면 근동에서도 꽤 큰 축에 낄 터였다. 장노인은 그 외에도 대구리배며 어장을 가지고 있는 푼수라 명실공히 섬 유지인 조상철과 앞뒤를 다투는 처지였다. 그러나 조상철이 한푼에도 벌벌 떠는 구두쇠인데 비해 장노인의 씀씀이는 그다지 혹

독하지 않았다.

　장노인은 언제나 부채를 들고 다녔다. 마디가 일곱 개 박힌 합죽선이었다. 그 부채에는 비단술과 은방울이 달려 있어서 장노인이 가는 곳에는 항상 그 방울소리가 앞질러 깔리곤 했다. 방정맞은 뺀들댁이 장우공(張牛公)이라고 키득거렸지만 부채를 척 펴서 들고 다니는 장노인의 모습에는 나름대로의 풍모가 있었다.

　그는 쉰 어림에서 상처한 후 내리 혼자서 과수원과 어장을 가꾸며 살았다. 슬하에 아들 둘이 있었으나 첫째는 남양군도 어디선가 뼛가루만 돌아왔고, 둘째인 준환만이 군생활을 한다고 했다. 부대 따라 옮겨다니는 장교 생활이라 그런지 두 명의 딸아이는 장노인이 적적하다는 핑계로 거두고 있었다. 그 중 맏딸인 은실은 학교를 다니느라 군산에 나가 있었고, 석진과 동갑내기였던 옥실이 혼자서 할아버지의 바지춤을 잡고 자랐었다. 과수원이 왜 없어져 버렸는지 석진으로서는 알 수 없었다.

　흔한 잡곡을 일구어 먹는 것보다 아무려면 과수원의 수입이 나으리란 것은 자명한 일이었다. 그러나 삼십 년 저쪽의 세월 그 어느 곳에도 그런 궁금증을 설명해 줄 만한 것은 눈에 띄지 않았다.

　고개를 갸웃대며 밭을 지나 소로를 벗어날 즈음이었다. 밭둑에 심어진 오동나무 밑을 지나던 석진은 아! 하고 신음을 토했다. 오동나무 가지에 목매달려 흔들리는 시체를 보았기 때문이었다.

　섬짓 올려다보니 그것은 사라지고 없었다. 석진은 뒤를 돌아보았다. 바로 오동나무 옆 바위 뒤에서 이차로(李次路)가 입가에 침을 흘리며 헤벌쭉 웃고 있었다. 그 옆에는 최복동(崔福童)이 날카롭게 찢어진 눈을 굴리며 서 있었다. 떡두꺼비 같은 표정의 윤만돌(尹萬

른)도 팔짱을 낀 채 묵묵히 서 있었다.

이차로는 뺀들댁의 아들이었다. 그는 곰보였다. 게다가 날 때부터 몸을 제대로 쓰지 못했다. 한쪽 다리가 짧았고 왼손은 조막손이었다. 배냇병신이 으레 그러하듯 그도 어딘가 좀 부족한 반편이었다. 스무 살이라곤 했지만 하는 짓은 열 두엇 정도에 지나지 않았다.

애들은 이차로만 지나가면 놀려대곤 했다. 그러면 그는 주먹을 쥐고 절름거리는 발걸음으로 뒤뚱거리며 달려 왔다가도 아이들이 내미는 옥수수 꽁지를 받아들곤 헤벌쭉 웃었다. 나중에는 어지간히 놀림을 받아도 그는 히히 누런 이빨을 내보이며 되려 앞장을 섰다. 그러나 곰보라는 말에는 무섭게 화를 냈다.

곰보딱지 게딱지 얽어백이 찍어백이
곰보딱지 게딱지 장판방에 호도 깍지
곰보딱지 게딱지 대패로 밀어백이
곰보딱지 게딱지 다 파먹은 김칫독

아이들이 그렇게 놀리기만 하면 이차로는 손에 잡히는 대로 돌멩이를 집어 던졌다. 시원찮은 몸짓에 돌멩이라고 제대로 날아올 리 없었다. 코앞에 떨어지거나 고작해야 서너 걸음이었다. 석진과 옥실은 이차로의 동생인 덕금이 코풀무를 불며 달려올 때쯤 해서야 과수원으로 도망을 쳤다. 잡히면 앙칼진 덕금에게 된통 당해야 했기 때문이었다.

석진의 또래보다 두세 살 위인 덕금은 이차로와는 달리 제법 예쁘장하게 생긴 계집애였다. 뺀들댁은 어디서 왔는지도 모르게 섬으로 흘러 들어와 선착장에 주막을 차리고 주저앉은 여자였는데, 올 때부터 이차로는 데리고 왔으나 덕금은 이 곳에서 낳은 아이였다. 그러나 누구 씨앗인지는 몰랐다.

뱃전에서 술판 벌인 아낙답게 뺀들댁은 입담이 좋았다. 어지간한 남자는 아랫입술 빌릴 것도 없이 윗입술로 녹여 버린다는 게 입 삐죽대는 섬사람들의 숙덕거림이었다.

그녀는 섬 바닥의 소식통이었고 들고나는 섬사람들의 이야기를 맨 먼저 불어 젖히는 나발통이기도 했다. 행여 외상술을 잘못 먹은 남정네는 톡톡히 망신을 당하기도 했다. 조금 납작한 콧등과 까뭇한 살결을 빼놓는다면 윤기 나게 틀어 올린 머리라든가 살짝 웃음 치는 눈, 그리고 도톰한 입술의 생김새가 그런대로 술잔 맛을 채워 주는 여자였다.

그러나 기름에 적셨다가 내놓은 얼굴처럼 말 빠르고 입이 험해 섬 아낙네들은 모두 쉬쉬 등을 돌렸다. 이차로가 배냇병신이 된 것도 뺀들댁의 화냥기 때문 아니면 뭐겠느냐고 헐뜯는 사람도 있었다.

뺀들댁은 이차로를 끔찍이 생각했다. 지나칠 정도였다. 가끔 아낙네들이

"애기는 갖다 버리고 탯줄을 키웠남?"

빈정대곤 했지만 아들에 대한 뺀들댁의 보살핌은 남이 비웃거나 말거나 변함이 없었다. 이차로가 장노인의 과수원에서 허드렛일이라도 맡을 수 있게 된 것은 바로 그런 뺀들댁의 극성 때문이었다.

잠깐 낯선 소리가 있을라치면 눈이 샐쭉해지고 입가에 거품을 무는 뺀들댁이었지만 아침나절 어장을 둘러보러 나온 장노인이 지나갈 새면 어느 틈에 쪼르르 달려나와서는,

"어르신네, 행보하십니까유. 지금 따끈한 국밥이 자갈자갈 끓고 있으니께 바쁘시더라도 쪼깨 속이나 풀고 가시랑께유."

기어코 호박단추를 붙들어서라도 술청에 떠밀고 들어와, 푹 삶아진 선지에다 우거지국을 안기는 것이었다. 웃는 얼굴에 침 못 뱉는다고 아예 안면에 기름 바른 채, "짜지는 안능가요, 고치가리 부족하지 안남유, 탁배기 한잔 허시랑게요." 하고 오도 방정을 떨어대는 뺀들 댁의 속셈이야 따로 알 턱 없는 장노인은 허허거리며 합죽선을 쫙 펴들고 가슴을 부쳐가며 국밥을 넘기기 마련이었다.

그러다 행여 지전이라도 건넬 양이면 아예 늙은 호박덩어리가 꽁무니에 주렁주렁 달린 뺀들댁은 이때를 놓칠까보냐 싶은 듯이,

"워매, 요것이 뭐랑가요? 외손뼉 못 치고 한 다리로 못 간다고 시방 이굿이 지가 멀 바라고 이러능감유? 성의를 그렇게 무시허믄 워쩐디유? 그저 이 섬 마을에서 제일 가는 어르신네라서 말국이라도 따끈할 때 대접해 올린다는 지 마음을 이래 매정하게 장삿속으로 풀어놓으시면 과부 굴뚝 연기만 맵더라고 홀몸 서러워서 워찌 산당가유. 애먼 가슴 못 박지 말고 퍼뜩 넣으시래니께유."

이렇게 알 낳고 지레 설치는 암탉 마냥 설레발을 쳐놓으니 사람 좋은 장노인은 그저 해장술에 코끝이 불콰해져서 뭉기작뭉기작 오리 걸음으로 술청을 나설 밖에 없었다.

그런 저런 연유로 해서 갓 스물이 되었을 때 이차로는 과수원 일을 보게 되었다. 그렇다고 뺀들댁이 배냇병신인 곰보딱지 아들을 품팔이 시켜야 할 정도로 궁핍했느냐 하면, 그것은 얼추 뺀들댁 표현대로 '뒷간 가서 하문 물릴' 이야기였고, 어쩌면 그 안에는 병신일망정 제 밥벌이는 제가 한다는 피붙이의 심정이 한 몫 가라앉아 있

을 터였다.

그러나 이차로는 하는 짓마다 엉망이었다. 나무에 뿌릴 약을 풀어 어장에서 건진 해물을 망쳐 놓는가 하면 유아등(誘蛾燈)을 어깨에 메고 절레절레 동네를 돌아다녔다. 그러다 행여 장노인이 호통이라도 칠 양이면 찔찔 울어 짜며,

"영감님 왜 그려, 어두워서 들고 다닌당께."

되려 코풀무를 불며 쳐다보니 입 떡 벌어진 장노인은 그저 허허 웃고 방울소리 달랑 울리며 뒤돌아서 버리고 말았다.

그렇게 만드는 일이 하는 일보다 많은 이차로가 장노인의 과수원에서 쫓겨나지 않았던 것은, 뺀들댁의 설레발과 장노인의 호인스러움에도 이유는 있었지만 그보다 윤만돌이 아니었다면 어림도 없었다.

윤만돌은 장사였다. 넉넉잡아 혼자 힘으로 장정 두세 명 몫을 거뜬히 해냈다. 밭에 거름을 지고 가는 것을 보면 자그만 노적가리가 우쭐우쭐 걸어가는 것 같았다.

오식도뿐만 아니라 인근 면을 다 뒤져보아도 그만큼 힘을 쓰는 사람은 못 보았다는 게 섬사람들의 중론이었다. 나이 열 여덟을 넘어가면서는 날뛰는 황소 뿔을 뽑아놓았다고도 하고 사흘에 한 말 솥을 비워낸다고도 했다.

그리고 그런 이야기들은 스물이 되던 해, 인근 면에서 열린 씨름대회에서 우승을 하곤 상으로 탄 송아지를 네 다리 묶어 둘러메고 섬을 한 바퀴 돈 다음부터는 기정 사실로 굳어졌다. 힘이라면 만돌이 첫째였다.

오식도 내에서 가장 기골이 장대하고 힘깨나 쓴다는 주가미(金竹

峀)보다도 머리 하나는 더 올라간 장신인 데다가 목이 굵고 손바닥
은 솥뚜껑처럼 컸다.

이차로가 저지른 일통을 그는 알게 모르게 덮어쓰고 마무리를 지
었다. 최복동도 같이 일을 거드는 시늉을 했지만, 그 큰 과수원을 가
꾸는 장노인이 방울부채를 부치며 완보를 할 수 있는 것은 만돌이
때문이었다.

윤만돌은 벙어리였다. 읍에 나갔던 장노인이 저자바닥에서 구걸
하는 어린것을 데려왔을 때부터 그는 말을 하지 못했다. 이름도 알
수 없었다. 이름을 지어준 사람은 천학득(千學得) 노인이었다.

어린 시절 그 거지아이는 섬의 천덕꾸러기로 자랐다. 말을 알아듣
기는 하는 모양이었지만 누구와 놀려고를 하지 않았다. 그 아이를
감싸준 것은 청골댁의 외아들 주가미와 그리고 장노인뿐이었다. 주
가미는 서너 살 아래인 그 아이를 데려다가 씻기기도 하고 먹을 것
도 나눠주면서 넉넉히 품을 주었다. 그러나 그 아이는 도통 편한 생
활을 견디어 내지 못했다. 주가미가 쥐어 주는 개떡이나 옥수수 등
을 두꺼비 파리 삼키듯 몇 번 우물거리지도 않고 먹어치우곤 눈을
끄먹대며 자꾸만 장노인의 과수원 토막으로 도망쳤다. 그래도 장노
인과 주가미의 말이라면 잘 따르는 편이었다. 두 사람의 말이라면
대충 알아듣는 눈치였다. 한 번은 장노인이 뼈를 다치자 그것에 좋
은 물나무를 구하기 위해 청년들도 오를 엄두를 내지 못하는 까막봉
의 뒤편 낭떠러지를 기어오른 적도 있었다.

차츰 윤만돌의 괴력이 알려지자 섬사람들은 터무니없는 이야기들
을 만들어냈다. 윤만돌이 근본 있는 집안의 자손이라는 거였다. 옛
부터 고을을 흔드는 장사가 나면 혀를 잘라 버리거나 팔을 끊어 버

린다는 이야기를 뒤섞어 가며 사람들은 그런 이야기를 주고받았다. 걸음마를 걷다가 맷돌을 굴리는 아이가 있으면 집안에서 쉬쉬하며 서둘러 몸에 흠집을 내거나 다리를 분질러 주저앉힌다고 했다.

장사 나면 역모밖에 꾸밀 게 없다고 믿는 섬사람들은 그런 생각과 함께, 그들이 살고 있는 지역이 바로 윗대에서 무수한 목숨이 죽어 나가던 충청도와 전라도의 접경이라는 것을 항상 염두에 두고 있는 듯했다.

만돌이란 이름을 지어준 천노인은 쇠락한 왕조에 대한 그리움을 버리지 못하고 있던 선비였다. 과시(科試)를 보기 위해 칩거하던 그는 을사오조약(乙巳五條約)이 공포되자 백의파립 차림으로 창덕궁 앞에서 사흘 밤낮을 방곡(放哭)하고, 돌아오는 길로 학문을 폐하고 들어앉은 사람이었다. 입 다물고 들어앉아 마실도 나다니지 않는 천노인을 두고 섬사람들은 어디가 남아도는 형국이라고 취급한 채 비웃었다.

그러나 그 역시 가슴에 먹빛 품은 조선 왕조의 전통적인 선비였음은 남몰래 만손 노인의 엄명 아래 춘추좌씨전까지 습득했던 주가미의 입을 빌지 않더라도 자명했다.

가끔 강료(講料)로 들어오는 곡식 말을 제외하고는 일체 이재(理財)와는 담을 쌓은지라 생활은 부인이 충당하는 기색이었으나 여인네 혼자 꾸려 가는 살림이란 게 된 똥 누기는 틀린 일이었다. 자식은 올망졸망 다섯을 두었는데 외아들 중수는 천노인과 뱃심이 맞지 않는다고 투전판을 드나드는 눈치였다.

가끔 군산에서 여학교를 다니고 있는 장노인의 손녀딸 은실이 섬에 돌아올라치면 사람들은, 만돌이 벙어리만 아니라면 오죽 어울리는 배필이냐며 입방아를 찧곤 했다. 그렇지만 장노인 앞에서 그런 방정을 떨고 나설 사람은 없었다. 그러나저러나 은실의 모습은 달덩이처럼 예뻤다.

은실은 갓 피어나는 꽃송이였다. 살결이 배꽃처럼 뽀얗고 눈동자는 새카맸다. 알맞게 벌어진 입술 사이로는 석류 알 같은 치아가 향그러웠다. 가까이 다가가면 박하 냄새가 났다. 손도 발도 예뻤다.

지나는 은실을 보기만 하면 최복동의 눈빛이 묘하게 번들거렸고, 이차로는 절름거리며 뒤쫓아 다녔다. 은실이 얼굴을 찡그려도 아랑곳없이 헤헤거리며 웃었다.

이차로가 딱 한 번 장노인에게 부채방울이 떨어져 나갈 정도로 얻어맞은 것은 언젠가 은실의 손을 잡으려다가 들켰을 때였다. 이차로는 손목이 부어 오르게 장노인 부챗살에 얻어맞았다. 당장 내쫓으려는 것을 어찌 기별을 알고 달려온 뺀들댁이,

"두 목숨 살려 주시오 나으리 마님. 저것 죽으믄 내가 어찌 살굿소."

거품을 물고 매어 달리는 바람에 유야무야 넘어가고 말았다. 그러나 그때라도 장노인이 완강하게 고개를 저었다면, 어쩌면 석진이 지금 그 옛 과수원 터의 오동나무 밑을 지나려다 문득 환영을 보고 등줄기 서늘한 기분을 느끼는 일은 없었을지도 몰랐다.

어느덧 땅거미가 내려앉고 있었다. 석진은 과수원 터를 지나 여관으로 발길을 돌렸다.

2

저녁을 물리고 나자 찾아온 사람이 있었다. 짧은 머리에 눈이 날카로운 사람이었다. 신분증을 미처 확인할 틈도 없이 코앞에 들이미는 시늉만으로 다시 집어넣은 사내는,

"주재 경찰입니다."

석진의 신분증을 요구했다. 귀국한 후 두어 번 그런 경험이 있었기 때문에 그다지 불쾌하지는 않았다. 번거롭다는 느낌만 스쳐갔다. 그 찜찜한 맛 속에는 힐끔대던 주인 아낙의 눈매도 한 몫을 차지하고 있었다.

"이곳은 무슨 일로 오셨습니까?"

"고향이라구요?"

"오해하지 마십시오. 얼마 전에도 무장 간첩선이 출몰한 지역이라서……"

어쩌고 하더니 경례를 붙이고 돌아가 버렸다. 뒷주머니가 불룩했다.

"저래 낯선 객만 오믄 확인을 한당께유. 이제 다른 일은 없으니께 편히 쉬셔유."

냄새 피운 기색은 없이 주인 아낙은 드는 것 없는 공치사라고 입을 냈다.

석진은 이층으로 올라와 옷을 갈아입고 창문을 열었다. 창 밖은 바로 선착장에 잇닿은 바다였다. 어둠이 갈기 세운 가라말(馬)처럼 일어서고 있었다. 어두운 군청 빛의 바다는 늪 속에 담긴 물처럼 움직이지 않았다. 잔 파도는 조금씩 일렁이는 모양인지 선착장에 매어

놓은 주낙배며 채취선의 이물이 위아래로 흔들렸다.

밤이 되자 산봉우리는 더 우뚝 솟아난 듯싶었다. 까막봉의 음침한 모습이나 민둥한 박달봉의 모습은 밤을 맞으러 기지개를 켜고 일어 나는 박쥐의 습성을 닮고 있는 듯했다. 삐리삐리 어디선가 밤새 우 는 소리가 들려 왔다. 해파리떼가 반짝거리며 헤엄쳐 갔다.

석진은 불을 끄고 침대 위에 누운 채 창 밖의 바다를 보고 있었 다. 바다는 어두웠다. 집어등이 간혹 스치는 먼바다 쪽에선 하얀 물 무늬가 일어났다 사라지곤 했다. 그 어른거리는 바다 저쪽에서 수많 은 얼굴의 군상들이 나타났다. 모두가 말없고 어두운 얼굴들이었다.

청골댁, 주가미, 강환, 윤만돌, 천학득, 최복동, 장노인, 나재천, 황영달, 황일평, 나유민, 박도천, 박사술, 뺀들댁, 이차로…….

석진은 담배를 피워 물었다. 빨간 담뱃불이 타 들어갈 때마다 그 만큼 밝아진 방 안이 잠깐 어둠 속에서 고개를 내밀었다가 사라졌다.

그는 담뱃불을 창 밖으로 던졌다.

내가 찾아온 것은…….

당신들을 사랑하고 있기 때문은 아니다.

창 밖 바다 위를 떠다니던 얼굴들은 이내 사라졌다. 원망하는 듯 한 뺀들댁의 얼굴을 잠깐 본 듯싶었다. 그 뿐, 이내 밤낚시 떠나는 발동선의 엔진 소리가 선착장의 파도를 갈랐다.

침대의 쿠션은 딱딱했다. 불을 켰다. 벌레들이 몰려 들어왔다. 불 을 껐다. 그리고 침대 위에 누웠다.

석진은 사대 독자였다. 그러나 명색이 종가(宗家)였지, 지금 오식 도에 남아 있는 피붙이라곤 아무도 없었다. 외가로는 당숙뻘 되는 사람이 살고 있다는 말을 들은 기억이 났지만 물론 만나본 적은 없었다. 할머니인 청골댁은 성이 황씨라는 것뿐 이름도 기억이 나지 않았다. 그저 청골댁이었다. 화천골 옆 지명을 따서 지은 택호(宅號)였다.

청골댁은 서른이 되어서야 김씨네 대를 이을 아들을 낳았다. 그것이 바로 주가미였고, 주가미가 두 번째 혼인해서 낳은 씨붙이가 바로 석진이었다.

그러나 모든 것은 끝났다. 왜 일어났는지 모르게 밀려온 전쟁이란 태풍은 조그만 섬 하나를 송두리째 뒤집고 사라져 버렸다. 살아남은 사람이라곤 얼마 되지 않았다.

전쟁은 그저 혹독했다. 그것은 이 섬을 잡아 삼키지 못해 눈이 뒤집힌 해일이었다. 물론 그 해일은 이 섬만 덮친 건 아니었다. 그렇지만 이 섬에 들이닥친 해일은 몹시도 끔찍했다. 이 섬에는 까마귀가 살고 있었기 때문이라고들 했다.

석진이 미국으로 건너갈 수 있었던 것은 스턴 덕분이었다. 그는 자신의 목숨을 건져 준 주가미의 아들이 혈혈단신 고아의 몸이 되자 양자로 입적해서 함께 데리고 갔다.

'그것으로 인하여 내 삶의 양상이 얼마나 뒤바뀌어져 버린 것인가.'

그 일을 돌이켜 생각해 보면 인간의 운명이란 것이 사소한 변화 하나로 얼마만큼 바꿔질 수 있는가 라는 물음에 대한 답을 확연히 손바닥 위에 올려놓고 바라보는 심정이었다. 만약 그런 일이 없었다면 자신 또한 이 섬에 뿌리를 박고 평범하게 살았을 것이 아닌가.

그 어느 삶이 값진 것인지는 알 수 없는 일이겠지만, 만약 스턴이 주가미에게 목숨을 구해 받지 않았더라도 자신을 미국으로 데려가 보살펴 주었을까. 그러기는 어려웠을 것이다.

그렇다면 이런 인연의 끈을 어떻게 설명해야만 하는가.

두 군데로 뚫린 미로의 갈림길에서 왼편으로 가야 할 사람이 순간 오른쪽으로 떠밀려 전혀 다른 삶의 길을 가야 한다면, 그것을 우연으로 돌릴 것인가, 아니면 어차피 그것은 오른쪽의 길을 택하게끔 운명 지워진 것은 아닐까? 그렇다면 왼쪽 오른쪽을 규정지어놓는 그 힘은 애초부터 어디에서 유래한 것이란 말인가.

전쟁?

운명?

굳이 전쟁이라는 핑계를 끌어내고 싶은 마음은 석진에겐 없었다. 또한 자신이 운명론자가 아니라는 사실도 자명했다.

스턴은 석진이 스스로 자신의 삶을 뒤돌아볼 수 있는 나이가 되었을 때 고국을 방문할 것을 권유하곤 했었다.

"나로선 네 조국의 여러 가지 제도나 관습에 대해 충분히 납득할 수 없기 때문에 너에게도 강요하는 건 아니다. 하지만 너를 이곳에 데려올 때 섬사람들이 이렇게 말했다. 너는 종가집의 장손이기 때문에 마음대로 고향을 떠날 수 없으며 반드시 돌아와야 한다고. 그리고 대를 이어 선조들을 모셔야 한다고 했다."

"그럼 왜 나를 데려올 결심을 하게 되었습니까."

"너는 어린애였고, 네게는 부모의 역할을 해 줄 사람이 있어야 했기 때문이다. 그리고 너를 위해 그런 조건을 만들어 주는 것이 네 부친에 대한 나의 최소한의 의무라고 생각했기 때문이다. 또한 거기까지가 내 권리이기도 하며 동시에 내가 할 수 있는 한계라고 나는 생각한다. 너의 앞날은 너의 것이다. 아무도 강요할 수 없다. 떠나올 때 그들이 내게 그런 이야기를 했다고 네게 조국에 다녀오라는 것은 아니다. 그 이야기는 나 자신도 납득할 수 없는 것이기 때문이다. 난 네게 고향으로 돌아가야 한다고 말하는 것이 아니라 다녀올 것을 권하는 것이다. 왜냐하면 결국 내가 취했던 조치는 그들의 전통과 관습을, 네가 판단할 수 있는 능력이 생길 때까지 일시적으로 유보해 두었던 것에 지나지 않기 때문이다. 이제 네가 네 앞길을 결정할 때다. 전통을 따르든가 말든가 하는 것은 네 권리이다. 그러나 그런 결정을 하기 전에 한 번쯤은 고국에 다녀오고 나서 판단했으면 한다.”

그러나 스턴의 그러한 권유는 석진에게 그다지 중요한 영향을 주지 않았다. 세계 지도의 동쪽 끝에 자그맣게 붙어 있는 코리아란 나라에 간다고 하더라도 새삼 자신의 심정에 변화가 있으리라곤 상상할 수도 없었다. 또한 종손이란 의미도 현재의 생활을 파괴해야 할 만큼 절대적인 개념으로 받아들여지지도 않았다.

한 개인의 삶은 오로지 그 자신만의 것이며, 오직 그 자신의 의지에 의해서만 바뀌어질 수 있을 뿐이다.

의미를 가질 수 없는 외부 조건에 수동적으로 따를 수는 없다.

조상들의 피가, 이미 사라져 버린 선조들의 피가 현재의 자신에게 어떤 의미가 있단 말인가. 설령 의미를 찾아낸다고 하더라도, 그곳에 가서 종손이라는 굴레에 얽매이기보다는 이곳에서 모자를 벗고 추모의 시간을 갖는 것이 훨씬 합리적인 방법이 아니겠는가.

석진은 그런 이유를 들어 구태여 한국에 돌아갈 생각이 없다고 스턴에게 의사를 밝혔다. 물론 스턴의 충고를 이해하기는 하지만, 그것은 이미 자신에게 확고한 신념의 재확인이란 불필요한 작업으로 생각될 뿐이었다.

신애는 그러한 석진의 논리에 항상 못마땅한 표정을 지었었다.

“오빠의 생각에 반박하고 싶은 생각은 없어요. 너무 철저하게 충실하기 때문이죠. 또 구태여 혈연 같은 관념으로 얘기하고 싶지도 않구요. 하지만 오빠 지나치게 개인주의적이고 이기적이에요.”

“그게 모든 사람들이 공유하는 본질적인 감정이야. 인간이란 이기적일 수밖에 없어. 그래서 외로운거고, 그러한 외로움을 위해서 이 세상에는 사랑이 존재하는 거 아닐까. 하나님이 남성과 여성을 공존시켰다는 사실이 인간에게는 축복일 거야.”

“이성과의 사랑만이 그렇게 절대적일 수 있을까요? 그것 말고도 더 크고 넓고 깊은 사랑이 있어요.”

“그건 허구야, 관념의 조작이라구. 우리같이 평범한 인간의 본질적인 외로움을 위안해 줄 수 있는 것은 바로 이성과의 합일에서 오는 충만감일 뿐이야. 어린 애도 자라면 부모의 사랑보다는 이성간의 사랑에 더 집착하지. 부모 자식간에도 어느 때가 오면 서로가 서로를 필요로 하지 않는다는 것을 느끼게 되잖나?”

“오빠의 말은 이기적인 데다 냉혹하군요. 오직 혼자뿐이에요. 자신과 상관없는 일이라면 손 하나 까딱하지 않을 것처럼. 그래요. 그렇게 살아갈 수만 있다면 나름대로 지극히 행복하겠죠. 그러나 내 눈에는 무척 불행한 삶처럼 보여요. 자족하는 데 골몰한 스크루지 같다고나 할까요? 그렇지만 난 그런 울타리를 뛰어넘어 살겠어요. 그게 훨씬 풍요롭고 인간적이라 믿으니까요. 다만 이렇게 얘기할 수밖에 없는 내 자신에 대해서 화가 나요.”

“서로의 입장을 존중하는 사람끼리 그런 일로 화를 내면 안되지. 어차피 자신의 삶이란 자신이 결정하고 행동하고 책임지는 것 아닐까?”

신애와의 이야기는 항상 그런 선에서 마무리가 지어졌다.

석진은 두 사람의 그러한 의견 차이가 어떤 장애가 되리라고는 생각할 수 없었다. 두 사람의 감정은 각기 한쪽에서는 일치하고 있다고 보았다. 그것은 사랑이었다. 석진은 자신이 신애를 사랑한다는 것을 알고 있었고, 또한 그녀도 자신을 원하고 있다고 확신하고 있었다.

그러나 일단 한국에 다녀온 뒤부터 완연히 뒤바뀌어 버린 신애의 행동은 도무지 납득할 수 없는 것들뿐이었다.

그녀는 정말 나를 사랑하고 있었던 것일까?

그렇다면 왜 떠나야 했는가?

혹시 그녀는 나를 사랑하지 않았던 것은 아닐까?

지난 오 년 간 아무리 생각해 봐도 설명해 낼 수 없는 그 무엇이 그곳에는 자리잡고 있었다. 그리고 어쩌면 그런 의문이 그의 허리춤을 잡아당겨 이곳으로 다시 찾아오게 만든 건지도 몰랐다.

3

다음 날 아침 늦게야 석진은 잠에서 깨어났다. 새벽녘쯤 돼서 교회 종소리를 얼핏 들은 것 같기도 했지만 언제 잠이 들었는지 선연하지 않았다. 입맛이 썼다. 차차 누워 있는 곳이 눈에 익자 그는 자리에서 일어나 창문을 열었다.

안개 몇 오라기가 선착장 주변을 휘감고 있었다. 뱃고동 소리가 울렸다. 뭍으로 가는 배인 모양이었다. 여전히 까막봉은 을씨년스러왔다.

　간단히 세면을 한 다음 석진은 옷을 갈아입었다. 산소를 찾아볼 심산이었다. 선산이 있다는 것과 제사를 지내던 기억이 어린 시절 저 건너에 아렴풋한 앙금으로 가라앉아 있었지만 도통 잡히는 것은 없었다. 우선 이장을 만나서 더듬어 봐야겠다는 것만으로 옷을 걸치는 그의 마음은, 따라서 그리 느긋하지만은 않았다. 노크소리가 나더니 주인 아낙이 고개를 들이밀었다.

　"이제 일어나셨남유?"
하더니 눈치를 살피는 기색이었다.

　"무슨 일입니까."

　"손님이 오셨구먼유."

　"경찰입니까?"

　"아니구먼유. 황영감이라고 어젯밤에도 왔다가 주무시길래 그냥 갔는디. 아까부터 와서 기다리구먼요."

　"황씨라구요?"

　문 꼬리 잡은 채 목을 들이민 아낙의 눈가에는 호기심이 주렁주렁 매달려 있었다.

　"내려가서 뵙겠다고 전해 주십시오."

　석진은 담배를 피워 물었다. 어릿어릿 조각난 기억들이 다시 흘러가기 시작했다. 황씨라는 성씨와 연관지을 수 있는 것은 청골 할미뿐이었다.

　아래층에 내려간 때는 십여 분이 지난 다음이었다. 마루에 내려서자 주인 아낙이 곧 늙수그레한 영감을 데리고 왔다. 엉거주춤 어깨를 구부리고 걸어오는 노인의 얼굴에는 상당히 큰 주먹코가 매달려

있었다. 퉁방울 같은 눈에 입술이 두꺼웠고 머리는 반백이었다. 키
는 석진의 턱 밑에 닿을까 말까였다. 가무잡잡하게 그을린 얼굴을
치켜들고 석진의 모습을 이모저모 뜯어보며 종종걸음으로 다가온
노인은 먼저 수인사를 건넸다. 예순이 한 둘 넘어간 듯싶었다.

"초면에 객례(客禮)가 아니오만 긴한 일이 있어 심방하였소이
다."

하더니 석진의 얼굴을 뚫어져라 쳐다보았다. 그러더니 표정이 변해
서 대뜸 석진의 두 손을 움켜쥐었다.

"헛참, 일견해서 두말 할 것도 없이 주가미를 그대로 빼박았네.
자네 주가미 씨붙이가 틀림없으렷다?"

갑작스러운 일이었지만 청골 할미를 되새겨 낼 때부터 마음에 짚
히는 바가 있었다. 그편으로 일가가 되는 사람이란 짐작이었다.

"그렇습니다."

"하이고."

노인은 갑자기 성긴 콧소리를 내뱉었다. 그러더니 찔찔 울기 시작
했다.

"그렇게 찾을라고 무진 애를 썼건만 이리 만나네 그려. 어이 주가
미, 자네 아들 왔네, 왔어."

허리춤에서 꼬깃한 손수건을 꺼내 눈을 닦으며 황영감은 잠시 말
을 잇지 못했다.

주인 아낙은 아예 팔짱을 낀 채 두 사람을 보고 있었다.

"그래 사람이 워찌 그리 무심헌가? 이래 헌헌장부로 자랄 때꺼정
기별 한 번 없다니. 아이고 이제 청골 고모님도 눈 편히 감으시겠네,
눈 감으시긋어."

　연방 눈시울을 찍어대는 영감의 손에 붙들려 서 있던 석진은 슬그머니 짜증기가 솟았다. 뭐라고 말을 해서 노인의 콧소리를 막아 버리고 싶었지만 적당한 말이 생각나지 않았다.

　한참 말꼬리에 꼬리를 물고 응얼대던 황영감은 손수건을 펴 코를 풀어내는 것으로 겨우 감정을 추스른 모양이었다.

　"나 자네 당숙질 되네. 모르겠능가?"

　마루 끝에 앉으며 그렇게 말을 꺼냈다.

　"허기사 손 보드라울 때 타관으로 떠난 자네가 알까마는 내가 황종달이여, 자네 당숙뻘이제. 그래도 모르겠능가? 청골 할미가 내 고모님뻘 된다말시."

　"네. 알겠군요."

　"허, 목소리 허구는 영락없이 주가미를 빼박았네 그려. 내 허게 험세."

　"그러셔야죠."

　"청골에 다녀왔다며? 어, 아짐씨 나 물 한 바가지 주소."

　주인 아낙에게 이르다시피 가슴을 내민 황영감은 상기도 실감이 나지 않는 듯싶었다.

　"청골을 묻더란 말 듣고 두 무릎 쳤네. 내 손에 장을 지져도 틀림없는 주가미 씨붙이라고 말여. 자네 이름이 뭐였드라?"

　"석진입니다."

　"그라제. 석진이, 그렇구만. 허 참, 씨원타."

　아낙이 건네는 물을 벌컥벌컥 들이켜고 난 황영감은 입맛을 쩍 다셨다. 그러더니 한숨을 폭 내쉬었다.

　"청골 할미 살아 있었으믄 동네 북장구를 쳐도 섬 뒤집혀질 일이

제만, 허참 그란디……"

하더니 문득 정색을 하는 얼굴이 되었다.

"선고(先考) 유택(幽宅)에는 다녀왔능가?"

"아직 찾아보지 못했습니다."

석진은 무표정하게 대답했다. 황영감의 입이 떡 벌어졌다.

"에끼 사람. 그런 법이 어디 있는가? 모르면 물어서라도 찾아사제."

도리질을 하더니 다시 고개를 끄덕였다.

"하기사 그럴 게여. 자주 다녀본 사람 아니고는 찾기도 힘드니께. 어여 가봄세. 할미 눈이 쌩 빠지긋구먼. 그럴 작정하고 아예 나온 길여."

챙겨드는 것을 보니 목장갑과 낫이 있었다. 미리 가져온 물건인 듯싶었다.

가게에서 술병과 건어포를 꾸려들자 황영감이 앞장을 섰다.

해가 높이 솟고 안개가 사라지자 화창한 늦봄의 햇살이 눈부시게 쏟아졌다. 산꿩 한 마리가 길게 솟아올랐다. 선착장 쪽에는 어선들 두어 척이 통통거리며 연도 쪽으로 빠져나가는 중이었다. 갈매기 몇 마리가 포구 앞쪽으로 동체를 기울인 채 날고 있었다. 그쪽 근방으로 잠깐 수면이 어지러웠다. 날치가 날아오르는 모양이었다. 깨방죽께에서 잠깐 머물다 올라온 바람이 덜미를 스쳐갔다.

"언제 개호주가 발톱 갈아 호랑이 되냐더니 그게 말짱 헛말일세. 자네 신수가 선친보다 훨씬 장허이."

허위허위 앞서 오르던 황영감이 목에 건 수건으로 땀을 닦으며 하는 말이었다.

"뼈대는 어쩔 수가 없대니께. 자네 풍신을 보기만 하믄 청골 할미도 만손 어른도 땅 속에서 춤을 추긋네."

"만손 어른이라뇨?"

석진이 묻자 황영감은 걸음을 멈췄다. 그리고 무덤덤히 그를 바라보는 석진의 얼굴을 바라보더니 퉁방울 같은 눈을 꺼묵거리며 주먹코를 벌름거렸다.

"허 정말 모르는 모양이시. 허기사 그걸 탓 헐 수만도 없제. 뒤집혀진 세상이라. 그기 자네 할아버지 함자 아닌가."

석진은 그제서야 희미하게 기억나는 듯도 싶었다. 어린 시절 그가 태어나기도 전에 돌아가셨다는 이야기를 들은 기억이 얼핏 스쳤다. 그러나 더 이상 생각나는 것은 없었다.

"자네 할아비 함자도 까무룩한 걸 보니께 자네 조부께서 워떠케 돌아가셨는지도 모르긋네. 그렇제?"

쉬엄쉬엄 숨을 골라가며 산길을 오르는 틈틈이 황영감은 만손 어른에 대한 이야기를 풀어놓았다.

주재소에서 풀려 나온 만손(金萬孫) 어른은 이미 반쯤 혼이 달아난 송장이었다. 사흘 밤낮 주재소에 잡혀 있다가 겨우 풀려난 만손이었다. 눈에 불을 켜고 사흘 간 주재소 언저리를 갈고 다니던 청골댁이 등에 업고 한달음에 돌아와 보니 온몸이 시퍼렇게 멍이 든 데다가 허리를 다쳤는지 건드릴 때마다 입이 쩍쩍 벌어졌다.

"천하에 육시헐 놈. 나이든 어른을 이렇게 대우헐 수 있는고! 망국이로고."

몇몇 기웃대던 마을 사람들이 비실비실 돌아간 후 남은 것은 천학득과 장민구 노인뿐이었다. 장탄식하던 천노인은 측간에 담근 대나무를 짜개 삼계탕을 만들어 왔고 장노인은 백엽차(柏葉茶)에 엿물을 풀어 왔다. 그러나 그것을 흘려 넣고도 만손 노인은 쉽사리 깨어날 줄 몰랐다. 청골댁과 주가미의 새 아낙인 석진네만 꼬박 옆에서 밤을 새웠다.

일의 발단은 그때 경성에 올라가 M전문학교 예과에 다니고 있던 주가미에게 있었다. 말은 제주로 사람은 서울로 보내야 한다는 만손노인의 엄명에 따라 상경한 주가미는 서울말도 열심히 익히는 모양이었다.

당시 패전의 막바지에서 눈에 불을 켠 일본은 드디어 학도병까지 징집하기 시작했다.

"영광된 황국신민의 일원으로 어찌 내지의 적자들만 이 성전(聖戰)에 참여할 영광이 주어지리요. 우리 반도의 청년 학도들도 모두 용약 출전하여 대동아 공영……"

운운의 광적인 독전 기사가 앞다투어 실릴 때라 불응하면 불경죄로 몰릴 판국이었다. 여러 가지 사정으로 하나 둘씩 무인(拇印)을 누르는 사람들이 생겨났다.

그러나 주가미는 지원할 수 없었다.

떠났던 즉시 흰 상자에 담겨 돌아온 장민구 노인의 큰아들을 옆에서 지켜본 만손과 청골댁이 죽더라도 선산 아래서 죽어라 하고 주가미를 오식도로 불러들인 것이었다.

주가미는 삼대 독자였다. 일가 중 종가였고 또 장손이었다. 며칠간 생각하던 주가미는 짐을 꾸렸다. 그때 순사가 들이닥쳤다. 차일피일 징병 출원 신청을 기피하는 주가미의 뒤를 캐던 순사들이 주가미가 지하 독립 단체와 관련이 있다는 낌새를 알아차린 것이었다.

수색이 시작되고 다락 안에서 태극기가 발견되었다. 그 순간 주가미는 바로 옆에 서 있던 순사보를 발길로 차고 도망쳤다. 그 순사는 갈비뼈 한두 대에 금이 간 모양이었지만, 섬 안에선 그 순사가 단발 길질에 죽어 넘어졌다는 풍문이 입 건너 조심스럽게 퍼지고 있었다.

청골 기와집은 밤낮 주재소 순사의 감시를 받게 되었다. 그러던 어느 날 밀고가 들어왔다.

나중에 전쟁이 일어나서야 안 일이지만 밀고자는 주가미의 죽은 처의 동생인 최복동이었다. 주가미가 섬을 벗어나지 못하고 까막봉 근처에 숨어 있다는 밀고였다.

주재소 순사 나용일(羅用日)은 그 날 아침 이른 시각에 슬슬 청골로 올라가는 길에 나섰다. 나용일은 원래 오식도 농사꾼이었다. 뭍에서라면 모르거니와 섬에서 농사를 짓는 사람은 그다지 대단하달 것은 없었다. 그는 일제하에서 누구보다도 열심히 국어(日語)를 익혔다. 그리고 주재소에서 사환 일을 맡아보다가 어찌어찌 순사보로 특채된 자였다. 그러한 사람됨은 구태여 들춰낼 필요 없이 다음과 같은 이야기로 설명이 되고 있었다.

오래 전 이야기였다.

강우식(姜羽植)이라는 뱃사람의·아내 조달자는 섬에서 제일 가는 일색이라고 소문이 자자했다. 나용일은 괜히 강씨의 집 앞을 얼씬거리곤 했다. 어느 날 강우식은 신사 참배를 하러 갔다가 무심코 침을 뱉었다. 그것이 나용일의 눈에 띄었다. 그 날 밤 강우식은 주재소에 끌려가 직사하게 얻어맞았다. 이튿날 집에 돌아와 보니 이미 아내는 갯가 팽나무에 목 맨 뒤였다. 그 길로 낫을 뽑아들고 주재소로 달려갔다.

　며칠 뒤 연도 앞 바다에서 그의 시체가 떠올랐다. 강우식에게는 아들이 하나 있었다. 강환(姜桓)이라고 하는 그 아홉 살 박이 아들은 양주(兩主)의 시체를 묻고 섬을 떠났다.

　앞전에서는 모두들 인사를 건넸지만 뒤돌아 서기 바쁘게, 독이라면 살모사요 징그럽기는 지네요 독하고 징그럽기는 나용일이라고 침을 뱉었다.

　그 나용일이 새벽밥을 지어먹고 청골에 나타난 것이다. 그때 만손 노인은 바지게를 지고 일주 대문을 나서고 있었다. 나용일과 마주친 만손 노인은 제풀에 오금이 저렸다.

　"오, 이이오 덴끼데스네. 꼴 베러 가십니까?"

　바지게에 찔러 둔 낫을 보고 나용일은 그렇게 물었다. 만손 노인은 고개만 조아릴 뿐이었다. 평소에도 주가미의 그림자를 잡을까 싶어 눈만 뜨면 청골을 어기적거리던 나용일이기도 했지만 그렇게 이른 시각에 나타난 것은 처음이었다. 만손 노인의 등에 식은땀이 흘렀다. 후들거리는 노인의 얼굴 표정을 살피던 나용일이 슬쩍 넘겨짚었다.

　"주가미를 보았다는 소문이 있는 모양인데 영감은 혹 모르시오?"

　고개를 조아리던 노인은 벌떡 고개를 들었다. 나용일은 그저 유들유들하게 그런 만손 노인의 표정을 지켜보고 있을 뿐이었다.

　"뉘가 그런 소리합데까? 주가미가 있으믄 워디 있겠습니까유? 안 그래도 그놈 나타나기만 허문 당장 다리몽댕이를 빠사놀 판인디. 그놈이 천왕 폐하의 황은을 모르고 그레 무신 죽을 짓이당가유. 지들이 그래도 백성 도리는 허고 살 줄 압니다요."

　되려 핏대를 올리는 김 노인을 보고 나용일은 그저 느물느물 웃었다.

"그러시요? 암, 그래야죠. 그럼 어서 가보시오."

독사 눈을 빠져나가는 개구리 심정으로 엉겨붙은 고샅을 추스려 몇 걸음 걸었을까. 김 노인의 뒤통수에 히물거리는 목소리가 날아왔다.

"잠깐만."

얼굴이 핼쓱해서 돌아보는 김 노인에게 나용일은 의미심장하게 물었다.

"그 안에 있는 게 뭐요?"

바지게 안에 들어 있는 보퉁이를 가리키는 것이었다. 순간 김 노인은 눈앞이 캄캄해지며 그 자리에 철퍼덕 주저앉을 뻔했다.

"그거 풀어 보시오."

떨리는 손으로 풀어놓은 보퉁이 속에는 참외 만한 주먹밥이 여남은 덩이나 들어 있었다.

"그거 뉘 가져다 줄 거요?"

"내가 묵을라고……."

"빠가야로!"

그 길로 김 노인은 주재소로 끌려갔다. 이미 까막봉에 숨어 있는 주가미에게 먹을 것을 나른다는 밀고가 들어온 데다가 아무리 건장한 노인이라고 해도 그 보퉁이 속에 들어 있는 것을 한꺼번에 먹어 치울 순 없었다.

고문이 시작되었다. 그러나 만손 노인은 끝까지 입을 열지 않았다. 주가미는 한 번 사라진 뒤에 나타난 적이 없으며 그 주먹밥은 자신이 먹을 것이었다고 죽기로 버틸 뿐이었다.

사흘 동안 내리 고춧가루 붓기며 공중 제비까지 어지간한 장정 두엇도 나가떨어질 만큼 혹독하게 다루다가 나중에는 손톱 밑에 대침을 박겠다고 했지만, 아니라고 고개를 흔드는 김 노인이었다. 사흘째 되던 날 밤 무슨 생각을 했는지 나용일은 김 노인을 풀어 주었다.

"영감, 놓아주는 게 아니오. 닷새 말미를 주겠소. 만약 그때까지 주가미가 나타나지 않으면 영감 목숨은 그만이오. 닷새 동안에 어떻게 연락을 해서든 주가미가 나타나도록 하시오. 영감 눈엔 아무리 해도 주가미가 숨어 있는 곳이 뵈지 않는 모양인데 닷새 후엔 손톱만이 아니라 그 눈꺼정 뽑아 달구새끼한테 던져 주겠소."

그렇게 풀려 나온 김 노인은 이틀 동안 혼수 상태에 빠졌다. 어떻게 고문을 당했는지 고개조차 제대로 들지 못하고 눈을 희멀겋게 뜬 채 침만 질질 흘렸다. 사흘째야 간신히 정신이 들었는데 그것도 장 노인과 천노인이 번갈아 가며 억지로 떠넘긴 엿물과 똥물을 먹고서였다.

그러나 정신이 들었어도 이미 만손 노인의 목소리는 살아 있는 사람의 그것이 아니었다. 피섞인 가래를 뱉어내며 탄식을 했다.

"할멈, 이제 나는 끌려가면 살아서는 못 오네. 워쩌면 좋당가? 나는 이제 죽네."

청골댁은 머리맡을 지키고 앉아서 매정하게 말을 끊었다.

"워쩌크나 주가미는 여기 나타난 적이 없다고 딱 잘라 끊어야 혀유. 영감 무신 말인지 알긋수? 우리야 이제 살만큼 산 목숨 아까울 것이 없지마는, 주가미는 잡혀가믄 딱 죽은 목숨인디 누가 새양(時享)은 지내고 젯상에 찬물이라도 떠놓을 긋이요. 혓바닥을 딱 끊어 버리더라도 주가미는 본 적도 들은 적도 없소. 무슨 말인중 알긋남유? 영감, 내 말 알아듣긋소?"

"이놈의 할망구야, 누가 그걸 몰러? 말같이 쉬움사 뭘 못혀."

"그 피도 동우로 쏟고 뒈질 놈이 또 오믄 이참에는 내가 갈라요. 내가 대신 가서 그 천하에 날벼락 맞을 눔, 남의 씨나락까지 까 먹을 눔 아랫도리를 뽑아 놓고 와사 쓰것소. 영감은 딴 염사 말고 빨리 몸 조리나 혀서 일어나시랑께유."

그러나 약속한 기일이 되었을 때 아무도 주재소에 끌려갈 필요가 없었다. 나용일도 오지 않았고 주가미도 나타나지 않았다. 만손 노인이 목을 매 버린 것이다.

"청골 할미 독헌 것은 사람들이 그때사 처음 알았제. 아침나절 송장이 들어오는디 눈 하나 깜짝 않고, 막치고 상을 쳐내드라고들 혀를 내둘렀네. 멀리도 못 가고 바로 집 뒤안에서 목을 맸는디 무신 할 말이 그리 많아 빠진 혀도 안 들어가고 눈도 뜬 채였다드면. 그란디 이 징헌 놈의 나용일이란 놈은 상여가 나가는 걸 끝까지 지켜봤다네. 행여나 주가미가 나타날까 싶어서였제. 독사가 징허네 지네가 징허네 해도 뭣보담 징헌 것은 사람이여 사람."

석진으로서는 처음 들어보는 할아버지의 죽음이었다.

"된똥 막혔다가 찔끔 떨어진 것이 바로 주가미나 매한가진데, 그런 자식 내놓으란 말은 두 양주 목숨 내놓으란 말이나 진배 없었제. 상여 나갈 때 청골 할미는 눈물 한 방울 비치지 않더라드면. 만장(輓章)도 요령도 없는 초라한 상여였제. 만돌이가 대충 관을 짜서 나갔으니께……."

"그때 아버님은 어디 계셨습니까."

"그게 말이시, 칼 든 도적보다 더 무서운 게 소문이더라고 정말 그때 주가미는 까막봉에 숨어 있었대니께. 그런 사정이야 깜북 모르고 워찌워찌 풀 뜯어먹고 까마귀 잡아 묵음서 버텼다고 안허등가? 천만다행이제. 주가미 같은 효자가 그 말 듣고 내려 왔다간 일가족이 그대로 결단날 뻔했으니께."

"……."

"주가미에다가 청골 할미, 그리고 자네 모친꺼정. 종손 목숨 하나 이을려고 멀쩡한 영감님 상여가 나가도 눈물 안 비친 청골댁인디 무슨 일이 생겼다면 당신 혼자 살아남아 견디겠능가? 다행히 그 뒤로 곧 해방이 되었기 망정이지. 이도 저도 생각허믄 이래 자네 하나 남길려고 그리 된 것이니 여하간에 당신들도 이젠 편히 눕게 되셨네."

"……."

"그나저나 최복동이란 놈이 그럴 수가 있었겠남? 인두겁을 쓰곤 그럴 수 없는 벱이여. 고걸 아무도 몰랐는디 인공(人共) 때야 지놈 입으로 자랑해 쌓드만. 결국 지놈도 편한 자리에서 죽덜 못했지만, 애먼 사람 해꼬지허면 후대에 가서라도 천벌 받는 법이라."

"그런데……"

그 이야기가 뜻하는 의미를 잠시 생각해 보던 석진은 물었다.

"어버지가 까막봉에 숨어 있던 것을 최복동이 어떻게 알았을까요?"

얼핏 싯누런 얼굴에 쥐새끼 같은 눈을 가진 최복동의 얼굴이 스쳐 갔다. 언제나처럼 얇은 입술에 잔뜩 비웃음을 띤 표정이었다.

"으째 그것을 몰랐겠남? 주가미와 혼인한 지 누나가 깨방죽에 몸을 던진 뒤로 청골댁이 떼어 준 전답을 투전판에 쏟아 넣고 틈만 있음사 뭐 좀 없나 싶어 고양이 어물전 넘보듯 청골 기와집을 싸고 돌왔는디. 자 이젠 거의 다 왔네. 바로 요 대밭 넘어니께."

앞장선 황영감은 길을 버리고 잡초를 헤치며 자그만 언덕을 넘었다. 그곳이 바로 까막봉 아래 대숲이 시작되는 어림이었다.

대숲은 무성하게 자라 있었다. 칼날 같은 대잎에 찢긴 햇살이 몇 줄기 비쳐들고 있는 그 안은 상당히 시원했다. 그러나 대나무가 너무 촘촘히 자라난 듯, 그늘진 곳에서는 대잎 썩는 냄새가 코를 찔렀다.

"여기는 누가 손보고 있습니까?"

문득 사공의 말이 생각난 석진이 묻자, 황영감은 뒤돌아보지 않은 채 대답했다.

"내가 가끔씩 와서 보곤 했네. 그래도 사돈네가 돌보던 죽림인디, 아예 모른 척헐 수야 있어야제. 이젠 자네가 맡아사제."

"대숲을 좀 베어 냈으면 싶군요."

순간 황 노인은 펄쩍 뛰었다.

"뭐시여? 자네 지금 그 말을 제 정신으로 허능가? 이 숲이 워떤 숲이라고 그런 말을 허능겨? 이것이 불타가지고 워떤 천재지변이 일어났는지 벌써 잊었능가? 사람들 들으면 까무라치긋구먼. 행여 그런 소리 입 밖에도 내지 말게. 큰일 나니께. 안 그래도 군부대에서 어쩐다는 소문이 있어서 지금 섬이 왼통 난리가 나는 판인디."

"그게 무슨 말씀입니까?"

"자넬 보니 마침 잘됐다 싶어 한번 얘길 헐 참이구먼. 그 얘긴 차차 험세."

대숲 언저리로 새빨간 꽃게 한 마리가 집게발을 쳐든 채 발발 기어오르고 있었다. 대숲을 넘어서자 비교적 완만한 구배(勾配)를 지닌 풀밭이 나섰다. 소나무가 남쪽 바다를 향해 둥글게 심어진 그 풀밭 한가운데에 올망졸망 위아래로 나뉘어 있는 봉분 네 개가 눈에 들어 왔다.

"원래 자네 조상들은 저쪽 박달봉 쪽에 선산이 있제. 그런데 한 맺힌 죽음을 한 만손 노인 때문에 선산에도 못 가고 이곳에 자리를 잡게 된 것이여. 주가미나 자네 에미가 이쪽에 묻힌 것도 다 그런 연유제. 이제 좋은 날 잡아서 이장해사제, 암."

위쪽에 나란히 놓인 두 개의 봉분부터 벌초하면서 황영감이 넋두리를 풀어놓았다. 대충 가시덩굴과 쇠비름들을 쳐내고 난 석진은 준비해 온 어포와 과일들을 그 앞에 차려 놓았다.

"절해사제, 거기가 할아버지여."

엉거주춤 묘 앞에 서 있는 석진을 보고 황영감이 한 마디 했다. 반쯤 잠긴 목소리였다.

"신 벗고."

구두를 벗어 옆에 밀어놓은 다음 석진은 절을 했다. 아슴푸레하게 어린 시절 향을 피우고 제수를 차리던 기억이 잠깐 스쳐갔다. 더불어 부질없는 짓이라는 생각도 떠올랐다. 석진은 잠자코 청골 할미의 묘 앞에서도 술잔을 붓고 절을 올렸다.

황영감의 잠긴 목소리 때문인지, 구태여 절을 해야 되는 자신에 대한 못마땅 때문인지 석진은 일어서는 자신의 모습이 갑자기 어색해 보였다. 구태여 이런 식으로 마음의 빚을 남기고 싶진 않다는 생각도 스쳐갔다.

"만손 어른 참 복 없는 분이여. 쬐끔만 기다렸어도 해방이 되어 좋은 세상에 손주 안아보고 편히 눈 감으셨을 텐디. 참 세상일이 요

지경이라. 그래도 인제는 자네 술 자셨으니 저 세상에서라도 춤추시 굿구먼, 자네는 귀신도 누운 자리에서 벌떡 일어나 잔을 받는다는 종손에 장손인 것이여."

석진은 대꾸 없이 바다로 시선을 돌렸다. 금방이라도 이런 것이 무슨 뜻이 있다고 그러십니까 영감님? 그런 물음이 터져 나올 듯 싶었다.

무덤 위에 술을 뿌리고 음복을 한 황영감이 아래쪽 봉분을 눈짓했다. 상석도 비석도 없는 무덤이었다. 석진은 그 곳에도 큰절을 했다. 황영감이 술을 따라 무덤에 부었다.

"어이 주가미, 일어나서 자네 아들 절 받소. 술도 한 잔 하고. 항상 다모토리로만 독주 마시던 청춘이 구천에 내려가서 얼마나 목 말랐능가? 어허."

삼십 년의 풍상에 시달려온 무덤은 잡초 뿌리가 하얗게 덮고 있었다. 떨어져 나간 아래쪽 부분에 시뻘건 흙이 드러나 보였다.

주가미는 여름이 되면 모시 적삼만 입었다. 땀을 뻘뻘 흘리며 벌겋게 달아오른 인두로 날을 잡고 숯불 다리미로 주름을 펴던 어머니의 모습이 떠올랐다. 석진은 절을 하면서 그런 감상과 황 노인의 넋두리를 한꺼번에 쏟아 부어 버렸다.

파랗게 독이 오르기 시작하는 잡초 대궁이 대꾸라도 하듯 흔들렸다.

어머니의 묘소에 절을 마치자 황영감이 한 마디를 더했다.

"그 분도 참 불쌍한 분 아닌감? 없이 살다가 자네 집 후취로 들어와 자네 낳은 죄로 복동이 손에 죽었으니께. 술이나 더 부어 올리소."

술을 치고 석진은 다시 바다로 시선을 던졌다. 대구리 배 한 척이 뭍으로 선수를 돌린 채 미끄러져 나가고 있었다. 떠오른 햇살에 거꾸로 박힌 배 그림자가 청빛으로 짙었다. 바다는 칠편암처럼 빛나고 있었다. 섬에서 바깥쪽으로 나가면서 남색, 청색, 군청색, 녹색, 자주색, 그리고 먼 곳은 온통 햇살 찬란한 은빛이었다.

그 바다에 시선을 던지고 있는 석진의 마음에는 묘한 상념들이 한꺼번에 뒤섞여 회오리쳐 올랐다.

아들을 살리기 위해서 목숨을 끊었다는 만손 노인. 씨를 잇기 위해 자신의 목숨을 버릴 수 있다는 광적인 집념.

차라리 아들을 사랑하기 때문에, 아들을 살리기 위해서 대신 목숨을 버렸다면 이해가 훨씬 쉬울 듯했다. 그러나 대(代)를 이을 손을 남겨야 한다는 명목을 앞세워 죽어간 할아버지와, 그 죽음을 눈물 한 방울 없이 지켜보았다는 할머니에 대해서는 어떻게 생각을 해야 하는 것일까.

자식에 대한 사랑보다도 인습에 희생되어 버린 것이나 마찬가지로밖에 남아 있지 못하는 죽음들, 자신으로서는 그런 맹목성이 어리석어 보였다.

그러나 한 편으로는 그러한 우매한 관념에 지배되어 살아온 사람들이 있었으며 자신은 바로 그런 인습의 뿌리가 피워 낸 열매가 아닌가 생각되면, 전제된 그런 사실에 대한 두려움이 섬짓 가슴을 저미고 지나갔다. 마치 자신이 부여받은 목숨이 이미 선대(先代)에서부터 치밀하게 조작되어 있는 듯한 느낌이었다.

어쩐지 답답하고, 어리석고, 터무니없이 황당하기도 하다가, 그런 황당스러움에 원하지도 않은 빚을 떠맡은 심정으로 엉거주춤 고개를 드는 석진의 얼굴에는 미세한 짜증기가 묻어 있었다.

　황영감은 무덤 옆에 쭈그리고 앉아 손수건을 꺼내 코를 풀고 있었다. 순간 석진은 그 영감의 옆구리를 발로 내지르고 싶은 충동을 느꼈다. 맹렬한 적의였다.

4

　해방이 되었다. 무조건 항복한다는 일본 천황의 방송이 있었다. 그러나 오식도 사람들은 그 말이 뜻하는 것을 아직 실감할 수는 없었다. 다만 주재소 순사들이 허겁지겁 가재 도구를 배에 싣고 떠나는 것을 고개를 갸웃하며 지켜볼 뿐이었다.

　그렇지만 봄비 내린 다음 날 잿빛 들판에 나가 보니 푸른 싹이 돋아나 있더라는 것처럼 그들의 마음 속에도 모호하게나마 움트는 기운이 있었다.

　태극기가 내걸린 마을 앞 넓은 공터에 사람들이 한둘씩 모여들었다. 어느새 그들은 한 무리의 군중을 이루었다. 노인도 아녀자도 젊은이도 가릴 것 없이 걸을 수 있는 사람들은 모두 다 그곳으로 나선 것 같았다. 그러나 조금씩 피부로 전달되어 오는 해방의 기쁨에 들떠 있어야 할 사람들의 얼굴에는 못 볼 것이라도 본 듯 혐오의 표정이 서려 있었다.

　"종놈이 종 부리면 식칼로 형문(刑問)친다 안하던감유?"

　뺀들댁의 목소리가 제일 높았다.

　"저런 놈은 확 사타구니를 긁어서 돼지 밥 줘야 헌다니께유. 다른 사람 눈에 피눈물 냈으믄 지 눈도 빼야 하는 건디, 저리 말똥말똥 하

구먼유. 참 뻔뻔스럽다 해도 저렇게 낯짝 두꺼운 상호는 처음 본당
께유.”

입에 거품을 무는 뺀들댁의 어깨 너머로 이차로가 무슨 영문인지
모르겠다는 표정으로 주변 사람들을 힐끔대고 있었다.

“어찌 그럴 수 있는고? 좋은 세상 되었으니 쪼깨 버릇이나 고쳐주
고 그만들 두제.”

하는 것은 사람 좋은 나루터 박도천 영감이었다. 이장을 맡은 황일
평 노인은,

“세상이 바뀌면 그것에 맞는 법이 만들어지는 게니께 천천히 처
리하도록 하세.”

묶어 두었다가 법에 따라 처벌하자는 거였다. 그러자 장노인이 나섰
다.

“그냥 놔두제. 아무래도 죽은목숨이구먼. 이제 주가미가 곧 나타
날 굿인께, 주가미 손에다 맡기세.”

“그럼세. 에이 천하에 못된 것.”

공터 중간에 묶여 있는 것은 바로 나용일이었다. 흉흉한 기미를
알고 있던 일본 사람들은 그 전날 몽땅 밤배 도망을 쳐버렸지만 나
용일은 그것을 까마득히 몰랐던 모양인지 눈 비비고 주재소에 나타
났던 모양이었다. 마을 청년들이 그냥 놔둘 리 없었다.

어떻게 할 것인지 의견이 분분했다. 곧 난장을 만들자는 사람도 있
었고, 묶어 둔 채 뒷일을 보자는 사람도 있었으며, 이왕 좋은 세상을
만났으니 벌이나 따끔하게 주는 선에서 그만두자는 사람도 있었다.

그런 이야기들이 중구난방으로 터져 나오고 있을 때 낮게 이빨을
가는 소리가 들렸다. 사람들이 흠칫 몸을 움츠렸다.

“네. 이눔.”

그렇지 않아도 쥐구멍이라도 있으면 싶었던 나용일은 오싹 몸서리를 치며 고개를 들었다.

“이 생간을 씹어 묵을 눔. 니 생전에 이런 날이 올 중은 몰았지야!”

바로 청골댁이었다. 뚱뚱한 체구에 걸맞지 않게 그 목소리는 작았고 쇳소리가 났다. 사람들이 한 발짝씩 물러났다. 조용해진 공터 한가운데로 청골댁이 나섰다. 손에는 시퍼런 낫이 들려 있었다.

“니도 니가 헌 것같이 손구락 하나씩 토막쳐 봐라. 니 몸이사 쇳토막이라 아프지도 않궂지만 워디 니 손톱이 낫보다 잘 드는가 보자.”

청골댁이 다가가자 나용일의 안색이 시퍼렇게 변했다. 눈알이 뒤집히고 흰 창이 드러났다. 턱이 덜덜덜 떨렸다.

“저런 놈은 사타구니부터 뽑아야 쓴대니께유, 청골 아지매. 먹지 못할 풀이 보릿고개에 나더라고 저런 못된 종자를 워디 쓴디유.”

뺀들댁의 목소리였다. 사실 바늘로 찌르면 터져 버릴 듯한 그런 분위기 속에서 나설 수 있는 사람은 뺀들댁 아니면 어림도 없었다. 그때 뛰어 들어온 사람이 있었다. 땅딸막하나 다부진 체격을 지닌 홍만표였다. 그는 청골댁의 허리춤을 잡더니 뭐라고 재빠르게 한마디했다. 그 말을 듣자 청골댁은 허겁지겁 뒤돌아서 달려나갔다. 그때 어디선가 이런 목소리가 들렸다.

“주가미가 온다.”

그것이 나용일의 불운이었다. 성격이 괄괄하고 힘이 세기로 소문난 주가미가 오면 어떻게 될 것인가는 불을 보듯 환한 일이었고, 불과 얼마 전에 생죽음으로 몰아놓은 만손 노인의 상여가 나간 것을 보아야 했던 마을 사람들은 자신들이 아무런 조치도 취하지 않았던 사실에 생각이 미쳤다.

"저런 놈은 죽어도 싸제."

"암, 뉘를 원망할 게여. 지 뿌린 씨는 지가 거두는 법이니께."

"지 한 것을 생각하믄 죽더라도 억울헐 거 하나 없을 것이여."

점차 흔들리기 시작한 사람들의 표정이 험악해졌다. 심상치 않은 기색을 눈치 챈 나용일이 죽는 시늉을 했다.

"여러 어르신네들, 못 배우고 무식헌 놈이 그저 목구멍 풀칠이라도 해볼까 하고 시키는 대로 걸레질허다가 보니 이렇게 죽을죄를 지었구먼요. 지발 한번만 용서해 주시믄……"

머리를 땅에 조아리며 눈물을 뿌렸다. 사람들의 표정이 약간 풀어졌다. 잘못이라면 나용일이 뺀들댁의 술청에서 갚지도 않을 외상 술을 너무 껍죽대며 마셔댄 것이었다.

"오메, 저놈 말하는 것 좀 봐유. 쌩쌩한 남의 처자 겁탈혀서 대롱대롱 목매달게 만든 것은 그럼 네 눔 아니고 워디 도깨비 양반이여? 시상에 저런 놈이 있을까유? 그뿐이믄 말도 안 혀. 동냥은 못줘도 쪽박은 깨지 말랬다고 목맨 처자 묻어놓고 찾아간 강첨지는 왜 또 죽여 바닷물에 띄웠남? 네 놈은 사람도 아니여."

이차로도 한마디했다.

"나쁘당께. 나보고 맨날 곰보 쩔뚝발이라고 그랬당께."

강우식 내외를 죽인 이야기가 되새겨지자 사람들의 표정이 험악해졌다. 만손 어른의 죽음이야 백 번 양보해서 접어둘 수 있다고 하더라도 강우식 내외를 죽음으로 몰아넣은 짓은 섬사람 누구에게든

가해질 수 있었던 행위였다. 그곳에서 사람들의 증오는 터져 나오기 시작했다.

"멍석말이를 혀!"

더 이상 어쩔 수 없다는 듯 마을의 연장자인 황일평 노인이 나섰다. 성미 급한 젊은 축들이 우르르 달려가서 멍석을 가져 왔다. 이내 몽둥이가 날아갔다. 멍석에 말릴 때부터 숨이 넘어가던 나용일의 비명소리가 차츰 낮아졌다.

"그만들 두시요!"

찌렁한 목소리가 들린 것은 그때였다. 앞뒤를 가리지 못하던 사람들이 고개를 들자 마을 아낙네들의 틈을 헤치고 한 사내가 걸어 나오고 있었다.

비록 여위고 수염을 덥수룩이 기르긴 했지만 산근(山根)어림이 깊은 코나 두툼한 눈두덩 밑의 날카로운 눈, 그리고 떡 벌어진 어깨며 네모진 턱 훤칠한 키가, 앞서 나서는 청골댁을 제쳐놓더라도 눈에 뻔한 얼굴이었다.

"주가미다."

탄성이 터졌다. 그러나 일본 순사 하나를 병신으로 만들었다는 그 무쇠 같은 몸매는 차마 마주 보기 어려울 정도로 바싹 말라 있었다. 다만 두툼한 눈두덩 밑의 날카로운 눈만이 기름이라도 바른 듯 번들거리며 빛났다.

사람들이 한발씩 물러섰다. 윤만돌이 부축하는 시늉을 했지만 주가미는 그 손을 뿌리치고 나용일의 앞에 나섰다. 사람들은 숨을 죽였다. 금방이라도 주가미의 발길질이 날아가고 멍석에 말린 나용일의 몸뚱이가 굴러가는 모습이 눈에 선한 듯싶었다. 그러나 주가미의 입에서 터져 나온 말은 뜻밖이었다.

"풀어 주시요."

영문을 모르는 사람들이 쭈뼛쭈뼛 눈치를 살폈다. 주가미의 입에서 다시 카랑한 목소리가 터져 나왔다.

"풀어 달라니까 멋들 하는 게요."

만돌이 앞으로 나섰다. 멍석을 묶은 새끼줄이 끊겨져 나갔다. 그러나 굴러나온 나용일의 몸은 이미 생기가 가셔 있었다. 정통으로 머리를 맞았던 모양이었다.

그 시체는 나용일의 마누라와 아들인 나유민이 가져다 박달봉 쪽에 묻었다.

그 날 밤이었다.

요란하게 울리는 비상종 소리에 마을 사람들이 깨어났을 때는 이미 화광이 까막봉을 시뻘겋게 물들이고 있었다.

"대숲이 탄다!"

하늘을 태울 듯 충천한 화광이며 불똥이 무섭게 튀어 올랐다. 불꽃은 미처 손댈 틈도 없이 번져 나갔다. 폭약 터지는 소리를 내며 대나무가 짜개져 나갔다. 그 소리는 사람들에게 묘한 두려움을 느끼게 해주었다.

그들 중에는 갑자기 대숲에 변고가 있으면 끔찍한 재앙이 일어난다는 옛이야기를 기억해 낸 사람도 있었다. 대개 나이 든 사람들이었다. 그런 이야기가 떠오르자 그들은 더욱 두려움에 몸을 떨었다.

그때 화광 속에서 누군가가 소리질렀다.

"까마귀가 날아오른다."

온통 시뻘겋게 물든 까막봉이 움직인다는 것이었다.

필시 사방을 밝히는 불꽃과 열기 때문에 한꺼번에 우르르 날아오르는 까마귀 떼를 보고 한 말이었겠지만 그 말은 두려움에 젖어 있던 사람들에게 묘한 반향을 불러 일으켰다.

한 번 그 말이 퍼지자 사람들은 더욱 혼비백산해서 어쩔 줄을 몰랐다. 옛날부터 전해 온 전설이 당장 눈앞에 나타나는 듯싶어 이리 뒤뚱 저리 뒤뚱 허수아비 춤을 출 뿐이었다.

그 무서운 불길이 마을까지 번지지 않았던 것은 그래도 다행이었다. 주가미와 윤만돌이 깨방죽의 수문을 터 버린 것이다. 수문 개폐 장치에 채운 열쇠를 그 전날 도망쳤던 일본인이 가졌던 터라 쇠사슬을 끊어 버렸다. 그것도 힘이 장사인 만돌이 아니었다면 어림없었다. 나중에 사람들이 보니 끊어진 쇠사슬은 엄지손가락 만한 굵기라고 했다.

화기는 사흘을 두고 땅을 끓게 했다. 나흘째 되는 날 내린 비로 지열은 식었으나 그 열 기운은 대신 섬사람들의 가슴속에 담겨졌다. 섬이 가라앉을지도 모른다는 소문, 난리가 난다는 소문들이 퍼져 나갔다. 일본 놈들이 다시 쳐들어온다는 이야기도 있었다.

인심은 흉흉했다. 섬사람들은 가슴속에 담긴 불씨를 행여 보일세라 앞섶을 여몄지만 눈을 감아도 상대편의 가슴속에서 타오르는 불꽃은 말못할 불안과 이유 없는 공포로 남아 있는 듯했다.

이듬해 주가미와 홍만표가 이끄는 청년단 단원들이 합세하여 대나무를 심었다. 그것은 그냥 죽었다. 그 이듬해 다시 심은 대나무는 땅 속에 밴 화기가 사라졌는지 제법 파릇하게 자라났다.

대나무가 점차 무성해지자 섬사람들은 그들의 가슴에 담긴 공포의 불씨를 '전설은 전설일 뿐이다'라고 바다에 버렸다. 점차 그 전설은 아무도 입 밖에 꺼내지 않았다. 해가 갈수록 대나무는 더욱 울창하게 자랐고 불안한 불씨를 담았던 사람들의 뇌리에는 푸른 희망이 대신 자리를 잡았다. 오식도는 평화스러웠다.

그러나 까마귀는 날고 있었다.

5

"이장님 모셔 오너라."

선술집 아이의 뒤꽁무니에 그런 말을 매달아 내보낸 황영감은 거푸 두어 잔의 술사발을 비우더니 카아 하는 소리와 함께 입가를 훔쳤다. 나용일이 몰매 맞아 죽은 경위와 대숲이 탔다는 이야기를 숨쉬지도 않은 채 곁들이면서 어지간히 가슴이 탔던 모양이었다.

"자네도 기억이 날른지 모를 일이네만 저 대나무 숲이 쑥밭이 된 것이 그 뒤로 딱 인공 때 아닌감?"

"……?"

"대숲에 변고가 있으믄 일이 벌어지니 이리 야단이제. 그래 자네 생각은 어떤가?"

물어오는 뜻은 간단했다. 얼마 전에 그 대숲 언저리에 군부대가 주둔한다고 이미 측량반이 다녀갔다는 거였다. 하루 이틀도 아니고 선조 대대로 물려오는 대밭인 데다가 그것이 훼손당했을 때 벌어졌던 환난을 조목조목 짚어 이야기해 나가는 황노인의 어투에는 무슨 일이 있더라도 양보할 수 없다는 집념이 짙게 깔려 있었다. 그리고 그 너머에는 석진에 대한 의도적인 기대가 뭉클 피어오르고 있었다.

"그런 것이 미신이라고 배운 사람덜은 웃대만, 아 배운 것이 그짝이 믄 배워서 워디다 쓰것남? 섬사람들 그리 만만허게 보믄 안될 게여."

석진은 대꾸 없이 선술집 문에 드리워진 주렴 사이로 바다를 보고 있었다. 그토록 고집하는 대숲이라면 구태여 그곳에 군부대를 주둔시킬 필요가 있을까 하는 생각도 들었다. 다른 한편으로는 그런 황당한 미신이 이런 기회에 없어졌으면 하는 심정도 스쳐갔다. 대나무가 없어지면 환난이 일어난다는 사실은 그에겐 도무지 설득력이 없는 이야기였다. 한 발 양보해, 설령 그러한 믿음을 지닌 섬사람들의 사고방식을 이해하는 선까지 간다 해도 자신에게 그런 물음을 던져오는 황영감의 심중을 이해하기 힘들었다.

"이것도 맛 좀 보시라께요."

선술집 아낙이 앞치마에 손을 닦더니 해삼을 날라 왔다. 얼핏 석진의 얼굴을 스치는 듯 마는 듯 눈을 깜박대더니 다시 부엌으로 들어갔다.

"그래 이 일을 워쩌면 쓸꼬. 요새는 연일 회관에 모여서 앞뒤를 재봐도 요량 없이 덤비는 일이라 마땅한 수가 나서질 않네. 시(市)에 가면 군대 일이라 떠넘기고 군(軍)에 가면 아예 높은 사람 코빼기라도 볼 수 있어사 말이나 붙여볼 긋인디……."

산소에서 내려오면서부터 시작된 하소연이 선착장 옆 선술집에 들어앉아서도 계속되는 셈이었다. 석진은 가타부타 말이 없었다. 아니 말을 하지 않고 있었다. 말을 하면 가부간에 의견을 덧붙여야 될 것이요, 그럴 계제면 그에 상응하는 대안까지 제시해야 할 터였다. 그 어느 것도 내키지 않았다.

물론 아는 바도 없었다.

그런 인습의 굴레를 자신이 끊으려 한다는 것도 주제넘은 짓이었고 또 그럴 능력도 없었다. 그런 눈치를 나름대로 짚으련만 말을 끊을 줄 모르는 황영감에 대해, 답답한 만큼 짜증기도 솟아올랐다.

그런 짜증기는 술집에 들어섰을 때부터 자꾸만 자신을 힐끔거리던 주인 아낙네의 눈빛도 한 몫을 차지하고 있었다. 보는 듯 싶으면 고개를 돌리고 있었고, 잊었다 싶으면 끈덕지게 자신의 뒷머리에 엉겨 있는 듯한 아낙네의 눈빛은 그렇게 보자면 어딘가 낯익은 구석이 없는 건 아니었다. 조금 납작한 콧등과 까무잡잡한 얼굴이 그랬고 도톰한 입술이며 흘기는 듯 웃음이 묻어 있는 눈꼬리가 그랬다.

사실 석진에게 있어서 아까부터 신경을 건드리는 것은 바로 그 아낙네의 눈길인지도 몰랐다. 그러나 기억에 없었다. 분명히 어디선가 본 듯은 싶었으면서도 잡으려면 안개 속으로 사라져 버렸다. 그러다 펀뜻 그의 뇌리 속으로 뺀들댁의 모습이 스쳐갔다. 술집에 들어선 이장을 보고 주인 아낙이 건넨 목소리 때문이었다.

"아이고메 이장님 오시남유. 빨리 들어서셔유. 손님 목이 아까부터 한 발이나 빠져 있는디 참 행보 하나는 오발지게 양반 숭내라니께."

기다렸다는 듯이 쏘아댄 것이었다. 마치 기다렸던 사람이 자신이라도 됐던 듯싶었다. 그러면서도 의자를 가져오고 술잔이며 젓가락을 척척 챙겨다 놓으며 다시 한 번 석진을 힐끔댔다. 늘상 있는 일인지 이장은 별반 신경 쓰는 것 같지 않았다.

"군(郡)에 가면 도(道)로 가보라 허고 거기 가믄 또 군(軍)일이라 군에 떠넘기고 군대에 가믄 누가 누군지 당최 말을 붙여 볼 수가 있어사제."

뜬구름 잡다 돌아왔다는 이장은 두툼한 손을 내밀어 악수를 청하고 나더니 화풀이 섞인 푸념을 털어놓았다.

"그라믄 눈 뻔히 뜨고 그 사단이 벌어지는 걸 두고 봐야 헌단 말여?"

황영감이 답답하다는 얼굴을 내밀었다.

"두고 보잔 사람이문 이렇게 나설까?"

이장은 몸집처럼 둔한 목소리로, 그러나 할 말은 하고 넘어가겠다는 표정으로 저간의 사정을 털어놓았다.

대간첩 작전의 일환으로 군경비 병력이 섬에 주둔하게 되었다는 것이다. 그러나 자꾸만 서해안의 요충지이자 예상되는 간첩 침투로라는 이야기를 되풀이할 뿐, 시기며 인원이며 세부적인 사항은 깜깜한 모양이었다. 도대체 알 수 없는 일이라 금방이라도 누군가 뒤통수를 겨누는 것처럼 꺼림칙할 뿐이라고 했다.

"아이고매 입때껏 발바닥에 불붙어 방울소리 나게 다니시등만 고것을 말이라고 허고 있구먼유. 남정네들이 그리 답답헐 양이면 우리라도 나서야 할 판이구먼유."

가며오며 귀를 세우고 있었는지 술집 아낙이 입을 내밀었다. 황영감이 그 편을 보고 핀잔을 주었다.

"거참 달수네. 여자들이 나서긴 워떻게 나선다고 그랴?"

"못 나설 것도 없지유."

달수네라고 불린 아낙이 허리춤을 여미더니 까짓 게 무어 어렵냐는 투로 손을 옆구리에 턱 얹었다.

"치마쓰고 대밭에 벌렁 누우면 되는 거 아닌감유?"

술청에 있던 사람들 서넛이 흐흐 웃었다.

"재수없게 대밭이여, 가지밭도 많은디."

낄낄거리는 사내들의 육담을 뒤집어 쓴 아낙이 그 편으로 세모꼴 눈매를 내쏘았다.

"남정네들 허는 꼴이 오죽하믄 그럴까? 되는 일 없이 동구 밖 삽살개 맨치로 이리 갔다 저리 갔다."

"허어, 또 그눔의 입방정."

황영감이 손을 내저었다. 달수네는 힐긋 석진의 얼굴을 보더니 턱을 추켜들고 진열장 너머로 들어 갔다. 그 뒷모습에 암팡진 뺀들댁의 그림자가 끈덕지게 묻어 있었다.

"워떠케 자네가 나설 수는 없겠능가?"

황영감이 다시 석진의 기색을 더듬었다. 이만하면 섬사람들 생각을 미루어 짐작할 수 있지 않느냔 표정이었다.

좀 더 생각해 보겠노라는 대답을 남기고 석진은 그곳을 먼저 빠져 나왔다. 다람쥐 쳇바퀴 돌듯 결말이 나지 않는 이야기 때문이기도 했지만 끈덕진 술집 아낙의 시선을 받아 넘기기도 면구스러웠다. 피곤한 심정이 들기도 했다. 여관으로 돌아가서 쉬어야겠다는 석진의 말에 이장과 황영감은 그럴 게라는 듯 고개를 끄덕였다.

"피곤할 게라. 아무렴 까막봉 산길이 그리 수월한 길은 아니니께." 하면서도 석진이 내일 아침 떠나겠다는 의사를 밝혔을 때는 완연한 실망감을 드러내는 기색이었다. 그 뒷짐작을 굳이 할 수 없는 것은 아니었지만 석진은 가타부타 말없이 그곳을 나섰다.

여관으로 향하던 그의 발길이 멈춰선 것은 바로 마을 뒤편에 솟아 있는 교회당의 첨탑을 보았을 때였다. 아울러 그 교회와 함께 상기도 선연히 떠오르는 얼굴이 있었다. 바로 나재천 목사의 얼굴이었다. 그와 나란히 나목사의 딸인 신애의 얼굴이 눈앞을 가로 막았다.

잠깐 머뭇거리던 석진은 교회당으로 발길을 옮겼다.

야트막한 공터에 세워진 교회는 제법 번듯한 단층 건물이었다. 정면이 벽돌로 올려진 재색 콘크리트 건물로 지은 지 오래된 것 같지는 않았다. 주위로는 널따랗게 온통 꽃밭이었다. 화단에는 채송화꽃이 가득 피어 있었다.

석진은 채송화 색깔이 그렇게 다양하다는 것을 비로소 알았다. 피어난 꽃들의 무더기 중에서 같은 색깔은 거의 없었다. 얼핏 보면 비슷한 색깔 같으면서도 다시 보면 달랐다. 다홍인가 싶으면 도홍이었고 주황인가 싶으면 토홍(土紅)이었다. 푸른 잎들은 갓 건져 놓은 청각채처럼 싱싱하게 오후의 햇살을 받아넘기고 있었다.

나재천 목사의 얼굴이 다시 떠올랐다. 피부도 여자처럼 깨끗하고 고왔던 나목사는 해방이 되자 맨 처음 오식도로 들어와 천막 교회를 세운 사람이었다. 고향인 군산에서 목회를 하다가 스스로 개척 교회 일을 떠맡고 나선 그는 여자처럼 생긴 얼굴에 발걸음도 조용했고 목소리도 사근사근했다. 물론 섬사람들 중에 교인이 있을 리 없었다.

그는 아무에게도 도움을 청하지 않고 혼자서 천막을 세우고 흙을 파고 도랑을 쳤다. 어린애들을 모아서 노래를 가르쳤다. 처음에는 찬송가보다도 동요 같은 노래였다. 아코디언과 하모니카를 가진 나목사의 주위에는 이내 아이들이 모여들었다.

섬사람들은 별로 나목사에게 신경을 쓰지 않았다. 한가한 사람이라고 속 편하게 생각해 버리는 사람이 없는 것은 아니었으나 그렇지 않아도 말썽이나 부리는 개구쟁이들과 놀아 주는 나목사의 일을 방해할 까닭이 없었다. 황노인과 천학득 노인만이 버릇 잘못 들인다고 가끔 헛기침을 하곤 했지만 아이들을 모아놓고 노래를 가르치는 것을 두어 번 어깨 너머로 보고는 그냥 돌아가 버렸다.

석진도 과수원집 딸 옥실과 뺀들댁의 딸 덕금이와 함께 곧잘 그 천막 교회에 가곤 했다. 여러가지 구경거리가 있었기 때문이었다. 낯설고 이상하게 생긴 사람이 십자가를 메고 산에 오르고 있는 그림이라든가 머리 위에 둥그런 접시를 얹고 있는 사람들의 그림들은 신기했다.

그러나,

"어린이들만이 천국에 들어갈 수 있습니다. 천국은 그들의 것입니다. 누구든 어린아이의 마음이 되지 않고서는 천국에 들어갈 수 없습니다."

라는 이야기를 할 때의 나목사는 인기가 없었다. 본 적도 들은 적도 없는 천국이 아이들에겐 실감이 나지 않았다. 섬사람들의 천국은 깡보리 밥이라도 배불리 먹는 곳이었다.

"그라믄 우리들은 나쁜 짓을 혀도 좋단 말여유?"

"그래도 좋지."

"피-이, 나쁜 짓 허믄 지옥에 간다고 아까 그랬잖아유?"

"그것이 시험입니다. 어떠한 사람이라도 자신의 잘못을 뉘우치면 주님의 귀한 아들이 됩니다. 불에 달궈진 쇠는 더욱 단단해집니다."

항상 웃음 띤 얼굴로 나목사는 그렇게 말했다.

"여러분은 자기가 교회에 오고 싶었기 때문에 왔다고 생각합니까? 아닙니다. 주님이 부르신 것입니다. 여러분은 주님의 부르심을 받은 주님의 귀한 양입니다."

그러나 그런 이야기는 알쏭달쏭할 뿐이었다. 재미있는 것은 바닷물이 갈라졌다던가, 피를 바른 집 대문에는 들어서지 못한다는 귀신의 이야기였다.

그럴 즈음 나목사가 병신이라는 소문이 퍼졌다.

"생긴 것을 보랑께. 꼭 고자 상호제."

뺀들댁의 입에서 나온 말이었다. 주막거리를 지나던 나목사를 얼씨구나 안고 들어 가려던 뺀들댁이 그만 앞가슴이 밀쳐지는 수모를 당한 다음부터였다.

"걸음걸이하며 목소리가 영락없는 암탉 아닌감? 털도 나지 않는 새비 같은 꼬락서니 허며……"

최복동의 동생 옥자와 은실은 같은 동갑내기였다. 17,8세의 한창 꽃다운 나이의 그들은 석진과 옥실, 덕금이 소꿉장난하는 옆에서 그런 이야기를 하며 까르르 웃어댔지만 그 말이 우스운지 목사님이 우습다는 것인지 알 수 없는 일이었다.

그런 생각에 젖어 있다가 돌아서 나오려던 석진은 찬송가를 옆구리에 낀 청년이 교회 안으로 들어서는 것을 보았다. 옛날 나목사처럼 스물 댓에서 서른 사이로 보였다.

"말씀 좀 묻겠습니다."

석진이 말을 건네자 청년은 고개를 돌렸다.

"목사님이신가요?"

서글서글한 인상을 지닌 청년이었다. 바삐 서두른 길인지 이마에 배어난 땀을 닦고 난 청년은 고개를 저었다.

"아녀유, 목사님 심방 나가셨는디유, 워디서 오셨남유?"

"지금도 나목사님이 여기 계시나요?"

"나목사님이라구요?"

"나재천 목사님 말입니다."

청년의 눈이 동그래졌다.

"아아, 나목사님 찾아 오셨구먼유. 잘못 오셨어유, 나목사님은 지금 군산에 계시는디유. 목회는 이제 그만두셨죠."

"목회를 그만두다뇨?"

"꽤 오래 됐지유. 몸이 불편하셔서……. 원로 목사님 만나러 오셨는가 본디."

"아닙니다. 그냥 지나가다가 그냥……. 그런데 몸이 불편하시다뇨?"

"칠팔 년 되지유. 엊그제도 목사님이랑 안수 기도 다녀왔는데 큰일이에유. 거동도 불편하신 분이 애들 뒤치닥거리는 손수하시려 드니."

"애들이라뇨?"

"아, 나목사님 목회 그만두시고는 군산에 고아원을 세우셨지요. 그만 쉬시라 해도 그 일이 천직이라고 함서. 참말 훌륭한 분이랑께유."

만나 뵐 작정이면 서두르라는 청년의 어투에는 심상치 않다는 나목사의 병환에 대한 우려감이 짙게 배어 있었다. 인사를 나누고 석진은 교회문을 나섰다. 여관 쪽으로 발길을 향하는 석진의 뒷모습을 의아하게 바라보는 청년의 눈빛에는 옛 신도쯤으로 여기는 기색이 나타나 있었다.

6

석진은 어렸을 때 자신을 안짱다리라고 놀려대던 목소리를 기억해 냈다. 바로 뺀들댁의 딸 덕금이었다.

"땅강아지라냐? 기우뚱거리게."

기회만 있으면 놀려대던 덕금의 목소리를 다시 들은 것은 바로 선술집에서였다. 입빠른 선술집 아낙은 덕금이었다. 그것에 생각이 미치는 순간 석진은 끈끈하게 자신의 뒤통수에 묻어 있던 눈길을 되새겼다.

아마 덕금도 자신을 알아보았던 것임에 틀림없었다. 따지고 보면 날파리 하나만 끼어들어도 대번 입꼬리에 오르내리는 섬사람들의 생활 속에서 자신에 대한 이야기가 퍼져 나가지 않았다면 오히려 이상할 터였다.

석진이 안짱다리였던 것은 할머니 청골댁 때문이었다. 어린 시절 너무 업어 주었던 탓이었다. 사실,

"고렇게 흙 안 묻히고 백 년은 살랑가벼유."

이죽대는 뺀들댁의 말처럼 청골댁은 석진을 끔찍이도 아꼈다.

"어이 그래 내 금자둥인가."

두리둥실 띄워 올리는 청골댁은 석진을 보면 우선 입가에 흐뭇한 미소가 피어오르고 눈가에 잔주름이 잡혔다. 그리고 그 큰 체구를 흔들며 달려와 덥석 안아올리는 것이었다. 그리고 나서 숨막힌다고 석진이 앙큼을 떨 때야 아쉬운 듯 미적거리며 내려놓곤 했다.

장노인과 조상철 두 사람에 버금갈 정도로 가산을 늘려놓았던 청골댁은 석진에게 아끼는 것이 없었다. 가능하다면 섬이라도 통째로

석진에게 안겨줄 청골댁이었다.

"고슴도치도 제 새끼 예쁘다면 헤벌레 한다더니 청골댁이 꼭 그 짝이네유."

언젠가 뺀들댁이 어설프게 한마디 내뱉었다가,

"이년아 워디서 씨도 모르는 것 내질러 놓고, 뭣이 잘나서 남 말여, 남 말이. 옛적부터 과부집에선 괘대기(고양이)도 기르지 않았당께. 낯 부끄러운 중 알거든 찍소리 말고 사추리나 뒤집고 있어. 남의 밥상에 감놔라 배놔라, 쌍지팡이는 왜 짚고 나서, 나서길."

된통 면박을 당했다. 그만큼 석진에 대한 청골할미의 극성은 지나친 데가 있었다. 그때 아픈 곳을 찔린 뺀들댁이 평소 같으면 한댓거리 없이 넘어갈 리 만무건만 어쩐 이윤지 청골댁의 말에는 그냥 자라목이 되었다.

해방이 된 후 주가미는 학업을 계속하지 않았다. 처음에는 아비 출상도 못 본 자식이 무슨 학문이냐고 고개를 젓더니 나중에는 아예 책 꾸러미까지 벽장 속에 꾸려 넣었다. 그리고 대한청년단 부단장직을 맡아 섬안의 일을 혼자 해치울 듯이 싸돌아 다녔다. 대나무를 심고 선착장을 쌓는 일이었다. 자연 집에 머무는 일이 뜸했다.

주가미는 풍류객이었다. 그는 여름이 오기 바쁘게 모시 두루마기를 지어 입었다. 그리고 한가할 때는 휘적휘적 섬 안을 돌아다녔다. 퉁소도 잘 불었다. 달 밝은 밤이면 평상에 앉아 퉁소를 불어젖히곤 했다. 그 소리에 반한 뺀들댁이,

"워메, 주감씨 풍류에 처녀 붕알 떨어지긋네."

하던 말도 빈말만은 아니었다. 숨이 긴 탓인지 주가미가 부는 퉁소 소리는 뒤가 길었으며 자지러질 듯 끊이지 않고 넘어가곤 했다.

그는 무시로 술친구들을 집으로 끌어들였다. 죽어나는 것은 어머니였다. 땀으로 범벅이 되어 모시옷을 손질해 놓기 바쁘게 안주거리를 장만해야 했다. 마작에도 손을 대는 눈치였다. 밤이 깊어도 들어오지 않는 날이 많아졌다.

아버지의 모습이 보이지 않으면 어머니의 손길이 유난히 허둥거렸다. 그럴 때면 석진이 바빠지는 날이기도 했다. 저녁 식사 때는 싫든 좋든 아버지를 찾아 짐작이 서는 곳을 한바퀴 휘돌아야 했다.

"석진아 아부지 모셔 오너라."

부엌에서 그런 말이 들리면 신발을 꿰었다. 물론 싫다고 버티면 그만이었다. 그러나 아버지를 찾아서 모시고 올 사람은 자신뿐이라는 것을 석진은 알고 있었다. 청골댁이 가더라도 주가미는 일어서지 않았다. 그러나 석진이 달려가면,

"우리 장사님 오셨나?"

어지간하면 무등을 태운 채 돌아오곤 했다. 따라서 석진도 으레 아버지를 모셔오는 일은 제 몫으로 제쳐 두고 있었다. 바로 그날 저녁도 그랬다.

"석진아, 아부님 진지……."

말이 떨어지지 바쁘게 석진은 신발을 꿰었다. 그날은 아버지 계신 곳이 짐작이 가기도 했다. 해 저물 무렵 옥실이와 소꿉을 하다가 박도천 영감네 사랑으로 들어가는 아버지를 보았던 것이다. 그곳에 계실 게 분명했다.

석진은 고무신을 끌고 한달음에 그곳으로 핑 내달아 갔다. 사립에 들어서자 주사위 구르는 소리가 들렸다. 좋은 끗발이라도 잡았는지 누군가 '홀라' 하고 외쳤다. 대나무 조각과 골패 부딪치는 소리도 들

렸다. 석진은 방문을 열었다.

"누구냐?"

돌우어놓은 호롱불 밑에서 마작판을 둘러싸고 있던 사내들이 고개를 들었다. 담배 연기가 눈을 쏘았다.

"누굴 찾아왔어?"

석진은 계속 재채기를 했다.

"누굴 찾아 왔냐니깐!"

타우즈(骨字)를 집어 던지며 누군가 왁살스러운 소리를 냈다. 석진은 잠깐 머뭇거렸다. 불빛이 밖으로 흘러나왔다.

"주감씨 벌써 갔다. 여기 없응께 그냥 가거라."

이번에는 부드러운 목소리가 들렸다. 홍만표의 음성이었다. 뒤에서 뭐라고 키득대는 이차로의 웃음소리가 이어졌다. 그때 빈정거리는 소리가 날아왔다.

"조까네가 좋긋다. 요 후랑말코 새끼야."

누군가 그렇게 말하자 왁자그르 웃음보가 터졌다. 최복동이었다. 문을 닫고 석진은 돌아섰다. 무슨 뜻인지는 몰랐지만 욕같았다.

"할무이한티 안 일릉가 봐라."

코를 풀며 돌아서는데 뒷간에서 허리춤을 여미며 나서는 사람이 있었다. 박도천의 아들 사술이었다. 그는 갯벌 쪽을 손짓했다.

"저기 뺀들댁네 주막에 한 번 가보그라."

석진은 코를 풀며 주막으로 달렸다. 아버지를 만나면 최복동이 했던 말을 일러바칠 심산이었다. 그러나 이번에도 아버지가 허허 웃고 말면 어쩌나 하는 생각이 들었다. 그러자 더 약이 올랐다.

최복동은 주가미의 첫번째 부인이었던 최화자(崔花子)의 동생이었다. 최화자와 복동이, 그리고 막내 옥자는 어려서 조실 부모하고 윗마을 최씨 문중에 얹혀살고 있었다. 가진 것이라곤 없었다. 청골댁이 굳이 논밭을 떼주면서 최화자를 며느리로 맞아들인 것은 오직 그쪽 문중에 아들 하나는 잘 뽑아내는 내림이라는 점을 보고서였다. 얼굴도 곱상했다.

그러나 결혼한 지 삼 년이 되도록 최화자는 태기가 없었다. 원래 다산성 내림에 점수를 주고 데려온 며느리라 자연 청골할미의 눈에 들 리 만무였다.

주가미가 경성에서 학업을 하고 있을 때 최화자는 이웃 마을 머슴과 정분이 났다가 깨방죽에 빠져 죽었다. 최복동은 청골댁이 마련해 준 논밭을 야금야금 곶감 빼먹듯 투전판에 밀어넣고 빈손이 되자 장노인의 과수원에 들어가 호구지책을 마련하고 있었다.

그는 최화자가 죽은 후 다시 혼인한 석진의 어머니를 제일 미워했다. 꼴도 보기 싫다는 투였다. 겉으론 안 그랬다. 행여 지나치다 만나기라도 하면,

"작은 누님 동안 평안하십니까?"

하고는 돌아서기 바쁘게 쥐새끼 같은 눈을 힐끔대며

"남 밑구멍 쑤시고 들어와 잘 살 것 같지만 어디 두고 보자."

였다.

석진을 만나면 군밤을 때렸다. 그리고 나서 조까네 새끼였다. 물론 그런 짓을 주가미도 알고 있었다. 그러나 누이를 잃은 슬픔이거니 접어 두었다. 어쨌거나 교활한 인물이었다.

그 동생 옥자는 또 달랐다. 얼굴에 주근깨가 약간 있긴 했지만 꽤 숙성했던 편인 옥자는 얼굴도 시원하게 예뻤고 마음씨도 착했다. 은

실과 동갑내기인 그녀는 과수원에 들어와 부엌일을 참하게 해서 장 노인의 상찬을 들었다.

마작판에서 돌아선 석진은 한달음에 주막으로 뛰어갔다. 뛰어가면서 석진은 진홍빛 노을이 사라진 까막봉 언저리에서 까만 어둠이 더욱 짙어가는 걸 보았다. 주막은 닫혀 있었다. 불도 꺼진 채였다. 다만 안방만 호롱불이 켜져 있었다. 석진은 그 앞에서 잠시 망설였다. 그냥 돌아갈까 싶은 생각이 들었다. 이미 주변을 삼킨 어둠이 초가의 이엉 사이마다 검은 혀를 날름대고 있었다.

"……?"

석진은 한 걸음 호롱불이 흔들리는 안채의 봉창께로 다가섰다. 댓돌에 신발이 놓여 있었다. 석진이 막 아버지 하고 부르려 할 때였다. 키득거리는 소리가 들렸다. 뺀들댁의 목소리였다. 확실치는 않지만 간지럽다고 말하는 듯싶기도 했다. 핀잔기가 어린것 같기도 했다. 그리곤 호롱불이 꺼졌다.

석진은 화가 났다. 복동이 삼촌은 아버지를 조까네라고 했는데 그것도 모르고…….

약이 오르고 어쩐지 들뜬 듯한 기분으로 돌아서려는데 누군가 옷소매를 잡아끌었다. 덕금이었다. 덕금의 눈이 어둠속에서 반들반들 윤기를 내고 있었다. 석진의 손을 잡아끌었다. 덕금의 손은 유난히 뜨거웠다. 열이 끓는 것 같았다. 니 어디 아픈겨? 석진은 그렇게 물어보고 싶었으나 덕금의 팔에 끌려 비실비실 집 뒤뜰로 갔다.

그곳에는 우물이 있었다. 우물께까지 간 덕금은 치마를 펴고 그 자리에 주저앉았다.

"워채 그란디여?"

입에 손가락 하나를 세워 붙이는 덕금을 보며 석진이 소리 죽여 물었다.

"조용히 혀, 이 멍충아."

"왜 그려? 난 아부지헌티 가야 한단 말여."

덕금의 손이 석진의 팔꿈치를 꼬집었다.

"조용히 하라니까."

"왜 그려?"

덕금의 손이 석진의 입을 틀어막았다.

"멍충이 같은 게. 지금 갔다간 혼난단 말여."

입을 막은 덕금의 손은 뜨거웠고 숨결에서는 훅훅 단내가 났다. 숲에서 땅새가 퓨르피리리 울었다.

"지금 소꿉한당께."

"소꿉?"

"그려. 우리 어무니랑 니 아부지랑 소꿉혀. 가면 직사하게 얻어맞는대니께. 전에 내가 소꿉허는 디 들어갔다가 어무이헌티 얻어맞은 거 니 모르쟈? 부지깽이로 죽게 맞았당께."

영문을 모르는 채 석진은 숨을 죽였다. 다시 땅새가 울었다. 그들은 잠시 서로 부둥켜안은 채 땅새가 날아가는 소리를 들었다. 불꺼진 안채께에선 아무런 소리도 들리지 않았다. 풀벌레 소리가 들려왔다. 별똥별 하나가 박달봉 쪽으로 길게 꼬리를 그었다.

"억시기 별도 많네, 그라제?"

덕금이 하늘을 가리키자 석진은 고개를 들었다. 언제부터인지 하늘에는 별이 총총했다. 달이 떠오르려는지 동쪽 산능선이 희뿌옇게 보였다 별똥별이 다시 떨어졌다.

"시상에 무슨 별이 저렇게 많으까?"

그러나 덕금은 하늘을 보고 있지 않았다. 그를 빤히 노려보고 있었다. 눈동자가 반짝였다. 씨근대는 숨소리가 들렸다. 석진도 까닭 모르게 가슴이 뛰고 숨이 가빠졌다. 덕금이 손을 내밀었다. 뜨거웠다. 콧김이 볼에 닿아 부서졌다.

"우리도 소꿉하자."

"워떠케 허는디?"

"바보야, 그것도 몰러?"

덕금이 손을 잡아끌더니 제 다리 사이에 넣었다. 속잠방이가 손끝에 스쳤다. 땀에 젖은 속살이 만져졌다. 손을 뺐다. 덕금이 갑자기 그를 왈칵 안았다. 가슴이 답답해 왔다.

"나 집에 갈란다."

그러나 덕금은 석진의 몸을 껴안았다. 숨이 막혔다.

"할무이헌티 이를껴."

덕금의 손이 풀렸다. 얼른 일어섰다. 눈을 반짝이며 덕금도 일어섰다. 그녀의 손에는 돌멩이가 쥐어져 있었다.

"청골할미헌티 이르믄 죽여 뿐다."

돌멩이를 내밀며 덕금이 말했다. 앙칼진 목소리였다. 이차로를 놀려먹을 때 손톱을 치켜세우고 달겨들던 목소리보다 더 앙칼졌다.

"안 일른란다."

"정말로?"

석진은 고개를 끄덕였다.

몇 번 더 다짐하고 난 덕금은 돌멩이를 버렸다. 그러더니 석진의 뒤통수에 대고 소곤거렸다.

“내일 오니라, 우렁이 삶아 주께.”

석진은 집으로 콩콩 뛰어갔다. 여우 울음소리가 길게 울렸다. 뛰어가며 하늘을 보니 별들이 와르르 쏟아져 내리는 것 같았다. 어지간히 별이 총총한 초여름 밤이었다.

선착장을 만들고 대나무를 심는 틈틈이 중국에 장사배를 띄우던 주가미가 집으로 가져온 것 중 석진의 기억에 남는 것은 바로 그 새였다. 그런데 소문만 퍼졌을 뿐 그 새를 본 사람은 없었다. 그도 그럴 것이 배에서 내리자마자 둥우리를 싸서 헛간으로 가져가더니 일체 다른 사람들의 발길을 금했기 때문이었다. 드나드는 사람은 주가미뿐이었다. 석진이 기웃거렸다간 불호령이 떨어졌다. 헛간문은 항상 닫혀 있었다.

그런 다음 주가미는 땅꾼을 사서 뱀을 잡게 했다. 능구렁이나 꽃뱀은 필요없었다. 흑질백장이나 살모사처럼 독을 가진 뱀이라야 했다. 그리곤 그 뱀구럭을 들고 혼자 헛간 안으로 들어서곤 했다. 그 안에서 무엇을 하는지 알 수 없었다. 마을 사람들은 알 수 없는 대로 까닭이 있겠거니 고개만 갸웃거렸다. 그것을 알게 된 것은 석진의 입을 통해서였다.

헛간 안에 있는 것이 무엇이냐고 어머니의 치마폭을 잡고 늘어지다가 결국 한 마디를 얻어들은 것이었다.

“할무니 약이여. 알긋쟈? 그란디 가까이 가면 안 된다. 니 옻 오른 적 있잖능겨? 그렇게 옻이 오른대니께 가까이 가지 말아라잉.”

만돌을 따라 머루 얻어먹으러 산에 올라갔다가 옻이 올라 한동안 혼두껍이 났던 석진은 고개를 끄덕였지만 가슴속으로는 뭉클한 궁금증이 솟아났다. 자랑하고도 싶었다. 옥실이와 덕금에게 선심을 썼다.

"그 새는 독사하고 잠잔대니께."

뺀들댁의 입이 간지럽지 않을 리 없었다. 날잡아 청골 기와집에 들어선 뺀들댁은 요리저리 헛간을 힐끔대고 석진네와 청골댁의 눈치를 살피더니,

"시상에 독새 아가리에 손을 넣제, 뱀 묵는 새가 무신 약이당가유? 난쟁이 가마 메굿네. 물리믄 오뉴월 개고리 창자 터지듯 죽는 게 독산디, 고런 독사 묵는 뱀을 워디 쓴다고 이리 꽁꽁 감춰놓는지 모르긋네. 죽은 년 밑 감추기 아닌가 몰라. 고게 약이 된다믄 비상이나 될지 모르겄슈."

기어코 된통 혀짧은 소리를 끌끌대고 내려가던 거였다.

"저년 욕심 많기는 셈 속 모르는 부엉이 같아서, 손구락 세고 자빠졌구먼. 무슨 약인가 싶으면 썩 내놓고 묻기나 헐 일이제. 소가지가 저리 까마구 뱃속 같애노니 낮짝은 번들헌 것이 서방 하나 못 챙기고 흐물흐물 혀 빼물게 만들었제."

내려가는 뺀들댁의 뒤통수에 대고 청골댁이 눈살을 찌푸렸다. 평소 뺀들댁이라면 점수를 건네지 않는 청골댁이었다. 그것은 최화자가 죽은 다음부터 더했다. 화냥기가 있다는 거였다.

그 뒤로 며칠이 지나서였다. 술냄새를 풍기며 돌아온 주가미가 석진을 달랑 들어올리더니 수염을 썩썩 비벼댔다. 도망칠 일이었지만 나름대로 노리는 바가 있던 석진은,

"아부지 저거 뭐여?"

능청을 떨었다.

"뭐 말여, 장수님?"

"저거 헛간에 있는 거."

한무릎 다가앉으며 손가락질하는 석진을 보며 주가미는 껄껄 웃었다.

"요놈이 그것땀시 품 파고 들었구먼 그려. 허허, 그거 느그 할무이 약이여, 약."

"약?"

"그려."

"독사 묵는 새가 무신 약이냐고 뺀들댁이 그러든디유?"

"남들은 몰러. 저것은 저기 먼나라에서 가져온 긋이라. 고게 궁금혔구나?"

궁둥이를 철썩 갈겼다. 얼얼했다. 입이 나오려는 석진을 보고 더 깔깔대고 난 주가미는 뒷마무리 속셈으로 이야기를 털어놓았다.

"저 새는 말여, 중국이란 나라 새여. 그것은 아주 큰 땅덩어리라 사방을 돌아봐도 맨 자갈이 천 리나 깔린 곳이 있는디 말여 그곳에서 사는 새여."

"우리 섬보다 더 커, 아부지?"

"떼끼 순."

싫지만은 않다는 표정으로 주가미가 눈을 흘겼다.

"이 섬보다 훨씬 큰 자갈밭이제. 그곳에서 저 새가 사는 게여. 그러다가 이라고……."

앞으로 내민 두 손가락을 갈구리처럼 구부리더니

"바위 틈에서 요롷게 발톱을 내밀고 기다리다가 뱀이 지나는 것 같으믄……."

덥썩 석진의 양어깨를 움켜 잡았다.

"달려나가 잡아묵는 게여."

"그라믄 그 새를 워찌 잡었능감유?"

"그물로 잡는 거여. 뱀을 잡아먹을 때 그물로 덥쳐서 잡제."

거짓말 같은 이야기였다. 고기잡는 그물로 새를 잡다니, 석진은 고개를 갸웃거렸다.

"아부지 거짓말이지, 그지? 새가 괴긴가 그물로 잡게."

"덱끼놈."

주가미가 얼추로 눈을 부라렸다.

"아부지가 니헌티 왜 거짓말을 하겠남."

"그라믄 진짜 할무니 약인감유?"

"그려, 할무니 가슴 아파서 사온 약이여. 알만 낳기만 하믄사 그게 심장병에는 직효라. 니도 생각혀 봐라. 펄떡펄떡 뛰는 배암 심장을 쪼아묵고 사는 새 아녀? 저걸 묵기만 하믄 할무니 가슴도 메뚜기 뒷다리 맨치로 뛸 거여. 쪼거 가져오는디 나락이 몇 섬 들었는지 알긋냐?"

그 말을 들은 석진이 옥실과 덕금에게 자랑을 하자 순식간에 그 소문은 섬내에 퍼졌다. 그 소문을 들은 천노인이 지나던 길에 찾아와서는 고개를 끄덕였다.

"저긋이 바로 짐새여. 앉아 백 리 보고 날면 이백 리를 본다는 영물이라. 독사만 맹식(猛食)허는디 행여 백사(白蛇)라믄 모를까, 다른 배암은 저 새를 보았다 하믄 묘안(描眼)맞은 서생원이 되는 거여. 맹독(猛毒)이라 둥우리 근방에는 잡풀도 자라지 못허느니, 조심해야혀 주가미. 효행(孝行)이 만물의 근본이니 워찌 독금(毒檎)을 생육(生育) 헌다고 탓허리요만 애매한 울사(鬱事) 없도록 매사 각심

해야 허네."

"새겨 행사하겠습니다."

그러나 그 새가 어떤 효험이 있는지 확인할 수 있는 길은 없었다. 알을 낳기도 전에 도망쳐 버린 것이다. 그 새를 마지막 본 것은 석진이었다. 마찬가지로 오식도에 다시 나타난 강환(姜桓)을 맨 처음 본 사람도 석진이었다.

쨍쨍 초여름의 햇살이 내리쬐고 있었다. 과수원에서는 봉지를 씌우는 일로 여념이 없었다. 이차로가 건들거리는 손으로 종이봉지를 건네 주면 최복동과 만돌이, 옥자, 그리고 반공일이라 군산에서 돌아온 은실이도 함께 푸릇한 사과 알맹이를 동여매고 있었다.

석진은 심심했다. 집으로 돌아가기로 했다. 옥실은 한속기가 들었다고 누워 있었고 장노인은 개울가로 목욕을 하러 가고 없었다. 항상 껑충거리며 뒤따르던 누렁이도 그늘 밑에서 누워 있었다. 석진이 부르면 고개를 들고 꼬리를 두어 번 흔드는 시늉만으로 이내 고개를 처박았다. 기분이 나빴다.

그런 느낌은 장노인이 어허 덥다 하며 시냇물가로 부챗방울을 울리며 사라지기 바쁘게 자꾸만 옆을 훔치는 최복동의 눈초리를 볼 때 더욱 그러했다. 최복동은 봉지를 싸는 일보다는 사다리 위에 올라가 있는 은실의 모습에 눈독을 들이고 있었다. 수건을 쓴 은실은 봉지를 동여매는 데만 정신을 팔고 있었다.

석진은 최복동의 쥐새끼 같은 눈이 은실의 종아리께를 더듬는 것을 보았다. 눈이 마주쳤다. 복동이 눈을 부라렸다. 석진은 돌멩이를 집어 누렁이한테 던졌다. 깽, 엄살 피우는 비명소리를 들으며 그는 집으로 돌아왔다.

새참을 갔는지 집에는 아무도 없었다. 보리밥 한 그릇을 고추장에 비벼먹고 난 석진은 잠깐 토방마루에 기대어 끄덕끄덕 졸았다. 그러다 눈을 떴다. 무언가 푸드득거리는 소리를 들은 것 같았다.

헛간으로 간 석진은 조심스럽게 주변을 살펴보았다. 깜짝 놀랐다. 언제나 채워져 있던 맹꽁이 자물통이 열려 있는 것이었다. 쿵쿵 뛰는 가슴을 누르며 뒤를 돌아본 석진은 그 자물통을 벗겼다. 삐걱 하고 헛간문을 반쯤 열었다. 비린내가 풍겨져 나왔다. 매스꺼운 냄새였다.

헛간 안에 괸 어둠이 시야를 침침하게 만들었다. 한참 눈을 깜빡이던 석진은 갑자기 소스라쳐 두어 발 물러섰다.

바로 오른편에 걸린 횃대에 까만 새가 한 마리 앉아 있었다. 새빨간 눈을 지닌 새였다. 앵두알처럼 빨간 눈이 동그랗게 그를 쳐다보고 있었다. 눈을 깜박이지도 않았다. 올빼미와 비슷한 모습에 부리가 까마귀처럼 날카롭게 튀어나온 새였다. 어찌된 영문인지 새는 새장을 벗어나와 횃대에 앉아 있는 것이었다. 석진은 큰일났다고 생각했다. 문을 닫아야겠다는 생각이 스쳤다.

그때 새의 부리에서 트으 하는 소리가 들렸다. 날개치는 소리도 따라서 들렸다. 눈앞으로 억센 바람이 밀려오고 비린내가 풍겼다. 석진은 그 자리에 주저앉아 버렸다.

다시 푸덕거리는 소리와 함께 왈칵 비린내가 콧속을 쏘았다. 석진은 눈을 떴다. 횃대 위에 있던 새의 모습이 보이지 않았다. 엉금거리며 밖으로 나온 석진은 하늘을 쳐다보았다. 중천을 향해 솟아 오르는 새의 모습이 보였다. 새는 검은 빛이 아니었다. 검붉은 자줏빛이었다.

석진은 새가 날아간 방향을 향해서 마구 달렸다. 넘어져도 아프지 않았다. 큰일이 났다는 생각뿐이었다. 아버지가 아시면 뭐라고 할까 하는 생각에 제정신이 아니었다. 죽어라 하고 뛰어갔으나 새는 벌써 까막봉 위를 솟아오르더니 깨알 같은 점이 되어 사라져 버렸다.

석진은 새의 모습이 보이지 않자 뛰던 걸음을 멈췄다. 눈물이 쏟아졌다. 그 자리에 서서 숨을 헐떡이며 석진은 잉잉 울었다. 석진이 그 이상스러운 사내의 목소리를 들은 것은 바로 그때였다.

"왜 우느냐, 사내 자식이."

걸걸하면서도 울리는 듯한 사내의 음성이 바로 옆에서 들렸다. 석진은 눈물을 닦으며 고개를 들었다.

그곳은 뻘밭이 있는 뒷개울 쪽이었다. 집에서부터는 상당히 먼 거리였고 사람의 발길도 잘 닿지 않는 곳이었다. 파도소리에 섞여 갈매기 우는 소리가 들려 왔다.

눈물을 닦으며 석진은 바로 그 뻘밭에 매어진 배의 고물에 걸터앉아 있는 사내를 보았다. 사내는 눈을 감고 있었다.

"사내는 울면 못 쓴다. 강한 사람은 울지 않는 게야."
하더니 더듬더듬 지팡이를 짚고 배에서 내려섰다. 그제야 석진은 그 사내가 장님이라는 것을 알았다. 이마가 시원스럽게 벗겨지고 콧마루가 우뚝했다. 얇은 입술은 꼭 다물어져 있었다. 키는 작달막했으나 몸 전체적으로 완강한 기운이 느껴졌다.

더듬더듬 배에서 내린 사내는 지팡이로 땅을 두드려가며 석진이 서 있는 곳으로 걸어 올라왔다.

"옳지. 이젠 울지 않는구나, 그래야지."

가까이 걸어온 사내가 다시 물었다.

"주막으로 가는 길이 어디냐."

석진은 쭈뼛대며 물러섰다. 눈을 감은 채 눈자위를 쉴 새 없이 떨고 있는 사내가 무서워 보였다. 사내는 잠깐 고개를 갸웃거리더니 용케도 선착장 쪽으로 더듬더듬 지팡이를 짚으며 걸어갔다.

그날 저녁 주가미는 만돌이와 함께 헛간에 불을 질렀다.

울먹이는 석진에게 별다른 말도 하지 않았다. 석진네가 아쉬워 발을 굴렀지만,

"워쩌긋남. 내 복에 부모 공양덕이 없는 모양이라, 날아간 놈 다시 들어올 것도 아니고."

흔연히 만돌이와 함께 헛간 주위의 나락이며 풀들, 그리고 잡동사니 물건들을 치우더니 불을 질러 버렸다. 소식을 듣고 올라온 천노인이 혀를 찼다.

"그 귀물(鬼物)이 보나마나 제 살던 곳으로 갔을 게라. 날갯짓 한번에 십리를 나른대는디, 그래도 다행일세. 다친 사람은 없으니께. 낙운(落運)하여 미운 파리 잡다가 고운 파리 때려잡는 우환은 없었으니 액땜했다 치부하게나."

어느 틈에 뺀들댁도 고개를 내밀었다. 석진의 어머니에게 들으라는 소리였다.

"멕인 독사만 아깝네유. 고놈을 푹 고아묵었으믄 몸보신이라도 너끈혔을낀디. 아, 이틀 붙어 고짓 허는 게 그것인디 주감씨 묵었으믄 담장인들 성하까, 억울허구먼 억울혀."

제 물건 놓친 것마냥 가슴을 콩콩 두드렸다.

다음 날부터 섬 안에는 묘한 점쟁이의 소문이 흘러다녔다. 장님 점쟁이의 소문이었다. 그리고 그 소문을 흘리고 다니는 것은 뺀들댁

이었다. 누구 말을 빌리자면, '마치 집 나간 서방이 속곳 사온 것 자랑하듯' 뺀들댁 입을 나발통 마냥 벌리고 그 점쟁이에 대한 소문을 부풀리고 다녔다. 그 극성이야 아예 접어 두는 게 낫지 어설프게 참견하고 나섰다간 뺀들댁이 오리궁둥이를 흔들고 돌아서면 죄없는 담벼락만 내지르기 마련이라는 것을 아는 섬사람들은 처음에는 그 이야기를 흘려들었다. 그러나 깨진 뒤웅박에 바람 집어넣게 황당하던 뺀들댁의 이야기가 한 입 건너고 두 입 건너고 세 입 건너면서부터는 전혀 근거 없는 거짓말로 들리는 것만은 아니었다.

"글씨라우. 밤중에도 어림슬쩍 만져만 보고도 가시 뽑아내는 족집게라니까유. 워디서 눈 빼놓고 귀신을 얻었는지 눈감고 입 속에 밥숟가락은 못 넣어도 그 냥반 짚은 이야기는 백이면 백 다 맞아들어 가더라니께유."

그런 뺀들댁의 말과 함께 그 점쟁이의 정체가 밝혀졌다. 그가 바로 강환(姜桓)이었다. 십오 년 전 부모가 나용일에게 죽자 섬을 떠나갔던 그 어린아이였다.

"신 들렸능게비여."

"그럴 만도 하제. 하루 아침에 생벼락을 맞았는디 제정신 가진 사람이믄 그 울화를 어찌 지니고 살겠능감? 그래도 눈으로 터졌기 다행이지, 머리로나 치밀었으믄 영락없이 한 목숨 버렸제, 버렸어."

그의 처지를 아는 사람은 모두 혀를 찼다.

"여우도 죽을 때는 집 쪽으로 고개를 돌린대여. 강환이 꼭 그 짝이네. 멀쩡한 몸뚱이에 봉사가 되었으니 그래도 탯줄 묻은 곳이라고 찾아온 게 아닌감? 늙고 병들면 조강지처요, 아프면 어무니 젖꼭지라고 그래도 사람에겐 고향이 제일이여, 암."

그런 마을 사람들의 동정에 힘입어 뺀들댁의 수다는 더욱 폭이 넓어졌다.

"엥간혀서는 입을 안 여는디 한 번 열었다 하믄 워떠케나 맥을 톡 짚어 얘기를 풀어놓는가 속이 다 씨언하다 합디다유. 꼭 가보시라니께유. 복채도 눈꼽만큼만 받고 그것도 암만 노라는 법 없이 놓는 대로 받는다고 하데요. 누구 어메는 놓을 것 없다고 한께 그냥도 봐주고 누구 아배는 복채를 이렇게 쌓아도 안 봐주더라니께유. 연줄이 닿지 않는다고 함서. 아무리 봐도 그 양반 머리 속에 구신이 들어 있대니께유."

그러나 뺀들댁의 수다만큼 강환이란 점쟁이가 그렇게 잘 맞추는 것 같지는 않다고 수군대는 사람도 있었다. 얼추 비슷하면 맞는 것으로 치부하는 사람들 생각이 잘못이라는 거였다. 그러나 석진은 그 점쟁이가 귀신이라는 것을 믿었다. 직접 보았기 때문이었다.

그날따라 저녁을 서둘러 마친 어머니는 청골할미의 허락을 얻더니 저고리를 갈아 입었다. 주가미는 점쟁이가 나타난 뒷날부터 군산에 나가서 돌아오지 않고 있었다. 할머니는 그다지 탐탁스러운 기색이 아니었다. 어머니가 대충 매무새를 고치자 한 마디 내뱉었다.

"그런다고 가라앉을 것 같으믄 굿을 혀도 열 번은 했긋다. 소용이 없다 싶으믄서도 니 맴이 그러니께 마실 나간다 치고 다녀오그라. 그놈의 거지 바람인지 뭔지는 나이차믄 수그러지는 것이니께, 거그서 뭐라고 허드라도 그냥 그란갑다허고……."

"할무니, 어무니 어디 가?"

석진이 묻자 어머니는 마실 간다고 했다. 석진은 순간 심술이 났다. 저녁 먹기 전 할머니와 뭐라고 얘기 나누던 생각이 떠올랐다. 따

돌리는 듯싶었다.

"싫어잉, 나도 따라 갈려."

석진은 부득불 고무신을 꿰었다. 청골댁이 고개를 끄덕였다.

"같이 다녀오그라, 밤길 조심혀고. 볼일만 보믄 싸게 돌아와야 혀."

석진은 어머니의 손을 잡고 앞서 쫄랑쫄랑 걸었다.

"어메, 지금 워디 가는 게여?"

말 없이 발길만 떼어놓는 어머니에게 물었다. 대답이 없었다. 갈림길에 나선 어머니는 주막께로 접어들었다.

"덕금이네 집에 가능겨?"

여전히 어머니는 대답이 없었다. 무언가 골똘히 생각하는지, 아니면 석진이 따라나선 게 못마땅한지 몰랐다. 그러다 입을 연 것은 뺀들댁네 주막 뒷방을 돌아서면서였다. 방 안에 들어가서는 얌전히 있어야 하며, 오늘 여기 왔다는 얘기는 아버지에게 절대로 하지 말라는 다짐이었다. 석진은 고개를 힘차게 끄덕였다.

방 앞에 가서 기별을 하자 문을 열고 나선 것은 의외로 최복동이었다.

가늘게 찢어진 눈과 입술에 번드레한 웃음기가 묻어 났다.

"어이구 작은 누님이 어려운 걸음 허셨네요. 어서 올라서시랑께요."

하더니 방 안에 대고 소리질렀다.

"환이 성님, 진짜 손님이 드셨당께요. 이렇게 큰 손님 들라고 피래미들이 없었나 싶구먼유. 성님 점쾌가 신통허긴 신통허요. 고양이 한마리가 온다더니 정말 우리 작은 누님 오셨네."

어쩌고 수다를 떨어댔다. 어머니가 급히 입을 막았다.

"자네 잠깐 나가 있으소. 막걸리 사발이나 허고."

허리춤에 돈을 찔러 주는 눈치였다. 최복동은 눈을 더 길게 찢으며 자리를 비켜 주면서도 양념은 잊지 않았다.

"성님, 오식도 제일 가는 브르죠아지가 오셨으닝게 복채 두둑이 받으슈."

하면서 신발을 꿰었다. 건들건들 걸어 나가는 최복동의 입가에 '조까네 새끼' 그런 말이 붙어 있는 것 같아 석진은 주먹밥을 먹였다.

방에 들어가기 바쁘게 육갑을 짚어보던 점쟁이는 대뜸 석진에게 말했다.

"인제는 뭐 잊어먹더라도 안 울제? 사내가 울면 못 쓴다."

귀신이 따로 없었다. 석진은 입을 딱 벌린 채 어머니 옆으로 한 무릎 다가앉았다. 그때 어머니 편으로 고개를 돌린 강환이 눈자위를 떨면서 물었다.

"바람이 불어 나무가 흔들리니 추워서 떠는 상이라, 그렇습니까?"

어머니는 잠깐 말이 없었다. 그러더니 낮게 입을 열고

"야."

그랬다.

"그런 것에는 특효약이 있지요 말이 필요없소."

점쟁이는 앞에 놓인 연상(硯床)에서 면상필(面相筆)을 한 자루 끄집어내더니 부적을 그리기 시작했다. 무슨 그림인지 끄적끄적 꼬불꼬불 그리고 난 그는 문갑에서 연지를 꺼내 덧칠을 했다. 그러고 그것을 내밀었다. 어머니가 쭈뼛대며 부적을 받아들자 강환은 입을 열었다.

"풍(風)이라는 것은 수풀을 만나야 잠드는 법. 이것은 잘 자란 숲이니 바람 가라앉히는 데는 즉효요. 다만 입구며 출구가 모두 입이니 말조심을 할 것이요, 반드시 이른 새벽 동쪽에서 들어가는 아궁이에서 태운 가루를 들이켜면 바람은 깊은 숲속에 잠긴 뱀꿀이 될 것이외다."

하고 나선 중얼중얼 알 수 없는 주문을 외웠다. 어머니는 뭐라고 물을 듯했으나 엄숙한 강환의 표정에 주눅이 든 듯 그냥 일어섰다. 여전히 점쟁이는 주문을 외고 있었다.

"돈은 필요없습니다."

돌아선 어머니의 얼굴이 빨개졌다. 돈을 집어든 어머니는 허리춤에 찔러두었던 부적을 꺼냈다. 그러나 강환은 벽을 향해 돌아앉으며 고개를 저었다.

"부적은 그냥 가지고 가십시오. 댁네와 나 사이에는 끊지 못할 인연이 있습니다."

두 집 사이에 연분이 있다. 그 말은 맞는 말이었다. 강환이 가짜 점쟁이였다는 것은 그 뒤로 한 달이 못 되어 밝혀진 일이었지만, 그 말만은 맞는 말이었다. 다만 오식도로 빨간 새를 가져온 것이 주가미라면 강환은 까만 새를 가져왔다는 것이 다른 점이라면 다른 점이었다.

"우리 이차로가 온천 구경만 허믄 새사람이 된데유. 사내 구실도 허구, 장가도 들구 말여유."

남의 팔매에 감 줍더라고 장구치며 나서는 뺀들댁도 실은 뒷방 세 놓아 잔돈푼 만지는 재미에서가 아니라 이차로가 사람이 된다는 엉

터리 점쟁이의 말에 홀떡 넘어간 셈이었다. 그러나 그 등뒤에서도 까마귀는 날고 있었다.

피처럼 붉은 6월이 무르익고 있었다.

제3장 날개 없는 나비떼

1

홀 안은 부드러운 블루스가 흘러넘치고 있었다. 정감 넘치는 색소폰 소리가 마치 무감각하게 살아가는 사람이 있기만 하면 그냥 두지 않겠다는 기세로 홀 안 구석구석을 채워 올랐다. 가슴이 풍요로운 사람도, 메마른 사람도 잠깐 하던 일을 멈추고 회상에 잠기게 하는 음율이었다.

스카이라운지의 유리창 바깥으로는 현란한 서울의 야경이 별꽃처럼 수놓아져 있었다. 폭죽을 터뜨리듯 아름다운 불빛이었다. 그 불빛 속에는 어떤 괴로움도, 슬픈 삶도 없을 듯싶었다.

아름다운 야경에 시선을 던진 채, 석진과 신애 두 사람은 말이 없었다. 대화를 하려는 노력이 없었던 것은 아니었다. 오히려 침묵을 못견뎌하는 것은 옆자리에 앉은 정해명이나 권기자보다는 그들 두 사람이라고 해야 옳았다. 그러나 대화는 자꾸만 끊겼다. 감정이 상대편에게 흐를수록 그것을 의식하는 그들의 어눌한 의식은 보다 깊은 침묵의 시간을 만들어냈다.

그들은 알고 있었다. 궁금한 것일수록 자신들이 묻어두려고 노력했던 상처에 근접해 있음을 알고 있었다. 서로의 가슴에 상처 주기를 두려워하면서도, 어쩌면 회피해 나가는 자신의 태도가 상대편에게 더 큰 부담이 되지 않을까 싶은 조바심이 그들의 얼굴을 경직시켰다.

며칠 뒤에 떠나게 될 석진의 송별식 자리를 만든 것은 바로 정교수였다. 굳이 권기자를 끌어낸 것도 그였다. 신애와 석진 두 사람 사이의 분위기를 느끼고 있던 그로서는 그렇게 하는 편이 더 나으리란 가늠이 있었다. 아직 거취 문제를 결정짓지 못했다는 석진의 태도도 고려한 셈이었다.

"어떤가. 결심이 섰는가?"

정해명이 물었을 때,

"아직 시간이 있으니까요. 좀 더 생각해 보겠습니다."

그런 말로 대답을 회피한 석진은 대신 신애의 연구소 생활로 말머리를 돌렸다. 서로 스쳐가는 표정 속에 무언가 답답하게 엉켜 있는 분위기를 감지했던 정해명이 굳이 사양하는 석진을 잡아 끌어 마련한 자리였다.

"신애와 춤을 출 수 있을까?"

깊숙이 가라앉은 눈빛으로 석진이 신애를 쳐다보았다.

"이젠 다 잊어 먹었는 걸요."

신애는 사양했다. 벌써 석진의 팔이 건너와 있었다.

"그럼 다시 가르쳐 주지."

옛날처럼 말이야. 석진은 나머지 말을 입 속으로 삼켰다. 나목사의 편지를 들고 시카고로 찾아왔던 그녀의 모습이 눈앞에 떠올랐다. 눈만 땡그랗던 소녀였다. 큰 눈을 껌벅대며 서투르고 어색해하기만 하던 그녀에게 춤을 가르쳐 주던 시간들이 그편에서 한꺼번에 명멸하고 있었다. 그 시간은 추억의 강 속으로 흘러갔다. 그리고 그 여인은 지금 다시 상큼한 눈과 원숙한 아름다움을 지닌 여인으로 변해서 다시 내 팔에 안겨 있다.

석진은 눈을 감았다. 약간 턱을 치켜든 신애는 석진의 얼굴을 올려다보았다. 감고 있는 눈 아래로 치솟은 턱이 완강하게 그녀를 누르는 듯싶었다. 부드러운 음악의 물결에 몸을 내맡기며 신애는 마음 속으로 외쳤다.

아아, 그러한 날들이 다시 돌아올 수 있을까요.

석진은 눈을 떴다. 약간 물기에 젖은 듯한 신애의 눈 속을 그는 뚫어지게 들여다보았다. 그의 눈은 이렇게 말하는 듯싶었다.

올 수 있고말고…….

두 사람의 시선이 다시 엉켰다. 시선의 강렬함에 그들은 서로가 흠칫 놀랐다. 그러나 아무도 시선을 돌리지 않았다. 마치 고개를 돌리면 그들 사이에 더 높은 장벽이 만들어지기라도 할 것 같았다.

마주보는 그들의 시선에는 무언의 기대와 소망이 한꺼번에 묻어 있었다. 석진의 어깨에 올려져 있던 신애의 팔에서 힘이 빠져 나갔다.

플로어 위를 미끄러지는 두 사람을 보고 있던 권기자가 정교수의 옆구리를 찔렀다.

"잘 어울리는데요."

"왜, 부러운가?"

농담으로 들리는 정해명의 목소리에는 굳이 그편으로 화제를 돌리고 싶지 않다는 기색이 풍겼다. 서로 마주보는 자세로 스텝을 밟는 두 사람에게서 시선을 돌리며 권기자는 약간 심술궂은 심정이 되었다.

"선배님. 저 친구 조금 이상하잖아요?"

석진을 가리키는 말이었다. 짐작이 갔지만 정해명은 딴청을 피웠다.

"이상하다니, 누가?"

"뭐 선배님 얼굴에도 그렇게 씌여 있는데요."

정해명의 얼굴에 웃음기가 피어났다.

"원 사람 싱겁기는. 또 그 근성이 나오는구먼."

"선배님이 더 잘 아시잖습니까. 저 친구 약간 이상하다는 거."

"헛 이 사람 보게. 유능한 공학도를 이상한 사람으로 몰아 붙이다니."

"시치미 떼지 마십시오. 인터뷰할 때부터 미주알고주알 필요없는 주의를 주신 건 선배님도 뭔가 걸리는 게 있었기 때문 아닙니까?"

"그건 별다른 뜻이 있어서가 아닐세. 저 친구 성격이 예민한 데다가 가식적인 걸 못 견뎌하는 성격이라서 쓸데없는 충돌은 피하란 뜻이었다구 생각하면 돼."

"그렇게 예민해 보이진 않더구먼요. 그런데……."

권기자의 뇌리로 한국의 인상이 어지럽고 통일된 색채가 없어 보인다던 석진의 얼굴 표정이 스쳐갔다.

"저 친구 말에 따르면 고향이란 개념이 어떻게 탈바꿈되는지 아십니까?"

"뭐라고 그러던가."

정 교수의 입가에서 웃음기가 떠올라 있었다.

"글쎄 고향이란 것은 관념이 만들어 낸 환상과도 같은 것이랍니다. 신기루라는 거예요. 열심히 살아가는 사람들에게만이란 단서를 붙이긴 했지만."

"이상하게 생각진 말게. 어쩌면 자네가 다녀온다고 큰소리치는 고향의 의미와 같은 뜻인지도 모르니까."

"표현력 부족이라는 말씀이군요?"

"그런 셈인가……. 그래, 아무래도 어린 시절에 이곳을 떠나게 된 사람이니까. 사실 저 친구가 조국이라고 찾아온 것만 해도 나로선 상당히 반가운 터야."

"감사장이라도 주어야겠군요."

"이 사람."

술잔을 건네며 정 교수는 다시 웃었다.

"심심하면 나가서 춤이나 추게."

"거 참 괜히 피곤한 사람 불러 내서는 고작 춤이나 춰라 이겁니까? 선배님 악취미가 하나 새로 생기신 것 같군요. 그런데 저 친구가 가식적인 걸 싫어한다고 말씀하셨는데 그럼 좋아하는 사람도 있습니까?"

"글쎄. 저 친군 좀 특이한 편이지. 약해서 그러는 겐지 강해서 그러는 겐지 나도 잘 모르겠군."

"고향을 그리는 감정이 불필요하다는 말을 서슴없이 할 수 있는 게 가식적이 아니라면, 난 가식적으로 살고 싶은데요."

　권도영이 넘겨짚자 정교수는 고개를 저었다.

　"그렇게 따지고 들진 말게. 따져서 해결할 수 있는 문제가 아니야. 그리고 저 친구는 분명히 다른 사람과 틀린 점이 있어. 들어 보겠나?"

　정해명은 부드러운 음악소리가 깔리는 홀 안을 힐긋 돌아보았다. 신애와 석진은 여전히 서로 얼굴을 마주한 채 춤에 열중하는 듯싶었다. 그편을 보고 난 정해명은 권기자를 향하여 의자를 당겨 앉았다.

　당시 미국에는 한국의 유학생들이 꽤나 진출하기 시작한 때였다. 석진은 한국 사람과 특별히 가까워지려는 노력을 하는 것도, 그렇다고 외면하는 축도 아니었다. 그러나 대학 내의 한국인 유학생회에는 가입하지 않았다. 가입을 권유하는 사람들에게는 이런 말로 고개를 저었다.

　"난 어느 누구와도 인간대 인간으로 만나고 싶지, 어떤 명목이든 이름지워진 사람들과는 만나고 싶지 않네. 필요 없는 관념을 유발시켜 순수한 만남을 부담스럽게 만들고 싶지 않아."

　그런 석진의 태도에 대해서 유학생들 사이에선

　"엽전이 미국 국적을 가진다고 달라지나."

라는 등의 빈정거림도 있었지만 석진은 전혀 개의치 않았다.

　그렇다고 석진이 유학생들에게 무심했던 것은 아니었다. 당시만 해도 유학생들의 형편은 대부분 어려웠다. 언어 문제뿐만 아니라 학비 조달과 생활을 한꺼번에 꾸려나가야 했기 때문에 여러 가지 면에서 고달픈 생활이었다. 특히 국내에서는 제법 인정받고 지내던 학생들이 그곳에서 느끼는 인종적 편견은 정신적 갈등을 유발시켰다. 대부분은 그런 과정을 잘 소화해 냈지만 간혹 그곳에서 비롯된 열등감을 이겨 내지 못하는 학생들도 있었다.

의욕을 잃거나 자포자기하는 사람들에 대해 석진은 지나칠 정도로 무관심했다. 반면 어떻게 해서든 공부를 하기 위해 노력하는 사람들에게는 도움이 되고자 애썼다. 사실 도움이라고 해도 언어 문제라든가 대학 내의 각종 정보, 도서관 이용법, 교수와의 관계 등 한정된 부분에 지나지 않았지만 우선 생소함으로 당황하는 사람들에게는 큰 도움이었다.

정해명은 그런 점에서 도움을 많이 받았다고 할 수 있었다. 자연 석진과 지내는 시간도 많았고 밤을 새워 토론을 하기도 했다.

"꽤 진지한 얘길 나눌 때도 있었지."

정해명은 술잔을 집어 한 모금 마시고는 내려놓았다.

"대개는 잊어버렸지만……. 더듬어 보니까 이런 기억이 나는군."

홍미없는 척 딴청 부리는 권기자에게 술을 권하면서 정해명은 말을 이었다.

"뭐랄까, 확실히 기억하는 것은 아니지만 이런 생각을 하고 있는 것 같았어."

"어떤 생각 말입니까?"

"미국이란 나라가 자유와 평등의 나라라고 하지만 그건 백인들 사이에서만 통용되는 말이라던가? 별것도 아닌 것들이 뻐긴다고 일축해 버릴 수 있는 말이지만 그렇다고 웃을 수만은 없는 게 유색 인종의 입장이라고. 백인들의 머리 속에는 백색 인종은 그들끼리 평등하고 유색 인종은 나름대로 평등하다는 선입 관념이 뿌리깊게 박혀 있다는 거야. 그런 관념을 깨뜨리려고 할 필요는 없다. 실제적인 증거를 보여 주는 방법밖에 없다. 그런 생각이더군. 뭔가 배우러 온 사

람이면 자신이 전공하는 학문을 그들보다 잘 깨우치고 발전시켜 나
가는 걸로 그들을 이기는 길 외에는 없다. 그 외의 다른 말은 변명이
나 합리화에 지나지 않는다는 거지."

"정나미 떨어지는 말이군요."

권도영이 눈을 동그랗게 뜨는 시늉을 하자 정해명은 고개를 끄덕
였다.

"처음엔 나도 그렇게 생각했지. 정이 없는 사람이라고. 그런 얘길
직접 한 적도 있고. 그랬더니 뭐라고 말했는지 짐작이 가나?"

"글쎄요."

권도영의 입가에 웃음이 묻어났다.

"정이란 것도 관념이 만들어 낸 신기루라고 그러던가요?"

고향에 대한 석진의 대답이 어지간히 뇌리 속에 남아 있었던 모양
이었다.

"정이란 것은 입장에 따라 변한다는 거야. 풍족한 사람들 사이에
오갈 때는 흐뭇한 것처럼 보일지 모르지만 약한 사람들 사이에 오갈
때는 슬픈 것이라고 했던가? 마치 그것밖에 나누어 가질 게 없는,
그래서 그것으로나마 위안을 받을 수밖에 없는 그런 것이 되어 버린
다는 거지. 서로 다른 입장이면 말할 것도 없고……."

"소름 끼치는군요."

권도영이 고개를 저었다.

"정나미 떨어질 정돕니다. 저 친군 얼굴만 그렇지 속은 미국인이
란 의식으로 가득찬 것 같군요."

"그건 아닐세."

정해명이 말을 끊었다.

"왜 그런 생각을 했는지 이모저모로 물어 봤지. 대답은 이렇더군. 정이란 것에 의지하는 사람들은 투지가 없어진다는 거야. 그럭저럭 체념, 혹은 달관이란 명목을 내세워 투지를 상실해 버린다는 점에서 해독이 된다는 말이었어."

"에고이스트군요."

"그런 면도 있지. 그러나 난 약한 자가 인간으로서의 존엄성을 잃지 않기 위해서는 오직 자부심과 투지가 필요하다는 주장으로 받아들이고 싶어. 다른 사람이 자신을 못난 놈이라고 손가락질한다고 해서 자신이 열등한 놈이라고 괴로워하는 사람은 동정할 가치조차 없다는 저 친구 말도 한편으로는 일리가 있다고 생각하거든."

"그렇다고 해서 그런 몰인정한 사고 방식이 정당화되는 것은 아니잖습니까."

"그건……."

정해명은 플로어를 가리켰다.

"저 친구 자신의 애길세."

"무슨 말입니까."

"생각해 보게."

빈 술잔을 건네고 술을 따르면서 정해명은 말을 이었다.

"그런 생각이 저 친구가 낯선 땅에서 자신을 이겨낼 수 있는 힘이 되었던 거라구."

"……"

"저 친구의 인생관에 내가 공감하는 것은 아냐. 오히려 짚고 넘어가야 할 부분이 더 많지. 그러나 어떤 면에서는 이해할 수 있을 것도 같더구만. 뭐랄까, 부모 밑에서 보살핌을 받고 자라던 아이가 갑자기 고아가 되어 환경이 전혀 다른 나라에 갔다. 그곳에서 자신의 긍지와 기질을 지켜 내기 위해 나름대로 몸부림을 쳤던 방법이라고 말야."

"그렇게 볼 수도 있겠지요."

"난 그렇게 보고 싶네. 그런 몰인정한 말 속에는 저 친구가 살아 남기 위한 몸부림 끝에 얻어낸 삶의 자세가 숨어 있다고 말일세."

"그렇지만 그런 방법이 최선이라고 말할 순 없잖겠습니까?"

"생각하는 관점의 차이일세. 그런 문제로 누가 옳다 그르다 판단할 수는 없는 법 아닌가?"

"물론 흑백 논리로 하는 말은 아닙니다. 자신을 지키는 방법이 보다 인간적인 차원에서 이루어질 수도 있다는 말이죠."

"글쎄. 듣고 보니 그렇군. 그렇지만 나로선 그의 입장을 이해하는 편에 서고 싶구만."

"선배님, 그거 동정론 아닙니까?"

"글쎄, 그런가? 여하튼 난 그에게 배운 점도 많았으니까. 단단하고 철저한 자신의 영역을 가진 사람이라는 점도 그렇고. 어찌보면 금기와 금욕적인 냄새까지 풍기던 사람이었으니까. 뭐 그런 이야기를 길게 끌어갈 필욘 없겠지. 가까워진 다음에 이런 이야기를 들은 기억이 나는군."

"……?"

"논문을 쓸 땐가 그랬는데, 햄버거라도 마음껏 먹을 수 있었으면 싶었다는 게야. 그게 소원이었다고. 책이라도 팔고 싶은 충동이 생기더라구먼. 무척 고된 아르바이트 생활을 했었으니까."

"양부모가 있었다면서요?"

물으려다가 권도영은 아차 싶었다. 그편의 실정을 잠깐 착각한 탓이었다. 정해명이 말꼬리를 돌렸다.

"우스운 얘길 하나 할까?"

먼저 웃으며 꺼낸 말이었다.

"학급에 예쁜 금발머리 아가씨가 있었는데 데이트 신청은 못하고 지켜만 보고 있었다는 게야. 주말만 되면 다른 사람들이 데이트 신청을 하는 것을 보면서도. 물론 그 여자도 저 친군 거들떠보지도 않았겠지. 그런데 일등을 하자 그 금발 아가씨가 먼저 데이트 신청을 하더라는 거야."

"그럴 수 있겠죠."

"거절했다더군. 그 뒤로 계속 수석을 하다가 나중에는 ACT에서 전국적인 인정을 받았지."

"입지전 같군요. 저 친구 백인 여자와 결혼했다고 했잖습니까, 그 여잔가요?"

"그건 모르겠구먼. 얼핏 들으니 요샌 별거하고 있다던가. 그러더군."

"그래요?"

권도영의 눈속에 떠올랐던 짙은 호기심을 그 순간 바뀌어진 요란한 음악소리가 덮어버렸다. 신애와 석진이 자리에 돌아와 앉았다.

2

잔잔한 고속버스의 엔진소리가 규칙적으로 들려오고 있었다. 중간 휴게소에서 잠깐 쉬고 난 버스는 허비했던 시간을 보충이라도 하려는 것처럼 도로 위를 미끄러지듯 달려갔다. 승객들은 대부분 눈을 감고 잠을 청하는 듯싶었다.

차창 옆에 앉은 석진은 흘러가는 풍경에 시선을 던지고 있었다. 그러나 그 풍경들을 음미하고 있지는 않았다. 눈은 창 밖을 향하고 있었지만 그의 뇌리에는 수많은 생각들이 거미줄처럼 뒤엉키고 있었다. 오식도를 다녀온 다음부터 스쳐가는 상념들이었다. 신애와 같이 춤을 추었던 어제 저녁의 일도 그 안으로 틈입해 들어왔다.

"아버님께서 전해 드리라고 하시더군요."

신애는 그렇게 말을 꺼냈다. 지나치는 말처럼 꺼낸 말이었지만 석진은 순간 그녀가 얼마만큼 그 이야기를 힘들여 꺼냈다는 걸 직감적으로 느꼈다. 신애의 시선은 그를 향하고 있지 않았다. 석진의 뒤편에 서있는 사람에게 말을 건네는 것 같았다. 그녀의 속눈썹이 파르르 떨렸다.

"시간이 허락되면 한 번 다녀가실 수 없느냐구요."

석진은 무슨 까닭이냐고 묻고 싶은 마음을 지그시 억눌렀다. 갑자기 창백해진 그녀의 표정이 바뀌어진 조명 탓만은 아니라는 생각이 들었다.

춤추는 모습이 잘 어울리더란 정해명과 권도영의 농담을 들으며 스카이라운지를 빠져나와 헤어지면서 신애는 잠깐 석진의 시선을 잡았다.

"가실 건가요?"

신애의 눈은 그렇게 물었다. 석진은 대답을 하지 않고 돌아섰다고 생각했다. 그러나 그의 마음은 벌써 고개를 끄덕인 뒤였다.

나목사를 찾아보아야겠다는 생각을 한 것은 오식도에서 교회를 둘러보았을 때였다. 그 자신 묻고 싶은 이야기도 있었다. 섬을 온통 뒤집어 놓았던 전쟁을 겪고 살아남은 사람들 중 그가 기억해낼 수 있는 사람은 나재천 목사 외에는 없었다.

황노인에게서는 계속 연락이 오고 있었다. 오식도에 내려진 군사 계획에 대해서 알아볼 방법이 없느냐는 내용이었다. 그것은 섬사람들의 동요심과 더불어 집단 행동도 불사하겠다는 이야기로 발전했다가,

"만약 변고가 있으면 어찌 선조들을 면대하겠는가."

하는 하소연으로 이어졌다. 그곳에는 그 일이 섬사람들만의 일이 아니라 석진 자신도 관련되어 있는 일이라는 기색이 완연히 내포되어 있었다. 그렇지만 석진의 기분은 개운하지 않았다. 물론 자신이 노인의 의식 속에 귀신도 일어나 술잔을 받는다는 종가집의 장손이라는 의미로 받아들여지고 있다는 점은 짐작이 가는 일이었다. 그렇지만 대안없는 부탁을 반복해오는 자세에는 짜증이 일었다.

그런 연락을 하느니 차라리 자체적인 해결 방안을 강구해 보는 게 합리적일 터였다. 아니 애당초 대나무밭에 집착하는 맹신의 힘을, 섬에 공동 양식장을 만든다든가 어선을 건조하는 데 활용하는 것이 옳을 듯싶었다.

무엇 때문에 섬사람들은 그처럼 황당하고 비능률적인 일에 신경을 쓰고 있는 것일까?

그들이 섬에서 태어났기 때문이라는 이유 한 가지만으로는 설명이 되지 않았다. 우매하기 때문이라고 보기도 힘들었다. 남들이 나선다고 따라 나서는 듯싶지도 않았다. 그곳에는 그 이전에 자신도

모르는 사이에 휩쓸리게 되고야 마는 어떤 힘이 작용하고 있는 듯싶었다.

그 문제를 더듬어보자면 또다시 부딪히는 것은 할아버지인 만손 노인의 죽음이었다.

자식을 사랑해서라기보다 씨를 남기기 위한 명목이 더 컸던 할아버지의 죽음과, 그 죽음 앞에서 눈물 한 방울 흘리지 않았던 할머니의 입장을 어떻게 해석해야 할까.

자신이라면 그렇게 행동하지 않았을 것이었다. 마찬가지로 자신에게 아들이 있다 하더라도 그런 아버지는 원하지 않을 것 같았다.

그렇다면 만약 자신이 할아버지의 입장이었다면 어떻게 했을까. 그리고 아버지의 입장이었다면, 무덤 앞에서 눈시울을 닦던 황노인에게 자신이 느꼈던 맹렬한 적의는 어디서 유래한 것일까?

그런 생각에 깊숙이 빠져 있던 석진이 문득 정신을 차린 것은 고속버스가 곧 군산에 도착한다는 안내방송을 들으면서였다. 나목사를 만나면 혹시 모든 일에 대한 궁금증을 풀 수 있을지도 모른다고 생각하며 석진은 내릴 준비를 했다.

오후의 잔광이 점차 빛을 잃어가는 운동장에선 아직도 조무래기 애들이 어울려 공을 차고 있었다. 운동장이라고 했지만 넓은 편은 아니었다. 그저 모래를 깔아둔 자그만 운동장에 세운 축구 골대를 등에 지고, 그러나 아이들은 땀을 뻘뻘 흘리며 환성만큼 튀어 오르는 공을 좇아 우르르 몰려다니고 있었다.

창문 너머로 뛰노는 아이들의 모습에 망연한 시선을 보내던 나목사는 잠시 눈을 지그시 감았다. 신애의 전화를 받은 점심 무렵부터 그는 휠체어에 앉은 채 그렇게 창 밖을 바라보고 있었다. 그의 가슴

속에 이미 정리되어 있었던 이야기들을 다시 한 번 확인해보기 위해서였다.

신애의 전화는 간단했다. 명료한 목소리였다. 주가미의 아들이 이곳으로 찾아올지도 모르겠다는 것이었다. 그 말과 더불어 안부를 묻고 난 신애는 별다른 말 없이 수화기를 놓았다. 그 목소리 뒤에 응축되어 있는 의미를, 그러나 나목사는 알고 있었다.

그것은 자신에 대한 믿음일 터였다. 자신이 꺼낼 말에 대한 신뢰였고, 확신이었다. 그 믿음 속에는 짙고 깊은 슬픔이 가라앉아 있다는 것을 누구보다도 나목사는 알고 있었다. 그것을 아는 만큼 그 동안 수백 번 생각을 거듭했던 문제를 다시 한 번 냉정히 숙고하지 않을 수 없었다. 그것은 결국 자기 자신을 냉정히 돌이켜 보는 선에서 출발해야 될 문제였다. 그것이 출발점이었다.

"어느 시대에나 고아들은 생겨난다. 보호받고 사랑을 받아야 할 아이들이 충분한 사랑을 받지 못하고 자랄 수밖에 없는 것은 슬픈 일이다. 어린이에게 필요한 것은 부모의 사랑뿐이다. 그러나 나는? 나는 저들에게 과연 부끄럽지 않은 사랑을 주었던가. 사명감과 안타까움만으로 뛰어든 나머지 그들에게 과연 필요한 것을 주었다고 자신할 수 있을까?"

자신이 없다.

나목사는 고개를 저었다. 과연 인간이 가질 수 있는 신념과, 그 신념을 위해 노력할 수 있는 능력의 근접점은 어디까지가 가능한가. 그것이 일치된다는 것은 불가능한 것일까.

강환과 주가미, 그리고 나 자신은 서로가 자신의 신념에 만족하여 그것을 이루기 위해 충실히 살았던가. 나는, 목자로서의 나는 무엇을 해왔을까. 주님의 뜻대로 나는 살아왔던 것일까? 목자로서 내가 이룬 것이 과연 하나라도 있는 것일까?

끊임없이 이어지는 의문들은 두서 없는 만큼 어지러웠다. 그것은 비단 자신을 찾아온다는 주가미의 아들에게 들려 주어야 할 얘기 때문만은 아니었다. 오히려 그 이전의 문제였다.

한 가지 사실을 앎으로 해서 그 사람의 평온이 깨진다면, 그래도 그것을 알려 주어야 할 필요가 있을까, 진실이라는 미명 하에? …… 아니 그것을 내가 판단할 권리가 있는 것일까? 아니, 그것을 덮어둘 권리는 있는 것일까?

나목사는 길게 한숨을 내쉬었다. 그리고 기도실로 향했다. 그곳에서 그는 오후 내내 머물러 있었다.

석진이 도착한 것은 황혼이 물들기 시작할 무렵이었다.

"목사님, 서울에서 손님이 오셨습니다."

나목사는 천천히 눈을 떴다. 어두운 복도로 한 사내가 걸어 들어오고 있었다. 키가 훤칠하게 큰 건장한 사내였다. 원감의 안내를 받으며 복도를 걸어온 사내는 기도실의 문을 밀고 들어섰다.

나목사는 미동 없이 그 사내의 모습을 지켜보았다. 유리창으로 스며들어온 석양의 잔광이 사내의 옆얼굴을 엷게 물들였다. 나목사의 입가에 웃음이 떠올랐다. 그곳에는 건장한 몸매를 지녔던, 주가미의 모습을 고스란히 빼다박은 사내가 서 있었다.

기도실에 들어선 석진은 휠체어에 앉아 있는 노인을 보았다. 작고 주름진 얼굴을 가진 노인이었다. 그곳에는 여자처럼 곱상한 얼굴을 지녔던 나목사는 없었다. 그 대신 온화하고 따뜻하게 생긴 조그만 노인이 잔잔한 미소와 함께 손을 내밀고 있었다.

3

　"행여 대나무가 말라 죽으면 까마귀의 눈이 떠질 것이니 한 번 날 갯짓에 시체가 산처럼 쌓이고 찬 기운은 하늘을 덮어, 한 맺힌 피는 천 년 동안 땅 속에서 푸를 것이외다."

　전쟁이 일어났다. 무엇을 위해 일어난 전쟁인지 알 수 없었다. 무슨 장단에 맞춰 춤출지 모르는 전쟁이었다. 명분도 대의도 없었다. 유산을 놓고 싸우던 형제가 빈손 털고 돌아서는 전쟁이었다. 서로 겨눈 칼끝에 찔린 상처만 깊었다.

　서울이 적의 수중에 넘어갔다. 오식도에도 피난민이 들어오기 시작했다.

　인심은 흉흉했다. 맨 먼저 먹을 것이 자취를 감추었다. 생활용품도 동이 났다. 필요하다 싶은 것은 감쪽같이 사라졌다. 그 전쟁이 무엇을 뜻하는지 모르는 섬사람들은 맹목적인 본능에 몸을 내맡겼다. 불안한 사람들은 모여서 숙덕거리고 이불을 머리 위까지 뒤집어쓴 채 잠이 들었다.

　조치원까지 적의 탱크가 쳐들어 왔다는 소문이 돌았다. 지서의 순경들이 뭍으로 차출되어 나갔다. 가끔 생판 처음 보는 비행기들이 요란한 굉음을 내뱉으며 하늘을 가로질렀다.

　대한 청년단 단장직을 맡고 있던 홍만표나 부단장이던 주가미에게 사람들이 부쩍 찾아들기 시작했다. 천학득 노인이나 장민구 노인에게도 찾아갔다. 어떻게 했으면 좋겠느냔 거였다.

　그러나 불식간에 들이닥친 그 괴물에 대해서 선후를 따져 얘기할 수 있는 사람은 없었다. 찾아가는 사람이나 맞이하는 사람이나 답답하기는 마찬가지였다. 손을 털고 돌아서는 사람들의 얼굴에는 불안감으로 물든 초조함이 짙게 배어 있었다. 그 중 앞에 나서서 시원한 말이라도 하는 사람은 칠십이 되어 가는 황일평 이장뿐이었다. 황노인은 스피커를 들고 다니며 듣는 사람들의 귀가 따갑도록 외쳤다.

"도민 여러분. 이것이 얼매나 좋은 기횝니까유? 안그래도 북진통일이라도 해야 헐 판에 지놈들이 먼첨 밀고 내려왔으니 이 아니 좋은 기횝니까유? 곧 우리 용감한 국군이 압록강까지 시원하게 밀어붙일테니 여러분께서는 아무런 동요마시고 생업에 종사허시다가 나중에 금강산 귀경갈 채비나 허시라니께요."

그러나 그 말에 귀를 기울이는 사람은 몇 되지 않았다. 유언비어가 꼬리를 물었다. 대통령은 부산으로 도망쳤으며, 서울은 빨갱이 천지며, 지리산 공비들도 떼를 지어 경찰서나 지서를 습격하고 있다는 소문이었다.

칠월이 되자 민심은 더욱 흔들렸다. 피난민들과 함께 섬을 떠나 있던 사람들도 다시 돌아왔다. 장노인의 딸 은실이도 군산에서 돌아와 있었고, 뭍에서 선생 노릇인가를 하고 있다던 나용일의 아들 나유민도 따라 돌아왔다.

저녁 무렵, 마을 사람들은 이장집으로 모여들었다. 어떻게 했으면 좋을지 가늠이 서지 않았지만 이야기를 나누는 빌미로 순간이나마 가슴에 쌓이는 불안을 씻어내기 위한 모임이었다.

맨 처음 입을 연 건 바로 장노인이었다.

"나는 그냥 여기 있을껴. 한 핏줄 받은 목숨인디, 설마 이 늙은 것을 워찌 하긋남?"

뺀들댁이 장노인의 말에 맞장구를 쳤다.

“그러지유. 그 말이 옳구먼요. 입때껏 살아온 곳 두고 가면 워디로 가겠남유? 배주고 속 빌어 먹기제. 나도 죽으나 사나 여그 있을라요.”

그러나 거룻배를 젓느라고 뜨내기 선객들을 많이 접했던 박도천 영감의 생각은 달랐다. 덥수룩한 구레나룻을 썩썩 문질러 보더니,

“허지만 군경 가족은 워쩔지 몰러. 워낙 빨갱이라믄 이를 갈았으니께. 장영감은 피신허시는 게 안 낫겟능감?”

했다. 장노인의 아들 준환이 군에 있다고 해서 하는 말이었다. 그러나 장노인은 고개를 저었다.

“내 입때껏 남에게 해꼬지 한 번 안 하고 살았는디 별일이사 있겠남? 내 걱정은 마소.”

“에끼 순.”

귀를 기울이다가 말을 끊은 것은 황일평 이장이었다.

“며칠만 있으면 빨갱이들을 압록강 속으로 싹 밀어 버릴 판에 그게 무슨 짜잔한 소리들이여? 고작 도망칠 궁리부텀 하고 있으니. 그래 제 집에 불이 났는데 끌 염사는 없이 도망질부터 하잔 얘기가 뭔말인감?”

혀를 쯧쯧 찼다. 그리고 옆에 있는 주가미를 쳐다보았다.

“그려도 자네가 대처에서 공부를 혔으니께, 요참에 얘기 한번 해보소. 워떠케 혔으면 좋겠는가.”

“글쎄요. 가늠이 없는 전쟁이라 난들 어찌했으면 좋을지 모르겠군요.”

그러자 청년단 단장직을 맡고 있던 홍만표가 나섰다.

“자네나 나나 빨갱이들 눈에 띄면 덕보진 못할 게 뻔한데 어찌 생

각하는가."

피하는 게 낫지 않겠느냐는 말이었다.

"피하면 이제 와서 어디로 피하겠소."

말을 가로채고 나선 것은 주가미의 이종 사촌인 황영달이었다. 평소 청골댁의 성격을 닮아 괄괄한 면이 있었다. 섬에서 말깨나 한다고 나서는 축이었다.

"안 되면 아 목숨값이야 못 허곳소? 그라고 노친네들이 계시는디 피허믄 워디로 피한단 말이오."

면박을 주자 홍만표도 휴우 한숨을 쉬었다.

"말이 그렇지. 나도 가면 어디로 가것능가. 산기가 있는지 마누라 아랫배가 뒤틀리는 판국이구먼. 하 답답해서 꺼낸 말이세."

"그래도 홍대장하고 주가미는 잠깐이라도 몸을 피하는 것이 좋을 것 같소. 대한청년단이 빨갱이 잡는 곳이었는데, 그놈들이 잘혔소, 하고 넘어갈 것 같습니까? 어림없어요. 내 지리산 토벌대 애길 들으니까 그놈들 사람도 아닙디다."

담배 연기를 뿜으며 지서 순경 탁명환이 말했다. 지서 순경들도 모두 뭍에 있는 경찰서로 차출되어 가고 섬에 남아 있는 순경은 탁명환 혼자뿐이었다. 홍만표가 물었다.

"경찰서에서는 무슨 연락이 없습니까?"

"모르겠소. 어제만 해도 방어 태세에 만전을 기하라는 연락이 있더니 오늘은 그나마 끊어졌소."

"그래요? 그래도 우리 섬은 이만하길 다행이오. 곳곳에서 폭도들이 들고 일어나 지서에 불을 지르고 인공기를 내걸었다던데."

하고 한숨을 내쉬던 홍만표의 눈길이 구석진 곳으로 향했다. 말없이 다른 사람의 이야기에 귀를 기울이고 있는 나목사의 얼굴이 그곳에 있었다.

"목사님은 워떡하시겠소? 군산으로 돌아가셔야 되지 않겠소?"

나목사의 고향이 군산이라는 것을 알고 묻는 물음이었다. 약간 핼쑥한 얼굴의 나목사는 질린 듯한 표정으로 잠깐 생각하는 시늉이었다. 그러더니 짤막히 대답했다. 생각하던 모습에 비한다면 뚱딴지 같은 대답이었다.

"주님의 뜻에 따르겠습니다."

"주님의 뜻이라뇨?"

"이곳에 남아 기도하겠습니다."

그 말에 귀를 기울이는 사람은 아무도 없었다. 주님의 뜻이란 그들에게는 아무런 의미도 없었다. 다시 이야기는 이어졌다. 뚜렷한 방안을 제시하지 못하는 중구난방 식의 이야기였다.

그날 밤, 오식도 내에 무리지어 모인 사람들은 그들뿐만이 아니었다. 무슨 일인지 뺀들댁의 주막 뒷방에는 마을 청년들이 둘러앉아 열심히 쑥덕거리고 있었다.

점쟁이 강환을 중심으로 하여 최복동이 침을 튀겨가며 이야기에 열을 올리고 있었고, 그 주변에는 박도천의 아들 사술과 천노인의 아들 중수, 선착장에서 잡일을 하던 서기명과 머슴 조만섭, 지서에서 심부름을 하던 한영구 등이 둘러앉아 있었다. 이차로의 모습도 보였고, 구석진 자리에 앉아 퉁방울 같은 눈을 껌벅이고 있는 윤만돌의 모습도 보였다.

"주가미 자네는 어찌하려는가?"

이장집을 나서며 홍만표가 물었다. 불안한 음성이었다.

"까짓. 정 안 되면 보따리 싸들고 까막봉에나 오르지. 이 난리가 가면 얼마나 가겠소."

딱히 요량을 한 적도 없으면서 주가미는 그렇게 말했다. 그리고 그들은 헤어졌다. 그런데 실은 그날이 그들이 힘을 합할 수 있는 마지막 날이었다. 이튿날 새벽녘 강환의 지령에 의해 백운산에서 내려온 사내들이 오식도에 상륙해 버렸다.

4

이른 새벽이었다. 안개가 자욱한 숲길을 한 무리의 사내들이 걷고 있었다. 발 밑에서 이슬에 젖은 흙이 부서지는 소리가 사각사각 들렸다. 그뿐, 그들은 말이 없었다. 손에는 한결같이 죽창이 들려있었다. 누군가의 발 밑에 밟힌 나뭇가지가 딱 하는 소리와 함께 부러져나갔다.

"조심허랑께."

힐난조의 목소리가 날아왔다. 최복동이었다. 그들은 기척을 죽이고 발걸음을 재촉했다.

청골 기와집은 여느때와 마찬가지였다. 주가미의 처만 이른 아침을 짓기 위해 부엌을 들락거리고 있을 뿐, 그밖에 깨어난 사람은 없는 듯싶었다. 잠시 주위를 살피고 난 그들은 두 패로 나뉘어 한 패는 집 뒤쪽으로 돌아가고 다른 한 패는 곧바로 일주대문을 밀고 들어섰다.

"놓치지 말어."

그런 소리와 함께 씩씩대는 숨결이 높아졌다. 급한 발자국 소리가 새벽 공기를 갈랐다. 밖이 어수선해지자 선잠 깨서 뒤척이던 청골댁이 대청으로 나섰다.

"왜들 이러세유?"

부엌에서 석진에미의 비명소리가 들렸다. 심상치 않은 기색을 눈치챈 청골댁이 버럭 고함을 질렀다.

"뭣들 하는 짓이여?"

그 말이 떨어지자 사내들이 우르르 대청 앞으로 몰려들었다.

"이굿이 무슨 짓들이여? 시방 제 정신으로 하는 짓들인감?"

대청 끝에 나선 청골댁이 다시 와락 목청을 돋우었다. 무슨 일인지 모르겠지만 모여든 사내들의 흉흉한 기세에 이미 좋은 일은 없겠다고 판단한 청골댁이 주가미더러 피하란 소리였다.

"그래 꼭두새벽에 소 잡으러 댕기는 거여, 뭐여? 워떠케 작당을 해서 죽창꺼정 들고 몰려다니는 것이여. 모두 미쳤는가!"

"미친 것은 청골댁이여."

한 사내가 잔뜩 벼르고 있었다는 투로 말했다. 대구리배에서 화장(火匠)일을 보던 서기명이었다. 그 말에 힘을 얻었는지 다른 사내가 앞으로 나섰다.

"주가미 좀 뵙자고 왔구먼유. 잠깐 나오라고 허시오."

찰칵 하는 쇠붙이 소리가 들렸다. 청골댁이 그편으로 시선을 돌리니 생판 본 적도 없는 사내들 서넛이 총을 겨누고 서 있었다. 새카맣게 탄 얼굴하며 덥수룩한 머리칼로 미루어 산에서 내려온 사람들이 틀림없었다.

"아, 날마다 한뎃잠 자는 주가미가 오늘이라고 집에 붙어 있당가?

나도 며칠간 얼굴 못 봤네."

청골댁이 딱 잡아뗐다. 그러자 잔뜩 비아냥거리는 목소리가 들려
왔다.

"무슨 그런 귀신 씨나락 까묵는 소릴 허시오. 청골댁, 벌써 노망
났는가요? 어젯밤 요 집으로 들어가는 것을 내가 두눈뜨고 똑똑히
봤는디 그런 말로 어물쩡하면 누가 속을 중 아시요?"

최복동이었다. 청골댁이 냅다 호통을 질렀다.

"네 이놈! 네가 어디다 대고 이렇게 못 배워먹은 행사를 하는고?
너 이놈, 빌어묵는 놈 데려다가 뒤치닥거리 혀줬더니 이제 공치사허
러 나서는구나."

"저 청골 동무가 아직 세상 바뀐 줄 모른당께."

지서에서 심부름하던 한영구가 한 마디 했다. 그러자 머슴 살던
조만섭이 죽창을 들고 나섰다.

"오늘부텀은 우리 같은 가난뱅이 세상이유, 청골댁. 그런 중이나
알고 주가미 나오라고 허시유. 우리가 뭐 별다른 해꼬지허로 온 것
은 아니니께 주가미만 보믄 그냥 돌아갈 거구만유."

천노인의 아들 중수와 박도천의 아들 사술, 그리고 그 뒤에는 윤
만돌의 커다란 몸집도 눈에 띄었다. 만돌이를 본 순간 청골댁은,
'일이 벌어져도 크게 벌어졌구나.' 싶은 생각에 눈앞이 아찔해졌다.

"며칠 있으믄 해방군이 남반부를 전부 해방시킬 것이요. 우리는
오식도 인민 해방군 환영 위원회 위원들이구만요. 진작 우리도 준비
를 했어사 쓸 것인디 제일 늦었소. 해방군이 들어오기 전에 불순분
자들을 가려내야 되지 않겠남유? 그래야 해방군이 들어와도 할 말
이 있는 법이고 또 섬도 다치지 않을 테니께. 다 우리 섬을 위혀서

하는 일이다, 하고 빨리 주감씨 나오라고 허시유."

천중수가 비교적 차분하게 말했다. 날마다 투전판에 다니던 축으로서는 나름대로 말주변이 있는 셈이었다.

"이놈들아. 누가 불순분자란 말여. 주가미가 무슨 짓을 혔다고 불순분자여. 니놈들이 미쳐도 단단히 미쳤구만. 주가미는 어제 들어오지 않았으니까 그리 알고들 썩 돌아 가래니께."

"악질 반동 할무이구먼."

산에서 내려온 작달만한 사내가 총구를 겨누었다. 김창수라는 사내였다.

"배야지 뜨뜻허게 아랫목에 누워 인민 고혈 빨아먹으니 눈에 뵈는 게 없나? 우리같이 칡뿌리 캐먹고 남조선 해방을 위해 싸운 전사들은 사람으로 보이지도 않다 그 말씸이요, 할마이 동무?"

금방 방아쇠를 당길 기세였다. 그때 방문이 열리고 주가미가 느슨하게 기지개를 켜면서 걸어 나왔다.

"무슨 일인가? 아침 식전부터. 할 말이 있거든 밥숟가락이나 놓고 나면 찾아와사제."

"쪼깨 우리들하고 같이 가줘사 쓰겄구만요."

움찔하는 마을 사내들 틈을 뚫고 최복동이 한 발 앞으로 나섰다.

가느다랗게 찢어진 눈이 쥐새끼처럼 반짝거렸다. 대충 모여든 사내들을 둘러보고 난 주가미의 두툼한 눈두덩이 잠깐 꿈틀거렸다.

"자네들 책임자가 뉜가?"

잠깐 사내들은 서로의 얼굴을 쳐다보았다. 이내 대답이 날아왔다.

"대장 동무는 지금 바빠서 못 왔구먼유."

"지금 워딨는디?"

“분주소에 있구먼유.”

“분주소?”

“지서 자리지유. 우리가 접수했구먼유.”

“경찰은?”

“경찰이 다 뭐요. 진작 다 도망쳤제. 지금 해방군이 남반부를 싹 쓸어 버렸는데 경찰이 워디 있굿소. 빨리 갑시다. 주가미 동무도 이 제 손잡고 해방 전선에 나서야 될꺼구먼유.”

지서를 본거지로 삼고 있다는 것이 무엇보다 세상이 바뀌었다는 증거가 되는 것처럼 그 이야기가 나오자 사내들의 기세가 험악해졌 다.

“퍼떡 갑시다. 주가미 동무.”

최복동이 실룩 웃으며 채근을 했다. 그때 청골댁이 버선발로 뛰어 내렸다.

“네 이 천하에 빌어먹을 놈. 동무라니? 네놈이 사람탈을 쓰고 이 럴 수가 있는 게여! 이 마른 하늘에 날벼락 맞을 놈아. 애 석진 애비 야, 빨리 도망치그라.”

뺨을 맞은 최복동이 청골댁의 가슴을 주먹으로 내질렀다. 비명소 리와 함께 울음소리가 터졌다. 잠에서 깨어나 마루로 나서던 석진의 울음소리였다.

최복동이 쓰러진 청골댁에게 발길질을 하려 할 때였다. 멀뚱하게 서 있던 윤만돌이 팔을 잡았다. 몇 번 뿌리쳐 보다가 애초부터 힘으 로는 상대가 되지 않는다는 것을 아는 최복동은,

“그쯤 해 두고 가세. 강대장 동무 눈 빠지굿구먼.”

천중수의 말에 슬머시 돌아섰다. 그들은 올 때와는 달리 기세등등하

게 주가미를 둘러싸고 내려갔다. 뒤에 남은 청골댁과 두 모자의 울음소리가 길게 퍼져 나갔다.

지서 자리에는 어느 틈인지 〈오식도 면 인민 위원회〉라는 간판이 붙어 있었다. 지서 안은 난장판이었다. 철수하는 순경들이 태우고 간 재 부스러기와 함께 액자가 깨져서 뒹굴고 있었고 곳곳에 발자국이 어지럽게 찍혀 있었다. 그리고 새빨간 인공기가 국기 게양대에 걸려 있었다.

그곳까지 끌려오는 동안 집집마다 인공기가 나부끼는 것을 본 주가미는 새삼 놀랐다. 순식간에 진행되었다는 느낌이었다. 치밀하고 조직적인 솜씨였다. 그처럼 재빠른 일처리는 고기나 잡고 땅을 파먹으며 살아온 섬사람들의 행동으로 판단하긴 힘들었다. 누군가 치밀한 계획을 세운 것이 분명했다. 그렇지 않고서야 하루 아침에 이렇듯 온통 붉은 천지가 될 리 만무했다. 그러나 주가미가 정작 놀란 것은 분주소 안에 들어서고 난 뒤였다.

"강 대장 동무. 주가미를 생포했구먼요."

최복동이 보고했다. 그러자 수염이 덥수룩한 빨치산들과 함께 무전기 앞에 앉아 있던 사내가 고개를 들었다. 그 사내와 시선이 마주치는 순간 주가미는 뒤통수를 얻어맞은 듯 아찔한 기분을 느꼈다.

그 사내는 바로 강환이었다. 그의 눈은, '눈이 먼 것은 너희들이다' 하는 듯 차갑게 번득였다. 감정이 제거된 싸늘한 눈빛이었다.

"주가미 동무, 환영하오."

걸상을 권했다. 허리춤에 꽂힌 권총이 싸늘한 금속성의 빛을 발했다.

"자네가……. 이게 워찌된 일여?"

"그건 차차 말하기로 하고……. 어떻소? 주가미 동무도 이제 우리
와 발맞추어 새로운 역사의 전열에 나서도록 해야겠소."

"그게 뭔 소린가?"

"지금 영용한 인민군 전사들은 일사천리로 남조선을 해방, 미제
국주의자들을 현해탄에 쓸어 넣을 시간을 일각일각 다투고 있소. 이
점을 직시하고 협력해 주었으면 좋겠소. 물론 강요는 아니오. 그러
나 동무의 전력으로 보아 그 말이 무슨 뜻인지, 또 어떻게 하는 것이
현명한 처신인지 충분히 알 것으로 판단되오. 차분히 생각하고 행동
을 취해주시오."

옆에 선 사내에게 눈짓을 했다. 총부리에 떠밀려 주가미는 유치장
으로 끌려갔다. 창고로 쓰던 지서 옆 건물이었다.

"자네는 어떻게 피한 줄 알았는디 기어코 끌려왔구먼."

창고에 들어서자 그런 목소리가 들렸다. 황일평 노인이었다. 그
옆에는 장민구 노인과 조상철이 멍한 표정으로 벽에 기대앉아 있었
다.

"어찌된 판입니까?"

주가미의 물음에 황이장이 한숨을 푹 내쉬었다.

"누가 알랐등가. 꼭두새벽에 들이 닥쳐서는……. 우린 어찌 자네
만은 몸을 빼냈을 줄 알았는디 그것도 아녔구먼."

둘러보니 그뿐만 아니었다. 나재천 목사의 얼굴도 보였다. 탁명환
도 붙잡혀 있었고 그 외 섬내 유지 서넛의 얼굴이 눈에 들어왔다. 그
러나 홍만표의 얼굴은 보이지 않았다.

"홍단장은 피신했군요. 다행입니다."

주가미의 말에 탁명환이 한쪽 구석을 눈짓했다. 애기 울음소리가

가늘게 들렸다. 그쪽을 보니 홍만표의 처인 양옥순이 갓난아이를 안고 있었다.

"아니 성수님. 세상에, 이런 무도한 놈들이 있나!"

주가미가 묻자 양옥순은 눈물을 훔쳤다. 홍단장을 붙잡으러 갔던 놈들이 대신 잡아온 모양이었다. 해산한 지 이틀도 지나지 않은 임산부였다.

이튿 날 오후가 되자 인민군 일개 분대가 오식도에 상륙했다. 폭도들이 앞장서서 깃발을 들고 환영 대회를 열었다. 뺀들댁이 나섰다.

"아이구, 해방군 전사님들이요. 이리 오시느라고 얼매나 고상하셨능감요. 오실둥 말둥 지둘리는 사람덜 애간장 다 녹이고오. 어서 뜨건 국물부터 쪼께 드셔보시랑께요."

인민군 선임자와 강환은 안면이 있는 모양이었다. 악수를 나누고 난 그들은 한참 분주소에 들어앉아서 구체적인 계획을 논의했다.

이튿날 이미 오식도는 그들 손길에 완전히 장악되어 있었다. 청년들은 민청단에 가입했고 여자들은 부녀자 동맹에 들어갔다. 노인네들은 잡일을 하는 보위 위원회에 편성되었다. 가옥수색이 시작되었다. 홍단장을 잡기 위한 수색이었다.

"도망갈 시간이 어디 있는가! 분명히 섬 안에 있다."

강환의 호령처럼 홍만표는 그날 새벽까지 집에 있었던 것으로 추측되었다.

홍만표를 그토록 붙잡으려 한 것은 그가 대한 청년단 단장직을 맡았기 때문만은 아니었다. 연전에 조선 공산당 지하 조직을 뿌리 뽑으라는 지시가 내려진 후 오식도에 잠입하려던 좌익분자 한 사람을 청년 단원들이 붙잡은 적이 있었다. 그 표창을 홍만표가 받은 것이었다. 그것이 눈에 불을 켜고 홍단장을 잡으려는 이유였다.

그때 붙잡혀 끌려간 사내가 바로 인민군 분대 병력을 이끌고 섬에 들어온 그 선임 지휘자로 변신해 있었다.

"협력해야 한다. 잘 생각해 보시요."

창고 속에 갇혀 있던 주가미는 그날 밤 끌려나가서 성이 정씨라는 인민군에게 혹독한 고문을 받았다. 홍만표의 소재를 대라는 것이었다.

"내가 그것을 워치 알겠소?"

했지만,

"네가 모르면 누가 아느냐?"

였다. 부단장이 단장의 도피처를 모를 리 있느냔 이야기였다. 모르는 걸 모른다고 할 수밖에 없지 않느냐고 고개를 젓다가 파김치가 되도록 얻어맞은 주가미는 기절하고 말았다.

어두웠다. 노란 팔랑개비가 돌았다. 누군가 그의 몸을 흔들었다.

"물…… 좀."

눈앞이 마구 흔들렸다. 배를 탄 것처럼 어지러웠고 몸은 자꾸만 아래로 가라앉는 것 같았다. 맹렬한 갈증이 치밀었다.

상처를 살펴보던 나목사가 고개를 저으며 주위 사람들을 돌아보았다. 황노인과 장노인은 묵묵히 천장만 올려다보고 있었다.

창고 안에 물이라곤 없었다. 하나씩 불려나가 자술서를 몇 번씩 쓰고 난 사람들은 모두 제 몸 하나 가눌 수 없을 정도로 지쳐 있었다. 자술서는 모두 같은 내용이었다.

미제국주의자에게 협력한 과오를 적을 것, 그리고 인민을 착취한 사유를 적을 것.

그런 사유가 어디 있을 것인가. 쓸 게 없다고 버티던 조상철이 초죽음이 되는 것을 보고서 사람들은 제각기 자술서를 들고 머리를 싸맸지만 쓸 것이 없었다. 그것은 또 다른 고문이었다. 써서 내면 얻어맞고 '다시' 였다.

"이것은 모두 동무들의 과오를 뉘우치고 반성해서 해방 전사의 대열에 동참시키기 위한 당의 특별 배려요. 인민을 착취한 그대로 쓰시오. 솔직히 쓰면 사면을 받을 것이나 그렇지 않으면 도 정치 위원회로 송치하겠소. 그곳에는 자술서가 없소. 전부 다 총살이오."

권총을 빼서 탁자를 두드리며 인민군 선임자는 목에 힘줄을 세웠다.

강환은 당 위원회에서 보내온 전문을 뒤적이고 있었다. 별반 입을 열지 않았지만 면 인민 위원회 위원장에다가 도내 정치 보위부원의 직함을 지닌 것으로 미루어 그의 위치는 무시할 게 아닌 모양이었다.

"물, 물……."

바싹 마른 입술로 주가미가 몸을 뒤척였다. 그러나 사람들은 서로 얼굴만 쳐다볼 뿐이었다. 물 한 모금 먹지 못한 것은 그들도 마찬가지였다. 홍만표가 숨어 있는 곳을 말하기 전에는 주지 않겠다고 을러대며 최복동이 주전자를 뺏어간 뒤로 하루가 지나가고 있었다.

"물 한 모금 못 먹으면 죽겠구먼."

장노인이 힘없이 중얼거렸다. 주가미의 입술이 차차 까맣게 타들어갔다. 얼굴빛도 새파랗게 변해갔다.

구석진 곳에 쓰러져 있던 양옥순이 일어났다. 온몸이 피투성이였다. 비틀거리며 다가온 그녀는 주가미의 머리맡에 주저앉아 등을 돌렸다. 가슴을 풀었다. 젖방울이 떨어졌다.

이튿날 주가미는 다시 끌려 나갔다. 이번에는 분주소 안이었다. 인민군 선임자는 담배를 권했다.

"어제는 내가 심했던 듯싶소. 당신이 미워서 그런 것은 아니니 이해하시오."

하더니 목소리를 낮추었다.

"당신 부친도 일제 순사에 항거해서 용맹한 투쟁을 감행했다는 것은 잘 알고 있소. 그리고 당신도 악질적 반동은 아니라는 이야기를 강동무에게 들었소. 어떻소?"

"……?"

"말 한 마디만 하면 당장 풀어주고 싶소. 당신의 과오를 말 한 마디로 씻을 수 있는 게요."

"그러나 난……"

주가미의 눈앞으로 청골댁과 석진의 모습이 나란히 스쳐갔다. 젖을 짜서 입 안으로 흘려 넣어 주었다던 양옥순의 얼굴도 스쳐갔다. 고개를 저었다.

"정말 홍단장이 워딨는지 모르오. 설령 안다고 혀도……"

"안다고 해도?"

"애 낳은 지 이틀밖에 안 된 산모를 고문하는 당신들에게 워찌 알려주긋소."

사내의 얼굴이 샐쭉하게 찢어졌다. 그러나 당장 군화발로 걷어찰 듯싶던 그의 표정은 잠시 후 거짓말처럼 사라졌다.

"내일 인민 재판이 있소. 잘 생각하시오."

그 말을 남기고 밖으로 걸어 나갔다. 어디선가 붉은 깃발을 어쩌고 하는 적기가가 들려왔다.

강환이 들어왔다. 눈짓을 하자 지키고 서 있던 사내가 총을 들고 어슬렁거리며 문 밖으로 나갔다.

"이렇게 만날 줄은 몰랐네."

강환이 먼저 입을 열었다. 주가미는 대꾸없이 강환의 얼굴을 바라보았다.

그들은 동네 친구였다. 강환은 보통 학교를 다닐 때 공부로는 항상 주가미를 앞질러 일등을 하던 아이였다. 그러나 체구는 작아서 남에게 얻어맞는 적이 많았다. 공부뿐만 아니라 힘으로도 첫손을 꼽던 주가미는 늘 강환의 편을 들어 주곤 했다.

언젠가 실없는 이유로 강환을 못살게 굴던 아이가 주가미에게 된통 혼이 난 다음부터 그들은 늘상 붙어다니곤 했다. 이후 나란히 일이등을 차지하며 보통 학교를 졸업할 때까지 그들은 유년기의 마음을 주고받았던, 말하자면 불알친구인 셈이었다.

"어떡하겠나, 마음 같아서는 당장 풀어 주고 싶지만 남들 이목이 있으니. 생각 좀 해보았나?"

"자네 같으면 말하긋능가. 그럴 순 없네."

강환의 눈빛은 차가웠다. 그것은 어린 시절 남에게 얻어맞고 입을 씰룩이던 그 겁많던 눈빛이 아니었다. 작달막한 체구조차 완강한 근육으로 뭉쳐진 것 같았다.

"그 문제가 아닐세. 그건 그놈 혼자서 괜히 날뛰는 것이고, 그런 것은 내 힘으로도 해결할 수 있어."

강환의 시선이 표정 없이 주가미의 얼굴을 쏘아보고 있었다.

"내 탁 털어놓고 얘기험세. 바로 내일이 인민 재판일세."

"아까도 그런 말을 들었는디 그게 뭔감. 인민 재판이라니?"

"참 그런 건 모르겠지. 그건……"

무표정하게 강환은 대답했다.

"사형 집행이야. 끌려 나온 사람은 죽이는 거지."

"……."

"본보기일 뿐이야. 인민 해방을 완수하기 위한 작업이지."

"누가 죽게 되남?"

"대부분."

강환의 대답은 짧았다.

"잡혀 있는 사람 몽땅 말인가?"

"글쎄 대부분은 죽을 각오를 해야 될 걸세. 위에서 내려온 지령도 그렇고. 또 어차피 들썩이는 감정은 다스려야 되니까. 내 말대로 하겠나?"

"뭔 말인가?"

"협력해 주게."

뒷짐을 진 채 강환은 뚜벅뚜벅 걷기 시작했다. 마룻바닥에 부딪친 군화굽이 뚜걱거리는 소리를 냈다.

"협력해 주게. 자네 몸을 지키는 것은 그 방법뿐이야. 민청 단장직이 비어 있네. 다행스러운 것은……"

걷던 강환은 다시 주가미의 눈앞에 섰다.

"내가 지하 조직책으로 활동했다는 점이야. 내 밑에는 위장한 채 자본주의자들 밑에서 결정적인 순간을 기다려 온 혁명 전사들이 많이 있네. 자네도 그 중 한 사람이 되는 거야."

"그럼 시방 날더러 빨갱이짓을 하란 말인가?"

"빨갱이라니."

강환의 목소리가 튀어 올랐다. 한참 차가운 눈초리로 주가미를 내려다보던 강환은 다시 뚜벅뚜벅 걸었다.

"지금 그 말만으로도 자네는 총살일세. 영용한 인민군 전사에게 빨갱이라니. 그 말이 인민 해방을 위해 투쟁하는 혁명 투사들을 희롱하는 말이라는 걸 알고나 하는 소린가?"

잠시 주가미는 침묵을 지켰다. 한참만에 얼굴을 든 주가미는 고개를 저었다.

"난 못허것네. 아녀, 할 수 없어."

"왜?"

의외라는 듯 강환의 눈꼬리가 치켜 세워졌다.

"난 청년단 부단장에다 지주의 아들일쎄."

"물론 알고 있네."

강환이 그 말을 끊었다.

"그러니 더욱 좋은 기회라고 할 수 있지 않은가. 자네가 가진 토지를 당에 반납하고 혁명 대열에 참여한다면 자네의 투쟁 경력은 더 높이 평가될 수 있을 것일세."

"그건 자네 생각여."

주가미는 다시 고개를 저었다.

"난 지주가 나쁘다는 이유를 납득할 수 없네."

강환의 입가에 잠시 비웃음이 떠올랐다가 사라졌다.

"그렇겠지. 자넨 부르조아지가 가질 수 있는 모든 혜택을 누린 사람이니까."

"그렇게 일방적으로 몰진 말게."

"그럼 뭔가? 그렇다면 자네는 소수의 부르조아지 때문에 다수의 인민이 피해를 받는 자본주의 사회가 옳다는 말인가?"

"자네는……"

주가미는 강환의 얼굴을 정면으로 바라보았다. 그리고 물었다.

"정말 계급 없는 사회가 가능하다고 보는가?"

"물론이지. 그것이 바로 내가 이 위대한 혁명 과업에 생명을 걸고 뛰어든 이유일세."

"혹시……"

다음 말을 잇기 전에 주가미는 잠시 침묵했다. 팽팽한 긴장이 두 사람의 시선을 한꺼번에 얽어매고 있었다. 그 긴장의 줄을 주가미의 뒷말이 끊어 냈다.

"원한 땜시는 아닌가? 자네 부모님의?"

"뭐라고?"

강환의 숨소리가 순간 그쳤다. 그는 잠자코 걷기 시작했다. 발걸음을 멈췄을 때 그의 목소리는 차가운 음색으로 되돌아가 있었다.

"좋은 지적일세. 나 또한 생각해 보았던 과제이기도 하고."

"……"

"물론 나도 내 부모님의 억울한 죽음에 대해 원망하기도 했지. 그러나 그것은 지나간 일일세. 난 과거에 집착하는 불평분자가 아니야. 나는 좀더 근본적인 문제에 도전하는 것일세. 그 차이를 모르겠나? 적어도 혁명 과업이 완수되고 난 사회에선 그처럼 억울한 죽음은 생겨나지 않을 걸세. 그때가 되면 내 부모님들의 죽음도 혁명에 뿌려진 피 한 방울로 기록될 것이야."

"자넨 정말로 그런 세상이 가능혀다고 보는가? 불가능혀. 말은 청산유수지만 사상누각일쎄."

"사상누각이 아닐세."

단호하게 강환의 턱이 쳐들어졌다. 눌러쓴 모자 밑의 눈빛이 번쩍
빛났다.

"지금 실현되고 있는 중이야. 영광스러운 인민의 해방 전쟁을 통
해서."

"난 믿을 수 없구먼. 계급 없는 사회란 사람이 기계가 되기 전에
는 실현 불가능한 허구야. 말이 좋아 불로초지."

"자네는 하나는 알고 둘은 모르는군. 지금까지 실현되지 않았다
고 앞으로도 실현되지 않으리란 말은, 미래에 대한 설계를 할 수 없
는 짐승들에게나 통용되는 말일쎄."

"내 말은 그런 뜻이 아녀. 사람에게는 자네가 말하는 이상적인,
평등과 조화를 원하는 사고 능력뿐만 아니라 욕망과 감정이 공존하
고 있다마시. 그건 쉽게 이성으로써 제어될 수 있는 힘이 아니라 그
말여. 욕망은 사람에게 끊임없는 소유욕을 불러일으키며, 감정은 이
해 관계에 얽매인 사람에게 흐르기 마련여. 또한 사람은 항상 착할
수 있는 존재만은 아니라는 점도 무시못하지. 자네가 추구하는 사회
가 건설된다고 해도 그건 한가지여. 그 사회의 질서를 지키기 위해
서는 반드시 통제할 수 있는 법이 만들어져야만 해. 얼마나 우스운
논린가? 계급 없는 사회를 유지해 나가기 위해 또 다른 계급이 등장
한다는 게 말여. 다만 그때는 혁명에 참여한 사람이 지배 계급이 되
능거지. 난 단지 주인만 바뀌는 또 다른 계급 사회를 위해서 노력하
느니 지금에 만족하는 편이 더 낫다고 보네."

"놀랐는걸."

　강환은 다시 뚜벅뚜벅 걷기 시작했다. 그의 시선은 눌러쓴 모자에 가려 보이지 않았다. 걷는 그대로 그는 입을 열었다.

　"평등한 사회에 대한 불신이 자네의 골수까지 뿌리내렸을 줄은 몰랐구먼. 그러나……"

　"……"

　"자넨 좀더 공정하고 합리적인 절차에 의해서 새로운 분배가 이루어진다는 것을 상상조차 못하는군. 보다 나은 이론과 교육으로 무장한 사람들, 또한 사심을 제어할 능력과 모든 사람에 대한 공정을 잃지 않도록 교육받은 사람들, 그리고 그런 사람에 의한 제도, 이런 것이 마련된다면 지금처럼 탐욕스러운 계급이 지배하는 사회보다 훨씬 공평한 사회가 올 걸세."

　"자네와 같은 사람이 주도하는 사회 말인가?"

　주가미의 시선이 강환을 응시했다. 강환의 눈도 주가미를 뚫어져라 쏘아보고 있었다. 잠시 후 강환은 다시 뚜벅뚜벅 걷기 시작했다.

　"주도하는 쪽이건, 당의 분배를 따르는 쪽이건 나로선 무관한 일이네. 난 과정에 참여할 수 있다는 것만으로도 기꺼울 뿐일세. 이후에는 사상을 교육하는 사람들이 담당할 문제야."

　"만약 자네가 지향하는 사회에서 교육이 그토록 큰 역할을 할 수 있다면 구태여 피를 흘리지 않아도 되잖겠남. 지금 이 사회에서 보다 더 이상적인 방법을 찾아내서 교육시키는 거여. 어떤가, 피를 흘리는 방법보다 점진적으로 개선해 나가는 편이 더 합리적 아닌가?"

　"자네의 말이야말로 탁상 공론에 지나지 않네. 허구야. 지금 이익을 독점하고 있는 자본가들이 그들이 쥐고 있는 떡을 내놓으려 할 것 같은가? 더구나 그 사람들은 이미 새로운 교육에 의해 바뀔 수 있는 대상이 아닐세. 교육이 불가능한 부르조아지들이지. 혁명이 필요한 것은 그 까닭일세. 새로운 교육의 실천을 위해서도 일단 모든 것을 새롭게 시작하는 원단계로 되돌아가야 하는 거야."

"원래의 단계? 그것이 바로 말장난이 아니고 뭔가. 그 원래의 단계에서도 누군가 시작하는 사람은 필요하긋제?"

"누군가가 아닐세. 바로 인민의 당(黨)일세."

"당?"

"당의 이념과 규약에 의해 새로운 인민들의 사회를 만드는 것일세. 특권 계급의 주관적인 감정에 의해서가 아니지. 주관적인 감정은 개입할 여지조차 없네."

"당이 결정한다고? 결정하는 당이 또다른 특권층이 되는 거로구만."

"당의 이익이 곧 인민의 이익이란 것을 자네는 모르는군. 공동의 이익에 어찌 계급이 있겠나."

강환의 말이 끝나기도 전에 주가미는 고개를 저었다.

"자네가 말하는 당 역시 인민 전체가 아니라 소수의 사람이 운영하는 특권 계급일 뿐여. 이론이란 것은 원래 사람을 보편적으로 일률적으로 파악해서 세울 수밖에 없다는 맹점이 있능거고. 그러니 사람이 많으면 많을수록 절대로 그런 이론으로는 틀에 맞출 수 없네. 사람은 기계가 아녀. 기계가 아닐 뿐만 아니라 기계로 파악될 수도 없지. 공산주의 이론에 그럴 듯한 점이 있을지 몰라도, 그것의 실현을 위해서 감수해야 할 혼란과 유혈을 인정할 만큼 현실이 나쁘다고는 결코 생각찮여. 오히려 현실의 점진적인 발전이 훨씬 더 추구할 가치가 있다고 난 보네."

따닥. 강환의 군화굽 소리가 마룻바닥을 울렸다. 그 소리는 천천히 분주소 안을 한 바퀴 돌아 사라져갔다. 잠시 침묵이 흘렀다.

먼저 그 침묵을 깬 것은 강환이었다. 쇠톱이 긁히는 것처럼 끝이 갈라지는 목소리였다.

"마지막으로 묻겠네. 민청을 맡아 주게. 그 자리가 그렇게 격이 떨어지는 자리는 아닐세."

"능력이 닿지 않아서 미안허이."

고개를 젓는 주가미의 얼굴을 강환은 차가운 시선으로 바라보았다.

그 눈은 이렇게 말하고 있었다.

자넨 구제 불능이다. 전형적인 부르조아지 사상과 얄팍한 기회주의 사상을 가지고 있어.

그 말에 맞서는 듯 주가미는 고개를 저었다.

칼을 가진 사람은 칼로 망하고 피로 세운 나라는 피로 망하는 거다. 자네들이 만들려는 피의 왕국은 결국 피를 부를 뿐이다. 이름만 바뀐 옛 왕권주의가 부활되는 것에 지나지 않아.

입 속으로 중얼거리는 그 목소리를 그러나 강환은 듣지 않았다. 그는 입구에 서 있는 보초를 불렀다. 주가미를 가리켰다. 그 목소리는 얼음처럼 차가웠다.

"독방에 수감해."

그날 밤은 칠흑 같은 그믐이었다. 헛간 옆 창고에 갇힌 주가미는 이리저리 몸을 뒤챘다. 잠이 오지 않았다. 내일 있다는 인민 재판인가 뭔가가 두려운 것만은 아니었다. 오히려 어서 날이 밝았으면 싶었다.

문 앞에서 보초를 서고 있는 놈들의 발자국소리가 들렸다. 그는 슬며시 문을 밀어 보았다. 온몸에서 통증이 느껴졌다. 몸이 말만 듣는다면 문이 열리는 순간 두셋 쯤 때려 눕히고 도망칠 수 있을 듯싶었다. 생각대로 몸이 움직여 주느냐가 문제였다. 쭈그려 앉은 채 그는 계속해서 팔다리를 주물렀다.

어느 때쯤 되었을까? 문득 주가미는 귀를 곤추 세웠다. 밖에서 기척이 있었다. 벌떡 일어난 그는 벽에 몸을 가져다 붙였다.

잠시 무슨 목소리가 들리는 듯싶더니 턱 물체가 쓰러지는 소리가 들렸다.

"……?"

숨 죽인 채 주가미는 온 신경을 문 쪽으로 쏟고 있었다. 달그락거리는 소리가 들리더니 으드득 자물쇠가 비틀어지는 소리가 들렸다. 그리고 문이 열렸다.

다음 날 아침 분주소는 왈칵 뒤집어졌다. 주가미가 사라진 것이었다. 문짝 옆 흙벽을 부수고 자물쇠를 뜯어낸 모양이었다. 빗장이 송두리째 비틀려나간 옆자리에는 주먹이 드나들 정도의 구멍이 뚫려 있었다. 보초는 목이 졸린 채였다. 총도 빼앗기고 없었다.

"주가미를 잡아라."

가택 수색이 시작되었다. 그러나 종적이 묘연했다. 흔적도 없었다.

"틀림없이 까막봉여유. 전에도 그곳에 숨어 있었으니께. 지가 가른 어딜 가긋서유? 잡으러 갈 필요도 없이 딱 목만 지키고 있으믄 된당께요. 해방군 전사님네. 그 주가미는 꼭 잡어사 쓴대니께유. 아, 돌부처도 돌아 앉는다는 시앗을 한둘 본 부루좌진감유? 복동이 누님도 그래서 죽은 거나 매한가지제. 게다가 이번에는 전사 동무까지 죽여놨으니 이젠 살아날 구멍이 없구먼유."

빼들댁의 설레발이었다. 청골댁과 석진네가 끌려가고 청골 기와
집의 마루장이 뜯어졌다. 그러나 주가미의 흔적은 없었다.

"그 몸으로 멀리 가지는 못했다. 다시 뒤져."

다시 수색이 시작되었다. 그러나 역시 마찬가지였다.

인민군들은 무슨 명령을 받았는지 다음 날 은밀히 철수해 버렸다.
섬 사내들은 그들이 남기고 간 딱쿵총과 방망이 수류탄으로 무장했다.

5

선착장이 멀리 내려다보이는 분주소 앞 넓은 공터에 사람들이 하
나씩 모여들기 시작했다. 젊은 사람부터 늙은 사람까지, 여자 남자
를 가릴 것 없이 섬사람들은 모두 그곳으로 모이라는 명령을 받은
것이었다.

한낮이 되기도 전인데 벌써 더위는 기승을 부리고 있었다. 매미
울음소리가 자지러졌다. 까막봉 쪽에서는 유난히 까마귀가 많이 날
아올랐다.

공터에 사람들이 얼추 모여들자 강환이 연단위로 올라섰다. 인민
재판의 시작이었다. 깊숙이 눌러쓴 강환의 눈빛은 보이지 않았다.
그는 군화 뒷굽으로 연단을 쳤다. 영문을 모르는 채 웅성대던 사람
들이 조용해졌다.

"지금부터 인민 재판을 시작하겠소."

말이 끝나기 바쁘게 연단 뒤편에서 밧줄에 묶인 사람들이 끌려나

왔다. 뚱뚱한 조상철을 선두로 해서 황일평 이장과 지서 순경인 탁명환, 그리고 그 뒤에는 피투성이가 된 양옥순이 끌려 나오고 있었다. 사람들 사이에 잠깐 동요가 있었다. 죽창을 비껴든 최복동이 으스스하게 주변을 흘겨보았다. 웅성대던 사람들의 입이 다물어졌다.

"이들은 그 동안 인민의 고혈을 착취한 대표적 반동들이오. 그동안 수차례 우리 해방군은 과거의 잘못을 씻을 기회를 주었음에도 불구하고 이들은 끝내 자신의 과오를 인정하지 않고 전근대적인 사고방식과 사리사욕에 물든 기회주의를 버리지 못함으로써 오늘 이 재판정에 서게 된 것이오. 이들의 판결을 인민 여러분에게 일임하겠소."

강환의 이야기가 끝나자 맨 처음 앞으로 끌려 나온 사람은 어장배를 가진 조상철이었다.

"이 동무의 죄상을 열거하시오."

배에서 화장을 맡아보던 서기명이 나섰다. 그러더니 여러 가지 죄목을 열거했다. 돈을 적게 주었다, 학대를 했다, 밤새워 일을 시키고도 돈은 쥐꼬리만큼밖에 주지 않았다.

그런 말들이 이어지는 동안 사람들의 시선이 슬그머니 땅바닥으로 떨어졌다. 최복동이 앞으로 나섰다.

"중선배 다섯 척을 가진 이 악질 부르조아지는 남보다 더 인민을 착취혀서 제놈 뱃가죽에만 기름기를 채웠습니다. 여기 붙은 살점은 여러 인민들의 피와 땀이구먼요. 이 악질은 자기 것을 묵고도 그래도 부족혀서 남의 입에 든 것까지 뺏어 묵은 것이나 마찬가집니다. 여러 동무들 이 악질 반동을 어떻게 처단해야 할 것인지 말씀 좀 해 보시랑께요."

그때,

"죽여라."

하는 소리가 들렸다. 사람들 틈에 섞여 있던 산사람이었다. 움칠 놀
랜 사람들이 그편을 쳐다보았다. 삿대질이나 하다가 불식간에 악에
치받쳐 나오는 소리가 아니라 정말 사람을 죽이기 위해서 죽여라 하
고 말하는 소리를 그들은 처음 들은 것이었다.

낯설고, 불안하고, 어쩐지 등줄기가 서늘한 듯한 느낌이 들어 사
람들은 서로의 얼굴을 마주보았다. 일순간 쥐죽은 듯한 침묵이 스쳐
갔다. 네모진 천을 네 귀퉁이에서 죽을 힘을 다해 당기는 것 같은 침
묵이었다.

"죽여라."

이어 다른 편에서 그런 목소리가 들렸다. 그 순간 팽팽히 당겨져
있던 침묵의 천이 쫙 찢겨져 나갔다. 곳곳에 자리잡고 있던 폭도들
이 자리에서 일어났다. 주먹을 내두르기 시작했다. 치뜨는 놈들의
눈빛에 거위목이 된 마을 사람들이 하나씩 따라서 손을 흔들기 시작
했다.

"죽어사 쓰것구먼유."

순식간에 군중 심리에 휩쓸린 사람들은 처음 공터로 모일 때의 얼
굴을 벗고 다른 얼굴을 뒤집어썼다. 피를 보아야만 직성이 풀리는
투계의 가면이었다. 고함소리가 높아졌다. 나중에는 귓전이 왕왕거
릴 정도였다. 그 중에는 옆사람의 고함소리를 듣지 않기 위해서 지
르는 외침도 있었다.

조상철이 뭐라고 악을 썼으나 이미 사람들의 귀엔 그 말이 들리지
않았다. 강환의 손이 움직였다. 산에서 내려온 빨갱이들 중 작달막

한 사내가 죽창을 내리쬘렀다. 서너 명이 죽창을 들이밀었다. 피냄새가 풍겼다. 꿈인지 생시인지 모르게 조상철의 비명소리가 잦아들자 그 다음에 끌려나온 사람은 탁명환이었다.

"이 자는 자본주의자의 주구로서 숱한 양민을 핍박하고 사리사욕에 눈이 어두워……."

말이 채 끝나기도 전에 고함소리가 터져 나왔다. 죽여라. 눈을 감은 사람, 고개를 돌린 사람 사이에서 피를 본 군중의 맹목성이 불을 뿜기 시작했다. 탁명환이 비명을 질렀다.

"살려 주시오. 살려만 주시오. 뭐든지 하라는 대로."

죽창이 그 다음 말을 막았다. 뱃속에서 끄집어 내지는 듯한 비명이 길게 귓전을 찢었다. 처참한 소리였다.

그 다음에 끌려 나온 황이장은 아예 눈을 찔끔 감고 있었다. 처절하고 피비린내 풍기는 끔찍한 광경을 도저히 눈을 뜨고는 못 보겠다는 것인지도 몰랐다.

"이 동무는 평소 악질적 부르조아지인 데다가 이장질을 수 년이나 맡아 오면서 음양으로 인민의 피땀을 갈취해 온 악질 반동이오. 해방군을 헐뜯고 비방함으로써 조국 해방을 방해한 선동 분자로서 개과천선의 여지가 없소."

그러나 사람들은 알았다. 적어도 그 말만은 거짓말이었다. 칠십의 노령에도 불구하고 당신 아니면 누구냐는 섬사람들의 강요에 마지못해 일 년씩 이장일을 연장해서 맡아보던 황노인이었다. 인민의 피땀을 빨아먹은 게 아니라 오히려 가난한 사람에게 구휼미라도 더 책정해 줄 수 있을까 싶어 발이 닳도록 관공서에 드나들던 노인이었다.

황이장이 눈을 떴다. 그의 눈 속에서 모든 것을 포기한 사람의 무시무시한 광채가 뻗어 나왔다. 이를 악문 채 노인은 소리쳤다.

"여러말 헐 긋 없이 빨리 죽여라. 니 놈들이 기왕 나를 죽이려고 작심혔는디 무신 핑계면 못댈 긋이냐? 원통헌 것은 네놈들이 워떠케 죽는지 못보고 죽는 긋이여."

총소리가 다음 말을 끊었다. 황노인의 몸이 뒤로 넘어갔다. 양옥순이 끌려 나왔다.

"홍만표가 숨은 곳만 말허문 살려 주굿소."

을러대는 최복동의 목소리에는 이미 피에 젖은 광기가 서려 있었다. 사람들이 갑자기 숨을 죽였다. 품안에 안긴 갓난아기를 보았기 때문이었다.

"난 몰러유."

"애 낳는 여편네 두고 도망갈 사람은 없어. 어디 숨었느냐니깐? 말만 허믄 살리 줄거여."

"정말로 모르는 것을 말혀라 헌다고 워찌 안당가유?"

"말혀."

최복동이 죽창을 겨누었다.

"죽어도 난 모르굿소."

죽창을 움켜 쥔 최복동의 입가에 비릿한 웃음기가 묻어났다. 웃는 채로 그는 번개처럼 양옥순의 가슴에 안긴 갓난애를 뺏어 들었다. 울부짖으며 달려든 여인은 사정없는 발길질에 나가 떨어졌다.

"마지막 기회여. 숨은 곳이 워디여? 말하지 않으면."

갓난애를 두 손으로 추켜 들었다. 보고 있던 사람들의 입에서 비명소리가 터졌다. 자지러지는 아이 울음 소리가 들려 왔다.

"안돼-에."

눈깜박할 사이에 다시 달겨든 양옥순이 최복동의 팔을 물어 뜯었
다. 발길질이 날아갔다. 갓난애를 추켜 든 최복동은 정말 땅에 패대
기칠 기세로 한 발짝 나섰다. 총소리가 들렸다. 공중을 향한 강환의
총구에서 실오라기 같은 연기가 솟아올랐다.

"그만 두시오. 최 동무."

총을 든 채 강환은 고개를 저었다.

"홍만표나 주가미가 잡힐 때까지 처형을 보류하겠소."

말을 맺은 그는 언제 피 흐르는 현장을 지켜보았느냐는 듯 무표정
하게 뒤돌아섰다.

그제서야 제정신이 든 사람들은 서로의 얼굴을 쳐다보았다. 미친
꿈을 한바탕 꾸었던 것 같았다. 밤새도록 몸부림치던 악몽에서 깨어
나 흥건히 땀에 젖은 몸을 돌아보는 것 같았다. 등줄기가 오싹했다.

시선이 마주치지 않도록 조심하며 그들은 하나씩 그 자리에서 흩
어졌다. 그들은 서로가 살인범이었다는 것을 알았다. 그러나 자신이
살인범 중의 한 사람이라고 생각하는 사람은 없었다.

분주소에 나가려는 중수를 붙잡아 앉힌 천노인은 말없이 장죽에
담배부터 재웠다. 들어오너라. 그 말만 꺼내 놓은 채 담뱃대만 누르
고 있는 아버지를 보고 중수는 괜히 엉덩이를 들썩거렸다.

"무슨 말씀이 있으신감유?"

그러다 물었다. 잠자코 불을 붙여 문 천학득 노인이 긴 한숨과 함
께 담배 연기를 토해 냈다.

"그 곳에 행보 안헐 수 없느냐?"

분주소 이야기였다. 중수는 그냥 입을 다물었다.

"무슨 대역죄도 아니겠고……. 그리 무고한 죽음은 천륜에 상위한 바라. 구천에 떠도는 혼백에 다 까닭이 있느니……."

"……."

"비명 횡사는 집 밖에서 제사 모셔야 한다던 법도가 다른 게 아녀. 부엌 문간에서 종명(終命)하더라도 횡사라는 연유가 다 어디 있는고?"

"……."

"그곳에 행보 삼가거라. 그것이 다 횡사 막고자 하는 고육책이거니, 그리 무고하게 인명을 다루는 인민국이면 천만 인이 세워도 쓸데 없는 법이다. 성탕(成湯)도 사람 어질게 다스린 까닭에 적수 공권으로 입국(立國)했던 것이니라."

인민재판 이야기였다. 듣고 있던 중수가 슬며시 고개를 들었다.

"그건 모르시는 말씀이구먼유. 지금은 지주나 농사꾼이나 모두 똑같이 일혀서 먹고 사는 공평한 세상이 되었다니까요. 그러기 위해서는 쪼깨 피흘리는 법이 있더라도 할 수 없지유. 이제 참말로 못사는 사람들이 떵떵거리는 세상이 온대니께유."

천노인이 장죽을 탕탕 두드렸다.

"아무리 천지 일월(天地日月)이 바뀐다고 해도 대저 인륜이란 어김이 없는 법. 행해야 할 도리가 있고 피해야 하는 도리가 있는 법이거늘 워찌 언감생심 남의 것을 탐하는 굿이여?"

"아니지요. 똑같이 일혀서 같이 나누는 것이라니께유. 다른 사람의 것을 빼앗는 것이 아니라 누구든 일한 만큼 먹게 된다니께유."

"이눔. 뱁새가 황새 쫓아가믄 가랑이가 찢어진다는 것도 몰러? 잘게 묵던 입이 크게 먹으면 홍문(紅門)이 결딴나는 벱여."

"우리라고 황새 못 된다고 워디 쓰여져 있남유? 왕후장상에도 씨가 없다든디……."

"그게 바로 도적의 심뽀라. 의관 쓰면 경마 잡히고 싶은 법이여."

"차라리 그렇게나 되믄 좋겠구먼유. 우리라고 맨날 땅 한뙈기 없이 지게만 지라고 하는 법이 있남유? 앉아서 묵겠다는 게 아녀유. 일하믄서 가진 사람 열에 한 칸만 있어도 보릿고개는 넘어갈 것잉께. 아부지, 우리도 땅이 생긴단 말여유."

"허기져도 내 것 묵고 살아야제, 그럼 맘 탁 털어버리고 정신 똑바로 차려라. 어디 제자백가에도 그런 말이 없네라. 인저는 그곳에 그만 행보허도록 해라."

"우리 같은 사람 살자고 만들어진 법인디, 나만 슬쩍 빠질 순 없구먼유. 차려논 밥상 걷어차고 혼자 굶을 사람이 워디 있남유?"

"저런 정저와(井底蛙)를 봤나. 이눔. 옛말에도 과유불급이라고 했거늘 가느다란 목 내밀어 봤자 단매에 부러진다고 그리 말혀도 몰러? 사람이 제 분수를 모르믄 눈 감아도 묻힐 곳이 없는 벱여."

"옛말옛말허지만 그 덕보고 산 긋 없구먼유. 싸그리 틀린 말이랑께요. 미신예유. 우리 인민들은 그런 미신도 타파해야 한다든디유. 이제 저 대숲도 불 질러 버릴지 모르긋소."

"메라고? 네 이노홈!"

놋타구에 내리 갈긴 장죽이 부러져 나갔다. 중수는 노성을 지르는 천노인의 얼굴을 피해서 잽싸게 문 밖으로 튀어 나갔다. 뒤에 남은 천노인이 기침을 하기 시작했다. 가슴이 무너져 나가는 듯한 기침소리였다.

"틀림 없당께라우."

몇 번이고 장담을 하는 최복동이었다. 강환은 아까부터 생각에 잠겨 있었다. 턱에 손을 괸 채였다. 최복동의 말이 의심스러운 것은 아니었다. 그러나 자신도 섬에 전해져 내려오는 전설을 알고 있었다. 그리고 그 전설에 대한 섬사람들의 맹목적인 감정도 알고 있었다. 강환은 그들의 감정을 건드렸을 경우에 흘러갈 민심의 방향과 홍만표의 체포, 그 두 가지를 저울질해 보고 있었다.

그를 생각에 잠기게 한 것은 바로 그 점이었다. 그러면서 강환은 차츰 그 미신을 부정해 버리고 싶은 쪽으로 마음이 기우는 걸 느끼고 있었다.

이야기의 발단은 최복동이 홍만표가 숨어 있는 곳을 알아냈다는 데서 출발했다.

"어떻게 알았나."

팔에 붕대를 감고 있는 최복동의 눈에는 잔뜩 독이 올라 있었다. 양옥순에게 물린 상처였다.

"틀림없이 그랬다니께유. 내가 애새끼를 막 내던지려 할 때 그년이 그렇게 말혔구먼요. 대밭이라고."

딱 잡아떼던 여자가 갓난애를 패대기치려 하자 입을 달싹거리며 그렇게 말했다는 거였다. 어쩌면 그 대밭에 홍만표와 함께 주가미도 숨어 있을지도 모른다는 추측을 덧붙이며 쉴새없이 눈을 깜박이던 최복동은 강환의 침묵이 못마땅하다는 표정이 역력했다. 결심을 한 강환은 고개를 들었다. 짧게 지시했다.

"준비해. 석유다."

"석유라니요?"

최복동이 반문했을 때 강환은 이미 분주소를 빠져나가고 있었다.

깨방죽을 거슬러 오른 그들이 대나무 숲에 도착한 것은 까막봉 위로 해가 두어 발 남은 오후 무렵이었다. 십여 명의 사내들은 모두 죽창이나 딱쿵총을 들고 있었다. 영문을 모르는 채 뒤따라온 마을 사람들 몇몇이 멀찌감치 서서 그들을 바라보고 있었다.

"가져왔소?"

강환이 최복동을 응시했다. 복동이 고개를 끄덕였다. 한쪽 입을 약간 찌그러뜨리며 웃던 최복동은 뒷길을 가리켰다. 그편으로 석유 초롱을 든 이차로가 다리를 절름대며 걸어 올라오고 있었다.

"빨리 좀 오래니께. 생긴 것이나 허는 짓이나 맨탕 똑같애서 원."

이차로에게서 초롱을 받아든 최복동이 송곳니를 드러내 보였다. 코풀무를 불며 숨을 몰아쉬던 이차로는 헤벌헤벌 웃었다. 박박 얽은 얼굴에 누런 이빨을 드러내며 웃는 그 모습은 평소보다 더 징그러워 보였다.

"어무니가 옥수수 묵고 가라고 혀서 늦었당께. 그래도 대밭 불지르는 것 구경한다고 달려왔제."

뒷주머니에서 옥수수를 꺼냈다. 땅바닥에 떨어뜨렸다. 주운 모양인지 흙투성이었다.

"묵어, 묵으랑께."

내밀다가 쥐어박힌 이차로는 입을 삐죽대며 뒤로 물러섰다. 들고 온 초롱에는 석유가 반쯤 들어 있었다.

"뿌리시오."

대숲을 가리키며 강환이 명령했다. 짧았지만 듣는 사람의 등줄기가 섬뜩할 정도로 차가운 목소리였다. 최복동이 윤만돌에게 초롱을 내밀었다. 초롱을 받아 든 만돌은 대숲에 석유를 뿌리기 시작했다. 바람은 까막봉 쪽으로 불어오르고 있었다. 준비가 끝나자 강환이 마이크를 집어 들었다.

"홍만표, 너는 포위되었다. 지금 나오면 목숨은 보장한다. 거절하면 불을 지른다. 불에 타 죽겠는가, 나와서 목숨을 건지겠는가? 세 번 총소리가 울리기 전에 결정하라."

말을 마치고 난 강환은 잠시 귀를 기울이다가 권총을 빼들고 방아쇠를 당겼다. 귀를 찢는 총성이 바람에 스치는 대나무숲 사이로 긴 여운을 남기고 사라졌다.

대숲에서는 아무런 응답이 없었다. 날카롭게 잎끝에 스치는 바람 소리만 가슴을 저미듯 들려 왔다. 다시 한 번 마이크를 집어든 강환이 똑같은 말을 반복하고 이어 두 번째, 세 번째의 총성이 울렸다. 그러나 숲에서는 아무런 기척도 없었다.

"불을 질러라. 총을 든 사람 각자 산개. 무엇이든지 움직이는 것이 있으면 명령 없이 사격한다."

강환의 음성이 싸늘하게 퍼져나갔다. 최복동이 엉거주춤 불을 붙여 들고 주저앉았다. 그때였다. 벽력같은 호통소리가 귓전을 때렸다.

"네 이놈들. 하늘 무서운 줄 모르는 이 오훼(烏喙)의 무리들아. 그 대나무가 워떤 것이라고 감히 범접하려는 굿인공? 이 선롱(先壟)에 불지르고 육대꺼정 부관참시헐 도배들아."

턱밑 수염을 부들부들 떨며 뛰어온 사람은 바로 천학득 노인이었다. 얼마나 허둥대며 발길을 재촉했는지 마고자 단추는 떨어져 덜렁거렸고, 탕건조차 벗어 던진 채였다. 구르듯이 달려 올라온 천노인은 미처 누가 잡을 틈도 없이 대숲을 가로막고 돌아섰다. 늙고 쇠잔한 몸 어디에서 솟아나왔을까 싶을 정도로 재빠른 몸짓이었다.

"안된다, 이눔들. 이곳이 워떤 숲이라고 감히 이런 행사를 허는 공? 이 숲이 상허믄 네놈들 골편은 성헐 중 알아서 하는 짓들인감? 이 우매헌 놈들아. 천지개벽을 혀도 이런 작폐는 없는 벱이라. 안 된 다. 못 혀. 내 눈에 흙이 들어가기 전에는 못 혀."

가로막는 천노인의 얼굴에는 알지 못할 위엄이 파릇파릇 돋아나 는 것 같았다. 천노인의 얼굴을 아는 사내들이 주춤 물러섰다. 그 순 간 총소리가 귓전을 찢었다. 천노인이 잠깐 무엇을 잡으려는 듯 손 을 내밀더니 그대로 뒤로 주저앉았다. 가슴에서 천천히 흘러나온 피 가 옷섶을 적셨다.

앉아 있던 천노인이 무언가 말을 할 듯, 둘러선 마을 사람들과 사 내들 그리고 대나무숲을 둘러보더니 뒤로 쓰러졌다. 파르르 떨던 손 이 대숲을 가리키는 듯싶다가 다시 떨구어졌다. 비로소 사람들의 시 선이 강환의 손에 들려 있는 권총을 보았다. 경악하는 목소리가 터 져 나왔다.

"천노인이 죽었다."

천학득 노인을 뒤따라 왔던 사람들이 뒤돌아서더니 산 아래를 향 해서 우르르 도망쳤다.

"천노인이 죽었다아."

"불을 질러라."

달아나는 사람들은 거들떠보지도 않고 천노인의 시체를 끌어낸 강환이 소리 질렀다. 최복동이 불을 붙였다. 그때 총소리가 들렸다. 이번에는 대나무숲 건너편에서였다. 최복동의 옆에 서 있던 사내 하 나가 창을 내던지고 나뒹굴었다.

"홍만표다."

누군가의 입에서 비명소리가 터졌다. 그 순간 땅에 납작 엎드린 사내들의 총구에서 먼저 불이 뿜어져 나갔다.

한참 동안 총격전이 계속되었다. 총탄의 파공성과 함께 대나무들이 와삭와삭 짜개져 나갔다. 짐작이 있어 쏘는 총탄이 아니었다. 무조건 갈기는 총탄이었다.

"사격 중지."

몇 번을 더 소리 지르고 나서야 사격은 멎었다. 간헐적인 몇 방의 총성을 남기고서였다. 숲은 다시 고요해졌다. 언제 그쳤는지 저쪽편에서도 총탄은 날아오지 않았다.

"불을 질러라."

얼굴이 시뻘개진 채 강환이 소리 질렀다. 최복동이 성냥을 꺼냈다. 성냥을 긋는 그의 손이 눈에 드러나게 떨렸다. 강환이 성냥을 뺏어 들었다. 그의 표정은 무섭게 일그러져 있었다.

그때 끌어 내놓은 천노인의 시체로 다가서는 사람이 있었다. 중수였다. 그러나 그가 시체를 떠매고 산을 내려가는 것을 본 사람은 아무도 없었다.

불은 여우처럼 안으로만 타들어갔다. 그러다가 불꽃이 혀를 날름거리기 시작했을 때는 이미 완전히 번져 나간 다음이었다.

사방에서 고개를 쳐든 불꽃들은 어깨동무를 하고 더 높이 치솟았다. 연기 속으로 불똥이 날았다. 물기 젖은 대나무가 터져 나갔다. 갈라지는 틈 사이로 하얀 대의 속살이 드러났다. 유백색의 속살은 짜개지기가 바쁘게 불이 붙었다.

"잘 탄다. 잘 탄다."

혼자 절름거리며 깡충대는 이차로의 표현대로 불꽃은 까막봉을 향하여 미친 듯 솟구쳤다.

그 불은 하루 동안을 탔다. 밤에는 더 맹렬하게 타올랐다. 어둠을 태우는 불꽃은 오식도의 전설을 무시할 만큼 아름다웠다. 춤추는 불꽃 아래서 바위들도 붉게 달아올랐다. 불꽃 속에 휩싸인 섬은 오식도가 아니었다. 적식도(赤食島)였다.

불꽃은 다음 날 오후가 되어서야 수그러들었다. 화기가 가시기를 기다려 수색이 시작되었다. 그러나 발견되는 것은 없었다.

"타죽어 버렸다."

이를 갈던 최복동이 총탄 몇 발을 잿더미 속에 쏘아박으며 말했지만 그 또한 그렇다고 믿고 하는 말은 아니었다.

대밭이 불타고 난 직후 천노인 외에도 두 사람이 더 죽었다.

우선 천노인의 시신은 박도천 영감이 수습을 했다. 염을 하는 시늉만 하고서였다. 오식도 마지막 유생(儒生)의 장례식은 초라하기 이를 데 없었다. 나목사와 박노인, 그리고 잠깐 들여다본 뺀들댁을 빼놓고는 찾아온 조문객도 없었다.

중수는 반쯤 넋을 잃은 채였다. 그는 망연한 시선으로 염을 하는 박노인의 뒤를 따라 허둥지둥 손을 놀렸다. 갈팡질팡하는 몸짓이었다. 그러다가 이 모든 것이 믿어지지 않는다는 표정으로 가끔 초점 없는 눈길을 들어 주위를 살펴보곤 했다. 슬픈 것 같지도 않았다. 꿈인 듯싶었다.

"네 이노홈."

금방이라도 그런 호통소리가 들려오는 듯했다. 움찔 몸을 움직여 보았다.

쓸쓸한 장례식이었다. 관을 얹은 지게를 지고 중수가 허청거리며 걸어갔고, 그 뒤로 올망졸망한 아이들이 따랐다. 맨 뒤로 삽을 든 박영감과 나목사가 뒤따랐다. 삽을 든 박영감이 구레나룻을 썩 문지르며 노래를 부르기 시작했다. 전쟁이 일어나기 전 해물을 구럭에 메고 돌아오며 부르던 노래와 비슷했다. 그러나 그것은 흥이 나면 해물을 나누어 주며 불러 젖히던 도가(棹歌)가 아니었다. 해로가였다.

북망산천 멀다더니 가는 길이 북망이요.
저승길이 멀다더니 대문 밖이 저승일세.

장노인과 은실의 시체가 발견된 것은 천노인이 묻히고 난 다음날 새벽이었다. 과수원의 오동 나무에 매달린 것은 은실의 시체였고, 그 바로 아래에 장노인은 죽어 있었다. 가슴에는 칼이 꽂힌 채였다. 부엌에서 쓰던 칼이었다. 은실은 치마만 걸쳤을 뿐 속은 알몸이라고 했다. 그러나 어떻게 죽었는지 아는 사람은 없었다.

두 사람의 죽음은 무성한 소문 속에 수수께끼로 묻혔다. 구구한 억측만 흘러다녔다. 은실이 목을 매자 장노인이 칼로 가슴을 찌르고 죽었다는 말도 있었고, 장노인이 죽자 은실이 목을 맸다는 황당한 이야기가 그랬다. 누군가 은실을 욕보이고 뒤따라온 장노인까지 죽였으리란 소문도 퍼졌다. 머리도 꼬리도 없는 그런 소문은 나중에 범인이 이차로라는 데까지 이어졌다. 그러나 절름발이인 데다가 몸을 제대로 못 쓰는 반편이가 그런 짓을 했으리라고 믿는 사람은 없었다. 산에서 내려온 사내들의 소행이라는 추측도 돌아다녔다.

혼자 남은 옥실과 석진은 박도천 영감이 거두었다. 청골댁과 석진네는 여전히 유치장에 갇힌 채였다. 오며가며 황영달이 석진을 보러 찾아 올 뿐 별달리 찾아오는 사람도 없었다. 가끔 뺀들댁이 고개를 디밀고는 요리조리 눈치를 살피다가 먹을 것을 챙겨 주고 가는 점이 이상하다면 이상한 점이었다.

　그런 와중에 무더위가 가셨다. 아침 저녁으로 서늘한 바람이 불어왔다. 9월이 다가왔다.

제4장 신의 길, 인간의 길

1

숙소로 쓰고 있는 최복동의 집으로 걸어 들어온 강환은 탄띠를 풀고 모자를 벗었다. 땀에 젖은 몸에서는 퀴퀴한 냄새가 풍겼다. 몸 씻을 준비를 하면서 최옥자가 펌프물 뽑아내는 모습을 지켜보던 그의 뇌리로 찜찜한 느낌이 스쳐갔다.

바로 나재천 목사와 나누었던 이야기였다. 께름한 기분이 들었다. 지시에 의해서 나목사를 풀어 주기는 했지만 어딘지 걸리는 부분이 있었다. 그것은 행군 중에 약간 솟아오른 군화 속의 못이 신경을 쓰이게 하는 것과 비슷했다. 아픈 것도 아니었고 아주 잊어버릴 수도 없는, 그런 느낌이었다.

단매에 부러질 것 같으면서도 유연한 탄력성이 나목사에게는 있었다. 언제고 끊어 버릴 수 있다고 믿었던 대상이 의외로 강인한 유연성을 지니고 있다는 사실 또한 기분 좋은 일이 아니었다. 그 어떤 결심이 모호하게나마 그의 머리 속에서 차츰 윤곽을 잡아갔다.

"나 동무는 신이 있다고 믿소?"

"믿습니다."

여자처럼 곱상한 얼굴에 가냘픈 체구를 지닌 나목사는 고개를 끄덕였다. 음성에 두려워하는 빛은 없었다. 그렇다고 거슬리는 부분도 없었다. 비웃는 듯한 강환의 말투를 미처 알아차리지 못한 것으로도 보였다.

"신이 이 땅을 만들었고, 사람 또한 만들었다고 믿소?"

"믿습니다."

"천국이 있다는 걸 믿소?"

"믿습니다."

"천국은 어디에 있소."

나목사는 하늘을 가리켰다. 그리고 자신의 가슴을 손짓했다.

"하늘에 있습니다. 내 가슴속에도 있습니다. 그리고……"

강환을 가리켰다.

"강 대장 동무의 가슴속에도 있습니다."

강환의 입가에 웃음기가 떠올랐다. 나목사의 가슴속이라면 모르되 자신의 가슴속에 천국은 없었다.

"종교는 아편이라는 말을 어떻게 생각하시오?"

"그렇게 생각지 않습니다."

"종교는 아편이오. 인간이 만들어 낸 우상에 경배하는 아편에 지나지 않소."

"그렇지 않습니다. 그것은 보는 사람의 눈에 낀 마귀가 시키는 짓입니다."

"마귀? 나동무는 내가 귀신처럼 보이는 것이오?"

"아닙니다. 우선 믿어야 한다는 말입니다. 검은 안경을 쓰면 모든 것이 검게 보입니다. 불신의 안경을 쓰면 모든 것이 믿기지 않습니다. 믿음의 안경을 쓰면 우주만물의 질서가 주님의 섭리 아래서 이루어지고 있다는 것을 알게 됩니다. 우선 믿어야 합니다. 신앙은 그곳에서부터 출발합니다."

"그것이……."

강환의 군홧발이 땅을 내리찍었다.

"기만의 첫걸음이오. 맹목적 순종을 요구하는 섭리란 위장에 불과한 것이오."

"아닙니다. 믿음의 시작입니다. 눈에 보이는 모든 것을 믿는 어린아이의 마음과 같지 않고서는 주님의 품에 들어갈 수 없습니다."

"우스꽝스러운 말이로군. 그것이 가능하리라고 믿고 하는 말이오? 산전수전 다 겪은 사람에게 어린아이같이 생각하라니."

"마음의 문을 열라는 뜻입니다. 누구든 어린애의 마음과 같지 않고서는 천국에 올 자가 없느니라. 주님께서는 그렇게 말씀하셨습니다."

"그것은 논리 없는 맹목에 불과하오. 맹목이란 아편과 같소. 말하자면 당신들이 주장하는 신앙은 아편에 지나지 않소. 믿음의 천국은 오직, 프롤레타리아 혁명과 그리고 해방 전쟁에 의해서만 수행될 것이오."

판결을 내리다시피 말하고 난 강환은 돌아섰다. 그러나 시원한 느낌은 아니었다. 나목사의 몸에서 의외로 완강한 기운을 느낀 것이 신기하기도 했다. 꼬리치는 개들 중에 짖는 개도 섞여 있다는 생각도 들었다.

"씻으셔유. 땀에 흠뻑 젖었네유."

펌프질을 끝내고 난 옥자가 다가왔다. 과수원 일을 돌보던 그녀는 장노인이 죽고 난 후부터는 집에 돌아와 강환의 수발을 들고 있었다. 최복동의 성화 때문이었다. 얼굴에 주근깨가 박히긴 했지만 시원하게 큰 눈이며 날렵하게 생긴 몸매가 최복동과는 전혀 딴판이었다.

강환은 문득 치솟는 욕정을 느꼈다. 여자를 안아본 기억이 아득했다.

화난 듯한 표정으로 내려선 그는 세찬 물소리를 내면서 세수를 했다. 가슴에 묻었던 찌부드한 앙금까지 다 씻겨 내리도록 몸을 박박 문지르고 난 그는 옥자가 내미는 수건을 받아들었다.

"최동무는 어디 갔소?"

"까막봉에 간다고 나갔어유. 주가밀 잡는다고 만돌이 동무를 데리고 갔는디……."

지금 제정신이 아닌 것 같구먼요. 동그랗게 떠진 눈이 그 말을 대신하고 있었다. 복동과는 달리 마음이 여리고 착한 옥자였다.

"주가미와 최동무가 그렇게 원수진 사이요?"

옥자는 잠깐 말을 더듬거렸다.

"글씨유. 오빠 생각은 나랑 달라서……. 항상 못마땅하게 생각했지유."

수건을 빨래줄에 널고 마루 위로 올라서던 옥자는 잠시 망설이다가 뒷말을 이었다.

"오빠는 언니를 주감씨가 죽인 거나 다름 없다고 생각해유."

"……."

"난 그렇게 믿진 않지만 듣고 보니 그렇게 생각하는 오빠 맘을 조금은 알긋드먼유. 애 못 낳는다고 그리 구박을 허지 않았다면 언니가 방죽에 몸을 던지진 않았을 텐디. 언니만 불쌍혀유. 얼매나 눈치가 심했으면 그리 독헌 맘을 먹었을까 하는 생각도 들고유. 오빠 생각은 그렇지유. 성질이 저렇게 모질게 변한 것도 다 언니가 죽은 담이여라우. 언니가 오빠를 얼마나 끔찍히 생각혔는디……."

최옥자의 이야기를 들으며 강환은 물끄러미 바로 담장 옆 꽃밭에 날아와 앉은 나비를 바라보고 있었다. 노란 바탕에 갈색 무늬를 지닌 나비였다. 용수철 같은 입이 또르르 말려 있었다. 바람이 불자 하나로 접어서 등뒤에 세운 날개가 돛처럼 한 편으로 기울었다. 나비는 날개를 펴서 몸의 균형을 잡았다. 접었을 때보다 날개가 커 보였다. 뽀얀 인분(鱗粉)과 수맥(樹脈)같은 무늬가 아롱진 나비의 날개를 물끄러미 바라보다가 강환은 문득 생각했다.

'날개를 떼면 송충이처럼 징그러워 보이는 나비가 날개를 달고 있으면 아름다워 보인다는 것은 이상하다.'

'그렇다면 나비의 날개만 아름다운 것일까?'

그렇지는 않았다.

'그렇다면 관점의 차이인가?'

안경 색깔에 따라서 사물이 달리 보인다던 나목사의 말이 다시 생각났다. 마루에서 내려 가려는 옥자의 머리에서 시원한 물냄새가 났다. 담배를 붙여 물려던 강환은 자신도 모르는 충동으로 그녀의 어깨를 잡아챘다.

"아이고매."

균형을 잃은 몸이 무너져 왔다. 아무런 말도 없이 강환은 그녀의 가냘픈 몸을 덥석 안아 들었다. 방으로 들어섰다.

동그랗게 떠진 여자의 얼굴이 겁에 질린 채 그를 올려다보고 있었다. 가슴이 새처럼 팔딱였다. 입술을 덮쳤다. 물기 젖은 입술이 숨막히듯 열렸다. 흡반처럼 빨았다. 가슴을 헤쳤다. 둥근 젖가슴이 나타났다. 분홍빛 유두가 소스라쳐 고개를 들었다. 젖가슴에 얼굴을 묻고 강환은 젖꼭지를 깨물었다. 잠시 몸부림치던 여자의 손이 강환의 뒷덜미를 감쌌다.

여자의 몸에서는 갓 목욕한 물냄새가 풍겼다. 뜨거운 불기둥이 일어섰다. 미처 도사릴 틈도 없이 옷을 벗겨 낸 강환은 맹수처럼 그녀를 덮쳤다. 불기둥은 창날처럼 여자의 몸 속에 꽂혔다.

2

언제부턴가 이차로는 혼자서 희희낙락이었다. 맴을 돌다가 절름대며 깡총거리기도 했고, 싱긋 웃다간 다시 헤헤 누런 이빨을 드러내며 웃었다. 그리고 집에 와서도 방에 들어가 문을 닫고는 혼자 키득거리곤 했다. 나갔다 오기가 바쁘게 먹을 것을 찾던 것도 잊어버린 듯싶었다.

고개를 갸웃거리던 뺀들댁이 몇 번 붙잡고 물어 봤으나 솥뚜껑에 올려 놓고 볶는 깨처럼 엉뚱한 말대답이나 튀어나올 뿐 시원한 구석이 없었다.

"똥 친 막대기 주운 강아지여, 엿장수 아짐씨 손가락을 빨았냐? 워치 그리 오도방정이여? 방정이."

긁어 둔 누룽지를 내밀며 뺀들댁이 슬쩍 눈치를 짚었다. 이차로의 대답이 그 중 또랑또랑했다.

"어무니는 몰러도 되여."

"워따매. 저놈 말허는 굿 좀 보소. 누가 들었으면 싶네. 이놈아 워디 지집이라도 숨겨 뒀는겨? 어미가 몰라도 되는 것이 워디 있긋어?"

"난 몰러. 말허믄 안 된당께."

"그러지 말고 어미한티만 살짝 얘기허그라. 나 혼자만 알고 있을 팅께."

"안 되여."

이차로가 펄쩍 뛰며 고개를 저었다. 그러나 그날따라 요량을 하고 있던 뺀들댁이었다. 살살 구슬리기 시작했다.

"말허믄 안 된다고 혔당께로."

뻔히 속들여다보이는 말이었다. 뭔가 있다 싶어 뺀들댁이 얼추 화를 냈다.

"알았어. 이 작것아. 듣고 싶지도 안혀. 듣고 싶지도 않으니께 저리 가."

그러자 이차로가 히물히물 웃으며 말을 털어놓았다.

"저기, 인저. 내 것이라니께. 과수원이."

"메여?"

느닷없는 이차로의 말에 깜짝 놀랜 뺀들댁이 곰보딱지 얼굴을 찬찬히 뜯어보았다. 요놈의 정신이 그나마 나갔나 싶기도 했다.

"과수원 임자가 내가 된당께. 인제 사과도 배도 내 맘대로 따묵어도 된단 말여."

“이 작것이 못 처묵을 것을 처묵었다냐? 좀 찬찬히 말혀. 똥 마련
년 국거리 썰듯 출랑대지 말고.”
“하여간 내 것이여.”
“누가 줘. 장영감이 죽으면서 니 준다고 허드냐. 이 오살놈아?”
“내 것이여.”
무조건 제것이라니 뺀들댁으로서도 어이없을 노릇이었다. 기막힌
업보를 보듯 이차로를 바라보던 뺀들댁은 한숨을 길게 내쉬었다.
“문둥이 같은 것이 그예 미쳤구먼 미쳤어. 거미줄로 방구 동여매
고 자빠졌으니. 저승차사는 워디 있능고? 저런 오살놈 못 잡아가
고.”
하더니 삿대질을 질펀하게 했다.
“이 미친눔아. 장개들어서 에미헌티 뜨뜻한 밥 한 그릇 공양할 염
사는 없이 그것이 무신 검둥개 먹감는 소리여? 위매 늘그막에 그래
도 방울 달린 놈이라고 저긋하나 믿어볼까 싶었던 내가 미친년이여,
미친년. 개꼬리 삼 년 모셔봐도 족제비털 못 되더라고 성헌 것이 저
러면 성헌갑다 넘어가지. 덮어 놓고 열녁 냥금이니 아니고오. 이년
에 팔짜야아.”
“장개? 보내 줘어.”
“뭐 장개에?”
뺀들댁이 가슴을 주먹으로 쿵쿵 쳤다.
“요 작것아. 잘하다간 동생 믿고 장가 못 간 몽달구신 나올라. 퍼
뜩 가서 덕금이 년이나 데려와아.”
삿대질에 밀려 문 밖으로 나서면서도 이차로는 여전히 헤벌쭉 웃
고 있었다.

"망할 년이 빨래헐 염사는 없이 펑허면 마실이니. 요년 코빼기만 비춰 봐라."

찬물 한 바가지를 벌컥벌컥 들이켜고 난 뺀들댁의 머리 속으로 갑자기 무서운 생각이 떠올랐다. 바가지를 든 채 그녀는 오싹 몸을 떨었다.

3

강환은 여순 반란 사건의 주동 인물 중 한 사람이었다. 그는 부모가 나용일의 손에 목숨을 잃자 섬을 떠난 이후, 정처 없이 이곳저곳을 떠돌아 다녔다. 원수를 갚겠다는 증오심으로 날을 세운 채 떠돌아다니기 십여 년, 그의 생각은 바뀌었다. 별반 부모님의 죽음이 슬퍼 보이지 않았다. 슬픈 것은 힘없는 자의 나약함과 돈 없는 자의 억울함이었다.

어린 시절 남에게 얻어맞고 주가미에게 달려가던 그의 성격은 방랑 생활 동안 차돌처럼 강인해졌다. 밤 깊어 눈물이라도 흐를 때면 지쳐 쓰러질 때까지 달음박질을 했다. 그러면서 그는 이를 악물었다. 배우거나 돈을 가진 자가 되어야 한다는 것이었다.

'가난한 데다 무식했으니 부모님들은 죽었다.'

강환은 그렇게 생각했다.

'만약 둘 중 한 가지만 있었어도 부모님은 죽지 않았을 것이다.'

그것은 자기암시였다. 그 암시는 가슴속에 심어져 해를 거듭할수록 깊숙이 뿌리를 드리우고 자라났다.

그 증오는 치열했다. 그리고 그의 몸을 지켜주는 방탄복의 역할을 해냈다. 끊임없이 그는 체력과 증오, 그리고 악에 치받친 투혼을 길렀다.

세월이 흐르자 강환은 원래의 모습과는 전혀 다르게 변신했다. 눈은 차가웠고 얇은 입술은 굳게 다물어져 있었다. 이마가 벗겨져 나갔고, 어깨 근육은 완강하게 벌어졌다.

그는 어떤 일이고 사양하지 않았다. 거친 일일수록 뛰어들었다. 아무런 배경 없이 그가 원하는 것을 얻기 위해서 투자할 수 있는 것은, 그의 몸뿐이라고 생각했다. 그는 무슨 일이고 해냈다. 탄광에도 있었고 쓰레기도 치웠다. 마차를 끌기도 하고 용접공이 되기도 했다. 그러면서 그는 역경을 딛고 일어서는 힘을 터득했다. 그러나 그것만으로는 부족했다.

그는 역경을 딛고 일어서고, 그 역경을 딛고 일어선 사람까지 딛고 일어서야 했다. 맡은 일에서 최고가 되어야 했다. 둘째가 되면 죽는다. 그는 끊임없이 자신을 훈련시켰다.

인생을 나름대로 보기 시작한 그는 하나씩 얻은 경험을 소중히 간직했다. 언젠가는 땅을 사서 돌아가리란 실향민처럼 그는 필요한 것이면 무엇이나 주워 삼키는 아귀와도 같았다.

그런 삶을 살아가던 그가 스물이 넘었을 때, 그는 전라도 광주의 벽돌 공장에서 일하고 있었다. 그곳에서 그는 성이 박씨라고 하는 늙수그레한 사내를 만났다. 그 사내도 하루 벌어 하루 먹는 뜨내기 인생이었다. 악착스레 일을 하고 돈을 모으는 강환을 어느 날 그 사내가 불렀다.

"젊은 사람이 대단허이. 그렇게 그악스럽게 돈을 모아서 무얼 하려는가?"

강환은 대꾸하지 않았다. 그것은 낭비였다. 적어도 강환은 그렇게 생각했다. 그러나 그 사내는 이후로도 기회만 있으면 똑같은 이야기를 물어왔다. 인적이 없는 장소를 고르는 것이 신기할 지경이었다.

"뭐하려고 그런 건 자꾸 묻소? 귀찮게시리."

몇 번 그런 말로 면박을 주었으나 사내는 하루살이 인생에는 어울리지 않게 꽤 끈덕진 면이 있었다.

"돈 벌어서 잘 묵고 잘 살라고 그라요."

한 번은 그렇게 내쏘았다. 그때 박이 말했다.

"다 속여도 난 못 속이네. 그 반대야. 자넨 누굴 죽이고 싶은 거야."

죽이고 싶은 사람을 못 죽이니까 그 앙갚음을 자기 몸에 하고 있다는 말이었다. 강환은 깜짝 놀랬다. 자신에게 그런 말을 꺼낸 사람은 처음이었다.

그 다음부터 두 사람은 얘기를 나누기 시작했다. 깊은 이야기도 나왔다. 대개 강환이 얘기하는 편이었고 박은 듣는 편이었다. 박씨는 화술이 좋았다. 말하는 화술이 아니었다. 듣는 화술이었다. 어떤 이야기도 면전에서 반박하지 않았다. 고개를 끄덕였다. 그리고 다음 말에 귀를 기울였다. 마치 다음 이야기가 이어질 곳을 미리 아는 듯싶었다.

차츰차츰 강환은 가슴을 열었다. 가시철망이 둘러쳐진 것 같았던 그의 마음은 박씨가 까작대는 송곳 하나로 조금씩 허물어졌다. 결국 강환은 오식도를 떠나온 연유며 그의 가슴에 맺힌 원한을 모두 털어놓았다. 박씨는 강환보다 더 깊은 한숨을 쉬었다.

"그래서 젊은 사람 얼굴에 늙은이보다 더 깊은 한이 깔려 있었구
먼. 그러나 환이, 자네는 하나만 알고 나머지 아홉은 못 보네."
　나무 한 그루를 보기 위해 숲을 지나친다는 말을 하면서 박은 안
색을 바꿨다. 정색을 하는 것이었다.
　"자네 같은 처지가 다른 곳에는 없겠나?"
　"그렇다고 할 수는 없겠지요."
　"그렇다면 그 사람들이 모두 자네처럼 이를 악물고 노력한다고
가정해 보세. 그 중 자신의 뜻을 이룰 사람이 몇이나 되겠나."
　"글쎄요……?"
　강환은 고개를 갸우뚱거렸다. 살아 돌아오겠다고 전쟁터로 떠난
사람일수록 돌아오기 힘든 법이라는 걸 알 정도로는 세상을 알고 있
는 그였다.
　"열에 반쯤? 셋에 하나? 아니 그보다 못 헐지도 모르지요."
　"그럴 걸세."
　고개를 끄덕이고 난 박이 말을 이었다.
　"한 사람이 요행 뜻을 이루었다고 하세. 그렇다고 나머지 아홉 사
람의 한이 풀어지나?"
　"그렇진 않지요."
　"그럼 뜻을 이룬 사람이라고 해도 그 사람 후손 대대로 다시는 그
런 한을 품을 사람이 없으리란 보장이 있는가?"
　"보장할 수 없지요."
　강환은 고개를 끄덕였다. 옳은 이야기만 하는 사람에게서 느끼는
반발감은 일어나지 않았다. 박씨가 항상 그에게 지고 들어오는 입장
이었기 때문이었다.

"그렇다면 어떻게 되나? 결국 그토록 노력해 온 게 모두 제 한 몸 지키기 위한 것밖에 더 되나? 어떤가."

"그런 것 같습니다."

"그렇다면 자네는 자네 한 몸 잘 먹고 잘 입기 위해 이제껏 그렇게 고생해 왔는가?"

거기까지 가자 강환은 뭐가 뭔지 어리둥절해 버렸다. 그렇게 하기 위해서 살아온 듯싶기도 했다. 그렇지만 긍정하자니 뭔가 억울하다는 생각이 들었다. 실타래처럼 생각들이 뒤엉키기 시작했다.

그러나 간단한 일이었다. 그 늙수그레한 사내는 좌익계의 거물이었다. 해방 직후 좌익 검거 선풍이 불자 지하로 잠입하여 은밀히 선무 공작과 불평분자 포섭에 나선 인사였다. 그는 공산당의 논리로 강환을 생포했다. 강환은 그 그물에 걸려든 고기였다.

일단 뛰어든 그는 후퇴를 모르는 물고기의 속성과 같이 마구 앞으로 달려갔다. 노동당에 입당하고 기본 원리에 대해서 치밀한 교육을 받았다. 시간이 흐르면서 그 그물은 그의 몸을 칭칭 휘감기 시작했다. 빠져나오려면 살점을 찢어야 했다. 그것은 목숨을 걸어야 하는 일이었다.

해방과 함께 남조선 노동당 간부직을 맡았다가 공산주의자들에게 내려진 철퇴를 피해 지하로 숨어 들었던 박은 이후 흔적없이 사라져 버렸다. 자진 월북한 것이다.

그가 뿌려 놓은 씨앗은 토양을 가리지 않고 잘 자랐다. 거친 토양에도 자라날 씨앗만을 그가 골랐던 탓이었다. 강환도 그가 고른 씨앗 중의 하나였다.

강환은 1948년 초에 군에 자원 입대했다. 남로당 공작원의 일원으로서였다. 소정의 교육을 받은 그는 당시 여수에 주둔하고 있던 14연대에 배속되었다. 그곳에는 이미 치밀한 계획하에 군에 투신하여 남로당의 지하 조직망과 연결된 장교와 하사관이 자리잡고 있었다. 그는 통신병의 보직을 받았다.

기다리던 남로당의 민중 봉기 공작은 제주도 폭동을 시발점으로 해서 출발했다. 여수 14연대는 제주도 폭동 진압차 출동 준비에 부산했다.

출동 전날 연대의 으슥한 막사 안에서 은밀하게 모여 있는 사람들이 있었다. 홍모와 김모 중위, 그리고 당시 인사계를 맡고 있던 지상사와 그 외 몇몇 좌익 분자들이었다.

반란 모의는 전부터 치밀하게 계획되어진 일이었다. 제주도 폭동도 그 계획의 일환이었다. 드디어 기회가 왔다고 판단한 그들은 최종 점검을 위해서 통신반 막사에 모였다.

전반적인 계획이 확인되었다. 그러나 한 가지 탄약고를 습격해서 장악할 만한 인물이 없었다. 맡겠다고 나서는 사람이 없는 것은 아니었지만 믿을 만한 사람이 없었다. 위험 부담이 큰 임무였기 때문이었다. 행여나 폭발 사고라도 일어난다면 만사휴의였다. 탄약 공급에 막대한 차질이 있을지도 몰랐다. 강환이 나선 것은 그때였다.

"내가 하겠소."

평소 남로당의 일이라면 화약을 지고 불 속에 뛰어 들어갈 강환의 성격이었다.

"무전은 어떻게 하겠나?"

"책임질 수 있소."

"가능하겠나?"

"인민을 위하여, 영광스러운 남조선 땅의 해방을 위하여."

강환에게 권총이 주어졌다. 비상 나팔이 울렸다. 군장을 꾸린 병사들이 연병장으로 집합했다. 출동 목적을 알리기 위해 연단 위로 올라선 지상사는 군장 결속을 확인하는 등 시간을 끌었다.

총소리가 울렸다. 약속한 대로 세 발의 권총소리였다. 강환이 무사히 탄약고를 탈취했다는 신호였다.

그 순간 미리부터 대기하고 있던 사람들이 총을 꺼내 들었다.

갑작스러운 총성에 놀라 뛰어나오는 막사 안의 장교들에게 그 총탄은 퍼부어졌다. 그들은 반란에 대해서 모르고 있던 장교들이었다.

"민족 해방과 남조선 인민들을 위해서."

지창수 상사의 연설이 있고 나서 무기가 나누어졌다. 탄약을 지급하기 전 마지막으로 지상사의 다짐이 있었다.

"피치 못할 사정이 있는 사람은 나서라. 부모님이 편찮으신 사병, 약혼자가 기다리는 사병, 처자식이 있거나 외동아들인 자, 몸이 불편한 자는 열외하라. 무사히 영문을 빠져나갈 것을 약속한다."

몇 명이 앞으로 나섰다. 그들은 총살되었다.

그리고 여순 반란 사건의 서막은 올랐다. 그러나 그만큼 어리숙한 군체제는 아니었다. 토벌군이 편성되었다. 이틀이 지나기 전에 반란은 종지부를 찍고 그곳에서 도망친 소수의 반란군은 지리산으로 도망쳤다가 대개 사살되었다.

강환도 지리산으로 도망쳤다. 그는 김지회며 홍순석 등이 사살된 후에도 끈질기게 도망쳐 다니다가 소탕이 끝나 토벌대 본부가 철수하는 틈을 타서 지리산의 능선을 타고 백운산을 넘어 군산시로 잠입, 이어 오식도에 나타난 것이었다. 그가 오식도로 가져온 SCR 173

무전기는 바로 그때 감춰두었던 장비였다.

4

　청골댁은 반쯤 넋이 나간 몸으로 분주소에서 풀려 나왔다. 풀어준 것은 최복동이었다. 그러나 비실비실 발걸음을 옮기는 청골댁은 이미 제 정신이 아니었다. 묶었던 밧줄을 풀어 주면서 최복동이

　"똑똑히 기억해 두랑께요, 청골댁. 사흘이유, 사흘. 그때꺼정 주가미를 못 찾어내면 석진이를 죽이겠소."
을러댔기 때문이었다. 나용일이 했던 것과 똑같은 말이었다.

　무슨 독한 팔자인가 싶으면 하늘이 원망스럽기도 했다. 설마 그렇다고 어린것에게 해꼬지를 헐까 싶다가도, 다른 한 편으로는 홍만표의 갓난애를 팽개치려던 야차 같은 모습을 생각하면 눈앞이 캄캄해졌다.

　사라진 지 두어 달이 지났건만 주가미의 모습은 나타나지 않았다. 모두들 죽었을 거라고 얘기했다. 화통처럼 급한 면도 있는 주가미의 성격에 그렇지 않고서야 나타나지 않을 리 없다는 말이었다. 굶어 죽었으리란 사람도 있었고, 언젠가 바닷가에 밀려온 시체가 주가미와 닮았다는 사람도 있었다. 뭍으로 헤엄쳐 나가다가 죽었다는 거였다.

　그러나 최복동은 고개를 흔들었다. 흔드는 정도가 아니라 섬 안에 있다고 단언했다.

　"왜냐 ?"

이미 뭍으로 도망쳤으리라 짐작하는 강환이 묻자,

"그 새끼가 그래도 뒷걸음질 허다 쥐새끼 잡는 재주는 있당께요. 지 어무니 처자식 두고 도망칠 놈이 아니유. 지금 어디선가 요 모가지 노리며 숨어 있을 게 뻔하다니께요."

하고 조그만 눈을 희번득거렸다.

"기다리기만 하면 언젠가는 나타나겠군."

강환이 말꼬리를 돌리자 복동은 고개를 저었다.

"그놈 아니면 내가 죽을 판인디 워디 차분히 기다리긋소. 요리조리 쑤셔봐야 기어나오지, 안그러면 내 목 따러나 기어나올 것이요."

"주가미는 내가 잘 안다. 이제껏 숨어 있을 겁쟁이는 아니다."

"혹시 워디 싸매고 누웠는지도 모르지유."

"두 달 동안 먹지 않고 버티는 장사도 있군."

"글씨라우. 그것이……"

고개를 갸웃하던 최복동의 얼굴에 악귀 같은 웃음이 떠올랐다.

"지가 이번에는 꼬리를 잡힐 긋이요. 요번에 안 나오문 애새끼 요절낸다고 단단히 을러 놨으니까."

괜시리 들고 있던 총의 노리쇠를 당겨보는 최복동이었다.

간신히 집까지 걸어온 청골댁은 그만 문을 닫고 드러누워 버렸다. 최복동이 한 말을 생각만 해도 가슴이 펄떡거리는 청골댁이었다. 만손 노인이 죽은 다음부터는 바람소리에도 심장이 뛰었다.

소식을 들은 도천 영감이 석진과 옥실을 꽁무니에 매달고 찾아왔다.

"세상이 워찌 될라고 이랑가 모르긋소, 청골댁. 아침 다르고 저녁 다르니 이젠 뭐가 뭔지도 모르긋소."

어디서 쒔는지 미음을 가져와서 하는 말이었다. 박영감의 얼굴도 그동안 핼쓱하게 야위어 있었다. 같은 연배였던 천학득 노인과 장노인이 죽어 나가는 것을 모두 뒤치닥거리한 도천 영감의 야윈 볼에 주름살이 깊었다. 구레나룻도 희끗했고 윤기도 없었다.

청골댁은 밀어놓은 미음을 먹을 염두도 없이 퀭한 눈으로 천장을 쳐다보고 있을 뿐이었다.

"곡기 좀 드시우 청골댁. 귀신도 묵어사 힘을 쓴데는디 생목숨이 안묵으면 워찌 일어나겠소?"

도천 영감이 미음을 권하면서 덧붙였다.

"덕금 에미가 워찌 알았는지 쒀 보냈등만. 어여 드시구랴."

"뺀들댁이요?"

주가미 잡아 죽이라고 동네방네 나팔 불고 다니던 뺀들댁의 얼굴이 생각나자 잠깐 치솟던 허기가 말짱 사라져 버렸다.

석진이 옆에서 칭얼거렸다.

"할무니, 냄새가 맛있게 난다잉."

청골댁의 눈에 눈물이 괴었다. 와락 석진을 껴안았다.

"워쩌끄나 내 새끼야. 할애비 살았으면 또 목 매긋네. 무신 놈의 팔자가 한 번도 아니고 두 번씩이나. 에구 도천 영감. 내 전생에 무신 죄를 지어서 이런 꼴을 볼까유? 말 좀 해 보시요, 도천 영감."

"그런 생각 허덜 말고 우선 기운부텀 차려야 쓴당께유, 청골댁. 그래사 뭔 일이 되도 되지. 이러다가 생송장나게 생겼소."

"배고파. 잉잉."

발치께에 앉아서 손가락만 빨고 있던 옥실이 징징 울기 시작했다. 배가 고프다는 거였다.

"아, 청골댁. 죽을 사람도 밥그릇은 챙겨 주는 법이요. 아귀 생기믄 젯상도 곱으로 차려야 쓴다는 말도 못 들었소? 어여 정신차려사제. 야들 아귀 나굿소."

청골댁이 일어나 앉았다. 식어버린 미음 그릇을 물끄러미 바라보다가 석진과 옥실을 불렀다. 수저를 떠서는 한 입씩 물렸다. 도천 영감이 혀를 끌끌 찼다.

"워떤 고기는 지 창자 끄집어 내서 새끼들 먹인다등만, 청골댁이 꼭 그짝이요. 그런 맴으로 워쩔려고 그러시요? 안 묵으면 할 수 없제. 굶든 말든 난 가굿소."

일어서려던 도천 영감은 두 아이의 엉덩이를 한 대씩 올려붙였다.

"에끼 순. 아무리 철없는 것들이라고 그래 숨 넘어가려는 할미 것을 뺏어 묵고 앉아 있어? 에이 망할 것들."

두 아이들이 찔찔 울기 시작했다. 그러나 평소와는 달리 도천 영감은 두 아이를 밖으로 내몰아 버렸다.

5

강환은 최옥자가 날라온 주먹밥으로 대충 요기를 한 다음 자리에서 일어섰다. 분주소를 나서면서도 그는 그의 어깨 어림에 끈끈하게 닿아 있을 최옥자의 시선을 의식하고 있었다.

그 뒤로도 몇 번의 잠자리를 같이 했지만 강환의 마음은 내내 편안하지 않았다. 잘 됐다는 기색이 완연한 최복동은, 그녀가 빨아서 내놓은 속옷나부랑이에도 가슴이 욱죄어오는 자신의 심정을 알 리 없었다.

그것은 책임의 문제였다. 몸을 섞은 다음부터 최옥자의 시선은 집요하게 강환을 좇고 있었다. 잠자리와 세 끼 수발은 물론이거니와 밤참을 만들어 보초 서는 사내들에게도 나르는 눈치였다. 그럴수록 강환의 마음은 편치 않았다. 전선은 낙동강에 머물러 교착 상태에 빠져 있었고 상부에서 내려오는 전통은 말만 그럴싸했다.

그러나 그것 때문은 아니었다. 발등을 찍고 싶도록 후회스러운 것은 순간적인 욕정만으로 그녀를 겁탈했던 일이었다. 동물적인 욕정 이외에 그녀를 안았던 이유를 설명할 방법이 없었다. 자신의 의지가 나약해졌다는 점도 부끄러웠다. 그러나 더 부끄러운 것은 무신경한 척 딴청을 부리고 있는 자신의 가식이었다.

철들고 나서부터는 한 번도 따스한 품에서 쉬어 본 적이 없는, 그의 가슴에는 어느덧 최옥자의 모습이 커다랗게 자리잡기 시작하고 있었다.

가끔 그녀의 부드러운 시선을 느낄 때면, 그녀의 무릎을 베고 잠들고 싶은 생각도 일어났다. 고맙고 소중하다는 생각도 스쳤다. 그러나 그는 그런 감정을 억눌렀다. 헛점을 보여서는 안 된다. 그가 배운 혁명 투사의 자세는 그런 것이 아니었다.

"전부터 대장 동무를 마음에 두고 있었다고 하더구만요. 허, 고것이 어느새 그리 커서는."

자랑인지 힐난인지 모를 최복동의 말투를 들으면서도 강환은 마음이 편할 수 없었다.

그런 생각을 떨구어 버리듯 발걸음을 빨리한 강환은 교회로 다가섰다. 열 평 가량의 천막 교회였다.

　나목사는 나무 기둥에 걸린 십자가 앞에 단정히 꿇어앉은 채 기도
를 하고 있었다. 기척을 알았으련만 돌아보지 않았다. 기울어져 가
는 햇살이 묻어 있는 어깨는 여자의 어깨처럼 가냘펐지만, 그곳에서
풍기는 느낌이 의외로 완강하다는 기분이 들었다.

　"목사 동무."

　강환이 말하자 나목사는 눈을 떴다. 일어섰다. 권하는 의자에 앉
고 난 강환은 잠시 나목사의 눈 속을 정면으로 응시했다.

　"뭐라고 빌었소?"

　나목사의 표정이 잠깐 흔들렸다. 강환의 허리에 매달린 권총이 햇
빛을 받고 검은 광택을 발했다.

　"주님의 섭리를 간구했습니다."

　"주님의 섭리? 그게 뭐요. 당신 같은 목사들을 천국으로 인도하는
것인가?"

　"모든 이를 사랑으로 감싸는 마음입니다."

　"섭리? 사랑?"

　강환은 비꼬는 듯 말을 받았다. 입가에 비웃음이 떠올랐다.

　"나 동무, 동무는 내 부모님들이 어떻게 죽었는지 알고 있소?"

　"알고 있습니다."

　"그게 섭리인가? 당신네들이 코 앞에 내거는 사랑인가?"

　"그것은……"

　나목사는 잠시 망설였다.

　"주님의 시험입니다. 주님께서 시험하고 계시는 것입니다."

　"그만 웃기시요."

　의자에서 일어선 강환은 말을 끊었다. 뚜벅뚜벅 걸었다.

"힘없고 가난한 죄로 그 분들은 죽었던 거요. 누구 마음대로 시험을 했다는 거요?"

순박한 사람이 무지하고 가난하다는 이유만으로 죽어 갈 수 있는 게 당신들의 섭리인가? 강환은 문득 미소했다. 그리고 낮게 물었다.

"나동무가 말하는 천당이 있다면 그 분들은 분명히 그곳에 계실 거요. 그렇지 않소 나동무?"

"누구든 하느님을 통하지 않고서는 주님의 나라에 들어갈 수 없습니다."

"억지로군."

강환은 다시 웃었다. 그러다가 이죽거리며 물었다.

"천국이 뭐요? 선량하고 순박한 사람이 가지 못한다면 그것이 어찌 천국이 될 수 있겠소. 모순적 발언을 인정하시오? 나동무?"

"주님 앞에 의로운 사람은 없습니다. 우리는 죄인입니다. 주님께선 또 다른 자를 가지고 계십니다."

"그것은……"

강환은 발걸음을 멈췄다.

"봉사 나라에서 애꾸가 왕 노릇하는 것이나 다를 바 없소. 종교는 인민을 타락시키는 적이요. 우리 인민 해방군은 비과학적 종교 및 미신의 잔재를 결연히 말살할 것이오. 당 문헌에도 명시되어 있듯이 종교는 미신이며 우매한 인민을 현혹시키는 최면제에 지나지 않소."

"종교를 부정하십니까?"

"부정하오. 위대한 레닌 동무와 김일성 수령 동무, 그것이 인민의 종교요."

"북조선 헌법에 신앙의 자유와 종교 의식의 자유가 삽입되어 있다고 들었습니다만.”

“그 종교는 수단이오.”

차갑게 흘겨보며 강환은 말꼬리를 올렸다.

“목적이 아니란 말이오. 그 종교의 자유는 위대한 프롤레타리아 혁명의 완수를 위해서 쓰여져야 하오.”

“그것은 자유가 아닙니다. 예속입니다.”

“그러나 그것이 법이오.”

강환은 돌아섰다. 그리고 문을 열고 나갔다. 짧은 말이 날아왔다.

“오늘부터 집회는 엄금하시오.”

나목사는 한참동안 그 출입구를 바라보며 깊은 생각에 빠져 있었다. 그러다 다시 무릎을 꿇고 기도하기 시작했다.

6

밤이었다. 천노인 사립문을 들어서는 사람이 있었다. 그는 잠시 동정을 살피더니 헛기침을 했다.

호롱불을 켜놓은 채 멍한 표정으로 앉아 있던 중수는 퇴창문을 열었다. 흔들리는 불빛에 얼굴을 내민 사람은 황영달이었다.

“아저씨가 웬일이시우?”

반갑잖다는 듯이 내뱉었다. 잠시 기웃대던 황영달이 신발을 벗었다.

“지나던 길에 들렸네.”

손에 든 물건을 내려 놓았다. 화주 몇 병과 안주거리가 굴러 나왔다.

"진즉 들여다보려다가 남들 눈 땜시 늦었구먼. 춘부장 가시는 길 못 봐서 면목 없네."

폭도들 눈치 때문에 그랬다는 이야기였다. 중수는 마땅찮게 웃목으로 옮겨 앉았다.

"동네 사람들 너무 서운타 생각마소. 우선 제 발등 불 꺼야 옆 사람 돌아본다고 맘같이 안 되는 거여."

힐긋 중수의 눈치를 살폈다.

"어르신네 세상을 잘못 태어나신 거라. 옛날이면 과시에 나가고도 남을 학문을 가지고서는, 거 참. 한 잔 들게나."

술을 건넸다. 중수는 잔을 단숨에 비웠다. 한속기가 있는 데다가 허기진 뱃속은 금방 술기운을 밀어올렸다.

"세상이 워찌 될랑가 모르긋네. 거기다 애매헌 악상(惡喪)꺼정 당혔으니 시방 자네 맘도 맘이 아니긋네."

"아부지는 지가 죽인 긋이나 다름없구먼유."

문득 중수가 그렇게 말했다.

"내가 아무리 무도한 놈이라고 그럴 중 알았긋소. 내가 대밭 이야기만 안 혔어도 그곳엔 안 가셨을 텐디."

"쯧쯧."

혀를 차며 황영달이 술을 부었다.

"이제 그런 소리 허믄 뭐허겄는가. 속만 뒤집혀지제. 그란다고 가신 양반 되돌아 오실 긋도 아니고. 인제는 워떻게 뜨고 계신 눈이라도 감겨드려야 도리 아니긋능가."

"예?"

"속이나 푸시게. 자, 술 더 하고."

술이 오갔다. 두 번째 병을 따면서 황영달이 슬쩍 물었다.

"그란디 지금 판국이 워찌 되가능가? 부산도 떨어졌능가?"

"그것은 모르긋소."

"자네도 몰러?"

"그냥 저냥 내일내일 헌답디다만, 워찌 알긋소."

"그러제, 그 속을 워찌 안당가? 그런디……"

천중수의 표정을 짚은 황이 한무릎 다가 앉았다.

"혹시 국군이 다시 올라온다는 말 못 들었능가?"

"예?"

중수의 눈이 크게 떠졌다.

"갑자기 그게 무슨 말이당가요?"

"쯧. 몰랐구먼."

황영달이 목소리를 낮추었다.

"이건 자네헌티만 허는 말잉께 혼자만 알고 있으소. 지금 국군이 인천 어딘가로 공격을 혔다고 허데. 어쩌면 서울도 다시 뺏었을지도 몰러."

"그것을 워찌 알았남유?"

"다 아는 수가 있네."

"……?"

"아, 라지오가 있잖은 게비여."

"아저씨 집에 무슨 라지오가 있는가유?"

의아한 중수의 시선에 황영달이 힐긋 문 밖의 동정을 살폈다. 그리고 입에 손가락을 세웠다.

"쉿, 내가 들은 긋은 아니고 다른 사람이 들었다는디 믿을 만한 사람이여. 그란디 인제 워차면 좋것능가? 빨갱이들이 쫓겨가믄 한 바탕 또 난리가 날 긋인디. 거기다 자네같이 애매허게 분주소에 끌려간 사람도 상하기 십상이라."

"글씨라우."

잠깐 그 말을 생각해 보던 중수가 머리를 벽에 박았다.

"이제 와 워떻게 하긋어유. 내 같은 놈은 백 번 죽어도 싸지유. 내가 죽일 놈이여."

계속 벽을 찍었다. 흙이 떨어졌다. 마른 황토흙이었다.

"뗙, 젊은 사람이 그게 무신 소리여. 억울허게 눈 감으신 천노인 생각혀서라도 그런 말이 나오는감? 원수 갚을 생각은 없이 그게 무신 소리여?"

"나도 그런 생각 안 혀본 것은 아니구먼유."

천중수가 고개를 들었다. 황영달의 눈 속으로 반짝 빛이 스쳐갔다.

"그라지만 방법이 없구먼유. 무슨 수로 총 가진 놈들을 당해낼 긋이요. 아부지 돌아가신 다음 부텀은 날마다 그 생각여유. 부모 원수는 불공대천지 원수라고 이빨을 갈아가믄서 말여유."

"알았네."

황이 천중수의 말을 막았다. 그리고 목소리를 더 낮추었다.

"자네가 참말 그런 생각이라면 방법이 없는 것은 아녀."

"무슨 말씀이유?"

"시방이 제일 좋은 기회구먼."

"기회라니유?"

두 사람의 목소리가 가늘어졌다.

얼마쯤 지났을까? 그곳을 나선 황영달은 얼추 비틀거리는 걸음걸이로 걸어갔다. 한참만에 걷던 그의 발길은 나유민의 집 앞에 멈추었다.

나유민은 섬에 돌아온 이후 집 안에서 꼼짝도 하지 않고 있었다. 아프다는 것이었다. 납작한 코를 가진 그의 어머니만 가끔 들락거렸다. 그녀는 나용일이 죽은 후 섬사람들과는 일체 안면을 끊고 살아왔다. 입도 열지 않았다. 길을 나설 때도 땅만 보고 걸었다.

아파서 누워 있기 때문에 안 된다는 어머니를 밀치다시피 마루를 올라선 황영달은 안방문을 열었다. 방 안에 누워 있는 나유민은 정말 병자처럼 보였다. 햇빛을 쬐지 않았기 때문이었다. 멀끔한 얼굴이었지만 눈동자는 한 겹이 풀려 있었다.

"그래 몸은 좀 어떤가?"

인민 재판을 본 다음부터 헛구역질을 하며 깜짝깜짝 놀래곤 하던 나유민은 제풀에 이불을 턱밑으로 끄집어 올렸다. 무슨 일로 찾아왔는지 물어 볼 염두도 없이 신음소리부터 냈다.

"자네, 산소에는 가끔 가 보는가?"

겁이 잔뜩 담긴 눈망울을 어디다 둘 줄 몰라 두리번거리던 나유민은 기어 들어가는 목소리로 간신히,

"네."

하고 대답했다. 긴말 할 수 없이 그냥 고개만 끄덕인 듯싶었다.

"자주 들리소. 그래도 핏줄이 제일인디. 불쌍헌 양반 자네가 돌보지 않으면 누가 돌보겠능가. 가끔 벌초도 하고 술잔 올리소. 그것이 아들 값이니께."

듣는지 마는지 불안하게 눈만 깜박이는 나유민은 대답이 없었다.

"막말로 그때 일본 놈들 눈치 안 본 사람 있당가? 씨알도 없네. 자네 아부지사 죄 있다면 남 앞장 섰던 죄밖에 없제, 그것이 뭐 대수랑가? 안 그러나?"

나유민의 얼굴이 조금 풀어졌다. 나유민의 어머니는 그런 이야기가 나오자 치맛자락으로 코를 팽 풀고 부엌으로 나갔다.

"사람이란 한번 밉다하면 더 미워지니께. 허기사 그게 사람이여. 다 지 잘난 맛에 사는 것이라. 그때 주가미가 쪼금만 빨리 나타났어도 자네 아부지 한 목심 건졌을거라. 주가미가 사람은 큰 사람여. 일제 때 자네 아부지 같은 자리에 있으믄 그렇게 헐 수밖에 없다고 가지칠 것 탁 쳐서 생각치 않드냔 마시."

"……"

"다 운수소관이여. 만약 지금 살아 계시기만 허믄 마을 사람들이 자네 모자헌티 이러진 않을 거구먼."

나유민의 뇌리 속으로 못 볼 것을 본 듯하던 마을 사람들의 눈초리와 함께 손가락질하던 모습이 떠올랐다. 전쟁이 일어나서 오식도로 피난을 왔을 때 뱃머리에 내리는 그를 보며 숙덕대던 모습이었다.

나유민의 얼굴에서 경계의 빛이 한 풀 꺾인 것을 보자 황영달은 목소리를 낮추었다.

"자네 워떤가? 이곳이 어차피 자네의 고향인 이상 자네 피붙이들도 이곳에 뿌리를 두고 살아야 하지 않겠능감? 떠나 살아도 마찬가지라. 워떤가? 실추된 자네 문중 자네 손으로 세울 맘 없능가?"

"그것이 인력으로 되는 일인가요?"

"된다마시. 자네 춘부장이 갖고 다니던 것이 있잖은가?"

황영달이 나유민의 귀에 입을 가져다 댔다. 나유민의 눈이 둥그렇게 떠졌다. 입이 떡 벌어졌다. 다시 황영달이 이것저것 이야기를 풀어나갔다. 가끔가다가 주가미의 이름과 홍만표의 이름이 섞어졌다. 완강히 고개를 젓던 나유민이 몸짓을 멈추었다. 눈이 작아졌다. 벌린 입도 다물어졌다.

7

"붙였나?"

박사술이 분주소 안에 들어서기 바쁘게 강환은 그 일부터 확인했다.

"붙였구만요."

선전용 삐라였다. T-34 탱크 밑에 깔리는 국방군의 모습과 최후의 승리를 위하여 어쩌고 하는 원색 포스터와 김일성의 초상화를 말하는 것이었다. 나목사의 교회를 지적한 것은 강환 나름대로의 생각이 있었기 때문이었다.

대다수 민심을 거슬리는 방법이 혁명 사업에 이롭지 않다는 것쯤은 알고 있는 그였다. 여러모로 생각을 더듬어 본 끝에 강환은 나목사를 회유할 필요가 있다고 생각했다. 말하자면 시험인 셈이었다. 그렇지만 그 마음 속에는 나목사에 대한 찜찜한 감정도 한 몫 차지하고 있었다.

나목사를 회유하기 위해 다시 찾아갔던 강환은 다시금 그곳에서 높은 벽을 확인했다. 그것은 두꺼운 벽이었다. 타협할 수 없는 간극이었고 영원히 만날 수 없는 평행선이었다.

"나동무, 또 뵙게 되었소."

천막 안으로 들어서던 강환이 꺼낸 첫 마디였다. 어쩌면 능청스럽게도 들리는 목소리였다. 나목사는 잠깐 의아한 표정을 지었으나 이내 담담한 얼굴로 되돌아갔다.

"신의 섭리는 잘 진행되고 있소?"

신을 부정하던 이전의 말투와는 전혀 다른 물음이었다. 나목사는 자리를 고쳐 앉았다. 거부하고 부정하던 이전보다 어쩐지 더 위험스러운 기분이 들었다. 그는 조심스럽게 강환의 얼굴을 살폈다.

"인간이 주님의 뜻을 어찌 알겠습니까."

강환의 얼굴에 잠깐 미소가 스쳐갔다.

"신의 뜻이 무엇인지조차 모르면서 어떻게 목사가 될 수 있었소. 나동무?"

"말씀이 계셨습니다. 주님은 말씀으로 그 방법을 제시하셨습니다."

"말씀? 무슨 말씀이요."

"열 가지 말씀입니다. 그 중 가장 큰 것은 사랑이라고 주님께서는 말씀하셨습니다."

"사랑? 누구에 대한 사랑이오?"

"이웃을 네 몸같이 사랑하라고 하셨습니다."

"이웃이라면 바로 인민들을 가리키는 것 아니오, 나동무?"

"그렇게 볼 수도 있겠지요."

"하하하…"

갑자기 강환의 웃음소리가 터져 나왔다. 손을 내밀었다. 나목사의 눈에 의아한 기색이 나타났다.

"나동무, 우리 두 사람의 일치점은 바로 그것이오. 우리 코뮤니스트들도 억눌린 자, 약한 자들에 대한 사랑으로, 또 그들을 짓밟는 자들에 대한 분노로, 그러한 불의를 쳐부수기 위해서 일어선 것이오. 어떻소. 내 말이 틀리오?"

엉겁결에 악수를 하고 난 나목사는 잠깐 당황한 표정을 감추지 못했다.

"동무의 신은 우리가 그 말씀을 실천하는 것이 아니라고 말할 수 있겠소?"

"……"

"나동무는 입으로, 우리는 행동으로 인민에 대한 사랑을 실현하고 있는 게요. 그럼으로써 이 땅에 인민의 천국을 세우는 게요. 그렇지 않소 나동무? 우리는 동일한 길을 가고 있는 동지요."

"아닙니다."

잠깐 당황하던 나목사는 고개를 저었다.

"다릅니다. 분명히 다릅니다."

"뭐가 다르단 거요."

놀리는 듯 강환의 말꼬리가 치켜 올라갔다.

"당신들의 사랑은 단순한 분노의 표출일 뿐입니다. 하나님은 폭력을 허용하지 않으십니다."

"폭력을 허용하지 않는다고?"

강환의 얼굴에 비웃음이 떠올랐다.

"종교에도 피의 투쟁이 없었다고 어찌 말할 수 있단 말이오. 이단이니 마귀니 해서 흘렸던 피는 그럼 도깨비들이 장난한 것이오? 삼척동자도 아는 사실을 가지고 합리화는 하지 않았으면 좋겠소."

"인정합니다."

나 목사는 고개를 끄덕였다. 얼굴에 땀방울이 솟아나고 있었다.

"어리석은 인간들이 신의 섭리를 안다고 교만해하던 때가 있었습니다. 교만해서 오히려 신의 뜻을 배신한 적이 있었다는 것을 인정합니다."

"그렇다면 내 말을 인정한다는 것이오, 나동무?"

"그러나 모든 심판은 주님만이 하실 수 있습니다."

"심판이라구?"

강환은 뚜벅뚜벅 걷기 시작했다. 그의 얼굴에서 표정이 사라졌다. 차가웠다. 침묵 속에 걷는 강환의 군화굽 소리만 귓전을 울렸다. 잠시 후 발걸음이 멈춰졌다. 낮지만 날카로운 목소리가 날아왔다.

"일단 동무의 말이 맞다고 하겠소. 그렇다면 그 심판은 언제 있소. 수많은 인민들이 고통받으며 죽어 가는데도 웃고 있는 동무의 신은 언제 심판하러 나타난다는 게요."

나목사는 이마의 땀을 닦았다. 그는 입 속으로 웅얼거리듯 말을 이었다.

"인간이 신에게 무엇을 요구할 수가 있겠습니까. 우리는 소망할 뿐입니다. 소망 안에 주님을 부르고 믿음과 순종으로 사랑을 실천할 뿐입니다."

강환의 귀는 그 말을 하나도 놓치지 않았다. 힐난하는 듯한 물음이 발걸음을 옮기는 것과 동시에 날아왔다.

"그것으로 이루어진 일이 무엇이 있다고 생각하시오. 나동무?"

"모든 것입니다."

나목사는 눈을 감았다 뜨며 대답했다. 땀방울이 눈 속으로 흘러

들어왔다.

"모든 것이라니? 그런 모호한 말이 어디 있소."

"믿음이 없기 때문입니다. 회의와 불신으로만 보기 때문입니다."

쓰린 눈을 깜박이며 대답했다. 온몸에 진땀이 솟아나고 있었다. 강환의 눈빛은 여전히 차가웠다. 뚜벅 멈춰 섰다.

"아무 것도 이루어진 것은 없소. 믿음은 믿을 수 있는 증거가 있을 때 구체적인 의지가 되는 것이오."

"아닙니다."

나목사는 고개를 저었다.

"종교의 참뜻은 믿음 그 자체에 있습니다. 증거를 떠나서 마음으로 주님을 믿으십시오. 그러면 보입니다. 인내와 순종과 사랑 속에서 신이 어떻게 나타나는가를 볼 수 있습니다."

"그것은 맹목이라고 분명히 이야기 했소. 나동무. 그것은 치기어린 맹목에 지나지 않소."

잠시 침묵이 흘렀다. 두 사람은 서로의 숨소리를 듣고 있었다. 나목사의 숨소리는 고르지 않았다. 강환은 그의 표정을 하나라도 놓칠세라 응시하고 있었다. 나 목사의 표정도 별반 달라진 것은 없었다. 약간 숨소리가 높아졌을 뿐이었다. 강환이 다시 발걸음을 떼어 놓았다. 물음이 날아왔다.

"그렇다면 동무는 지금도 동무의 신을 볼 수 있소?"

대답보다 먼저 나목사는 고개를 끄덕였다. 그리고 나서 뒷말을 이었다.

"그렇습니다. 볼 수 있습니다. 주님은 내 몸안에 거하고 계십니다."

"신을 부정하는 나와 함께 있으면서도 말이오?"

"그렇습니다. 당신을 위해 기도할 수 있는 힘을 주시라고 저는 주님께 간구합니다. 기도합니다."

"뭐라고?"

강환의 목소리가 튀어 올랐다. 눈시울이 파르르 떨렸다.

"날 위해 뭘 기도한다는 거요."

성난 듯한 강환의 시선을 피하여 나목사는 눈을 찔끔 감았다. 그의 목소리는 떨리고 있었다.

"자신의 손에 피를 묻힌 사람은 언젠가 그 피를 보고 두려움에 떨 때가 오게 됩니다. 어떠한 미명으로도 그 두려움은 정당화되지 않습니다. 그 두려움을 위해서 기도합니다. 그 두려움을 용서해 주실 분은 오직 주님뿐입니다."

"감상적이군, 나동무."

잠깐 눈가를 파르르 떨던 강환의 표정은 다시 차갑게 변해 있었다. 그는 뚜벅뚜벅 걸었다. 확신에 찬 듯한 목소리가 날아왔다.

"설사 믿지 않으면 나를 용서하지 않는 신이 있다 하더라도, 그리고 내 손에 묻은 피가 영원히 씻겨지지 않는 저주를 받는다 할지라도, 이 땅 위에 인민의 왕국을 세우는 데 보탬이 된다면 나는 내 손에 더 많은 피를 묻히는 걸 사양하지 않겠소."

"가슴속에 쌓인 분노와 증오의 감정을 먼저 버리십시오."

눈을 뜬 나목사가 애소하듯 강환의 얼굴을 쳐다보았다.

"미움을 버리십시오."

"미움은 없소. 분노와 증오도 없소. 내가 추구하는 것은 정의의 왕국이오. 동무 같은 비겁자들이 말로만 사람들을 선동할 때, 우리 혁명 투사들은 행동으로 정의를 실천하오. 동무는 오래 살도록 하시오. 그래서 혁명이 완수된 후 동무의 비겁한 신의 힘이 아니라 바로 인민의 힘으로도 지상에 정의의 왕국을 세울 수 있다는 것을 볼 수 있도록 하시오. 그때까지 살려 두도록 하겠소. 그날이 와서 나동무가 어느 편에 무릎을 꿇고 엎드릴지 내 눈으로 보겠소."

"주님께서는 피로 세운 왕국은 피로 멸망한다고 말씀하셨습니다. 증오와 분노로 시작된 마음은 스스로의 공포와 두려움 때문에 파멸한다고 말씀하셨습니다. 언젠가 당신에게 닥칠 환난과 공포를 위해 기도하겠습니다."

"나동무, 착각하지 마시오. 난 그런 기도는 필요없소. 똑똑히 들어 두시오. 동무 같은 기회주의자들은 행동으로 나서지 못하고 뒷전으로 살피다가 인민의 힘으로 세운 왕국이 생겨나면 그 앞에 무릎 꿇고 이것 또한 신의 뜻이었다고 주장할 위선자들이오. 당신들의 신 또한 비겁자며 위선자요. 그러나 동무의 신을 그런 면에서는 고마워하시오. 오늘 동무의 목숨을 구해 준 건 확실하니까……"

강환은 돌아서서 교회를 나섰다. 그러나 분주소로 돌아오는 길 내내 나목사와 주고받았던 이야기들이 뇌리에서 떠나지 않았다. 짜증이 치밀었다. 생각하면 할수록 치미는, 이유 모를 짜증기였다. 나목사의 표정은 항상 이랬다.

'저기 길이 있습니다. 당신의 눈에는 보이지 않지만.'

그것은 벽이었다. 강환은 나목사와 그 사이에 가로막힌 거대한 벽을 보았다. 짙고 음울한 회색빛 같았다.

이전에도 그는 그런 벽을 본 적이 있었다. 바로 박이란 사내를 만났을 때였다.

'그렇다면 나 혼자 잘 먹고 잘 입기 위해서 고생하는 게 아닌가?'

그것이 그가 보았던 벽이었다. 강환은 바로 그 벽을 깨뜨림으로써 혁명의 길에 투신했다. 이후 그는 아무런 갈등이나 번민없이 그 이상을 위해 자신의 힘과 노력을 바쳐 왔다고 믿었다. 어쩌면 그 벽이 자신의 발전을 위해 설정된 것이었는지도 모른다고 생각하기도 했다.

그러나 나목사에게서 느끼는 벽은 그것과는 달랐다. 애초부터 거리가 있었다.

'아무리 착한 사람도 주님 앞에 나서면 죄인이 됩니다. 주님을 통하지 않고서는 주님의 나라에 이를 수 없습니다. 주님을 찾는 사람은 주님이 택하신 사람입니다.'

그 벽에 대한 느낌은 항상 짜증기를 만들었다. 짜증기 나는 자신에 대한 짜증도 덩달아 가세했다.

"천국은 강대장 동무의 가슴속에도 있습니다. 주님께서는 우상을 섬기지 말라고 하셨습니다."

나목사의 말을 생각하고 있던 강환은 사술에게 다시 물었다.

"그곳에도 붙였소?"

"붙였어유."

"뭐라고 그랬소."

"아무 말 안 허든디유. 그냥 나오는디 중얼거리는 소리가 들렸지만 당최 무슨 소린지 모르긋더구먼요."

그곳이란 바로 성화(聖畵)였다. 김일성의 초상화를 그 위에 붙이고 오라고 지시했던 강환이었다.

종교 집회는 금지되어 있었다. 이미 북조선에는 사오 년 전 실시

된 토지 개혁 때 종교 재산은 몽땅 몰수해 버린 뒤였다.

　나목사는 교인 하나 나타나지 않는 천막 안에서 혼자 예배하고 찬송하고 기도한다고 했다. 비위가 거슬렸다. 그렇지만 다른 수단을 쓰고 싶지는 않았다. 그것은 절대로 후퇴할 수 없는 그의 자존심이었다. 그의 생명을 지탱해 온 방탄복이었다.

　무전기의 키가 잡혔다.

　"수고했소."

　무전기 앞으로 다가앉으며 강환은 고개를 끄덕였다.

　사술은 분주소를 나섰다. 분주소 뒤편 우물에서 물 한 두레박을 길어올린 그는 뱃속이 출렁해질 때까지 물을 들이켰다. 남은 물로 낯을 씻었다. 이제 그가 맡은 경비 구역인 선착장 쪽으로 가야 했다.

　"밥이나 묵었냐?"

　저고리 앞섶으로 얼굴을 닦던 사술은 고개를 들었다. 도천 영감이 서 있었다. 지나던 길에 본 모양이었다.

　"야, 묵었소."

　희끗하게 변해 버린 아버지의 구레나룻을 보며 사술은 바지춤을 추켰다.

　"몸 안 상허게 끼니는 걸르지 말그라."

　"알았어유. 워디 댕겨 가시남유?"

　"청골에 간다. 할멈이 지 정신이 아니라 밥이나 묵었는지 가봐야 긋다."

　"그라믄 댕겨 오세유."

　"니는……"

돌아서던 도천 영감이 멈췄다. 그러더니 재빠르게 말했다.

"남 못 헐 짓 허면 못쓴다. 아무리 난리통이라 하지만 얼굴 맞대고 살 사람헌티 몹쓸 짓 하면 나중에 면대 못 허는 것인께."

"알긋어라우. 워디 내가 그러남유? 염려 놓으셔유."

그라지야? 나는 믿는다. 명술이는 여직 코나 흘리니 니를 안 믿으면 누굴 믿고 살긋냐.

그러나 마지막 말은 입 밖으로 나오지 않았다. 노인의 경험이 무언가 심상치 않은 느낌으로 그의 말문을 틀어 막았기 때문이었다.

8

밤바다는 조용했다. 동체를 엎드리고 잠자고 있는 짐승 같았다. 만월에 가까운 달빛이 그 어깨 어림에서 부서지고 있었다. 잔잔한 파도가 일렁일 때마다 물고기 비늘 같은 월광이 그편에서 한꺼번에 흔들렸다.

방파제 끝에 앉은 강환은 바다를 보고 있었다. 끝을 모르기 때문에 더 허전한 시선은 바다 어디쯤엔가 머물러 있었다.

급격히 뒤바뀐 전황과 함께, 나목사와의 일문일답을 더듬어보던 강환이었다. 그러다 시선을 던지면 바다는 여전히 저 건너편이었다. 마치 쳇바퀴 돌듯 이어지는 나목사와의 문답에서 느끼던 벽과 같았다.

강환은 눈을 감았다. 수많은 상념들이 아우성치면서 떠올랐다. 눈을 떴다. 시야로 어두운 그림자가 다가왔다.

최옥자였다. 밤참을 가지고 나온 모양인지 옆구리에는 소쿠리를 끼고 있었다.

"밤길에 왜 나왔나. 그냥 집에 있지."

강환의 입에서 힐난기섞인 목소리가 날아왔다. 옥자의 몸이 움찔 멈춰섰다. 강환의 음성에 놀랜 모양이었다. 짜증이 치솟았다. 그녀에게 퉁명스럽게 대하는 자신에 대한 짜증이었다.

"그냥 와 봤어유."

움찔하던 옥자는 돌아서려 했다.

"왔으면 예 앉지."

옆자리를 가리켰다. 멈칫하던 옥자의 온 몸에서 튕겨지는 듯한 탄력감이 느껴졌다. 대답할 겨를도 없이 몸이 강환의 턱 밑으로 굴러 들어왔다.

강환은 다시 바다로 시선을 던졌다. 바다는 여전히 조용했다. 은가루 같은 달빛만 수면 위로 어지럽게 부서져 내리고 있었다.

"뭐 할 말이라도 있는 겐가?"

한참 말없이 밤바다를 보고 있던 강환은 고개를 돌렸다. 그의 옆얼굴에 쏟아지는 옥자의 눈길을 느꼈기 때문이었다.

"아니예유. 그저……."

아니라고 하면서도 그녀의 시선은 빤히 그의 얼굴을 올려다보고 있었다. 강환은 그녀의 눈 속을 들여다보았다. 달빛을 받은 커다란 눈이 동그랗게 그를 마주보고 있었다. 평소와는 다른 눈이었다. 머뭇대는 것 같으면서도 할 말이 있는 듯한 표정이었다.

"할 말이 있으면 해도 괜찮아."

강환이 말했다. 나름대로 부드러운 소리를 만들어 낸다고 했지만 딱딱한 것은 마찬가지였다.

"아네유. 저……"

동그랗게 뜬 눈을 서너 번 깜박이고 나서도 최옥자는 계속 망설였
다.

"내가 무서운가?"

옥자의 고개가 세차게 흔들어졌다.

"아네유. 그게 아니구먼유."

"그럼 왜 말을 못하나."

시선을 돌리며 강환이 물었다. 말을 회피하는 이유가 자신의 시선
때문일지도 모른다는 생각이 들어서였다. 망설이는 기색이 스쳐갔
다. 방파제 밑까지 헤엄쳐 온 물고기가 파드득거리는 소리를 내며
물살을 갈랐다. 여자의 몸이 사내의 옆으로 움직였다.

"저……, 이런 말을 혀도 좋을지 모르굿구먼유."

"말해봐."

무슨 말이든 괜찮아, 강환은 나머지 말을 입술에 물었다. 옥자는
잠시 말을 끊고 강환의 얼굴을 뚫어져라 바라보았다.

"저……, 사람들 말여유. 죽이지 않으면 해방이 안 되남유?"

강환의 시선이 옥자의 얼굴에 꽂혔다. 여자의 몸이 다시 흠칠했
다. 잠깐 그녀를 주시하던 강환의 시선이 다시 바다로 향했다. 대답
이 흘러나왔다. 제법 부드러운 음성이었다.

"왜. 내가 사람 죽이는 걸 좋아하는 것 같은가?"

"아네유. 그게 아네유."

최옥자가 고개를 저었다. 그리고 강환의 얼굴을 쳐다보며 황급히
뒷말을 이었다. 정말 그렇게 생각한다면 큰일이다 싶은 목소리였다.

"그건 아녜유. 대장 동무가 하는 일인디 어련헐까 생각하구만요. 난 알아유. 남들은 무섭다고 하는 사람도 있지만은 강대장 동무 맘이 안 그렇다는 걸 난 알구먼유."

허둥대던 목소리가 끊어졌다. 강환의 팔이 그녀의 어깨를 안았다.

"그런가? 고맙구먼."

"고마운 건 나예유. 대장 동무처럼 훌륭한 분이……"

강환의 입가에 씁쓰레한 웃음이 떠올랐다. 그는 고개를 저었다.

"그렇지 않아. 난 그저 내 신념대로 살아가려고 했을 뿐이니까."

"그래도 사람을 다치지 않고 일허믄 안 되남유?"

"그럴 수만 있다면 좋겠지. 그러나 보다 나은 내일을 위해서는 그럴 경우도 있을 수 있는 거야. 하기 싫은 짓도 해야 하고 욕을 먹을 때도 있는 법이고, 하지만 누군가는 해야 할 일이지."

"그렇다고 강대장 동무가 할 긋꺼정은 없잖여유"

"왜 그런 말을 하지?"

"사람이 죽으면 원귀가 돼서 나타난다든디, 그 뒷감당을 워찌혀유."

강환의 입가에 다시 씁쓰레한 웃음이 번졌다. 그 이야긴가 싶었다.

"뒷감당? 내가 하지. 왜 옥자에게 시킬까 봐서."

"그래두 다 장담혀두 사람 일은 장담을 못 헌다든디유."

"그렇긴 하지."

강환은 고개를 끄덕였다. 그녀의 몸에서 따뜻한 기운이 전해져 왔다.

"그렇지만 나로서는 목숨을 걸고 뛰어든 일이야. 꼭 이루어져야 할 일이고. 어차피 내가 아니더라도 누군가는 해야 할 일이지만."

그들은 잠시 달빛이 은가루처럼 부서져 내리는 바다를 보고 있었다. 머리 위로 밤까마귀가 울며 날아갔다. 옥자의 몸이 그의 품안으로 조금 더 파고 들었다.

"대장 동무가 하는 일이 무엇인지는 난 잘 몰러유. 그렇지만 꼭 이루어지겠지유?"

그렇게 묻는 옥자의 눈 속에 다시 묘한 기색이 떠올랐다. 뭔가를 간절히 원하는 눈빛이었다.

"꼭 성사가 되겠지유?"

강환의 가슴 속으로 찌잉 앙금이 가르고 지나갔다. 숨가쁜 국방군의 공격 명령과 어지럽게 패주하는 해방군들의 무전소리가 한꺼번에 뒤섞어지며 귓전을 스쳐갔다. 그것을 부정하듯 그는 단호하게 고개를 끄덕였다. 찬바람소리 같은 것이 가슴 속을 휘잉 불어 갔다.

"만약 그렇지 않으믄……"

옥자가 뒷말을 끊었다. 그렇게 보니 무언가 속셈을 감추고 있는 듯싶었다. 강환은 그녀를 안은 팔에 힘을 주었다.

"일이 잘못되면 워떡허유?"

한참만에 다시 옥자가 물었다. 강환의 대답은 없었다. 옥자는 가벼운 한숨과 함께 고개를 들고 하늘을 쳐다보았다. 몸을 꼼지락거렸다. 강환의 팔이 풀렸다. 흘러내린 머리칼을 쓸어올리고 난 옥자가 다시 강환의 시선을 잡았다.

"만약 잘못 되믄, 잘못 되믄……."

말꼬리를 잡아먹으며 옥자가 혼잣말처럼 중얼거렸다. 어찌 들으면 한숨을 쉬는 것처럼 들렸다. 강환의 눈 속에 물음표가 하나 곤두섰다.

"오늘따라 왜 이러지? 뭐가 잘못된 것이라도 있다는 겐가?"

묻는 강환의 목소리가 끝나기 전에 옥자의 몸이 가슴으로 무너져 왔다. 치받혀 오르는 듯한 울음소리와 함께였다. 그녀는 한참 동안 어깨를 들썩였다. 강환의 손이 어깨를 쓸어 주었다. 옥자의 울음소리가 잦아 들었다. 옥자의 손이 강환의 손을 더듬어 잡았다. 그리고 그 손을 그녀의 배에 가져다 붙였다.

9

고기 담은 바구니를 가운데에 놓고 몇 명의 사내들이 둘러앉아 있었다. 기름 등잔에서 그을음이 가늘게 피어올랐다. 바람은 없었지만 가끔 피직하는 소리와 함께 불꽃이 일렁거렸다. 등잔을 둘러싸고 앉은 사내들의 그림자가 흔들렸다. 커다란 거미가 벽을 기어가는 듯싶었다.

사립 어림에서 발짝 소리가 들렸다. 순간 사내들이 흠칫 긴장했다. 콩콩 다급한 기침소리가 들려왔다.

"들어오게."

방 안에서 걸걸한 목소리가 나왔다. 기침하던 사내가 신발을 벗어 던지고 방문턱에 걸릴 듯 넘어 들어왔다.

"가고 나선 함흥차사더니 올 때는 벼락치굿네. 천천히 들어오소."

걸걸한 목소리가 말했다. 황영달이었다.

방에 들어온 나유민은 보자기를 건넸다. 길다란 물건이었다.

"녹은 안 슬었더구먼요. 기름종이에 싸두었던 거라."

이마의 땀을 닦으며 나유민이 하는 말이었다.

"쉿, 조용허게."

나유민이 가져온 것은 바로 총이었다. 구식 장총이었다. 나용일이 감춰 두었던 총이 있다는 것을 우연히 알았던 것은 천중수였다. 그 이야기를 들은 황영달이 나유민을 끌어들인 것이었다.

"자, 고기점들이나 드소."

황영달이 먼저 고기 한 점을 집어들었다. 손들이 뻗어 나왔다. 고기점을 우물거리며 황영달이 분주소 습격 계획과 각자 맡아야 할 분야에 대해서 설명을 했다. 박사술이 보초 서는 날을 택해서 일거에 덮칠 계획이었다. 악질적인 놈은 빨치산 셋과 강환, 최복동 다섯이니까 먼저 그들을 처치하고 다음에 최복동의 집을 습격한다. 반항하면 사살한다. 분주소에 들어가는 즉시 총을 빼앗는다. 강환 쪽을 잡지 못하면 분주소 담에서 대항할 준비를 한다. 분주소에 있는 놈들을 제압하지 못하면 강환과 최복동을 처치하고 깨방죽으로 모인다. 그리고 그곳에서 국군이 상륙할 때까지 싸운다. 섬사람들도 이편에 가담할 것이다. 시간을 끌면 국군이 온다. 우리가 유리한 것은 명약관화하다.

대충 그런 이야기가 오고갔을 때였다. 발자국소리가 나는 듯싶더니 방문이 열렸다. 이마를 맞대고 이야기를 나누던 사람들이 깜짝 놀라 고개를 들었다.

커다란 몸집의 사내가 엉거주춤 허리를 숙이고 문지방을 넘어 들어왔다. 윤만돌이었다. 황영달이 재빠르게 입을 막았다.

"여기 앉소. 복날은 지났지만 넘어간 복추렴을 지금 허능구만. 어서 앉소."

만돌에게 하는 말이라기보다 방 안 사람들을 겨냥한 말이었다. 퉁방울 같은 눈으로 주변을 두리번거리던 만돌이 자리에 앉았다.

"요굿을 누가 손 안 대더니 자네가 올라고 그랬등가 보시."

황영달이 건네준 다리 하나를 만돌은 받아 들었다. 우적우적 먹기 시작했다. 그 동안 황영달은 누군가 한다는 황당한 축지법 이야기며 가랑잎으로 강을 건넜다는 얘기들을 풀어 놓았다. 고기를 우적대고 난 만돌은 가타부타 표정없이 자리에서 일어섰다.

"더 묵고 가소."

천중수가 말했다. 그러나 만돌은 그 말은 못들은 듯 밖으로 나섰다. 발자국 소리가 멀어져 갔다.

"휴."

방문을 닫고 난 그들은 한숨을 내쉬었다.

"원 사람도."

나유민의 얼굴을 살피고 난 황영달이 헛웃음을 웃었다. 새파래진 채 식은땀을 흘리고 있었기 때문이었다.

"혹시 눈치채든 않았을까유?"

박사술이 눈을 세웠다.

"쓰잘 데 없는 걱정이시."

천중수가 되받았다.

"간혹 큰소리는 알아듣는 듯도 허데만 워떠케 안당가?"

그때 나유민이 엉거추춤 일어나더니 방문을 열고 나갔다.

"어 허, 지렸는 모양이구만."

뒷간 쪽으로 사라지는 소리를 듣고 황이 혀를 끌끌 찼다. 불안한 기색이 잠깐 스쳤다. 그것을 느꼈는지 황영달이 다짐을 두었다.

"이 일은 절대로 비밀을 지켜야 허네. 행여 가술들헌티라도 입밖에 내면 안 되여. 저렇게 다른 사람이나 달고 오믄 워쩌긋능가? 사람 눈도 각별히 조심허고. 아무 기척을 말소. 알긋능감?"

모두들 고개를 끄덕였다.

그러나 그때 천 노인의 집 사립에 납작히 붙어 있는 그림자가 있었다. 가끔 고개를 빼들고 집 안을 훔쳐보던 그림자는 뒷간에 가는 나유민을 보자 눈이 반짝 빛났다. 잠깐 흰 이빨을 드러내고 웃는 듯싶던 그림자는 잠시 후 사라졌다.

밤이 깊어지자 천 노인의 집에서 그림자들이 하나씩 빠져나왔다.

나선 사내들은 더러 주변을 힐끔대다가, 혹은 마실이라도 다녀가는 양 스스럼없이 어둠 속으로 사라졌다.

나유민도 어스름한 달빛 속을 걸어 집으로 발걸음을 재촉했다. 허둥대는 발걸음이 완연했다. 그때 그의 눈앞을 가로막는 사람이 있었다.

"워디를 밤늦게 이리 허겁지겁 다녀오는가?"

엉거주춤 오금이 얼어붙은 채 나유민은 고개를 들었다. 조그만 눈이 그를 쏘아보고 있었다. 최복동이었다.

"먼 일이여? 똥구녕에 불났는가?"

최복동이 다시 느물거리며 물어왔다.

"쩌그……. 저……, 개 잡아 묵었네."

"뭐, 개?"

최복동이 입맛을 다시는 시늉을 하더니 고개를 갸우뚱거렸다.

"이 사람들이 끼리끼리만 보신혔구먼. 뉘 입은 입 아녀?"

“······.”

“워디서 묵은 게여?”

갸웃거리는대로 비아냥거리는 목소리가 날아왔다.

“쩌그. 그랑께······.”

“몸 보신허고 학질 걸렸남? 왜 그리 떨어. 뉘집 개 잡었남, 도천 영감네 개 잡었나?”

“그랬당께. 미안하그······먼.”

최복동의 입가에 보일 듯 말 듯 미소가 흘렀다.

“도천 영감네 개를 잡았다고 혔긋다······?”

두 사람은 앞서거니 뒷서거니 갈림길에 나섰다. 왼편은 분주소 쪽이고 오른편은 나유민의 집방향이었다. 갈림길에 이른 나유민은,

“그라믄, 잘 가소.”

하는지 마는지 입 속으로만 우물거리고 허둥지둥 집 쪽으로 발걸음을 떼어 놓았다. 최복동이 뒷춤을 잡아챘다.

“어이 무신 사람이 그리 급혀? 잠깐 땀이나 들이고 가래니께. 몸 보신허고 땀빼면 모두 헛거여, 헛거.”

분주소 가는 길로 등을 밀었다.

“어머님이 아프시당께.”

“무신 소리. 아픈 엄씨 놔두고 보신허로 댕겼구먼.”

왁살스럽게 어깨를 밀었다.

얼굴이 사색이 된 나유민이 ‘어무니 아프당께’를 되뇌다가 발길로 채이면서 분주소 앞까지 이르렀을 때는 ‘똥이 마렵당께’가 나오고 있었다.

“이거 개새끼 동무등만. 뭐, 개를 잡어 쳐묵었어?”

　분주소에 들어서기 바쁘게 최복동이 몽둥이를 찾아들자 나유민의 얼굴이 흙빛으로 변했다.

　"이 시러배 새끼야. 도천 영감네 개를 잡아묵었다고? 천중수 집에서 뭐 했어? 바른 대로 말 안 허믄 혀를 잡아 빼놓을티여."

　무전기 앞에 앉아 있던 빨치산 김창수가 일어섰다. 침을 흘리며 자고 있던 이차로도 부시시 깨어났다. 보초를 서던 조만섭이 한 마디 했다.

　"도천 영감네 집에 무신 개가 있당가? 잡아 묵은 지가 언젠디?"

　그러나 나유민은 이미 제정신이 아니었다.

　"자, 사실대로 말혀 보실까? 안그라몬 정말로 혀를 뽑아 놓긋어."

　"개 잡아 묵었구만. 정말여."

　"이 새끼가 여직 귀신 씨나락 까묵는 소리 허고 자빠졌네."

　몽둥이가 날아갔다. 그전부터 숨 넘어가는 비명소리가 들렸다.

　"말혀. 안 허믄 당장 포를 떠 놓팅께."

　다른 핑계를 댈 겨를도 없이 개 잡아 먹었다는 말만 되풀이하던 나유민이 눈을 까뒤집었다. 기절해 버린 것이었다. 양동이 물이 부어졌다. 나유민이 정신을 차리자 최복동이 슬슬 달래기 시작했다. 밟기도 전에 굼벵이처럼 몸을 사리는 나유민이 제법 버티는 것으로 보아 뭔가 있다 싶었다.

　"어떤가. 자네, 효자람서? 탁 털어놓게. 그렇지 않으믄 여기서 살아나갈 것 같은가? 어림없어. 자네 생각혀 보게. 자네마저 죽으믄 자네 어무니는 워찌 되긋나. 생각혀 보래니까. 늘그막에 남의 문전 넘다가 얼어 죽은 목숨이여. 까마구 밥이래니께 까마구 밥."

　찔찔 울기 시작하는 나유민이었다. 복동의 입가에 미소가 흘렀다.

"자, 말허소. 말만 허믄 자네는 살아남네. 나도 벌써 짐작은 허고
있는 굿이지만 자네 입으로 들어사제. 말을 혀사써. 말 안 허고는 못
견딜 굿인디 뭐한다고 한 차례나 더 얻어맞고 말헐려고 하는가."

"그만두시오. 최 동무."

옥자를 들여보내고 분주소에 돌아와서 대충 경위를 들은 강환이
나유민의 앞을 막아섰다. 갑자기 주변이 조용해졌다. 강환의 부모가
누구 손에 목숨을 잃었는지 알고 있는 사람들이었다.

앞을 막아서는 강환을 보는 순간 나유민의 얼굴이 똥빛으로 변했
다. 마주치지 않기 위해서 꾀병까지 앓았던 상대편과 그렇게 정면으
로 만나기는 처음이었다. 뱀눈에 맞은 개구리 꼴이 되었다.

강환도 물론 나유민이 누구인지 알고 있었다. 그러나 그의 마음
속에 떠오른 것은 원한이 아니었다. 미움도 아니었다. 이상스럽게
그 순간 그의 마음 속에 떠오른 생각은 바로 바닷가에서 최옥자에게
들었던 이야기였다. 애를 가졌다고 울먹이던 옥자의 얼굴이었다.

강환은 돌아섰다. 잔뜩 긴장한 사내들의 시선이 그의 얼굴에 부어
지고 있었다. 그곳으로 무표정한 목소리가 날아갔다.

"이 동무의 어미를 잡아오시오. 대리 심문하도록. 그리고."

옆을 보았다. 천중수도 붙잡아 오라고 말을 할 작정이었다.

"말 허굿소."

제정신이 아닌 듯, 피투성이가 된 얼굴을 쳐든 나유민의 입에서
그런 말이 새어 나왔다. 눈은 초점을 잃고 있었다.

"말하시오."

피범벅이 된 나유민의 입에서 이야기가 한 마디씩 새어나오기 시
작했다. 찔찔 울면서 시작된 이야기는 누가 무엇을 맡고 누가 보초

설 때 어떻게 하자는 거며, 그밖에 어찌어찌 하자는 데까지 술술 이어졌다.

듣고 있던 사내들의 얼굴에 경악이 스쳤다. 그것은 최복동도 마찬가지였다. 모여서 불만이나 씨부려대고 있을 줄 알았던 그였다. 문밖에서 지켜보긴 했지만 말이라곤 한 마디도 듣지 못한 터였다. 사내들이 우르르 총을 잡았다.

"잠깐."

권총을 꺼내든 강환이 그들을 제지했다. 그리고 나유민의 턱을 총구로 밀어올렸다.

"누가 꾸민 짓이냐."

"황영달이오."

그 개새끼. 진작 없애야 하는 건데. 그럴 줄 알았구면.

그런 소리들이 들렸다. 노리쇠를 후퇴시키는 소리도 났다.

"총은 어디서 났나?"

"주가미하고 홍만표헌티 있다고 헙디다."

다시 한 번 경악하는 목소리가 사내들의 입에서 터져 나왔다. 벼락같이 달겨든 최복동이 멱살을 움켜 쥐었다.

"주가미라고? 어딨나, 그 새끼 어딨어!"

강환의 표정에도 잠깐 놀라는 기색이 스쳤다.

"난 몰러요. 영달이 아저씨가 만났다는 이야기만 들었제."

멱살이 잡힌 나유민이 대꾸했다. 금방 숨 넘어갈 듯한 비명소리와 함께 피거품이 터져 나왔다.

"어디서 만났나?"

"깨방죽이유."

사내들이 우르르 몰려 나갔다.

"강환만 붙잡으면 주가미가 총을 쏘기로 했네."

황영달이 하는 말이었다. 중수는 고개를 끄덕였다. 다른 사람들이 돌아간 뒤 마지막으로 계획을 검토해 본 다음이었다. 그 말을 끝으로 황은 일어섰다.

"그럼 잘 자소. 갈라네."

그때, 멀리서 발자국 소리가 들리는 듯싶었다. 조심스럽긴 했으나 한두 사람은 아니었다. 무슨 낌새를 챘는지 나서려던 황영달이 재빨리 다락에 올라가 총을 꺼냈다. 사립문을 들어서는 소리가 들렸다. 나가려는 중수를 황영달이 가로막았다. 벌써 불은 끈 뒤였다.

"누군지 먼저 물어보소."

그리고 들창께로 몸을 옮겼다. 중수가 금방 잠에서 깬듯 어눌한 목소리로 물었다.

"게 누구요?"

"천동무. 나요."

"이 밤중에 무슨 일이오?"

"별일은 아니고. 지금 의논할 일이 있다고 분주소로 모이라는구먼. 나와 보시오."

걸어 놓은 문고리가 달그락거렸다. 잡아 당겨보는 모양이었다. 그 틈에 황영달은 들창을 빠져나갔다.

바지를 꿰는 시늉으로 시간을 벌고 난 중수가 문을 열었다. 턱 밑으로 총부리가 먼저 들어왔다.

10

아침 안개가 섬을 뒤덮고 있었다. 마치 생명을 지닌 것처럼 스물스물 피어오르는 안개였다. 까막봉 쪽에서 음산한 까마귀 울음소리가 들려왔다.

"도 인민위원회 지십니다."

무전을 받고 있던 김창수가 쪽지를 내밀었다. 눈에 핏발이 서 있었다. 내미는 손이 떨렸다.

강환은 전통을 읽었다. 읽고 난 그는 무표정하게 그것을 구겨 휴지통에 버렸다. 모자를 눌러쓰고 자리에서 일어섰다.

"어떻게 할까요?"

김창수의 눈이 그렇게 묻고 있었지만 강환은 무시하고 밖으로 나섰다. 분주소 안에 모여 있던 사내들의 눈이 일제히 그의 뒷모습에 쏠렸다.

하나같이 불안하고 핏기어린 눈빛이었다.

무전기에서는 여전히 국방군의 명령이 떨어지고 있었다. 난수표였다. 때로는 양키들의 목소리가 잡히기도 했고 음어가 숨가쁘게 반복되기도 했다.

말없이 강환의 모습이 사라지자 김창수는 휴지통에서 그 전통을 집어 들었다. 주변에 몰려든 사내들이 그 전문을 읽었다.

'해방군 전사들은 입산 투쟁 준비를 할 것. 기밀 문서는 소각. 비상 식량과 탄약확보. 체포된 반동 계급은 임의 사살할 것'

밤새껏 잡아온 천중수와 박사술, 그리고 여타 사람들을 족치느라고 한숨도 자지 못한 그들의 눈동자는 붉었다. 전문을 읽고 나자 사내들의 눈빛이 더 붉게 변했다. 불안과 공포가 대상 없는 증오심과 함께 솟아올랐다.

이슬이 바지가랑이를 적셨다. 축축했다. 그러나 묵묵히 발걸음을 옮기는 강환의 얼굴에는 표정이 없었다.

사태는 돌이킬 수 없다는 것을 그는 잘 알고 있었다. 섬을 빠져나가는 것도 늦은 뒤였다. 빠져 나간다 하더라도 갈 곳이 없었다.

"만약에 일이 잘못되면 워떡혀유?"

두려움에 떨던 옥자의 목소리가 들려 왔다. 던져 버리려 할수록 그 목소리는 귓전을 맴돌았다. 애소하는 듯 울먹이는 모습이 눈앞을 가로막았다.

그러나 그런 사실들만이 그의 발걸음을 옮기게 하고 있는 것은 아니었다. 그 이전의 의구심도 한꺼번에 떠오르고 있었다. 그 자신은 알 수 없었지만 보다 근본적인 곳에 뿌리 박았던 자신의 신념에 대한 흔들림이었는지도 몰랐다.

천막 교회에 붙여 놓았던 포스터는 땅에 떨어져 있었다. 이슬에 젖은 채였다. 그것을 집어든 강환은 안으로 들어섰다.

십자가 앞에 꿇어앉아 있는 나목사의 뒷모습이 보였다. 다가섰다. 나목사의 어깨 너머로 포스터가 날아내렸다.

"누가 찢어낸 것이오?"

나목사는 고개를 들었다. 강환의 얼굴을 본 순간 그는 섬짓 놀랐다. 그런 얼굴은 처음이었다. 창백했다. 핏기라곤 없었다. 눈만이 번들거리고 있었다.

나목사는 잠시 침묵했다. 잠시 후 그는 고개를 저었다.

"모르는…… 일입니다."

"밖에 붙였던 것은 이슬에 젖었다고 간주하겠소. 그러나."

성화를 가리켰다.

"저곳에 붙인 것은 누가 떼어 냈소?"

당신이 아니라면 누구요? 강환의 눈은 그렇게 묻고 있었다. 시선을 떨군 나목사의 몸이 떨리기 시작했다. 몸을 스며오는 아침 냉기 때문만은 아니었다. 서릿발처럼 차가운 눈이 번들거리며 그를 노려보고 있었다. 얼음덩어리 속에 묻어 두었던 빗자루로 그의 온몸을 쓸어 내리는 것 같은 느낌이었다. 이마로 진땀이 솟아났다. 미처 감정을 추스를 겨를도 없었다.

"너희는 나 이외의 우상을 섬기지 말라."

자신이 하는 말이 무슨 말인지도 모르는 채 나목사는 더듬더듬 중얼거렸다.

"들에 핀 백합과 이름 모를 꽃들을 보라. 먹을 걱정과 길쌈을 하는 노고를 하지 않더라도 다 내가 기르느니라."

강환의 입가에 차가운 미소가 떠올랐다. 자신의 눈앞에 앉아 있는 사내는 떨고 있었다. 나유민과 하나도 다를 바 없었다.

"주님께서는 말씀하셨습니다. 가난하고 죄진 자들아. 다 내게로 오라. 내가 너희를 편히 쉬게 하리라. 너희를 용서하여 천국으로 인도하리라. 그렇게 말씀하셨습니다."

"나 동무, 도대체 당신의 신은……."

강환은 잠시 말을 끊었다.

"무엇을 용서한다는 것이며, 언제까지나 용서하겠다는 거요. 심판의 날까지? 결코 오지 않을 심판의 날까지 용서한다는 겐가? 용서라는 말 한마디로 비겁함을 은폐하려는 위선적인 동무의 신은 뭐라고 말하는 게요?"

"언제까지나 용서하고 사랑하라고 말씀하셨습니다. 일곱 번의 일흔 번이라도 용서하고 사랑하라고 말씀하셨습니다."

"동무도 그렇게 할 수 있으리라고 믿소? 진정으로 믿고서 하는 말이오?"

"주님의 뜻을 따를 수 있는 힘을 주시라고 기도할 뿐입니다."

"나동무."

강환의 입에서 비웃음이 날아왔다. 뚜벅뚜벅 걸으며 그는 말을 이었다.

"지금 동무가 죽는다는 것도 동무의 신은 아는가?"

나목사의 얼굴에 경련이 스쳤다. 순간적인 떨림이었다. 눈을 찔끔 감았다. 목소리가 흘러나왔다. 미처 의식하고 대답하는 말이 아니었다. 어디선가 멀리서 그런 대답을 자기 대신 하고 있는 사람이 있는 것 같았다. 그 목소리를 듣고 있는 듯싶었다.

"내게 더 이상 역사하실 것이 없다면 주님께서는 그렇게 안배하실 것입니다."

강환이 권총을 빼들었다.

"그렇다면 나동무. 동무도 용서받지 못하는군. 모든 사람을 용서하라는 동무의 신이 왜 동무를 외면하겠소."

"그것은 신의 섭리입니다."

"섭리라고? 호호호."

강환의 입에서 괴상한 웃음소리가 터졌다.

"섭리라고? 아니오!"

부정하면 입을 찢어놓을 듯한 기세로 강환은 소리 질렀다. 그처럼 큰 목소리를 지른 것은 처음이었다.

"그것은 모순이자 허위와 기만이오. 가식이란 말이오. 내 말이 무슨 뜻인지 알겠소, 나동무? 진실은 죽음 앞에 선 동무의 온몸에 식은땀이 흐르고 있다는 점이오. 그것이 부정할 수 없는 진실이오. 어떠한 미명으로든 피를 손에 묻힌 자의 두려움은 씻어낼 수 없다고 동무는 말했소. 그러나 어떤 미명으로도 숨길 수 없는 것은 바로 진실이오. 공포에 떨고 있는 동무의 몸이오. 동무는 지금도 나를 위해 기도할 수 있소?"

"나 또한 시험을 받으면 흔들리기 쉬운 나약한 인간일 뿐입니다. 기도와 믿음으로 이겨내려 하고 있을 뿐입니다. 당신을 위해 기도하겠습니다. 당신을 위해 기도할 힘을 달라고 기도하겠습니다."

"날 위해 기도할 필요는 애당초부터 없었소. 이젠 동무 자신을 위해 기도할 시간이오. 나동무, 잘 가시오. 당신은 당신의 신념대로, 나는 나의 신념대로 갈 수밖에 없소. 만약 저 세상이 있다면 그곳에 가서 묻겠소. 당신과 나 두 사람 중 누가 속이지 않고 가식되지 않는 삶을 살았는지……"

찰칵 공이가 젖혀지는 소리가 났다. 나목사는 눈을 감고 있었다. 눈꺼풀이 떨렸다. 얼굴에는 땀이 흐르고 있었다. 강환은 순간 거대한 벽이 눈앞에 솟아오르는 것을 느꼈다. 최옥자의 얼굴이 스쳐 지나갔다.

그는 옆에 놓인 걸상을 발로 걷어찼다. 우당탕거리며 걸상이 날아갔다. 권총을 나목사의 이마에 가져다 댔다. 금속성의 총구가 차갑게 빛났다.

총소리가 울렸다. 잠시 후 나목사는 눈을 떴다. 강환은 이미 사라진 뒤였다. 십자가가 총탄에 맞아 부서져 있었다. 그의 눈에서 눈물이 떨어졌다.

분주소 쪽에서 맹렬한 사격소리가 들려온 것은 그때였다. 잠시 후 선착장 쪽에서도 기관총소리가 들렸다. 이편이 가진 딱쿵총소리가 아니었다. 이편에 기관총은 없었다.

11

그날은 바로 미 제10군단 산하의 병력과 한국 해병 일개 여단 및 보병 연대가 참가한, 인천 상륙 작전이 성공한 뒤 일주일째 되는 날이었다.

인근 군산은 미 제5사단에 의해 전날 밤 탈환되었다.

오식도에 군부대가 상륙했다. 바로 장준환이 지휘하는 해병 일개 소대였다.

해가 완전히 떠오르자 오식도 내의 사정은 완전히 뒤바뀌었다. 붉은 빛은 찾아볼 수 없었다. 폭도들은 도망쳐 버린 뒤였다. 섬에 상륙한 군부대는 곧바로 수색을 시작했다.

석진을 등에 업은 청골댁이 지서 앞에 나타난 것은 해가 중천에 떠있을 때였다. 그 동안 석진은 내내 시름시름 아팠다. 머리골치가 지끈거리고 어지러웠다. 설사가 계속 되었다. 피마자 기름 때문이었다. 최복동의 협박으로 사색이 된 청골댁이 피마자 기름을 먹였던 것이다.

지서 앞에는 경비를 서는 군인과 마을 사람들 간에 실랑이가 한창이었다.

"글쎄 이 안에는 없다니까요. 왜 우리가 거짓말을 하겠습니까? 한 사람도 없어요."

몰려든 축들은 모두 집안에 붙잡혀간 사람이 있는 얼굴이었다. 잔뜩 쉰 군인의 목소리를 따질 계제가 아니었다.

"그러면 시체라도 있을 것 아녜유?"

그런 목소리와 함께 울음소리가 높아졌다. 나유민의 어머니였다. 그 뒤편에는 박도천 영감이 넋나간 표정으로 서 있었다.

"지금 수색을 허는 중이니까 곧 밝혀질 겁니다."

"하늘로 솟았을까. 땅으로 들어갔을까. 아니 잡혀온 사람들이 없다는 굿이 말이 되굿소?"

석진 에미를 찾아 나선 청골댁이 악을 썼다.

"글쎄요. 우리가 이곳을 점령했을 땐 이미 아무도 없었습니다. 빨갱이들이 끌고 갔는지도 모르지요. 곧 수색대가 돌아옵니다. 잠시만 기다려 주십시오."

모여든 사람들의 입에서 그때 우 함성이 터졌다. 군인을 보고 지르는 함성이 아니었다. 그들의 등 뒤쪽에서 잡혀오는 사람들을 보고서였다. 사람들의 시선이 일제히 그편으로 향했다. 욕들이 날아갔다.

"천벌 받을 놈들."

"인간탈만 썼제, 저게 워디 사람여?"

붙잡혀 오는 사람은 이차로와 윤만돌, 그리고 뺀들댁과 최옥자였다.

뺀들댁은 나는 죄 없어유, 하고 설레발을 치면서 끌려오고 있었고 이차로와 윤만돌은 묶인 채였다. 그런데 최옥자는 어디서 다쳤는지 한쪽 다리가 피투성이였다. 윤만돌은 자꾸만 무슨 말인지 하려는 몸짓으로 입을 달싹거리며 퉁방울 같은 눈을 깜박거렸다. 이차로는 입가에 게거품을 물고 있었다.

"난 안 그랬당께."

거품을 뿜으며 하는 말이었다. 누군가 그에게 은실을 죽인 놈이라고 말했던 모양이었다.

"난 아니여. 난 아니랑께."

거듭 고개를 저었다. 누군가 혀를 찼다.

"니가 했다고 동네방네 자랑헐 때는 언제고 인자는 아니여? 과수원이 니 것이라고 돌아댕길 때는 니 정신이 아니었단 말여?"

"난 아니여."

"그라믄 누구란 말여!"

"복동이랑께."

그런 말이 뒤섞이면서 사람들의 시선이 최옥자를 힐끔거렸다. 그녀는 무엇에 놀래기라도 한 듯 반쯤 넋이 나가 있었다. 거기다가 어디에서 다쳤는지 다리 관통상을 입고 있었다. 강환의 뒷수발을 들어주었다지만 평소에 참하던 옥자의 성격을 아는 사람들은 그 의아스러움을 이차로에게 쏘았다.

"그라믄 왜 니놈 짓이라고 설치고 다녔냐?"

술렁대던 사람들의 입에서 그런 말이 날아갔다. 최복동이라면 그렇게 하고도 남으리란 기색이 묻어 있는 목소리였다. 한풀 꺾여 있었다.

"나헌티 과수원 준다고 그랬다니께. 내 것이여."

"저른 팔푼이 겉은 놈. 그래 니 것이니께 잘 묵고 잘 살아라. 저눔

이 멍청헌 체 하믄서 제일 악질 빨갱이 노릇을 혔다니께."

그때 사람들 사이를 뚫고 장준환이 들어섰다. 섬에 상륙하는 대로 과수원으로 달려가 그곳에 만들어진 장노인과 은실의 무덤을 본 그의 얼굴은 새까맣게 타 있었다. 눈까지 검게 타들어간 듯싶었다.

"그놈입니다. 장대위님."

사병 한 사람이 이차로를 가리켰다. 장준환의 얼굴이 그편으로 향했다.

"아녀, 난 아니랑께."

장준환의 눈빛에 질린 이차로가 손을 내저었다. 그리고 뒤돌아서 도망을 쳤다. 절름대며 둘러선 사람들 사이를 막 빠져 나갔을 때였다.

장준환의 총에서 불꽃이 튀었다. 뛰던 그대로 이차로는 쓰러졌다. 그때 하늘이 무너지듯 그편으로 달려가는 사람이 있었다. 뺀들댁이었다.

"아이고 이놈들아. 마른 나무에 꽃핀다드냐. 내 자석 사타구니 좀 만져 보래니께. 세상에 아이고 내 자석 죽네. 애매헌 내 새끼 죽네."

장준환의 총부리가 만돌을 향했다. 그때 둘러선 사람들 사이를 헤치고 들어서는 사내가 있었다. 어깨에 사람을 멘 채였다. 그 뒤로 황영달이 총을 두 자루 들고 따라왔다.

"주가마!"

청골댁이 달려들었다. 석진이 울음을 터뜨렸다. 탈진한 기색으로 걸어 들어온 주가미는 어깨에 메고 있던 사내를 내려 놓았다. 홍만표였다.

"총에 맞았소. 빨리 응급조치 하시오."

말하는 주가미의 안색은 창백했다. 텁수룩히 자란 머리칼과 수염이 뒤덮은 얼굴은 전혀 낯선 사람처럼 보였다. 흙투성이인 옷은 땟국에 절어 있었고 찢겨진 틈 사이로 맨살이 드러났다.

사람들의 웅성거림이 가라앉기를 기다려 주가미가 나지막하게 저간의 사정을 이야기했다. 고양된 목소리였다. 첫번째로 사람들이 놀란 것은 그가 탈출했던 것이 만돌의 도움이라는 것이었다.

"생각혀 보시오. 누가 그 자물쇠를 맨손으로 뜯어낼 수 있것능가. 창고 문을 부수고 나를 구해 준 것은 바로 만돌이었소."

이어지는 말은 두 번째로 사람들의 입에서 탄성을 자아냈다.

"그리고 나를 숨겨 준 사람은…"

손을 들어 주가미는 한 켠을 가리켰다. 그곳에는 이차로의 시체를 안고 몸부림치는 뺀들댁이 있었다.

"바로 덕금에미올시다."

놀란 목소리가 터졌다. 사람들의 눈이 휘둥그레졌다.

그들은 얼마나 뺀들댁이 주가미를 잡아야 한다고 설치고 다녔는가를 알고 있었다. 돌부처도 돌아 앉는다는 씨앗을 한둘 봤느냐고 욕지거리 퍼붓던 모습이 상기도 눈앞에 선연한 사람들이었다.

주가미의 말은 계속 이어졌다. 뺀들댁의 헛간에 토굴을 파고 지내다가 대숲에 불을 지르던 날 도망쳐 나와 폭도들과 총격전을 벌인 것은 바로 자신이었다고 했다. 홍만표를 구하기 위해서였다. 대숲에 숨어 있다 도망친 홍만표와는 그 뒤로 까막봉에 숨어 있다가 홍대장이 가져온 라디오로 인천상륙작전 소식을 듣고 황영달과 함께 일을 꾸민 것이었다. 그리고 아침녘 지서 자리에서 나는 총소리를 듣고 심상치 않다 싶어 내려오다가 까막봉으로 도주하는 강환의 패거리를 만났던 모양이었다.

홍만표가 총상을 입은 것은 거기에서였고 어쩌면 일당 중 한두 사람은 다쳤을 거라는 이야기였다. 황영달이 가진 총 한 자루는 만돌이 해치운 빨갱이에게 빼앗은 것이요, 다른 한 자루는 나유민이 가져온 것이라는 이야기가 끝날 때쯤 해서는 마을 사람들의 놀라움은 경탄으로 바뀌고 있었다.

맨 처음 등에 업은 석진을 내려놓고 난 청골댁이 달려가 뺀들댁을 감싸안았다. 뺀들댁은 그 손을 매섭게 뿌리쳤다. 어디서 솟아나오는지 모를 힘이었다.

청골댁이 흠칫 물러섰다. 뺀들댁은 기괴한 웃음을 입가에 띠운 채 이차로의 시체를 부둥켜 안았다. 비틀거리며 사람들의 틈바구니를 빠져 나갔다. 걸어가는 발걸음 뒤로 빨간 선혈이 꽃잎처럼 점점이 뿌려졌다. 뺀들댁의 딸 덕금이 그 꽃잎을 밟고 잉잉 울며 뒤따라 갔다.

"여기다."

그때 분주소 뒤편에서 눈이 튀어나올 것 같은 외마디 비명이 터져 나왔다. 울음소리가 귓전을 찢었다. 사람들이 우르르 몰려갔다.

그곳은 바로 우물이었다. 흙으로 대강 덮어 둔 우물 안에 사람들이 쳐박혀 있었다. 이미 싸늘히 식은 시체를 하나씩 끄집어낼 때마다 통곡소리가 하늘을 찔렀다.

유치장에 끌려갔던 사람들은 하나같이 그곳에 있었다. 천중수, 양옥순, 박사술, 나유민 그리고 그외 너덧 사람의 애매한 얼굴이 나타났다. 석진의 어머니도 그곳에 섞여 있었다. 끌려갔던 사람 중 살아남은 사람은 아무도 없었다.

"무도한 놈들. 이것이 사람 탈을 쓰고 헐 수 있는 짓인가!"

토벌군이 편성되었다. 너도 나도 불을 켜고 나섰다. 집안에서 사람이 죽어 나간 장정들이었다. 장준환이 지휘하는 군병력도 입초 한두 사람만 빼고 모두 출동 준비를 했다.

사내들은 까막봉으로 도주한 것으로 판단되었다. 강환과 최복동, 그리고 김창수라는 빨치산과 성이 박이라는 털보, 그 외 마을의 가담자들 서넛, 모두 십여 명 정도였다.

나목사와 박도천 영감이 나서서 연고 없는 시체를 수습하는 것을 보며 토벌대는 까막봉으로 출발했다. 장준환의 기름 밴 눈동자에는 이빨을 가는 마을 사람들의 저주가 함께 뒤섞여져 있었다. 석진 어미의 죽음을 본 주가미와 만돌, 그리고 황영달도 앞장을 섰다. 까막봉의 지리에 익숙한 사람은 그들뿐이었다.

"우리 어무니 미쳤구만요."

뺀들댁의 딸 덕금이 울면서 다시 나타난 것은 살기 어린 토벌대가 까막봉으로 출발한 직후였다. 그러나 그 말에 귀를 기울이는 사람은 없었다. 들었다 하더라도 경황이 없는 판국이라 그냥 귓전으로 넘겨버렸다.

그 말이 뜻하는 것을 처음 안 사람은 청골댁이었다. 석진어미의 시체를 수습하며 피울음을 운 그녀의 목은 이미 쉬어 있었다. 그런 판국에도 몸을 일으킨 것은 문득 주가미의 목숨을 구해 주었다는 기억이 그를 부축한 탓도 있었겠지만, 그와 더불어 만손 노인을 묻으면서도 눈물 한 방울 흘리지 않았던, 그 어떤 당찬 기개가 그녀의 몸속에 잠재해 있던 까닭이었다.

"가보자, 아가. 미우나 고우나 대를 잇게 해 준 집안인디."

시체들이 대강 수습된 뒤 두세 사람과 함께 청골댁은 주막으로 향했다. 가까이 다가가자 흥얼거리는 노랫소리가 들렸다. 자장가 소리였다. 웃음소리도 들렸다.

덕금이 가리키는 곳은 부엌 쪽이었다. 그곳에서는 매케한 연기가 풍겨나왔다. 생솔가지 타는 냄새였다. 솥이 걸려 있었고 물 끓는 소리가 들렸다. 뺀들댁이 밖으로 나섰다. 부엌 안은 온통 연기였다.

"워따 청골댁 오시요야. 먼 길에 고상 많았소."

뺀들댁이 히죽 웃었다. 한눈에도 이미 성한 사람의 눈빛은 아니었다. 숯검정이 묻은 손으로 얼굴을 문지르며 그녀는 안방께를 손짓했다.

"어여 들어가 보셔유. 신부 기다리다가 신랑 목이 빠져 부렀구먼유."

청골댁이 안방 문을 열었다. 이차로의 시체가 놓여 있었다. 얼굴에는 분을 발랐는지 희부덕덕했고, 연지가 빨갛게 칠해져 있었다. 비린내가 풍기는 방 안에서 파리들이 우수수 날아올랐다.

기별을 듣고서야 마을 사람들이 모여 들었다. 시신은 청골댁과 만돌이 수습을 했다. 둘러선 사람들이 모두 구역질을 했다.

"우리 아들 고자라던 동네 사람들아, 모두 나와 보소. 우리 이차로 장개가네."

만돌이가 가마니에 싸서 메고 가는 지게 뒤를 바싹 따라가며 뺀들댁이 덩실덩실 춤을 추었다. 덕금이 잉잉 울면서 뒤따라 갔다. 까막봉 쪽에서 까마귀 몇 마리가 게으르게 날았다.

"불이다."

뺀들댁의 초가에 불이 붙은 것은 이차로를 묻고 난 사람들이 돌아

오고 있을 때였다. 뭉클 연기가 솟더니 순식간에 불꽃은 중천장을
뚫어 올랐다. 검은 연기가 퍼져 나갔다.

"잘 탄다. 잘 탄다."

불길을 보며 뺀들댁은 맨발로 머리를 풀어 헤친 채 덩실덩실 춤을
추었다. 사람들이 흠칫 놀랬다. 두 손바닥을 딱딱 마주치고 절름거
리기도 하며 때론 흘겨보기도 하는 그녀의 모습이 틀림없는 이차로
의 행동 그대로였기 때문이었다.

순식간에 불꽃은 주막 전체를 태워 버리고 사그라졌다. 시커먼 벽
과 무너져 버린 서까래에서 연기가 뭉클 피어났다. 대충 번지지 않
을 정도로 뒷수습을 하고 난 사람들이 그제야 뺀들댁을 찾았다. 그
녀의 모습이 보이지 않았다. 이상스러워진 사람들이 주위를 두리번
거렸다.

뺀들댁은 어느 틈엔가 뻘밭 끝까지 걸어나가 있었다. 썰물 때라
상당히 먼 거리였다. 뺀들댁은 막 물 속으로 발을 디밀고 있었다. 사
람들이 손을 모아 악을 썼다. 뺀들댁이 뒤를 돌아보았다. 히죽 웃는
것 같았다. 그러나 웃었다고 하더라도 보일 리 없는 거리였다. 뒤를
돌아보고 난 뺀들댁은 물 속으로 걸어 들어갔다. 배꼽이 물에 차고
가슴이 찼다. 목까지 물에 잠겼을 때 뺀들댁은 다시 뒤를 돌아보았
다. 둥실 뜬 얼굴이 다시 웃는 것 같았다. 그러나 다음 순간 언제 사
라졌는지 모르게 그곳에는 바닷물만 시퍼랬다.

이후로 뺀들댁의 모습은 다시 나타나지 않았다. 행여 밀려오는 시
체라도 건질까 싶어 사람들이 밀물 때면 나와 보곤 했지만 두 번 다
시 그녀의 모습은 떠오르지 않았다.

12

"왜 쏘았소."

강환의 음성이 싸늘하게 날아갔다. 어디선가 음산한 까마귀의 울음소리가 들려 왔다. 암울한 분위기만큼 음산하게 들리는 울음소리였다.

강환의 시선이 향한 곳에는 김창수가 대꾸 없이 앉아 있었다.

"김동무는 엄청난 과오를 저질렀소. 인민들을 무차별 사살했으니 혁명 과업이 이루어지기는커녕 후퇴한 셈이라는 것을 모르겠소?"

갑작스러운 국군의 상륙에 놀랜 빨치산들이, 나목사를 찾아갔던 강환이 돌아오기도 전에 갇혀 있던 사람들을 모두 사살해 버린 것이었다. 김창수의 짓이었다. 총에 기름칠을 하고 있던 김창수가 고개를 들었다. 못마땅하다는 기색이 나타난 얼굴이었다.

"전통에 의하면 불순분자들을 사살하라고 해서……"

강환의 눈꼬리가 치켜 올라갔다.

"그것을 결정하는 사람은 나요. 왜 지시 받지 않은 일을 해서 과업에 지장을 초래하는 것이오. 지금 동무 때문에 얼마만큼 곤란에 빠진 상황인지 알기나 하오!"

강환의 손이 허리께로 올라갔다. 잠시 펑펑한 침묵이 스쳐갔다. 까막봉 위의 사내들은 모두 숨을 죽이고 두 사람의 표정을 살피고 있었다.

"국방군이 그리 빨리 쳐들어 올지는 몰랐잖습니까? 게다가 대장 동무도 안 보이고 해서……"

김창수가 그 침묵을 깼다. 억울하다는 표정이었다.

“그리고 그놈들 풀어 주었다간 다 총들고 덤빌 놈들 아니겠소, 대장 동무?”

“그것은……”

강환의 눈시울이 파르르 떨렸다.

“내가 결정할 일이오. 이곳을 벗어나려면 인민들의 도움을 받지 않고서는 어렵다는 점을 감안해 보고 한 짓이오?”

“……”

잠시 지긋하게 눈을 감았다 뜬 강환은 주위를 돌아보았다. 최복동과 서기명, 한영구의 시선이 그의 얼굴에 부딪쳐 왔다. 한결같이 불안하고 두려움에 젖어 있는 눈빛들이었다. 강환의 손이 허리에서 내려갔다.

“항명죄에 해당하지만 이번만은 긴박했던 상황이라는 점을 감안해서 넘어가도록 하겠소. 그러나……”

돌아서며 그는 분명히 못을 박았다.

“다음에 이런 일이 있을 때는 간과하지 않겠소.”

말을 마친 강환은 바다로 시선을 던졌다. 김창수에게 화를 냈던 까닭은 혁명 과업에 지장을 초래했다던가 섬을 빠져나갈 것을 걱정해서는 아니었다. 오히려 그 반대였다. 어쩌면 그것은 자신이 지녔던 신념에 대한 회의감이라고 보아야 옳았다. 자신이 조금만 빨리 되돌아 왔어도 붙잡혔던 사람들이 그렇게 죽어가지는 않았을 것이었다. 그 점을 강환은 확실히 알고 있었다.

최옥자의 얼굴이 떠올랐다. 끝까지 자신을 따라오겠다고 우기다가 총탄을 맞고 주저앉던 얼굴이었다. 순간 그녀의 얼굴에 떠오르던 원망과 놀라움과 두려움이 다시 한 번 강환의 가슴을 쳤다.

“그러나……."

데려올 수 없는 자신의 마음을 그녀도 헤아릴 수 있는 날이 오리라. 세월이 흐르면, 그리고 새로운 생명이 얼마나 무성한 희망의 싹을 피워낼 수 있는지 안다면…….

지난 세월들이 천천히 그의 눈앞을 스쳐갔다. 외롭고 괴로웠던 수많은 시간들이, 그리고 그 괴로움 속에서 흘려 보내야 했던 수많은 밤들이…….

그는 시선을 돌려 자신의 손을 내려다보았다. 노동과 훈련으로 단련된 손은 못이 박혀 있었다. 그 손에서 갑자기 피비린내가 풍겨오는 듯싶었다.

나는 무엇을 위해서 이 손에 피를 묻히기 시작했던가. 인민을 위해서? 남조선의 해방을 위해서? 아니면 가난하고 학대받는 자들의 억울함을 위해서? 아니면 나도 모르게 내 부모님의 원한을 갚기 위해서? 아니면 내가 원하는 사회에서 내가 원하는 방법대로 삶을 영위해 나가고 싶은 욕심 때문에?

그 어느 것도 아닌 것 같았다. 어느 것이라고 말할 수가 없었다. 확연하게 보이던 모든 것들이 마찬가지로 하나같이 모호해 보였다. 마치 허깨비놀음을 하다가 깨어난 듯싶었다. 피묻은 빗자루가 변해서 생겼다는 발 없는 귀신에 홀려 밤새도록 산길을 헤매다가 문득 들려오는 닭 울음 소리에 소스라쳐 깨어난 기분이었다.

강환은 바다에서 시선을 돌렸다. 그의 일거수 일투족에 신경을 곤두세우고 있는 사내들의 시선이 화살처럼 가슴을 찔러 왔다. 어떠한 자책으로도 지워지지 않을 연민이, 그를 포함한 모두에게 솟아올랐다.

"대장 동무, 어째야 좋을지 모르긋구먼유."

서기명이 무릎 위에 올려놓고 있던 조만섭의 얼굴을 들여다보며 중얼거렸다. 조만섭은 어깨 바로 밑을 관통당한 총상을 입고 있었다. 깨방죽께에서 만난 주가미와의 총격전에서 입은 부상이었다.

"그냥 놔두면 죽겠구만유."

서기명이 다시 혼잣말처럼 중얼거렸다. 일순간에 십 년은 늙어버린 듯 쇠잔한 목소리였다. 옆에서 들여다보던 복동이 침을 찍 뱉었다.

"젠장헐. 재수 대가리 없이. 팔자에 타고난 굿을 인저 와서 워쩌 긋어. 이제 와서 내려간다고 목숨 건질 판도 아니고."

총을 움켜 들었다. 불안감을 떨쳐 버리기 위한 행동이었다.

"그래도 워떠케 피라도 그쳐사 쓸 것인디."

서기명의 어깨너머로 내려다보던 한영구가 그 이야기를 물고 늘어졌다. 역시 마찬가지로 엄습해 오는 공포감을 떨구어 버리기 위한 말이었다. 손 하나 까딱할 수 없는 불안이 주위를 침묵으로 이끌었다.

대충 옷조각을 찢어 지혈을 하고 난 강환은 다시 바다로 시선을 던졌다. 그의 마음 속에는 이미 최옥자의 다리에 권총을 겨누었던 것과 똑같은 결심이 뚜렷한 형상으로 자리 잡아가고 있었다. 어찌되건 목숨을 부지할 만한 사람들은 내려보내야겠다는 결심이었다.

그때였다.

"저것 보래니께유. 저것 좀 봐유."

공처럼 튀어 오르는 서기명의 목소리가 산능선을 굴러 내려갔다. 하늘을 가리켰다. 어디서 날아왔는지 전투기 한 대가 비스듬히 그들의 머리 위를 날아가고 있었다. 한눈에도 정상적인 비행은 아니었다. 한쪽 엔진에서 검은 연기가 뿜어져 나오고 있었다. 금방이라도 추락할 것처럼 기수는 바다를 향하고 있었다. 연기가 뿜어져 나오는 날개에서 불꽃이 반짝거렸다. 그때 검은 물체가 비행기 위에서 튀어 오르더니 밑으로 떨어졌다. 낙하산이 펼쳐졌다. 하얀 버섯 같은 낙하산은 둥실 떠서 섬을 향해 내려오고 있었다.

"까막봉 쪽이다."

산을 기어 오르던 토벌대도 그 비행기를 보았다. 도망친 사내들보다 먼저 보았지만 사방을 살피며 전진했던 까닭에 그들의 전진 속도는 그만큼 느릴 수 밖에 없었다. 상대편의 총탄이 어디에서 날아올지 모르는 만큼 사주 경계를 게을리 할 수 없었다. 따라서 출발한 지 꽤 시간이 지났지만 그들은 까막봉을 절반 정도밖에 오르지 못하고 있었다.

"아군기다. 낙하 지점으로 각자 산개. 엄호 사격하라."

떨어지는 비행기를 식별한 장준환이 외쳤다. 군인들의 동작이 기민해졌다. 낙하산이 떨어지는 방향을 가늠하고 달리기 시작했다.

그곳으로 맨 먼저 달려간 사람은 주가미였다. 까막봉의 지세를 그보다 잘 아는 사람은 없었다. 노루처럼 숲속으로 달려 들어간 그는 떨어지던 낙하산이 둥실 부풀리면서 나뭇가지에 걸리는 것을 보았다. 조종사가 그네 뛰듯 나뭇가지에 매달렸다. 몸부림치며 낙하산을 벗으려 하는 모양이었으나 떨어지면서 엉킨 줄이 움직일수록 몸을 얽어매고 있었다.

"줄을 끊으슈. 줄을."

악을 썼지만 조종사는 무슨 말인지 알아들을 수 없다는 표정이었다. 다시 보니 백인 조종사였다. 말로는 안 되겠다 싶어진 주가미가 나무 위로 기어 올라갔다.

그때 쯤에는 강환도 그 장소가 보이는 곳까지 이르렀다. 총탄이 먼저 날아갔다. 미군 조종사임을 확인한 순간 강환의 뇌리에 섬광 같은 생각이 스쳐 지나갔다. 어쩌면 그것이 자신을 뒤따라온 사람들의 생명을 구해줄 수 있는, 계기를 만들어 주지 않을까 하는 생각이었다.

그들을 살릴 수 있는 길이 아직 있다.

그는 피가 솟구치는 듯한 목소리로 외쳤다.

"조종사는 생포해야 한다. 쏘지 말라."

날아오는 총탄을 피해 강환은 필사적으로 포복해갔다. 조종사를 생포하기 위해서였다. 미친 것처럼 땅바닥을 기어간 강환은 엄폐물로 삼은 바위 뒤에서 고개를 들었다. 그때는 이미 나무 위로 올라간 사내가 조종사를 부축해서 내려오고 있는 중이었다.

강환은 권총을 겨누었다. 가늠쇠 안으로 조종사를 부축한 사내의 얼굴이 들어왔다.

'주가미다.'

순간 총을 겨누던 그는 멈칫 했다. 손에 파르르 경련이 스쳐 지나갔다. 갑자기 그곳에서 어린 시절 그대로의, 주가미의 얼굴을 보았기 때문이었다. 총을 겨누고 있는 그의 뇌리 속으로 번개 같은 생각들이 떠올랐다.

어린 시절 걸핏하면 남에게 얻어맞고 울던 자신의 편을 들어 주던 주가미의 얼굴이 스쳐갔다. 방아쇠에 걸린 손가락에 힘이 빠졌다. 순간 자신의 등 뒤에서 겁에 질린 채 떨고 있는 사람들의 얼굴이 떠올랐다. 그 뒤에는 인민의 왕국을 위해 투쟁해야 한다고 피토하던 자신의 모습이 서 있었다.

나는 그들을 여기까지 몰고 온 책임이 있다. 떨리던 강환의 손가락에 힘이 주어졌다. 총구에서 불꽃이 튀어 나갔다. 조종사를 부축하고 땅으로 내려 서려던 주가미의 몸이 휘청 꺾어졌다.

"총에 맞았다. 엄호하라."

찢어지는 듯한 장준환의 고함소리와 함께 만돌이 쓰러지는 주가미를 보았다.

강환이 그곳에서 머뭇거리지만 않았다면 조종사는 어쩌면 이편에서 생포했을지도 몰랐다. 그러나 잠시 머뭇거리던 순간 토벌대의 뒤편에서 따라 올라온 기관총이 불을 뿜었다. 바위 주변으로 총탄이 빗발치듯 날아왔다.

고개를 들 수 없을 정도로 맹렬한 사격이었다. 총탄에 맞은 바위 조각이 부스러져 튕겨났다. 파공성이 귓전을 찢었다.

귓전을 찢는 기관총소리를 들으며 이제는 아무 것도 바랄 수 없는 완전한 절망감에 휩싸여 되돌아 기어가는 강환의 눈에 핏발이 붉게 물들었다.

기관총에 쫓긴 놈들이 산 위로 도망치자 황소처럼 달려간 만돌이 주가미의 몸을 들쳐 업었다. 그러나 주가미는 마을에 도착하기 전에 숨이 끊어졌다. 토벌대의 얼굴에는 다시 한 번 흉흉한 살기가 떠올랐다.

기관총을 앞세우고 그들은 까막봉을 향해 전진했다.

제5장 명암(明暗)

1

보름 동안 연기했던 출국 날짜는 사흘 후로 다가와 있었다.

고궁(古宮) 안은 한적했다. 하늘은 금방이라도 비를 내릴 것처럼 찌뿌둥했다. 발길이 닿는 대로 걷던 석진은 풀밭 언저리에 마련된 나무의자에 걸터앉았다. 담배를 꺼내 불을 붙이고 난 그는 지그시 눈을 감았다.

"신애는 최옥자의 딸일세."

그 말을 꺼내던 나목사의 얼굴이 눈앞에 떠올랐다. 잡으면 바스러질 것 같은 느낌이 묻어나는 얼굴이었다. 잿더미 같았다.

나목사로부터 오식도를 스쳐갔던 전쟁이야기를 들은 후, 서울로 돌아온 석진은 며칠째 그 이야기에서 헤어 나오지 못하고 있었다. 자신에게 일어나고 있는 파문의 범위조차 명확히 판단해 낼 수 없었다.

어떻게 보면 그것을 들었다는 사실만으로는 크게 달라질 것도 없는, 아니 그냥 듣고 넘겨버리면 그만인 이야기일 듯싶었다. 그러나 실제로는 그렇지 않았다. 뭔가가 끊임없이 그의 신경을 건드리고 있었다.

무엇일까, 그 까닭은.

신애가 강환과 옥자의 사이에서 태어난 딸이었다는 사실이었을까?

자신의 집안을 완전히 부숴 놓았던 강환과 최복동이라는 사람의 피가, 신애에게 흐르고 있다는 점은 물론 충격적인 것이었다. 그러나 그것 하나만은 아니었다. 무언가 또 있었다. 이거다 하고 끄집어낼 수는 없었지만 분명히 걸리는 부분이 있었다.

그것은 무엇일까.

"신애는 강환과 최옥자 사이에서 태어난 딸일세."

그 이야기만이 나목사가 자신에게 하고 싶었던 이야기였을까. 비밀로 묻혀 버릴 수도 있는 사실을 당사자들에게 알려 주어야 한다는, 바로 진실에 대한 사명감뿐이었을까?

그렇지 않다면 신애의 고통을 이해해달라는 말이었을까. 아니면 그 이상의 어떤 의미가 담겨져 있는 것일까?

그런 물음을 되풀이해서 자신에게 묻고 있던 석진은 다시 한 번 마지막 이야기를 마무리짓고 난 나목사의 모습을 하나씩 더듬어 보았다.

대충 오식도를 할퀴고 지나간 전쟁에 대해 이야기를 마치고 난 나목사는 잠시 말이 없었다. 석진의 시선도 아래로 떨구어진 채였다.

아무런 생각도 들지 않았다. 하고 싶지도 않았다. 아니 생각할 만한 기력이 없었다. 마치 삼십여 년이란 세월을 하루 저녁에 살아버린 듯싶은 허탈감이 그의 온몸을 파김치처럼 만들고 있었다.

나목사는 수건을 집었다. 이마의 땀을 닦아냈다. 그리고 펼쳐두었던 이야기들을 정리하기 시작했다.

"까막봉으로 도망쳤던 사람들 중 목숨을 건진 사람은 딱 한 사람이었다네. 조만섭이었지. 아니 조만섭의 목숨이 살아났다고만 말하기는 그렇군. 뭐랄까, 인간의 삶이 되살아난 것이라고나 할까?"

"모호한 말씀이군요."

"그렇겠구먼. 까막봉으로 오르는 토벌대 앞에 두 사람이 나타났지. 서기명하고 한영구던가? 등에 조만섭을 업고서. 살려달라고 손을 들었다지만……. 이미 사람들은 제정신이 아니었네. 따지고 보면 부상을 당했기 때문에 조만섭은 목숨을 건졌던 건지도 모르지. 죽은 것으로만 알았으니까. 그렇지 않았으면 뒷얘기를 알 수 있는 사람은 없었을 걸세. 그들만 어떻게 까막봉을 내려올 수 있었는지 짐작할 수 있겠는가?"

"글쎄요……."

"강환일세. 반대하는 빨치산 한 사람을 쏘고 그들을 내려보냈던 것일세. 덩달아 나선 것밖에 그들이 애당초 뭘 알고서 나선 사람들인가. 어찌 되건 목숨이나 부지할 것으로 생각했던 건지도 모르지. 우물 속의 시체를 보고는 사람들 눈이 뒤집혀진 것은 모르고."

"그럼 죽었군요."

"그렇게 되었네. 그리고 나머지도 모두 그 까막봉에서 토벌대의 손에 목숨을 잃었지. 최복동 역시 그곳에서 죽었고. 그런데 강환의 시체는 없었어. 사람들이 눈에 불을 켜고 찾았지. 다음 날에야 발견이 되었다네."

　강환의 시체는 까막봉의 낭떠러지 밑에 떨어져 있었다고 했다. 그러나 왜 그의 시체 하나만 그곳에 있었는지 알 수 없었다.

　"나중에 들으니 이상한 얘기도 있더군. 그 시체 옆에 까마귀들이 많이 죽어 있었다던가? 그리고 왜 자네 부친이 놓쳐 버렸다는 빨간 새도 그 옆에 죽어 있더란 말도 있고. 하지만 그것을 보았다는 사람은 아무도 없네. 따지고 보면 다 그 미친 전쟁 탓이랄 밖에 누가 누굴 원망하고 또 미워할 수 있겠나."

　석진의 기억 속에도 아버지를 묻고 난 청골댁이 시름시름 앓다가 그의 손을 놓지 못하고 숨을 거두던 모습이 어렴풋이 남아 있었다.

　그리고 석진은 떠났다. 머나먼 이국 땅으로. 은인의 아들이라며 그를 데리고 떠나던 미국 조종사 스턴의 손짓이 생각났다. 네 고향을 기억해 두라는 시늉으로 섬을 가리키던 모습이었다.

　스턴도 지금은 땅 속에 묻혀 있다. 아버지도, 강환도…….

　"그 뒤, 나는 강환이 까막봉으로 도망치기 직전 나를 찾아왔던 새벽의 일을 생각하게 되었네. 처음엔 나를 죽이기 위해 왔다고 생각했지. 총을 겨누었으니까. 그런데 차츰 시간이 지나자 이런 생각이 들기 시작하더군. 혹시 그는 나에게 무언가 할 말이 있었던 것은 아닐까 하고 말일세. 시간이 갈수록 그런 의혹은 짙어졌네. 그렇다면 강환이 나에게 마지막으로 하고 싶었던 말은 무엇이었을까? 나 대신에 십자가를 쏘았던 그의 행동에는 말못할 어떤 뜻이 숨겨져 있는 것이 아닐까 하는 생각. 내 생각이 틀리지 않았다는 확신을 갖게 된 건 최옥자를 만났을 때였네."

　"최옥자를요?"

　"그렇지. 당시 부역죄로 수감 중이었네. 그 곳에서 나는 놀라운 사실을 알았지."

"……?"

"그녀가 임신을 하고 있었다는 사실일세. 그리고 강환도 그것을 알고 있었다는 거야. 그 이야기를 듣자 나는 내가 가진 의문이 확연하게 풀리는 것을 느꼈네. 그것이 무엇이었는지 짐작이 가나?"

석진은 고개를 저었다. 무슨 질문을 받았어도 당시의 그로서는 고개를 저을 수밖에 없었을 것이었다. 온통 헝클어진 그의 머리는 체계를 세워 판단할 능력을 잃고 있었다. 짧은 시간에 들었던 이야기들을 미처 소화할 겨를도 없었다. 그 이야기들은 밀도살장에 끌려가는 소에게 먹인다는 물처럼 그의 뇌리 속으로 쏟아져 들어오고 있었다.

"바로 최옥자가 붙잡혔을 때 입고 있던 다리 관통상이었네. 총상을 입을 까닭이 없었지."

뺀들댁과 이차로가 함께 붙잡혀 왔을 때, 이미 총상을 입고 있었던 이야기를 되풀이하며 나목사는 뒷말을 이었다.

"강환의 짓이었다는군. 까막봉으로 따라 나서겠다고 우기는 최옥자에게 총을 쏜 거지. 잔인한 짓이었지만 그 나름대로의 고육책이었으리란 생각도 들더군. 총을 겨누던 그 마음을 다른 사람들은 짐작할 수 없었을 거네. 당시 그녀가 홀몸이 아니라는 사실을 아무도 몰랐으니까. 그런 면에서 본다면 그 심정이 조금은 이해가 되네. 나로선 당위성 이전의 문제라고 생각할 수밖에 없었고……."

나목사는 잠시 말을 끊었다. 석진은 대꾸 없이 나목사의 얼굴에 시선을 고정시킨 채였다. 나목사는 고개를 끄덕였다.

"살리고 싶었던 걸세. 이미 전세가 돌이킬 수 없다는 것을 알았던 게지. 어쩌면 자신의 행동에 대한 회의심도 조금은 있었을지 모르고. 까막봉에서 김창수라는 빨치산이 반대하자 그를 쏘고 마을 사람들을 내려보냈던 것을 생각하면 그런 면도 작용했을 듯싶더군."

"……."

"그렇다면 강환이 나를 찾아와서 마지막으로 하고 싶었던 말은 무엇이었을까?"

나목사의 시선이 석진의 얼굴에 부딪쳐 왔다. 두 사람의 눈빛이 마주쳤다.

"기도하고 간구하며 난 생각했네. 그리고 깨달았어. 그는 나를 찾아와서 그의 핏줄을 부탁하려 했던 것이 아닐까 하고 말일세. 당신의 주님은 언제까지나 용서할 수 있느냐고 묻는 목소리에 실은 그 뜻이 묻어 있었다는 걸 그제야 난 깨달았네. 그 비웃는 듯한 목소리가 실은 그의 마지막 의지였을지도 모른다는 생각. 지푸라기라도 잡아보고 싶은 몸부림이었는지도 모른다는 생각. 그러자 난 번민에 빠졌네."

"……."

"그의 마지막 부탁, 무언의 부탁이 무엇인지 안 순간 나는 내가 행해야 할 바를 놓고 괴로워하지 않을 수 없었네."

"……."

"그는 나를 죽일 수도 있었지. 그런 면에서 보자면 어찌됐건 내 목숨을 살려준 사람이라고 할 수도 있지. 어쩌면 내 목숨을 살려 주는 대가로 그런 약속을 받아내려고 할 수도 있었을 테고. 그랬다면 내 마음은 차라리 홀가분했을 걸세. 그러나 그는 그렇게 하지 않았네. 그때 그의 심중에는 무슨 생각이 있었을까?"

"자포자기하는 심정이었을지도 모르지요."

"아닐세. 자포자기했다면 차라리 나를 죽였겠지. 그건 아니라고 나는 믿네. 그 이상의 무엇이 그곳에는 있었어. 차마 말로 꺼내지 못하는 어떤 뉘우침이라든가, 혈연의 정, 아니면 무작정이나마 걸어온 길을 되돌아보고 느끼는 회한 같은 것이 조금씩 묻어 있는, 알 수 없는 느낌, 그런 것이었을지도 모르지. 난 생각을 거듭했네. 모든 걸 잊어버리고 싶다는 생각도 물론 있었지. 모든 걸 덮어 버리자. 강환은 그때 나를 찾아오지 않았다. 아니다. 다만 그때 나를 죽이러 왔을 뿐이다. 생각을 하고 또 했지."

"……."

"목사로서의 의식도 소명감도 그 순간에는 어디론가 사라졌네. 그 순간 떠올랐던 생각은 두렵다는 것이었지. 당장이라도 총성이 울리고 피를 쏟으며 쓰러지는 내 모습이 눈앞에 보이는 것 같았어. 몸이 떨리더군. 살고 싶다고 생각했네. 그 생각 외에는 떠오르는 게 없었어. 포스터를 찢어 없애면서 했던 각오는 어디론가 사라져 버리고 온몸이 떨리기 시작하는 거야. 그 마음을 이해할 수 있겠나?"

"그것을 힐난할 사람은 없을 겁니다."

나목사는 고개를 저었다. 그리고 담담히 말을 이어 나갔다.

"잘했다고 할 사람도 없겠지. 그곳에서 난 생각했네. 나 또한 마찬가지로 보잘것없는 사람이라고. 그리고 그 숱하게 죽어간 사람들보다 오히려 먼저 죽었어야 할 사람인지도 모른다고. 그들은 죽음으로써 그들이 치러야 할 고통을 치렀지만, 나는 살아남은 것을 기뻐하는 하찮은 사람이라고. 그때, 딸을 낳았던 최옥자가 그만 죽었다는 이야기를 들었네. 그 순간 나는 결심했네. 내가 부딪친 일이 아무리 힘든 일이라고 해도 두 번 다시 회피해서는 안 된다고, 그들이 고통받는 자리, 바로 그 자리에 나 자신을 함께 해야 한다고, 바로 여기 고난의 시간, 고난의 땅에 나를 보내신 주님의 뜻은 그것을 조금이라도 나누어 가질 수 있는 사람을 원하실 거라고, 그들의 고통이 다름 아닌 내 자신의 고통이라는 것을 깨달았네. 어쩌면 그 순간부터 나는 사람을 진정으로 믿기 시작했는지 모르겠네. 입으로는 사랑을 외치며 손으로는 모른다고 내젓던 내 자신의 위선을 발견했다고나 할까? 내 얘기가 납득이 가지 않는다 하더라도 어쩔 수 없네. 나로선 이제 다 털어놓았단 심정이 드는구만."

"한 가지 여쭤보고 싶은 것이 있습니다."

나목사의 말이 끝나기를 기다려 석진은 말문을 열었다. 겨누고 있었던 물음이었다. 긴 시간을 기다린 물음은 짧았고, 빨랐다.

"왜 신애를 제가 있는 곳으로 보내셨습니까."

나목사의 얼굴이 그때, 번쩍 빛났다. 이야기를 하면서도 힘이 드는지 온통 잿더미처럼 쇠잔해 보이던 얼굴에 일순간 홍조가 떠오르는 듯싶었다. 잠깐 생각을 가다듬던 나목사는 고개를 끄덕였다.

"생각나는 대로 얘길함세."

맨 처음 만났을 때 느꼈던 따뜻하고 온화한 표정의 노인이 그곳에 있었다.

"내가 왜 신애를 자네가 있는 곳으로 보냈는지 나도 잘 모르겠네. 모른다기보다 납득할 만큼 설명할 자신이 없어. 그러나 두서 없는 대로 말을 해 보겠네. 부족한 부분은 채워서 들어 주게나."

우선 그렇게 서두를 꺼내놓고 난 나목사는 일사천리로 말을 이었다. 마치 그런 대답이 준비되어 있었던 것 같았다.

　"자네는 모르고 있었겠지만 전쟁이 끝난 후부터 스턴에게선 가끔 연락이 왔었네. 안부에서 시작된 것이 나중에는 목회 관계까지 이어졌었지. 교회에 원조도 많이 보내왔다네. 그러다 재단 장학금으로 후원하는 유학생 제도에 대한 프로그램을 보내왔더군. 난 신애를 보내는 데 대해서 많은 생각을 해 보았네. 우선 신애는 총명하고 재질이 있는 데다가 여러 가지 조건에 적격이었으니까. 그리고 난 신애에게 언젠가는 친부모에 대한 이야기를 해줘야 하리라고 생각하고 있었다네. 그게 언제가 될지는 모르지만, 다만 내가 죽기 전에, 그리고 그 애가 세상에 대해서 좀 더 넓은 이해를 가질 수 있게 될 때여야 한다고 생각했었지. 부끄럽기만 하고 치욕으로 느끼게 될지도 모르는 부모를, 오히려 불행한 시대에 제물이었을 뿐이라고 이해하면서, 그들을 미워하지 않고 받아들일 수 있을 만큼 성숙하기를 기다렸다네. 그러나 그것이 단순히 기다리기만 하면 이루어지는 일은 아니라는 점도 알고 있었지. 우선 신애에게 확고한 자신감을 심어주는 일이 필요했네. 부모의 행적 때문에 자기 자신의 존재에 대해서 부정적인 생각을 갖게 되는 건 피해야 했기 때문이지. 난 신애가 주님 앞을 제외하고는 언제 어느 때 어느 곳에서도 자신의 존재에 대해서 긍지와 자신감을 가지도록 만들어줘야 한다고 믿었네. 자신의 존재 가치가 부모 때문이 아니라 오직 자신의 마음가짐에 달려있다는 것을 느끼게 되면 언젠가 필요한 그때에 힘이 되어 줄 수 있을 테니까. 그런 단련을 위해서 외국 유학은 좋은 경험이 될 수 있으리라고 믿었네."

　"……."

　"그러나 그런 결심을 하고 나자 또 다른 문제에 신경이 쓰였지.

교회 장학금으로 간다고 할 때, 그것은 스턴뿐만 아니라 자네와의 연결로도 이어지더군. 그곳이 단순히 미국이라는 땅이 아니라 오히려 과거의 원한의 흔적이 살아남아 있는 곳이란 점에서 망설이지 않을 수 없었네. 물론 신애도 자네도 모르는 일이었지만 자네가 그곳에 있다는 사실을 도외시하긴 어려웠지. 나는 거듭거듭 망설였네. 아직 때가 아니라고 그만둘까 생각하기도 했었으니까.”

석진은 눈도 깜박이지 않고 나목사의 말에 열중하고 있었다. 잠깐 석진의 얼굴을 바라본 나목사는 다시 말을 이었다.

“끊임없이 기도하고 반문하며 나는 주님 앞에 물었다네. 어떻게 하는 것이 주님의 뜻에 더 가까운가를.”

나목사는 잠시 머뭇거렸다. 그의 얼굴에 확신의 표정이 뚜렷이 나타났다.

“난 그때, 어쩌면 이 일이 주님께서 마련하신 일이 아닌가 하는 생각이 들더군. 주님은 자네들 두 사람이 화해하기를 바라시고 그렇게 이끌고 있는 것은 아닌가 하고. 신애는 그때 갓 고등학교를 마쳤을 때였지. 그리고 진정한 화해가 깨끗하고 순결한 마음에서 이루어진다고 생각한다면, 어른이 되기 전에, 그러니까 이해와 관용으로써가 아닌, 티 없는 친애와 사랑으로 먼저 맺어지도록 마련하신 것은 아닐까 하고 말일세. 내 감히 주님의 뜻을 빌어 그렇게 말했지만, 그것은 또한 나의 염원이기도 했다네. 그 점을 이해해 줄 수 있겠나?”

“……”

“나중에 진실을 알게 되었을 때도 여전히 자네들 서로의 생각이 신애와 석진으로서 떠오르기를, 다시 말하자면 주가미의 아들이나 강환의 딸로서 떠오르지 않기를 소망했던 것일세. 그것이 내 바람이

기도 했고. 내가 가졌던 생각이 독선이 아니라고 말해 줄 수 있겠
나?”

석진은 침묵을 지켰다. 휠체어를 붙잡은 나목사의 손이 가늘게 떨
고 있었다. 잠시 후 다시 나목사의 목소리는 이어졌다. 그 목소리는
조금은 떨고 있었다.

“내가 이제 자네에게 모든 이야기를 털어놓는 것은 그것밖에 내
가 할 수 있는 일이 없기 때문일세. 다만 한 가지 부탁하고 싶은 것
은…….”

“…….”

“신애의 고통을 나누어 가질 수 있는 사람은 자네밖에 없다는 것
을 알아달라는 것일세. 물론 이제 와서 돌이킬 수는 없는 일이겠지
만, 우리 세대가, 그리고 또한 내가 알게 모르게 저질렀던 모든 일들
을 자네들에게 이렇게밖에 남겨 놓지 못했음을 허심탄회하게 고백
하는 것일세. 우리가, 그리고 내가 마무리지어야 할 부채를 젊은 사
람들에게 떠맡긴다는 회한이 들지만, 용서를 비는 마음으로 자네들
에게 떠넘기는 것일세. 나는 오직 주님께서 언제까지나 자네들을 지
켜보아 주시기만을 죄인의 심정으로 빌 뿐이네.”

석진은 고개를 떨군 채였다. 그의 뇌리 속으로 수많은 상념의 회
오리가 스쳐 지나갔다. 나목사는 휠체어에 기대고 눈을 감고 있었
다. 눈은 감은 채, 그는 나머지 말을 매듭지었다.

“물론 자네의 고통도 크겠지. 그러나 신애는, 신애는 정말 혼자일
세. 그 애의 고통을 나누어 가질 사람은 이제 이 세상에는 아무도 없
네. 자네뿐이지. 그러나 자네가 어떻게 해야 그 애의 고통을 나눠 가
질 수 있는지 나는 정말 모르네.”

"……."

"나는 정말 모르겠네, 하지만."

무슨 말인가 꺼낼 듯싶던 나목사는 입을 다물었다. 감고 있는 눈이 계속해서 떨리고 있었다.

늦은 시간이었다. 인사를 하고 난 석진은 자리에서 일어났다. 그 순간 나목사가 물어왔다. 뱃속에서 쥐어 짜내는 듯한, 아니 머리털 한 오라기까지 곤두설 듯, 혼신의 힘을 다해서 뱉어내는 목소리였다.

"자네는 내가 신애에게 진실을 밝힌 것이 잘못이었다고 생각하나?"

돌아선 석진은 잠시 나목사의 얼굴을 정면으로 바라보았다. 그러다가 그냥 돌아섰다.

문을 열고 나서려던 그는 발걸음을 멈췄다. 그리고 다시 나목사를 보았다.

"아닙니다."

그렇게 대답했는지도 몰랐다. 아니면 고개를 저었는지, 아니면 말 없이 문 밖으로 걸어 나왔는지 그 자신도 알 수 없었다.

고궁의 나무의자에 앉아서 담배를 피워 문 채 그런 생각에 잠겨있던 석진은 문득 고개를 들었다. 담뱃불은 꺼져 있었다.

그 부분이었을까.

"자네는 내가 신애에게 진실을 밝힌 것이 잘못이었다고 생각하나?"

진실을 덮어 둘 수 없다는 명목 하에, 신애의 가슴에 그토록 처참한 고통을 줄 수 있었고, 그리고 이제는 그 진실이라는 것을 나에게도 털어놓을 수밖에 없다고 생각한 나목사에게 느꼈던 미묘한 감정 때문이었을까.

석진은 분명 그때 나목사의 물음이 자기 합리화의 말처럼 들리기도 했다는 점을 깨닫고 있었다.

"아닙니다."

석진은 그런 뜻의 답변을 했다고 생각했다. 그러나 마음은 그렇지 않았다.

"그렇습니다. 당신은 몹시 잘못하셨습니다."

그렇게 소리치고 싶었다. 그러나 그런 생각이 입 밖으로 새어나오지 못했던 것은 병색이 짙은 나목사의 안색 때문이기도 했지만, 나목사의 잘못이 어디에 있는지 자신도 그 순간 확실히 알 수 없었던 까닭이었다. 석진은 그 부분을 다시 한 번 생각해 보았다.

진실을 밝혔던 나목사가 잘못이라고 할 수 있을까?

'아니다.'

석진은 고개를 저었다. 그것은 잘못이 아니었다. 그리고 그것은 문제가 되지 않았다. 그것이 설사 잘못이라고 하더라도 자신은 그 문제에 대해서 오히려 관대할 수 있었다. 문제의 초점은 다른 곳에 있었다.

"그렇습니다. 당신은 잘못하셨습니다."

그렇게 외치고 싶었던 자신의 심정은 어디서 비롯된 것이었을까.

"신애의 고통을 나누어 가질 수 있는 사람은 자네뿐일세."

그런 말을 꺼내던 나목사는 자신에게 기대하고 있었다. 무엇을 기대하고 있었을까. 자신의 삶을 정리하기 시작한 노인이 자신에게 나타내 보인 기대는 무엇을 향한 것이었을까.

물론 이제 와서 두 사람의 결합을 원하는 의미는 아닐 것이었다. 그렇다면 무엇일까? 아마도 전세대의 은원을 우리 세대까지 이어받아서는 안 된다는 뜻이었을 것이다. 석진은 하나씩 생각을 정리하기 시작했다.

강환이 나목사를 쏘지 않았던 것은 나목사가 생각하는 것처럼 핏줄을 부탁하기 위해서가 아니었을지도 모른다. 그것은 오히려 서로가 신념에 의해서 움직이고 있다는 동류의식 때문이 아니었을까? 비록 택한 방법은 서로 달랐지만 서로가 지닌 신념에 대한 무의식적인 인정(認定)이 방아쇠를 당기지 못하게 가로막은 것은 아닐까?

권총을 겨눌 때야 강환은 비로소 나목사에게서 그런 신념을 발견했는지도 모른다. 그렇게 본다면 그 뒤의 강환의 행동을 보다 더 잘 설명해 낼 수 있다. 그러한 심경의 변화가 그의 행동을 바꾸게 한 직접적인 요인이 되었을 것이다.

강환의 행위를 나목사가 어떻게 이해했는가는 문제가 아니었다.

석진은 내심 신애에 대한 나목사의 배려에 대해서는 존경하는 마음을 품고 있었다. 결코 범인(凡人)으로서는 흉내내기 어려운 행위였다.

그런데 나는 왜 나목사에게 잘못했다고 말하고 싶은 것일까.

무언가 잡힐 듯 잡힐 듯하면서도 석진은 자신의 마음을 정확히 꼬집어 낼 수 없었다. 머리가 아파왔다. 그는 자리에서 일어섰다.

천천히 고궁을 나서면서 석진은 신애를 만나야 한다고 생각했다.

신애의 고통을 나누어 가질 방법은 없는가.

나목사의 그런 부탁이 없었다고 하더라도 이야기를 들으면서 그는 신애의 고통을 아파하고 있었다. 자신을 떠날 수밖에 없었던 마음이 새삼 그의 가슴속을 저미고 지나갔다. 가야 할 방향을 정하고 난 그는 다시 한 번 자신에게 물었다.

내가 내 집안에 대해 애착이 없어서 그녀의 고통을 아파하는 것은 아닐까.

그건 아니었다. 비록 강환과 최복동의 피가 신애에게 흐르고 있다고 해서 그녀에게 무슨 낙인이 찍혀져야 한단 말인가? 오히려 그녀 자신 또한 그 사실을 알고부터는 지금까지 스스로 책임질 수 없는 문제 때문에 고통 받고 있는, 한 마리의 희생양이었다.

석진은 고개를 끄덕였다. 그리고 중얼거렸다.

"이것은 화해와 용서의 문제가 아니다. 나는 그녀를 사랑하고 있기 때문이다. 설사 사랑하는 사람이 아니라고 하더라도 처음부터 책임질 수 없는 짐을 떠맡아야 했던 사람을 어찌 그 이유 하나만으로 미워할 수 있을 것인가."

고개를 끄덕이고 난 그는 발걸음을 크게 떼어놓았다.

2

오후부터 내리기 시작한 안개비가 그치지 않고 있었다. 소리 없이 도시를 적시는 세우(細雨)였다.

버스 정류장에는 마중을 나온 여자들이 몇 명 서성이고 있었다. 우산 하나씩을 옆구리에 낀 그들은 대개 젊어 보이는 나이들이었다.

버스에서 내린 신애는 우산을 받쳐들고 아파트를 향해 걸었다. 도로변에 늘어선 가로등 불빛은 물기에 젖어 뿌옇게 흐려져 있었다.

발 밑에 시선을 떨군 채 그녀는 발걸음을 재촉했다.

놀이터를 지나 아파트 입구까지 걸어온 신애가 우산을 접어들었을 때였다. 불쑥 그녀의 눈앞을 막아서는 사람이 있었다.

"아."

그 얼굴을 확인한 순간 신애의 입에서 나지막한 비명소리가 터져나왔다. 석진이었다. 옷이 젖어 있었다. 비를 맞고 기다렸던 모양이었다.

"정형이 가르쳐주더군. 찾기 쉽던걸."

스스럼없는 말투로 석진이 건넨 말이었다. 신애의 눈길은 잠시 허둥거렸다. 그 기색을 얼버무리려는 듯 석진은 가느다란 빗줄기가 끊임없이 내리고 있는 하늘로 시선을 던졌다.

"뜨거운 커피를 마시고 싶게 만드는 날씨야."

잠자코 신애는 다시 우산을 펴들었다. 아파트 입구에 있는 찻집을 생각해 낸 것이었다. 석진은 고개를 저었다.

"신애가 끓여주는 커피를 마셔보고 싶군."

자신의 얼굴을 응시하는 석진의 시선을 피하며 신애는 잠시 머뭇거렸다. 그러다 시선이 마주쳤다. 석진의 몸은 비에 젖어 있었다. 물기 흐르는 머리칼이 앞이마에 엉겨 있었다.

돌아선 그녀는 앞장서서 계단으로 올라갔다.

신애의 아파트는 독신자용이었다. 별반 치장해 놓은 것도 없는 실내였다. 거실에는 소파가 놓여 있기는 했지만 그것만으로도 공간이 꽉 들어찬 느낌이었다.

잠깐 둘러보는 시늉만으로 소파에 앉는 석진에게 수건을 건네주고 난 신애는 커피포트의 스위치를 꽂았다. 두어 번 머리칼을 털어

보다가 석진은 수건을 내려놓았다.

"오래, 기다리셨어요?"

"많이 기다렸지. 아주 많이."

농담처럼 석진이 대답했다. 그 말은 오히려 그들의 말문을 막았다. 커피가 끓는 동안 그들은 침묵을 지켰다.

"어쩐 일이세요."

커피잔을 밀어 놓고 나서야 신애는 석진의 얼굴을 바라보았다. 무척 초췌해 보이는 얼굴이었다. 완강하던 턱의 선도 어딘가 허물어져 있었다. 비에 젖었기 때문만은 아닌 것 같았다. 나목사를 만나고 돌아온 후 십여 일 동안 연락이 없던 그가 불쑥 집에까지 찾아 왔다는 점이 그녀의 가슴을 짓눌렀다.

이 사람은 이미 모든 것을 알고 있는 것이다.

커피를 마시며 신애는 그런 생각을 하고 있었다. 이제는 다 알아 버린 것이다. 손이 떨리는 것을 감추며 신애는 찻잔을 치웠다. 그때, 석진이 입을 열었다.

"훌륭한 아버님을 두셨더군."

신애의 온몸으로 소름기와 같은 경련이 스치고 지나갔다. 석진은 자신이 말한 의미가 다른 뜻으로 받아들여질 수도 있다는 사실을 순간 깨달았다. 황급히 말을 이었다.

"나목사님 말이야."

신애는 아무런 말도 하지 않았다. 잠시 침묵이 흘렀다. 석진이 담배를 꺼내들었다. 불을 붙이려던 그는 잠깐 멈칫 동작을 멈췄다. 다시 집어넣었다. 그리고 자세를 고쳐 앉았다.

"한 가지 물어보고 싶은 게 있어."

　신애의 온몸이 다시 움찔 경련을 일으켰다. 평정을 되찾으려는 노력이 그녀의 가슴속에서 필사적으로 치솟아 올랐다.

　"말씀하세요."

　잠시 후 신애는 평온한 목소리를 만들어 냈다. 석진과 아버지의 만남을 연결 지을 때부터 이미 그녀 자신도 각오하고 있었던 이야기인지도 모른다는 생각이 스쳤다. 아니 무슨 이야기든지 각오하고 있었다. 마음이 가라앉았다. 오히려 침착한 기분이 들기 시작했다.

　그러나 그 얘기를 꺼내 놓고도 석진은 즉시 입을 열지 않았다. 차츰 신애는 터질 듯한 압박감을 느꼈다. 무슨 말이든 하지 않으면 심장이 터져 버릴 듯한 압박감이었다. 그 속에서 허우적대는 기분으로 신애는 먼저 물었다.

　"언제 떠나시게 되나요?"

　"사흘쯤 남았군."

　"이곳에서 일하게 되나요?"

　석진은 잠깐 머뭇거렸다. 그의 눈은 신애의 얼굴에 고정되어 있었다. 잠시 침묵을 지키고 있던 그는 입을 열었다. 긍정도, 부정도 아니었다.

　"우스운 말이라고 생각되겠지만. 내가 묻고 싶은 물음을 신애가 꺼내는군."

　"……?"

　당황한 것은 신애였다. 석진은 천천히 뒷말을 이었다.

　"내가 이곳에 있는 것과 떠나가는 것, 어느 것을 신애는 바라는가, 그걸 알고 싶어서 찾아왔어. 꼭 알았으면 싶군."

　"그렇지만……"

신애는 잠시 머뭇거렸다.

"그것은 실비아와 의논하실 일이 아닌가요?"

석진은 고개를 저었다. 무슨 말인가 꺼낼 듯싶던 그는 소파에 등을 기대고 앉았다. 그리고 눈을 지그시 감았다.

따라서 이상스러운 기색이 스쳐 가는 신애의 표정을 석진은 보지 못했다. 눈을 감은 그의 뇌리로 실비아의 얼굴이 떠올랐다.

실비아와 자신이 맞지 않다는 것을 서로가 안 것은 결혼한 직후였다. 실비아의 허영이 사랑했던 것은 김석진이라는 사람이기보다는 천재적인 동양인이었다. 비록 황색 피부를 가진 동양인이었지만 다른 사람들보다 훨씬 더 뛰어난 위치에 있는 그 자신의 업적이었던 것이다.

그러나 학문의 성과에서 두드러진 석진의 모습도 학문이나 연구를 떠난 사회적 위치에서 볼 때 그저 조금 비범한 동양인일 뿐이었으며, 동양인의 아내라면 오히려 그녀를 어딘가 결함이 있는 여자로 보기 쉬운 사회에서, 그러한 것을 보상해 줄 현실적인 화려한 조건들을 석진은 가지고 있지 못했다. 석진 역시 갑자기 결혼으로 뛰어든 이유가 신애의 돌변함에 대한 보상 작용이었던 만큼 실비아의 허영과 독선에 혐오감을 느낄 뿐이었다.

서로에게 더 이상 아무 것도 기대할 게 없다는 사실을 확인하자, 실비아는 자신의 새로운 삶을 위해서라며 이혼을 제의해 왔다. 그것은 석진도 내심 원하던 바였다. 그리고 오히려 홀가분한 마음으로 자신의 생활에 몰두했다.

그러다가 환경의 변화를 위해 캠퍼스로 돌아갈까 하는 생각으로 망설이고 있을 때, 연구소를 떠날지도 모른다는 소문이 퍼졌던 모양이었다. 업계에서 권유가 오기 시작했다. 어떤 조건으로든 업계로 진출할 생각은 없었다. 그러나 한국의 모기업에서 제의가 날아왔을 때는 잠깐 망설여졌다. 한 마디로 거절하기 힘들었다.

스턴의 완곡한 권유와 막연하나마 신애가 있는 곳이라는 어떤 친밀감 같은 것이 그를 부추겼는지도 몰랐다. 일단 견학을 겸하여 다녀와 보기로 결심했다.

그리고 그러한 결과 자신에게 이제 얼마나 많은 일들이 일어난 것일까.

그러나 그런 얘기를 할 필요는 없다. 석진은 눈을 떴다. 그리고 확고한 어조로 물었다.

"내가 신애에게 묻고 싶은 것은 내가 여기 머물러 있는 것을 신애가 원하는가 원하지 않는가, 그 문제야."

"그것이 중요한가요?"

석진은 대답 대신 신애의 시선을 붙잡았다. 그리고 말했다. 짧은 대답이었다.

"지금으로선, 무엇보다."

짧았지만 그 뜻은 명료했다. 신애의 가슴속으로 슬픔이 차올랐다. 담담하려 노력하는 만큼 갑작스럽게 치밀어 오르는 감정을 추스르기 어려웠다. 며칠 전부터 상태가 급속히 악화된 아버지의 얼굴이 떠올랐다. 신애는 고개를 저었다. 그 모든 것들을 향해서 한꺼번에 젓는 고개짓이었다.

"내 입장을 고려해서 결정할 이유가 있을까요?"

석진의 눈 속에 즉시 대답이 나타났다. 있지, 아주 중요한 이유가. 그 눈은 그렇게 말하고 있었다.

"그렇지만."

신애는 고개를 저었다. 내가 무슨 말을 할 수 있겠어요. 그녀의 눈 속에도 마찬가지의 대답이 나타났다. 당신이 만약 나와 같은 입장이라면, 당신은 뭐라고 대답할 수 있겠어요?

천 가지 생각보다 더 많은 뜻을 담은 눈빛을 가지고 그들은 서로를 응시하고 있었다. 손끝 하나도 움직이지 않았다. 숨막히는 순간들이 지나갔다. 손을 뻗으면 닿을 만한 서로의 사이에 아득한 공간들이 만들어져 있는 것 같았다.

신애의 속눈썹이 가늘게 떨렸다. 눈을 깜박였다. 그러다가 그녀는 시선을 탁자 위로 내리깔았다. 나지막한 목소리가 새어 나왔다.

"나를, 용서할 수 있다는 말인가요?"

"아냐."

석진의 고개가 힘차게 흔들어졌다. 채 말이 끝나기도 전이었다.

"누가 누구를 용서한다고 말할 수 있는 문제가 아니지. 그럴 자격 또한 없는 것이고, 아니 용서라는 말 자체가 맞지 않아."

"……."

"잘못이 없는데 용서라는 말을 할 필요가 있을까? 나도 신애도, 잘못한 일이 없기는 마찬가지야. 우리는 아무도 잘못하지 않았어."

"……."

"내가 신애에게 이런 말을 묻는 이유는……."

석진의 손이 탁자 위를 건너왔다. 신애의 손을 잡았다. 따뜻한 손이었다. 그 손을 움켜쥐고 그는 뒷말을 이었다. 스스럼 없는 목소리였다.

"내가 신애를 사랑하고 있다는 것을 알았기 때문이야. 당신은 더 이상 고통을 받아서는 안 돼."

신애의 눈이 흐려졌다. 숨쉬는 걸 멈췄다. 입술을 깨물었다. 천천히 눈 속으로 물기가 번져갔다.

"말해 줘, 신애. 나는 뭐든지 신애 뜻대로 하겠다는 생각으로 찾아온 거야. 어떤 편이 신애를 편하게 만들지? 내가 이 땅을 떠나는 것이, 그래서 서로가 두 번 다시 만나지 않게 되는 것이 더 마음을 편하게 할까? 아니면, 뭐든지 난 솔직한 대답을 원해."

"……."

"공부를 포기하고 귀국했을 때의 신애가 얼마나 아파했는지 난 이제 알았어. 그것은 다름 아닌 우리가 함께 치러야 할 몫이었다는 걸. 그러나 신애는 그 짐을 혼자 짊어졌었지. 이젠 내 차례야. 혼자 짊어졌던 짐을 이제 나도 나누고 싶어. 가능하면 혼자 짊어지고 싶어. 말해 줘, 내가 이 땅에 머물러 있는 것이 신애를 더 고통스럽게 만든다면 난 다른 곳으로 떠나겠어."

"……."

"차라리 나를 만나지도 보지도 않는 게 더 나을 것 같다면 그렇다고 고개만 끄덕여."

"……."

"두 번 다시 이전과 같이 말없이 헤어지면 안 돼. 헤어질 수도 없고. 자 이젠 솔직하게 말을 해줘야 해. 아무 것도 감출 필요가 없어. 내 생각을 할 필요는 없어. 다만 신애가 생각하고 있는 그대로만 말하면 돼."

신애는 손끝이 떨렸다. 탁자 위로 내리 깔렸던 시선이 석진의 몸을 더듬어 올라갔다. 석진의 얼굴에서 그 시선은 멈췄다. 물기에 젖은 눈이 몇 번 깜박여졌다. 순간 신애의 얼굴 전체의 윤곽이 흐려졌다. 눈물이 쏟아졌다. 입술을 깨물며 신애는 가슴을 열었다.

"나도 모르겠어요, 내 마음을."

눈물이 쏟아져 내리기 시작했다. 두 손으로 얼굴을 가린 신애는 고개를 소파에 파묻었다. 격정적으로 밀려오는 경련을 이겨내기 위해 몸부림치며 더듬더듬 말했다.

"당신을 만나는 것도 만나지 않는 것도, 다 고통스러워요. 만나면 떠오르는 그 모든 사실들이 고통스럽고, 만나지 않으면 또 그때는……"

어깨를 떨며 그녀는 흐느끼기 시작했다. 석진의 팔이 그녀의 어깨를 안았다. 그리고 경련이 스쳐 지나갈 때까지 그대로 안고 있었다.

잠시 후 신애는 고개를 들었다.

"죄송해요. 이럴 생각은 없었는데."

"아냐. 됐어. 그것으로 충분해."

손수건을 꺼내든 석진은 그것으로 신애의 눈물을 닦았다. 그리고 신애의 손을 꼭 움켜쥐었다.

"신애. 해결이란 항상 손쉬운 곳에 있는 것이 아냐. 신애에겐 가혹한 말일지 모르지만 우리는 이제 더욱 괴로워해야 해. 피하지 않고 그 모든 괴로움 속에 우리 자신을 던져야 하는 거라고나 할까? 우리는 시간을 기다려야 해, 신애. 무슨 뜻인지 알겠어?"

물기 젖은 신애의 눈이 석진을 쳐다보았다. 석진의 얼굴에는 따사로움과 의지가 나란히 떠올라 있었다. 그의 인상은 다시 강건한 모습으로 되돌아간 듯싶었다. 석진이 고개를 끄덕였다.

"시간이 우리에게 그 답을 알려 줄 거야. 우리가 더 큰 고통을 맛

본다 하더라도 언젠가는 그 고통이 시간과 함께 스러져 가든지, 아
니면 바로 그 고통 속에서 그 고통보다 더한 것이 온다 하더라도 더
욱 원하는 것이 있는지를 찾아낼 수 있을 거야. 감추지 말고 우리 스
스로를 시간의 강속에 내던진다면 말이지. 이제는 우리가 우리의 운
명의 별을 만들어 내야 해. 나뿐만 아니라 당신도 이 일을 해내리라
고 믿어. 내 말을 이해하겠어?"

신애의 고개가 천천히 위아래로 끄덕여졌다.

"됐어."

석진의 입가에 미소가 떠올랐다. 앞으로 닥쳐올 고통을 이겨낼 수
있다는 것보다 더 큰 의미가 담긴 미소였다.

신애의 몸을 가볍게 안았다 놓고 난 석진은 확실한 걸음걸이로 아
파트를 나섰다. 그는 권도영을 찾아갈 생각이었다. 그리고 그를 만
나서 이야기할 내용은 벌써 그의 머리 속에 구체적인 방법으로 떠오
르고 있었다.

그것은 바로 오식도의 전설에 대한 이야기였다.

황영감을 위해서, 아니면 오식도라는 섬을 위해서 그가 해 줄 수
있는 유일한 방법은 지금으로선 권도영에게 부탁하는 방법밖에는
없으리라는 생각이 들었기 때문이었다.

에필로그

(편지 1)

사랑하는 나의 신애.

무엇보다도 우선 나는 당신을 이렇게 부를 수 있다는 사실에 감사하고 있소. 그 동안 당신에게 어떤 일이 일어났는지는 모르지만 나는 거리낌없이 당신을 나의 신애라고 부르고 싶소. 그 동안 많은 시간이 흐르고 여러 가지 변화가 있긴 했지만 당신을 향한 나의 마음은 더욱 절실해져 가기만 하오.

위독하시다던 아버님의 병환은 차도가 있는지 궁금하구려. 당신에게뿐만 아니라 내게도 커다란 힘이 되어 주었던 그 분의 완쾌를 멀리서나마 빌겠소.

신애.

나는 찾아간 조국에서 내게 닥쳐온 많은 문제들이 제시하고 있는 의미만을 파악하는 데만도 많은 시간을 허비해야 했소. 이제야 그것들의 윤곽이 어렴풋하나마 잡힌 듯싶소. 짧은 시간에 던져진 물음들이 그만큼 컸던 탓이오. 아니면 내 능력과 받아들였던 자세가 부족했던 탓인지도 모르겠소.

그러나 이제 이 모든 것들이 어느 정도 정리된 상태에서 내게 뚜렷하게 떠오르는 것은 당신에 대한 사랑이오. 내가 도달한 결론에 이르기까지에는 당신에 대한 사랑의 감정이 커다란 촉매제 역할을 했다는 사실을 밝혀 두고 싶소. 당신에 대한 사랑이 선행되지 않았더라면 그러한 문제들을 정리하는 데에 좀 오랜 시간이 필요했을 것이오.

사랑하는 신애,

이제 당신이 그 이야기들을 들어 주기 바라오.

당신에게 충분히 전달할 수 있을 만큼 이야기를 잘 해낼지는 모르겠지만 최선의 노력을 기울여 설명해 보도록 하겠소.

내가 받아들이기 힘들었던, 왠지 거부감을 불러일으켰던 첫 번째 문제는 할아버지의 죽음이었소. 그리고 또 하나는 나목사님께 들었던 이야기들 중에서 무언가 의도적인 것을 느꼈다는 점이었소. 그 두 가지 점에 대해서 계속 생각을 해오다가 문득 나는 당신이 언젠가 내게 했던 말을 기억해 냈소.

"당신은 마치 혼자 만족하는 스크루지 같아요."

난 정말로 그랬던 듯싶소. 오직 나만이 나를 책임질 수 있고, 책임져야 하며, 또 내 능력과 노력만을 가지고 성취하지 않으면 안 되었던 이곳 환경에서 자란 나는 나와 관계없는 부분에 대해서는 철저히 무관심하기만 했었소.

내가 조국에서 느낀 그 두 가지 문제들은 아마도 이런 나의 뿌리

깊은 성향과 결부된 것인 듯싶소.

핏줄을 이어야 한다는 관념 때문에 죽어간 할아버지가 뿌린 씨앗이 바로 나라는 사실은 뭔가 내게 빚을 지우는 것 같았소. 아예 싫었소. 원하지도 않는 빚을 떠맡고 나서 그 빚에 대한 이자를 요구 당한 듯한 기분이 들었다는 것이 솔직한 내 심정일 것이오.

그러나 신애, 그것은 내가 사물의 단면만을 보았던 까닭이라는 걸 곰곰이 생각하던 끝에야 깨달을 수 있었소. 나는 그런 관념이 단순히 대를 이어야 한다는 인습에 근거한 어리석고 맹목적인, 말하자면 미신이나 다름없는 그런 것이라고 치부해 버렸던 거요. 그리고 그런 미신을 근거로, 바로 나의 생명도 그 미신에서 태어났으니 그런 미신을 위해 무언가 해야 한다고 강요당할까봐 싫었던 게요.

그렇지만 이곳에 와서 내가 도달한 결론은 그 관념이 비록 어리석고 맹목적인 것일지는 몰라도 미신과는 다르다는 점이오. 아니 오히려 그 관념은 우리의 본능에 옷을 입힌 것에 불과한 것일 뿐 미신은 결코 아니라는 것이오. 유한한 생명을 지닌 인간은 자신의 후세를 통해 죽음의 공포를 덜어낸다고 하오. 자기가 죽어 없어지더라도 자신의 또 다른 분신이 남아 있다는 위안, 우리가 종족 보존 본능이라고 부르는 것이오. 우리 선조들은 그러한 본능 위에 대를 이어야 한다는 의무감의 갑옷을 입혀 왔는지도 모르겠소. 그리고 그 갑옷이 그처럼 의식 속에 살아 남아 강력하게 군림할 수 있었던 것은 그 갑옷이 단단해서라기보다는 그 속에 감추어진 인간의 근원적인 욕망이기 때문이라고 보아야 할 것이오.

비로소 나는 내가 인습에 희생된 할아버지의 결과로서 생겨난 부산물이 아니라 핏줄에 대한 사랑으로서 태어났다는 확신을 가질 수 있었소. 그 죽음에 어떠한 관념의 옷이 입혀졌다 하더라도, 그리고 할아버지 당신의 생각이 어떠했던지 간에, 그 모든 관념의 갑옷이 벗겨진 곳에는 할아버지의 따뜻한 사랑이 빛을 발하고 있었소. 그런 깨달음이 있을 때, 바로 나라는 존재를 이 땅 위에 태어날 수 있도록 해준 할아버지와 아버지에 대한 진정한 감사의 정이 생겨나게 되었소. 나에게는 핏줄이 지닌 의미에 대한 최초의 접근이었소.

오식도에 내려온 전설도 그러한 관점에서 볼 때에 새롭게 이해될 수 있었소. 외침(外侵)과 변란(變亂)이 많았던 곳에 살았던 사람들이 평화와 무사를 기원한 나머지 그러한 염원으로 만들어 낸 이야기였을지도 모른다는 것이오. 그들로서는 항상 당할 수밖에 없었던 환난들에 대해, 오히려 '대숲이 푸른 한 평화가 계속되리라' 라는 방벽을 쳤던 것은 아닐까? 그 속에 담겨져 있는 것이 그들이 사랑하는 고장의 평화와 안정을 염원하는 절실한 마음이라면, 설사 그것이 미신이라 하더라도 눈물겹도록 순박하고 아름다운 것이 아니겠소?

이젠 나목사님에 대한 이야기를 해야겠소.

나목사님이 말씀하신 것 중에는 내가 받아들이기 힘든 것이 있었소.

그것은 바로 '화해와 용서' 라는 미명 하에 신애와 나와의 만남을 계획했다는 점이었소. 목사님의 이상이 아무리 좋은 것이었다 할지라도, 그 또한 자신이 지닌 관념을 위해 다른 사람의 인생에 개입하려는 월권 행위로 보였던 것이오. 신애와 나의 만남이 자연스러운 것이 아니라 누군가의 의도에 의해서 설계되었다는 사실이 불쾌했던 것이오. 그러한 행위는 동기에 있어서 강환의 행위와 무엇이 다르다고 말할 수 있겠소?

그러나 사랑하는 신애,

이 모든 것에도 불구하고 나는 나목사님에게 감사할 수밖에 없는 내 자신을 발견했소. 바로 그 때문에 신애 당신을 만날 수 있었다는 사실 때문이오. 그것을 지나친 합리화라고 받아들이지 않기 바라오. 내가 그것을 인정함으로 해서 나는 그 분의 보다 깊은 뜻을 이해할 수 있었던 게요.

그것은 바로 내가 신애 당신을 강환의 딸이 아닌 신애 그 자체로, 그리고 당신이 나를 김죽암의 아들이 아닌 석진 그 자체로, 즉 우리 서로의 모습이 상대편의 뇌리에 형제로서 먼저 떠오르기를 바라는 소망이었던 듯싶소. 은원보다 우애를 먼저 갖고서 그 우애와 사랑으로 미움을 이겨내라는 뜻이라고 이해하고 싶소.

목사님은 당신의 소망을 훌륭하게 이룬 듯하오. 바로 나에게서 말이오. 신애, 나는 당신이 강환의 딸이 아니라 내가 원하는 한 여인으로 먼저 떠오르는 걸 느끼오. 내가 당신을 사랑하게 되지 않았더라도 아마 우리는 서로 좋은 형제로 기억하게 됐을 것이오. 이제 나는 내게 사랑의 감정을 깨닫게 해준 나목사님께 진심으로 감사드리고 싶소. 아울러 신애 당신이 항상 좀 더 풍요롭게 살고 싶다고 하던 말의 의미도 알 것 같소.

신애.

내가 이처럼 장황한 이야기를 굳이 들어달라고 한 것은 내가 생각하고 있는 것이 어쩌면 당신에게도 조금은 적용되는 면이 있으리라는 믿음 때문이오. 그리고 신애 당신은 누구보다도 나목사님의 깊은 뜻을 잘 헤아릴 것이라고 믿소.

신애.

우리 부모님들의 은원은 그 분들이 원했던 일이 아니오. 그 분들은 똑같이 희생 당하셨던 분들이오. 전쟁이란 거미줄에 걸린 나비들에 지나지 않았을지도 모르겠소. 그러나 전쟁이 쳐놓고 간 그물은 지금도 거두어진 것은 아니오.

이제는 우리 차례요. 우리들은 그것에 걸려들어서는 안 된다고 생각하오. 빠져나와야 하오. 우리 서로가 언제 어디서 살든, 어떻게 살아가든 그 그물만은 벗어나야 한다는 것이 내 자신의 의지요 확신이라고 말하겠소. 우리가 다시 만날 때는 기쁨으로 만날 수 있기를 소망하겠소.

사랑과 우정으로 기원하는 것이오.

가까운 날에 만날 수 있게 되기를 바라고 있소.

석진.

(편지2)

석진씨.

보내주신 편지 잘 받아 보았어요. 몇 번이고 되풀이해 읽어보면서 눈물을 흘렸답니다. 지금의 내 심정으론 무엇을 어떻게 이야기해야 좋을지 정말 모르겠지만, 따뜻한 석진씨의 위로에 힘을 얻어 책상 앞에 앉아 있습니다.

귀국하신다는 소식을 처음 듣고 났을 때부터 얼마나 저는 생각에 생각을 거듭했었는지 모른답니다. 그리고 나서 믿었습니다. 당신을 만나도 담담할 수 있을 것이라고.

그러나 그것이 얼마나 어리석었던지를 저는 당신의 모습을 처음 본 그 순간부터 깨달았습니다. 당신이 다른 여인의 사람이었을 때조차도 제 마음은 당신 곁을 맴돌고 있었던 거지요.

만나도, 만나지 않아도 고통의 나날들이었습니다. 그 고통은 당신의 마음을 알고부터는 더욱 심했어요. 그러나 그 고통의 끝까지 걸어 들어가 본다면 시간이 그 대답을 줄지도 모른다는 당신의 이야기를 이제는 조금 이해할 듯싶습니다. 그것은 온통 어두운 방 속에서 허우적거리던 내게 비쳐 들어온 바늘귀만한 빛줄기였기 때문이에요.

석진씨.

당신이 고향에 내려온 전설이나 고향 사람들의 마음을, 그리고 할아버지의 죽음을 새로운 관점에서 보게 된 것을 기쁘게 읽었습니다. 그것이 당신에게 있어서는 보다 더 풍요로운 삶을 향한 하나의 전환이 되리라는 것을 믿기 때문입니다. 더구나 그러한 전환이 당신이 이 땅을 밟음으로써 얻어질 수 있었다는 데에서 당신에게는 더욱 의미가 클 것이라 생각합니다.

석진씨.

지금 그곳은 낮이겠지요. 이곳은 밤입니다. 밤은 모든 것을 가라앉게 합니다. 때론 사물의 전혀 다른 면모를 느끼게 해주는 것도 같습니다. 하나의 세계 안에서 살아가는 우리가 서로 다른 낮과 밤을 살아야 한다는 사실이 갑자기 이상스러워집니다. 지리상의 차이는, 그 거리에서 느끼는 단절감보다는, 오히려 사람들이 서로 다른 명암을 지니고 살아갈 수밖에 없다는 한계를 말해 주고 있는 것 같습니다.

석진씨.

아버님은 석진씨가 출국하신 뒤 곧 임종하셨습니다. 그 분의 사랑을 생각하면 지금도 눈물이 흐릅니다. 또한 제가 좀 더 굳건한 믿음을 드리지 못했던 것도 못내 마음에 걸립니다. 그러나 당신의 뜻을 아신다면 그 분은 어느 누구 못지 않게 기뻐하시리라 믿어요.

우리들의 부모님들을 얽어맸던 전쟁의 그물이 아직 거두어지지 않았다는 석진씨의 말은 저도 가슴 깊이 새겨들었습니다. 언제 어디서 살아가건 그 그물만은 벗어나야 한다는 말씀까지 받아들이겠어요.

그러나 저는 그 이상의 무엇을 원해야 좋을지 모릅니다. 무엇을 바라는지도 모릅니다. 내가 아무 것도 원할 수 없는 처지라는 것을 처음 깨달았던 순간부터, 내가 원했던 모든 것은 내가 바랬던 깊이 만큼의 아픔으로 변신해 버렸으니까요. 아무리 우리들이 원하지 않았던 은원의 결과라고 하지만 전 그 문제에 있어서는 당신에게 아무런 말씀도 드릴 수가 없었던 것입니다.

석진씨.

그러나 전 당신을 다시 만날 수 있었다는 점 하나만으로도 감사드려요. 지옥 같았던 고통의 수렁 속에서 허우적대던 나에게 주신 당신의 말씀은 내가 키워 나갈 수 있는 씨앗이었기 때문입니다. 당신과 아버님의 사랑이 있음으로 해서 저는 그 씨앗을 정성껏 가꾸어 나가야 한다는 의지를 얻었습니다.

이미 당신이 많은 말씀을 주셨기 때문에 저는 이 대답만으로 충분하리라 믿습니다. 짧게 맺습니다.

당신을 제게 보내 주신 하나님께 감사드려요.

신애.

P .S .당신에게 꼭 알려 드리고 싶은 일이 있습니다.

당신이 떠나신 뒤에 오식도에 관한 기사가 신문에 실렸습니다.

권도영 기자가 썼더군요. 출국 전에 여러 번 좋은 시간 나누었다고 권기자께 들었습니다. 그리고 기사가 나간 뒤로 섬에 대한 문제에 상당한 고려가 있으리라는 소문도 들었습니다. 당신도 기뻐하시리라 생각하기에 신문기사를 보내 드립니다.

"우리나라처럼 풍수경계 구석구석에 전설이 붙어 있는 나라도 드물다. 그러나 근대 이후 발전해 온 현대 교육의 과학성과 합리성 위주 사고의 영향으로 그것들은 모두 미신으로 경시되기 시작했다. 또한 산업화의 추진 이래로 그러한 지물(地物)들은 점차 파괴되어 왔으며, 그 결과 이제 그러한 전설이 남아 있거나 나아가서는 그러한 전설에 의미를 둔 마을은 그다지 많지 않다.

그러나 아직도 그러한 전설이 남아 있으며, 그 전설이 강력한 의미를 지닌 채 살아 있는 섬이 있다. 그런데 이제 그 섬의 전설도 사라질 운명에 놓이게 되었다. 당국의 정책 시행에 있어 그것의 파괴가 불가피하게 되었고, 그 전설의 허구성 때문에 섬 주민들의 탄원은 전혀 고려되지 않고 있다.

그러나 신화나 전설이 비록 비과학적인 것이라고 해서 경시해 버릴 수만 있는 것일까?

카시러는 '지구 위의 어떤 민족이라도 그 민족의 성립과 동시에 독자적인 신화가 주어져 있지 않는 경우란 없다. 그런 의미에서 볼 때 신화나 전설은 그 민족의 운명이다'고 말하고 있다.

즉 신화나 전설은 그 민족이나 고장의 기원과 역사 속에서 고찰되어야 한다는 의미이다. 따라서 그것의 가치는, 그 내용의 과학성에 있는 것이 아니라 바로 사람들이 그것에서 느끼고 은연중 지배받게 되는 그 의미에 있다고 보아야 한다.

서해안, 전라도와 충청도의 접경인 군산에서 뱃길로 00㎞의 위치에 오식도라는 조그만 섬이 있다. 그 섬의 전설은…….

(중 략)

……섬 주민들이 이 전설의 의미에 아직까지도 이렇게 집착하는 까닭은, 가까운 역사적 사건으로 6·25에서 그 전설의 실현을 직접 겪었기 때문이라고 한다.

물론 전설과 사건의 연결을 무조건 비논리적인 것으로 볼 수도 있다. 그러나 그 전설의 역사적 기원을 추적해 보면 새로운 해석이 가해질지도 모른다.

'대숲에 변고가 있으면 난리가 일어난다.' 는 말은, 어쩌면 자연에 대한 사랑과 역사적으로 숱한 전란(戰亂)을 겪어온 주민들의 평화에 대한 역설적 지향으로 파악될 수 있다. 이렇게 해석해 본다면 동족 상잔의 6·25를 겪은 우리에게 있어서 그 전설의 의미는 단순히 논리적인 차원을 넘어서 훨씬 더 의미 있는 것으로 남게 된다. 아직도 민족 분단의 비극적 조건을 감수하는 우리나라의 현실에서 그 전설과 사건을 연결하는 주민들의 생각은 오히려 살아 있는 교훈이요 평화에 대한 염원으로 파악되어야 한다.

따라서 그것을 파괴하기보다는 보존함으로써, 거기에서 우리의 역사적 현실과 의지를 강조해 나가는 것이 바람직하다 할 것이다.

물론 당국의 정책 시행에 있어서의 문제를 간과할 수는 없다. 그러나 우리가 개발과 발전에만 치우쳐 도외시했던 전통 문화를 돌이켜보고 오늘날 그것에 대한 반성의 기운이 일어나고 있음을 감안해

본다면, 이 문제에 있어서도 당국의 재검토를 바라는 바이다.

　문화재 복원 사업과 전통 문화의 재현에 박차를 가하고 있는 지금, 아직도 살아서 숨쉬고 있는 전설은 그 고장의 정신 문화요 역사라는 것을 인식하고 그 보존 가치에 대해서 신중한 태도를 취해야 할 것이다."

〈끝〉

까마귀와 나비가 살고 있는 섬을 위한 진혼곡

아무리 부인하여도 우리는 형제를 죽인 손을 아직도 씻지 않고 있다는 죄의식을 떨쳐버리지 못할 것이므로 마음의 무거운 죄를 간직하는 한 이산문학은 씌어질 것이다.

김승환·신범순이 『분단문학비평』에서 거론했던 윗글에 나는 공감한다.

전쟁이란 민족의 불행이지만 작가에겐 좋은 소재가 된다. 불행한 민족의 역사가 좋은 소설 소재가 된다는 것만큼 작가의 위치를 극명하게 보여주는 사례는 없을 듯하다. 작가의 위치는 계단 밑, 문 밖과 문 안의 경계선, 삶과 죽음의 분기점, 검은색과 흰색의 중간지대, 절망과 희망의 갈래길에 존재한다. 그래서 작가는 이성과 감성이 뒤섞인 토양에 뿌리를 박고 자라난, 움직이지 못하는 나무다. 움직이지 못하는 나무가 신열 앓던 자신의 몸을 털어 낙엽을 뿌리듯 작가는 언어의 낙엽을 원고지 위에 흩뿌린다.

　전쟁이 끝나던 해 초겨울에 태어난 나는 자주 전쟁을 생각하곤 했다. 전쟁이 일어났을 때 내 아버지는 무엇을 했던가. 처음엔 전쟁에 참여한 비장한 영웅미가 부친에게 없다는 사실이 부끄러웠다. 그런 부끄러움은 실은 사춘기 때 누구나 느껴보는 죽음에의 치기어린 동경과, 자신이 실수로 부모가 바뀐 아이의 운명이라고 믿고 싶은 유아의 소망적 사고와 다름이 없다는 걸 깨달을 때까지 지속되었다.

　작가가 작품을 써낼 수 있는 건 영웅심과 열등감 때문이다. 열등감 없는 사람은 작가가 되기 어렵다는 말도 있다. 하지만 열등감이나 영웅심이 없는 사람도 있을까? 모든 사람들에겐 열등감과 우월감이 있다고 생각한다. 글 쓰는 사람들도 마찬가지로 남들과 같이 열등감과 우월감이 있다. 문제는 감수성의 문제다. 작가들은 감수성이 다른 사람보다 예민한 사람들이다. 따라서 남들과 비슷한 열등감과 우월감의 차이를 보통사람보다 더 심각하게 받아들인다. 우월감을 느낄 때면 기고만장하다가 열등감에 빠지면 급전직하 자폐적 수준까지 퇴행해 버린다. 한 편의 그럴듯한 작품이 써지면 안하무인이 되다가, 써지지 않을 때는 자신이 경멸하는 사람보다 더 천한 사람이 된 절망감으로 자신의 몸을 쥐어뜯는 것이다. 그처럼 희망의 밝은 빛도 절망의 어두운 빛도 아닌 갈래길에 서서 양편을 기웃거리는 게 작가의 운명이다.

　하지만 전쟁이 휩쓸고 간 폐허에서 태어나 개떡과 피죽을 먹으면서 끈질기게 살아남은 핏덩이가 바로 나이고 보면 죽고 죽이는 전란터의 와중에서 튕겨난 핏자국이 지금도 내 몸 어딘가에 묻어있지 않을까 생각한다. 그런 핏자국이 지워도 지워지지 않는 카인의 표식처럼 내 몸에 불도장으로 문신되어 있는 게 아닐까. 그 불뜸이 지금도 매스컴을 통해 방영되는 이산가족의 상봉현장을 바라보며 가슴 아파하게 만드는 건 아닐까.

전쟁은 인간이 처할 수 있는 극적 상황의 총화다. 이 상황에 대처하는 인간의 행위를 살펴본다는 것은 인간의 삶 자체에 대한 질문이기도 하다. 나는 그런 상황이라면 어떻게 행동했을까.

이데올로기란 우리가 선택하는 게 아니라 이데올로기로부터 선택당하는 게 아닌가 생각한다. 믿음을 가질 수 있도록 신에게 선택 당했으면서도 마치 자신이 신을 선택했다고 믿는 사람과 마찬가지다. 태어나서 교육을 받고 자신이 옳다고 생각하는 이데올로기를 선택하는 게 아니라 태어난 장소가 남쪽인가 북쪽인가에 따라서 이미 택할 수 있는 이데올로기는 결정되어 버린다.

역사상 수없이 만들어지고 사라져간 모든 이데올로기들이 추구하는 명제는 인간의 행복이다. 인간의 행복과 보다 나은 삶을 위해서 만들어진 것이다. 그러나 이런 이데올로기는 일단 만들어진 다음부터는 인간의 삶을 제약하고 지배하는 괴물로 둔갑한다. 강대국들의 이데올로기의 대립에 의해서 터진 민족상잔의 전쟁은 그래서 더욱 끔찍하다. 무장하지 않은 모든 혁명은 실패했다고 마키아벨리는 말했지만, 무장한 혁명이 모두 성공하는 건 아니다. 피를 먹고 자라는 혁명이란 나무를 심었던 공산주의가 결국 '자본주의에서 자본주의로 가는 길고도 괴로운 터널'이 되고만 지금, 이데올로기는 사라지고, 남은 건 지워지기 어려운 화상입은 상처투성이 민족의 얼굴이다. 이런 민족의 얼굴을 어떻게 치유할 것인가.

이런 의문이 내 자신에게 전쟁에 대한 글을 쓰도록 강요했다고 생각한다. 그러한 때에 은사님으로부터 '자식을 죽인 사람을 양자로 삼은' 손양원 목사의 이야기를 듣게 되었다. 그 순간 강렬한 충격이 스쳐지나갔고 나는 전쟁의 상처와 극복에 대해 무언가 써야 한다는 욕망을 느꼈다. 자료를 구하고 원고를 쓰기 시작했다. 그때 그시절 원고를 마주 대하고 낑낑대다, 한여름 대낮 땡볕 내리쬐는 그늘 없는 아스팔트 위에 앉아 깡소주를 마시던 기억이 떠오르면 지금도 현기증이 일어난다.

이 작품은 1985년 MBC에서 주최한 6·25문학상 공모 장편소설 부문에서 가작으로 뽑힌 『일부변경선』을 개작한 것이다.

제목을 고친 이유는 〈일부변경선〉은 일본냄새가 섞여있고 그렇다고 〈날짜변경선〉이라고 하면 제목의 맛이 떨어진다. 할 수 없이 〈오식도〉라는 제목도 생각해 봤지만 그 또한 실재하는 섬이라는 측면에서 독자의 상상력을 제한하는 역할을 한다고 보아서 『까마귀의 섬』이란 제목을 택했다. 구태여 이 글을 개작해서 출판할 용기를 내게 된 것은 심연을 들여다보면 심연도 우리를 빤히 쳐다본다는 말처럼 지금도 끝나지 않은 전쟁이 우리를 응시하고 있다는 생각 때문이다.

전쟁이 빚어낸 동족상잔의 아픔을 한 섬에 집약시켜 보여주려고 노력한 것은 단지 아픈 상처를 건드리기 위해서가 아니다. 상처를 보여주는 것은 그런 전쟁의 상처를 극복할 수 있는 가능성의 지평을 보여주었을 때 의미가 있다.

극복방법은 무엇인가. 나는 이 글에서 동일한 민족이 이데올로기에 의해 나뉘어졌다고 하더라고 그들의 핏속에 흐르는 민족적 정서와 공감대는 하나라는 것, 결국 화해와 통합은 이런 정서와 공감대를 통해 이루어야 한다는 것, 그런 한민족의 원형 이미지를 보편화

시켜 형상화시켜 보고 싶었다.

이데올로기보다 무서운 건 사랑이다. 이데올로기에 의한 상처는 더 무섭고 위대한 사랑에 의해 치유되어야 한다고 본다. 금년 봄 금강산에서 있었던 이산가족 상봉 현장에서 50년 간 수절하며 살아온 남쪽의 할머니가 북쪽의 할아버지를 만나자마자 애인을 데리고 월북했느냐, 그랬다면 가만두지 않겠다는, 비장하게 한섞인 질문을 던져 취재기자와 시청자들을 울렸던 것도, 이런 사랑의 힘이다.

이데올로기에 의해 나뉘어진 민족의 동질성 회복을 위한 용서와 화해는 결국 사랑을 통해서 이루어질 수밖에 없다고 생각한다.

이 작품의 무대인 오식도는 지금 새만금 사업에 의해 연륙이 되어버린 군산 앞 바다의 섬이다.

이 작품에 등장하는 모든 등장인물, 플롯, 기타 전쟁하의 상황은 오식도가 '까마귀가 먹이를 먹고있는 모습과 흡사하다'는 얘기 이외에는 완전 허구다. 따라서 우연한 일치거나 사건의 유사성은 전적으로 필자의 상상력에 의해 만들어낸 픽션임을 밝혀둔다.

2002. 6.
녹음이 우거진 목멱산 산기슭에서 김양호 씀

불행한 역사의 그물망에 갇힌
〈날개 잃은 나비〉들의 이야기

김성옥(철학박사, 장안대학 교수)

인간에게는 절대로 천성적인 적대 관계가 존재하지 않는
다. 전쟁의 발생은 사물과의 관계에서 비롯되는 것이지 인
간의 상호관계는 아니다. …… 전쟁이란 사람과 사람 사이
의 관계가 아니며 국가와 국가 사이의 관계로 인간 개개인
은 국가간의 전쟁에 있어서 우연히 원수가 되었을 뿐이다.

루소『사회계약론』제 1권 4장

1

이 소설은 1980년대 초, 김양호라는 사람과 내가 결혼할 무렵에
쓰여진 작품이다. 소설읽기를 몹시 좋아했지만 소설 쓸 줄은 모르는
나에게 작가란 신기한 존재였다. 더욱이 특이하게도 당시 그는 원고
지나 메모장 대신 항상 검은 하드커버의 두툼한 장부책을 옆구리에

끼고 다녔다. 원고지에 글을 쓰지 않고 모든 메모나 초고를 장부책에 썼던 것이다. 이유를 물어보니 장부책의 종이 재질이 두껍고 매끄러울 뿐만 아니라 쉽게 찢어지거나 상하지 않기 때문이란다. 만져보니 정말 재질이 좋았다. 한 편으로 고개는 끄덕였지만, 다른 한 편으론 장부책을 끼고 다니는 그의 촌스런 모습이 우습기도 했다. 그러나 앞에서 그런 내색은 하지 않았다.

대신 구상이 어느 정도 돼서 이제는 혼자 몰두해서 글을 써야겠다며 홍천으로 떠난다고 할 때 그에게 아주 두껍고 질 좋은 장부책을 한 부 선물했다. 한달 후 그는 그것을 깨알같은 글씨로 가득 채워 가지고 돌아왔다.

이후, 그는 나와 결혼했고 작품은 초고 상태로 장부책 속에서 잠자고 있었다. 그러다 1985년 육이오 문학상 장편소설 공모로 잠자던 작품은 세상에 나오게 되었다. 당시의 제목은 〈일부변경선〉이었다. 제목을 일부변경선으로 한 것은 날짜변경선이 갖는 상징성 때문이었다. 지구상의 어떤 위치에 인위적으로 선을 그어 놓고 그 선을 넘을 때마다 날짜를 달리 세야 하는 선, 그 선은 해가 지지 않는 대영제국의 그리니치 천문대를 기준으로 설정되었다는 사실이 강대국에 의해 만들어져 온 세계사의 한 단면을 상징적으로 보여주는 것이라 생각했다. 또한 날짜변경선 양쪽에서 서로 다른 낮과 밤을 살아가고 있는 두 주인공의 삶이, 해방과 더불어 그어진 38도선과 한국전쟁으로 그어진 휴전선으로 인해 양쪽으로 나뉘어 살게 된 우리 역사의 산물이라는 점을 상징하고 싶어서였다. 그러나 작품은 이제 보다 적절한 제 이름을 갖기를 기대한다.

작품공모에 제출하면서 당시는 작가 본인의 이름이 아니라 우스

울지 모르지만 아내인 나의 이름을 필명으로 썼기에 작품은 그만 내 이름으로 세상의 빛을 보게 되었다. 이제 작가의 이름으로 다시 빛을 보게 된 이 책에 다시 내가 해설을 붙이게 되니 이 작품은 나와의 인연도 깊다. 그러나 누구보다도 여러 번 이 작품을 읽은 사람으로서 다만 독자 입장에서 작품평이 아닌 작품해설을 써보라고 했기 때문에 이 글을 쓸 용기를 낼 수 있었다.

2

어느 외국 작가가 한국에 왔을 때 이런 말을 했다고 한다.

"한국은 민족적으론 불행한 역사를 겪었지만, 불행한 역사를 겪은 까닭에 한국의 작가들은 세계 어느 나라 작가들보다 축복 받은 사람들이지요."

그 작가가 말한 '불행한 역사'는 우리 현대사의 지울 수 없는 얼룩인 36년 간의 식민지 체험에 이은 한국전쟁과 광주항쟁을 말한 것일 게다. 묘한 역설이다. 불행한 역사가 작가에겐 축복이 되다니! 하지만 『까마귀의 섬』 작가 역시 작가 후기에서 그렇게 말한다.

'전쟁이란 민족의 불행이지만 작가에겐 좋은 소재가 된다. 불행한 민족의 역사가 좋은 소설 소재가 된다는 것만큼 작가의 위치를 극명하게 보여주는 사례는 없을 듯하다.'

물론 이 작품의 작가가 작품의 배경이 되는 한국전쟁을 성인으로서 체험한 것은 아니다. 하지만 한국인이라면 전쟁을 직접 겪은 세대가 아닐지라도 그 전쟁에서 자유로운 사람은 그리 많지 않을 것이다. 작가는 그 전쟁 끝 무렵에 태어났다.

전쟁 미체험 세대로서 작가는 자신이 직접 체험하지 않은 한국전쟁을 소재로 소설을 썼을 뿐만 아니라, 1950년대에 발표된 작품들을 대상으로 '전후 실존주의 소설 연구'란 제목의 학위 논문을 쓰기도 했다. 이런 점들을 볼 때, 한국전쟁에 대한 그의 관심은 단순히 이야기꾼으로서의 소재적 차원을 뛰어넘는 것인지도 모른다. 그것은 아직도 끝나지 않은 전쟁에서 살고 있는 우리 현실에 대한 문제제기이자 민족 화합에 대한 작은 염원일 수도 있다. 사실상 서로 죽이고 죽는 살상전으로서의 전쟁은 1953년에 멈추었다. 그렇다고 해서 총체적 의미의 전쟁이 끝난 것은 아니다. 휴전협정을 평화협정으로 바꾸자는 목소리가 있긴 하지만 아직은 전쟁을 잠시 중단한 휴전 상태일 뿐이다. 더욱이 우리는 아직도 심리적 전쟁상태 속에서 상대방에 대한 미움을 미처 다 버리지 못하고 있다.

전쟁이란 설혹 미리 예견하고 대비한 상황에서 벌어진 것이라도 수많은 비극을 빚어낸다. 하물며 예기치 못하고 대비 없는 상황에서 발생한 전쟁이야 말할 나위도 없다. 그것은 평범하게 살아가던 한반도 사람들이 눈 가린 채 암흑 속에 내던져 버려진 상황과 같다. 어둠 속에서 우왕좌왕하던 사람들은 지금까지 지내왔던 다정한 이웃들에서 갑자기 적과 아군으로 나뉘도록 강요당했으며 그 결과 죽고 죽이는 피투성이의 현장에 던져지게 되었다. 소설 『까마귀의 섬』은 그런 상황 속에서 순박했던 섬사람들이 서로 좌충우돌하면서 전쟁의 소용돌이 속으로 빨려 들어가는 과정을 적나라하게 드러내 보여준다..

3

『까마귀의 섬』은 서해안의 오식도라는, 이름도 잘 알려지지 않은 섬을 무대로 펼쳐지는 이야기지만, 작가는 그 섬의 이야기를 통해 한

반도 어디에서나 있었던 전쟁의 비극적 양상들을 한꺼번에 펼쳐 보이고 있다. 작품의 구성과 줄거리를 간략히 소개하면 다음과 같다.

작품은 과거와 현재가 서로 교차하는 방식으로 진행되면서, 각각 그 두 개의 상황에서 발생하는 사건들을 풀어나가는 형식으로 이루어져 있다. 주된 흐름 중 하나는 한국전쟁 당시를 묘사하는 과거 시점이고, 다른 하나는 이 작품이 1차 완성된 1980년대 초 무렵인 현재 시점이다.

각 상황에는 각각 두 사람의 주인공이 등장한다. 과거의 주인공은 〈강환〉과 〈주가미(김죽암)〉라는 인물이고, 현재의 주인공은 강환의 딸인 〈나신애〉와 주가미의 아들인 〈김석진〉이다.

강환과 주가미는 한 동네에서 자라난 죽마고우지만 전쟁은 서로를 적대적 관계로 만든다. 갑작스럽게 일어난 전쟁이란 괴물 앞에서 사람들은 누가 적이고 아군인지 모른 채 공포에 떨고 있을 뿐이다. 그런 와중에 두려움이나 흔들림 없이 자신이 믿고 있는 신념을 향해 돌진하는 혁명가로서의 인물이 강환이다. 그는 가고자 하는 목적지와 나침반과 지도를 가지고 있다고 믿기 때문에 두려움이나 흔들림이 없다. 이에 반해, 어둠 속에서 헤매느니 현재의 자리에 그냥 머무르며 어둠이 걷히기를 기다리는 인물이 주가미이다. 그들이 바라보는 전쟁의 양상이 다른 만큼 그들은 서로 좌충우돌하면서 서로에게 상처를 입히고 공포와 분노를 증폭해 나가다 결국 살인자와 피살자라는 자리로 나뉘게 된다.

주가미는 추락하던 미군조종사를 구하려다 강환의 총에 맞아 죽는다. 강환은 미군조종사를 생포해 인질로 삼음으로써 자신을 믿고 따르던 부하들의 생명을 구해보려던 나머지, 죽마고우인 주가미에게 총을 쏜 것이다. 그러나 강환의 계획은 실패로 끝나고 결국 인천 상륙작전 이후 섬을 탈환하러 온 국군에게 사살당한다. 주가미 덕에 살게 된 미군조종사 스턴은 귀환하면서 주가미의 아들 석진을 양자로 입양해 미국으로 데려간다.

강환의 유복녀인 신애는 마을 목사 나재천의 손에 거두어져 그의 딸로 성장한다. 소설의 전체 줄거리를 이끌어 가는 데는, 〈강환〉과 〈주가미〉 외에도 〈나재천〉 목사라는 인물도 중요한 역할을 담당하고 있다. 나재천 목사는 두려움 속에서도 오직 자신을 인도해 주실 그 분에 대한 믿음만으로, 그 분이 알려준 길이라고 믿는 방향으로 걸어가는 신앙인이다. 나목사라는 인물은, 실제로 전쟁의 와중에서 자신의 아들을 죽인 사람을 양자로 삼은, 실존인물인 어떤 목사의 이야기를 듣고 착상을 얻었다고 한다. 나목사는 주인공은 아니지만 과거의 전쟁과 현재를 연결하면서 헝클어진 삶의 질곡들을 마름질해주는 역할을 하는 인물이다. 그는 과거와 현재를 연결하는 인물인 동시에 과거의 은원관계가 현재의 두 주인공에게로 이어지게 만드는 매개자이기도 하다.

나목사가 거두어 기른 신애는 세월이 흘러 성장해서 미국 유학길에 오르고 미국에서 석진과 만나 서로 사랑하는 사이가 되지만, 나목사로부터 자신의 출생의 비밀을 듣게 된 후 고뇌하다가 석진과 헤어지고 귀국해버린다.

과거와 현재에 일어난 모든 사건들의 목격자이자 증언자인 나목사라는 인물은, 목격자로서 그리고 사목으로서 다음 세대의 화해를 모색하기 위해 신애와 석진을 만나게 하지만, 진실을 털어놓음으로써 결과적으로 사랑하는 두 사람을 헤어지게 만드는 역할을 하기도

한다. 결국 전쟁이 만들어 낸 비극은 전쟁이 끝나고 30여년이 지난 시점에서 그들의 2세들에게 다시 떠넘겨진 것이다. 자신이 사랑하는 석진이 바로 자신의 친부가 살해한 죽암의 아들이라는 사실 앞에서 신애의 사랑은 비극적이다 못해 비장미를 띨 수밖에 없다.

이로부터 다시 몇 년이 흐른 후인 현재, 소설은 신애를 잊지 못한 석진이 고국을 찾아오는 시점에서 출발하여, 저간의 사정을 알게 된 다음 다시 미국으로 홀로 되돌아가는 장면에서 끝난다.

이러한 스토리의 전개를 따라가는 동안, 작품은 소설 읽는 재미를 듬뿍 선사하고 있다. 독자는 작품 곳곳에서 흥미와 재미 그리고 생각거리 등을 만나게 된다. 작가는 전쟁으로 인해 발생한 비극적 상황에다가 전설을 가미하여 우리의 상상력을 자극한다. 프롤로그에서 우리는 유장한 고어투의 문체로 펼쳐지는 먼 옛날의 전설을 듣는다. 전설을 풀어내는 그 문체의 맛도 맛이려니와, 전설은 첫 장을 펼치는 우리를 너무나 익숙하고 친밀한 옛날 이야기 속으로 빠져들게 만든다. 사실 우리나라 어느 마을, 어느 골짜기인들 전설을 품지 않은 곳이 어디 있을 것인가. 지금의 성인세대들은 대부분 어릴 적부터 그런 전설을 옛날 이야기 삼아 듣고 자란 사람들이다. 전설을 믿는가의 여부와는 상관없이 전설과 현실을 엮어 이야기를 풀어가는 글쓰기는 일단 읽는 재미를 준다.

또한 소설 『까마귀의 섬』에는 어디선가 본 듯한 낯익은 인물들이 다수 등장한다. 등장하는 인물들은 대부분 어느 마을에서나 흔히 만날 수 있음직한 인물군들이다. 동네마다 으레 한둘쯤 있게 마련인 수다스런 뺀들댁의 입심을 듣노라면, 그리고 또 어느 동네에서나 볼 수 있듯 마을의 대소사를 관장하며 어른 노릇을 하는 배짱 좋은 청골댁의 입심을 보노라면, 그가 천생 글쟁이라는 생각이 절로 든다. 평소의 그에게서 좌중을 휘어잡는 입담을 전혀 보지 못했기 때문에 더욱 그런 생각이 드는지도 모른다. 그러나 어쨌든 이처럼 살아있는 생생한 인물묘사와 입심은 소설『까마귀의 섬』을 읽는 독자에게 심심찮은 재미를 선사하리라 믿는다.

한 편으로 이 작품은 또한 우리네 삶의 불합리한 부분도 생각하게 만든다. 작품을 읽다보면 우리는 군데군데 전쟁뿐만이 아니라 인간의 삶이란 것 자체가 불합리와 부조리가 뒤엉켜 있는 것임을 느끼게 된다.

대를 잇는 것이 지고의 가치였던 만손노인과 청골댁, 그런 아버지 만손노인의 희생으로 살아남은 주가미, 하지만 그 결과로 태어난 석진은 오히려 '꾸지도 않은 돈의 이자를 강요당하는 듯' 자신에게 강요되는 유교적 가치에 대해 반발한다.

주가미와의 사이에서 자식을 낳지 못한다고 구박받은 끝에 자살하게 되는 전처 최화자, 그리고 최화자의 죽음으로 인해 원한을 품는 동생 최복동, 그 원한은 전쟁이라는 상황을 만나자 잔혹한 복수극의 형태를 띠고 무대에 올려진다.

그러나 등장인물들을 묘사하는 작가의 글에는 인물 하나 하나에 대한 애정이 진하게 녹아있다. 작가는 인간 개개인들의 삶의 양상에서 가해자와 피해자를 구분하는 시각, 사람들의 삶에서 선인과 악인을 구분하는 시각을 거부한다. 그들은 누가 먼저랄 것도 없이 서로가 가해자이자 동시에 피해자이고, 누구라도 악인이 될 수 있으며 또 선인도 될 수 있음을 보여준다. 그들을 그렇게 만들어 버린 것은 전쟁이나 우리네 삶의 불합리성이지 그 사람 자체가 아니라는 시각이다. 이런 시각은 작품을 통해 시종일관 견지되고 있다.

4

그러나 이 작품에서 무엇보다도 강하게 드러나고 있는 것은 동족상잔의 전쟁이 갖는 비극성이다. 일찍이 어느 사상가가 말한 바와 같이, 사실상 전쟁은 사물들간의 갈등관계이지 사람들 사이의 적대감에서 비롯되는 것이 아니다. 6·25 한국전쟁 역시 강대국의 세력확장으로 인한 국가들간의 역학관계의 산물로서, 한국이란 땅에서 발생한 강대국의 대리전이다.

객관적으로 보면 전쟁이란 다만 국가간의 갈등관계이지만, 그러나 실제로 전쟁을 수행하는 존재는 바로 그곳에서 살아가고 있던 개개의 구체적인 사람들이다. 전쟁을 통해 적과 아군으로 구분된 사람들은 전쟁을 통해 서로 우연히 원수가 되었을지는 모르지만, 자신에게 직접 총부리를 겨누고 있는 상대방에 대해서 공포와 증오의 감정 이외의 다른 감정을 느낄 수는 없을 것이다.

전쟁을 겪은 사람들은 서로에 대한 증오와 공포를 직접적으로 체험한다. 그리고 그러한 감정을 반복적으로 체험하다보면 사람들은 그로 인한 후유증을 얻을 수밖에 없다. 전쟁을 체험한 사람들은 모든 사람들을 내편과 네편으로, 아군과 적군으로, 선한 사람과 악한 사람으로 구분하게 된다.

전쟁의 후유증이 만들어낸 적과 동지는 전쟁이 중단된 지 50여년 동안 지속되어 왔다. 양자는 서로를 철천지원수로 취급하면서 이 땅의 현대사의 정치와 사회, 문화와 역사를 왜곡시켜 왔다. 양측의 지도자들은 필요할 때마다 상대방에 대한 적대감과 분노를 조장·

증폭시킴으로써 자신들이 원하는 방향으로 사람들을 내몰아 왔다.

1980년대에도 여전히 그들은 서로 같은 하늘을 이고 살 수 없는 철천지원수였다. 그땐 전국 어디를 가든 곳곳에 붉은 페인트로 씌어진 〈만고 역적 김일성을 때려죽이자〉라는 투의 글귀를 쉽게 볼 수 있었다.

2002년 지금, 양측은 이제 조심스럽게 서로를 탐색하고 있다. 서울에서, 평양에서, 금강산에서, 다만 정치적으로만 끊어졌을 뿐인 혈연들이 우선 아쉬운 대로 서로 다시 만나 눈물을 흘리고 있다. 우리 대부분은 아마도 최초의 이산가족 상봉 장면들을 보았을 때, 한 편으론 가슴 저미는 느낌을 가지면서도 다른 한 편으론 이상한 느낌을 가졌던 기억이 있을 것이다. 부모·형제간에 만나서 부둥켜안고 우는 모습들을 보면서 가슴이 저렸다면, 다른 한 편으론 북측 사람들 역시 우리의 어머니 아버지 아저씨 아줌마와 너무도 흡사했기에 이상했다. 우리는 그들에게서 상종 못할 철천지원수의 모습을 전혀 찾아볼 수 없었기에 그래서 오히려 이상한 느낌이 들었던 것 같다. 미묘한 생소함이 전혀 없진 않았지만 그래도 우리네 감정 및 정서와 너무도 흡사한 감정과 정서를 그들에게서도 보았을 때 우린 오히려 당황했던 것이다. 그들은 〈뭔가 우리와는 다른 사람들〉이라는 우리의 선입견이 흔들렸던 것이다.

『까마귀의 섬』에서 작가는, 우리가 원수로 알고 있던 그 사람들이 사실은 그냥 평범한 이웃사람일 뿐이었다는 것을 자연스레 보여주고 있다. 따라서 어쩌면 북측의 이산가족들을 보면서, 그들이 우리와 다르지 않아서 이상하게 느꼈던 우리 자신들이 사실은 이상하게 왜곡되어 있었을지도 모른다는 생각을 들게 한다.

이런 점에서 『까마귀의 섬』은 가해자와 피해자를 구분할 수 없는 전쟁, 가해자와 피해자가 서로 뒤엉켜 있는 전쟁, 가해자와 피해자가 서로 한 형제 혹은 다정한 이웃이었던 이상한 전쟁, 민족상잔으로 불리는 이 이상한 전쟁을 다시 한 번 생각하게 하는 기회를 제공해줄 수도 있다.

5

그러나 작품은 전쟁을 보여주는 것에 그치지 않는다. 작가는 동족상잔이라는 이상한 한국전쟁이 갖는 비극성을 보여주는 것에서 더 나아가 그들이 서로 화해할 수 있는 방법을 모색한다. 가해자와 피해자를 구분할 수 없는 적대관계라면, 사실상 그들 개개인들은 어느 누구도 서로에 대해 적이 아니다. 그럼에도 불구하고 그들이 아직도 서로를 적이라고 생각한다면, 어떻게든 그러한 사람들 사이에 가능한 화해방법을 모색해보고자 하는 시도는 있어야 할 것이다. 『까마귀의 섬』에서는 하나의 시도를 보여주고 있다. 작가는 현재의 주인공인 석진의 입을 빌어 자신의 생각을 드러내고 있다.

그것은 바로 내가 신애 당신을 강환의 딸이 아닌 신애 그 자체로, 그리고 당신이 나를 김죽암의 아들이 아닌 석진 그 자체로, 즉 우리 서로의 모습이 상대편의 뇌리에 형제로서 먼저 떠오르기를 바라는 소망이었던 듯 싶소. 은원보다 우애를 먼저 갖고서 그 우애와 사랑으로 미움을 이겨내라는 뜻이라고 이해하고 싶소.

목사님은 당신의 소망을 훌륭하게 이룬 듯하오. 바로 나에게서 말이오. 신애, 나는 당신이 강환의 딸이 아니라 내가 원하는 한 여인

으로 먼저 떠오르오. 만약 내가 당신을 사랑하게 되지 않았더라도

아마 우리는 서로를 좋은 형제로 기억하게 됐을 것이오.

석진과 신애는 나목사의 매개로 서로 만나게 되었다. 자신의 부모
들의 은원 관계를 모른 상태에서 오직 젊은 선남선녀로 만났기에 그
들은 서로 사랑이나 우정을 키워나갈 수 있었을 것이다. 그리고 상
대방에 대한 그런 사랑과 호감이 있었기에 그들은 자신과 상대방의
부모를 이해하고 용서할 수 있는 힘을 얻었을 수도 있다. 우애가 선
행되지 않았더라면 미움과 증오로만 남아있을 관계가 우애가 전제
된다면 서로 이해하고 용서하는 관계로 나아갈 수도 있다. 신애와
석진의 우애는 선입견 없는 만남이기에 가능했던 것이다. 나목사는
바로 그러한 만남을 의도했던 것이다.

전쟁의 상처를 씻기 위한 방법으로 작품에서 보여지는 이러한 시
도는 감상적 휴머니즘으로도 볼 수 있다. 그러나 인간의 현재는 그
누구도 과거나 역사로부터 자유롭지 못하다는 것도 사실이지만, 그
럼에도 불구하고 또한 우애나 사랑이 사람의 현재를 변화시키는 커
다란 힘이 될 수 있다는 것도 사실이다. 그렇다고 해서 작가의 관심
이 석진과 신애의 사랑을 다시 맺어지게 하는 데에 있는 것은 물론
아니다. 또한 나목사가 역설하고 있는 무조건적 사랑을 강조하고자
하는 것도 아니다. 나목사라는 인물의 행위를 통해서 작가가 말하고
자 하는 것은 상대방과의 선입견 없는 만남이 중요하다는 것이다.

국가간의 갈등관계에서 비롯된 전쟁에서, 인간 개개인은 전쟁의
도구로 전락할 뿐이다. 전쟁을 수행하는 도구로서 개인들 간에 형성
된 적대적 갈등은 당사자들의 주체적 의지들의 갈등관계에서 비롯

된 것이 아니다. 그들은 다만 우연히 원수가 되었을 뿐이다. 우연에 의해 원수로 만난 사이를 필연적인 것으로 혹은 평생의 원수로 생각하게 만드는 것은 선입견이다. 우연히 서로 총부리를 마주 겨누면서 체험한 공포와 증오감이, 사람들에게 그들이 마치 원래부터 서로가 적대적인 관계였었다는 그릇된 선입견을 만들어 낸 것이다. 사실은 그들 모두가 오히려 도구로 쓰여졌을 뿐인 전쟁의 피해자인데도 말이다.

작가는 한국전쟁이 강대국의 대리전에 불과한 이상한 전쟁이었다는 것을 보여줌으로써 우리 모두가 피해자였다는 점을 말하고 싶어 한다. 전쟁이 우리들 자신의 적대감으로부터 비롯된 것이 아니라면 우리는 서로를 미워할 이유가 조금도 없다. 만약 진정으로 우리가 서로를 미워할 이유가 없다면 이제는 잘못된 미움을 더 이상 간직할 필요도 없다. 이제는 잘못된 미움으로 무장된 선입견을 버리고 선입견 없이 만날 때가 되었다는 것을 말하고 싶은 것이다. 비록 강대국의 힘의 논리에 의해 우리 손에 동족의 피를 묻히게 됐지만, 만약 우리 모두가 서로 피해자라면 더 이상 우리끼리 서로 미움을 안고 가서는 안 된다는 관점이다.

우리 모두가 전쟁의 피해자라는 시각은 소설 제3장의 소제목, 〈날개 없는 나비떼〉라는 표현에서 드러난다. 날개 없는 나비를 묘사한 작품구절은 이러하다.

'날개를 떼면 송충이처럼 징그러워 보이는 나비가 날개를 달고 있으면 아름다워 보인다는 것은 이상하다.'

'그렇다면 나비의 날개만 아름다운 것일까?'

날개를 뗀 나비도 징그러워 보이겠지만 또한 몸체가 없는 날개만이 아름다울 리도 없다. 날개는 몸체에 달려 있음으로 해서 그 아름다움과 기능이 살아난다. 그러나 전쟁이라는 그물망에 갇혀 서로 부딪치고 몸부림치던 와중에서 날개를 잃은 나비들은 상대방 때문에 자신이 불구가 되었다고 생각할 수 있다. 그들은 자신들을 가둔 그물이나 혹은 그 그물을 친 사람이 아니라, 당장 자신에게 부딪쳐 오는 다른 나비들에게 분노하고 복수하고자 한다. 그렇게 서로에게 상처 입히면서 서로를 증오하지만 그들은 증오해야할 대상을 잘못 판단한 것이다.

6

세계는 언제나 힘의 역학관계에 따라 움직인다. 그런데 우리는 분단의 현실로 인해 국제사회에서 우리의 역량을 충분히 발휘하지 못하고 있다. 더욱이 북한은 지금 몹시 어려운 처지에서 고통받고 있다. 그럼에도 이 땅에는 아직도 북한을 적으로만 생각하고 미움과 증오로만 바라보는 시각이 많다. 이산가족의 상봉을 보면서 그리고 또한 햇볕정책의 결과로 인해서 우리의 시각이 많이 교정된 측면도 있지만, 그런 정책을 불만스러워하는 세력 또한 만만치 않다. 그렇다면 2002년 현재, 한반도가 처해 있는 이러한 상황에서 소설 『까마귀의 섬』의 의미는 무엇일까?

전쟁을 소재로 쓴 작품들은 다 제 각각 나름대로의 관점과 특성을 갖게 마련이다. 『까마귀의 섬』은 정전협정이 맺어진 해에 태어나 지금까지 분단국가에서 삶을 지낸 작가가 나름대로 한국전쟁에 대한

자신의 시각에서 화해의 방법을 모색해본 작품이다. 작품은 거의 20
여 년 전에 씌어진 것이고, 세상에 『일부변경선』이라는 이름표를 달
고 처음으로 얼굴을 내민 때도 1985년이지만 작품의 주제의식은 그
때보다도 오히려 지금 더욱 되새겨 볼 만하다. 왜냐하면 당시보다는
20년 가까이 지난 지금 오히려 작품의 의도나 주제가 더 설득력 있
게 다가올 가능성이 있다고 보기 때문이다.

작품이 최초로 발표됐던 그 당시만 해도 우리 사회의 전반적 분위
기는 아직 북한을 극단적으로 미워하는 감정에서 벗어나지 못했기
때문에 화해를 시도하는 작품의 주제는 감상적인 것으로 보일 수도
있었다. 그러나 지금은 사회적 분위기도 많이 바뀌었다. 역사를 보
다 객관적으로 보려는 움직임 등이 각종 사회단체들에서 시도되고
있다. 문민정부와 국민의 정부를 거쳐오면서, 과거의 집단적 히스테
리 감정에서 비롯된 많은 사건들에 대한 반성들이 차츰 목소리를 내
기 시각하고 있고 그런 움직임들은 역사바로세우기 등의 운동들로
나타나고 있다. 북한과의 관계에서도 지금은 과거 어느 때보다도 미
움의 감정에서 조금은 자유로운 분위기가 이루어져 있는 듯하다.

이런 사회적 분위기에서 소설 『까마귀의 섬』을 다시 읽어보는 기
회를 마련하는 것도 의미 있는 일이라 생각한다. 당시에는 감상적으
로만 보였던 것이 지금은 보다 현실감 있게 느껴질 만큼 분위기가
변화되었기 때문이다.

감상적이라는 것은 우리의 마음을 움직이는 것으로 그 자체는 아
름다운 것이다. 그럼에도 불구하고 다만 일시적인 일회성의 감정으
로만 그칠 경우 그것은 오히려 씁쓸한 뒷맛을 남긴다. 그러나 또한
독자의 마음을 움직이게 하지 못하면 아무리 냉철한 논리로 무장한

이론이라도 공허한 메아리에 불과한 것이 되어버린다. 보다 변화된 사회적 분위기에 힘입어 이 작품이 독자들에게 하나의 재미있는 이야기로서 흥미와 감동을 주기를 기대한다.

까마귀의 섬

글쓴이 | 김양호
펴낸이 | 孫貞順
책임편집 | 이양훈
펴낸곳 | 작가

초판 1쇄 인쇄 | 2002년 6월 5일
초판 1쇄 발행 | 2002년 6월 15일
초판 2쇄 인쇄 | 2002년 11월 20일
초판 2쇄 발행 | 2002년 11월 25일

주소 | 서울 서대문구 북아현3동 180-22
전화 | 365-8111~2   팩스 | 365-8110
www.morebook.co.kr
E-mail | morebook@korea.com
등록번호 | 제13-630호 (2000. 2. 9.)

ISBN 89-89251-08-7
ⓒ 작가 2002

값 9,000원